THE
VAMPDOG
NEVER
CRYS

ICHIKAWA YUTO

ヴァンプドッグは叫ばない

市川憂人

東京創元社

目次

ヴァンプドッグは叫ばない

プロローグ

吸血鬼《ヴァンパイア》になった日のことを、ぼくは今も夢に見る。

正確な日付は記憶から薄れてしまったけれど、あの日の光景は鮮明に焼き付いている。

十三歳、秋から冬へ季節が移り変わる頃、ヘティの血液の甘美さを味わって――ぼくは彼女を殺してしまった。

※

どこにでもいる子供だったと自分でも思う。

大柄で厳格な父と、すらっと背が高く気立ての良い母との間に生まれた、頭も身体《からだ》もごく平均的な男子。それがぼくだった。

総じて穏やかな日々だった――エレメンタリースクールの頃は。

二歳下の妹も加えて四人で囲む食卓を、楽しく感じることができた。スクールバスに乗る際、妹が「おじいちゃん、いってくるね」と、隣に住む老紳士へ手を振るのが微笑《ほほえ》ましかった。

もちろん、大きな波風がなかったわけじゃない。

ぼくが四年生だったときのある日、妹が校舎の裏で石を投げつけられていた。

相手は四人。妹と同学年くらいの女子が二人。小柄な男子と、ぼくより大きな男子が一人ずつ。

石を投げているのは男子たちだった。メジャーリーグのピッチャーよろしく腕を振りかぶり、妹の背中を的にして大笑いしていた。

女の子たちも笑っていた。石の当たる当たらないより、妹の姿が――背中を丸めて泣きじゃくり、石つぶてを受けて悲鳴を上げるのが――おかしくてたまらないといった様子だった。

大きい方の男子がまた石を摑《つか》んだ。妹の周りに散らばっている小石より明らかに大きな、野球ボールほどもあるものだった。

どうしてそんな状況になったのか、詳しいことは今もよく知らない。

妹はぼくよりずっと成績が良くて、「先生にほめられたの」といつも嬉しそうに語っていた。それが他の女の子たちの妬みを買ったのだろうか。ボーイフレンドか兄弟といった繫《つな》がりのある男子らに制裁を頼んだのだろうか。あるいは――特に理由などなかったのか。

そのときのぼくにできたのは、彼らの間に割り込むことだけだった。妹に覆いかぶさった直後、突き刺さるような痛みが背中を走った。

「何だお前。どけよ」

「やめろ……ひどいことをするな」

相手は四人。女の子には手を出せない。男子の片方はぼくより大きな上級生だ、殴り合ったところで勝てるわけがない。厳格な父からも「先に手を出したら負けだ」ときつく言われていた。震える妹を抱え込みながら、ぼくは石つぶてや蹴りの痛みに耐え続けた。

どれだけ過ぎただろうか。騒ぎを聞きつけた教師が駆けつけ、四人は散り散りに逃げていった。

彼らが罰を受けたのかどうかは解らない。以後――ぼくが目にした限りでは――妹がひどい目に遭わされることはなかったから、何かしらの処置があったのだろう。

この件でぼくが覚えているのは、妹がしゃくり上げながら、自分は悪くないのに「ごめんなさい、おにいちゃん」と謝罪を繰り返していたことだけだ。早く泣き止んでほしくて、ぼくは妹の頭を撫で続けた。


月日が経ち、ぼくが五年生になった頃、妹が子犬を拾ってきた。

白毛の小さな雌犬《めすいぬ》だった。「飼いたい」と言う妹にぼくは賛同し、母も「ちゃんとケアして世話するのなら」と容認してくれたけど、父が頑として拒絶した。「素性の知れない野犬を家に入れるな」「我が家は保護センターじゃない」「そもそもペットなど金の無駄だ」と強い口調で突き放され、妹は子犬を抱きながら鼻をすすり上げた。

父は、軍と取り引きのある会社のエンジニアで、合理的な反面、頑固で偏った見方をするところがあった。「品質は原材料の良し悪しで大方決まる」とよく口にし、人や動物の良し悪しまで出自で決めつけがちだった。しかもお金にうるさい。隣のおじいさんのようにアレルギーを持っているならともかく――「こんな身体でなければ預かってやれるんだが」と申し訳なさそうにしていた――ぼくの家には犬小屋も餌《えさ》やりの皿もなかった。

なので、庭の物置でこっそり飼うことにした。

亡くなった祖父の趣味だったという、日曜大工の工具などがしまわれていたけれど、父は見向きもせず、物置は何年も前から放ったらかしになっていた。リビングからも父の部屋からも遠いので、子犬の鳴き声を聞かれる心配は少ない。絶好の隠れ家だ。

遊ばせるときは籠《かご》に入れ、離れたところまで自転車で連れて行けばいい。食事も、ぼくたちのものを分けるなり、ペットフードを部屋に隠しておくなりできる。……

穴だらけの策だったけれど、最初の二週間はうまく行った。

『シャノン』と名付けられたその子犬は、妹にはよく懐いた。女の子同士、相通じるものがあったのかもしれない。

一方でぼくは邪険にされた。ある休日、小さな公園で遊ばせたときも、シャノンは「おいで」と両手を広げるぼくへ露骨《ろこつ》にそっぽを向いた。

「何でかなあ……」

「『男性きょうふ症』なのかも」

賢い妹は、ぼくもあまり耳にしないような難しい単語をよく知っていた。「……そうなの、シャノン？　だいじょうぶ、お兄ちゃんは怖くないよ」

妹がシャノンを抱え、ぼくへ差し出す。平気だろうか、逃げ出されないだろうか、と不安に駆られつつ、ぼくはシャノンを受け取った。

――直後、腕に痛みが走った。

嚙まれた、と自覚したときには、シャノンはぼくの手をすり抜け、芝生を走って妹の背後へ隠れていた。

「シャノン！　何するの！」

妹が子犬を叱り、はっとした顔でぼくへ向き直った。「お兄ちゃん――」

春の暖かな陽気の中、身体を動かして袖《そで》まくりをしていたのがまずかった。右の手首と肘《ひじ》の間の皮膚《ひふ》に、太い注射針のような牙の痕《あと》が、計四つ刻まれていた。血の流れが腕を伝い、手首まで達している。

「……大丈夫。シャノンを見ていて」

水飲み場へ駆け、血を洗い流し、傷の辺りをハンカチで縛り、シャツの袖を下ろす。

痛みは強かった。皮膚を直接嚙まれてしまったけれど、布越しでも大して変わらなかったかもしれない。

妹の元へ戻ると、「ごめんなさい……ごめんなさい……」と頬を濡らしていた。前にもこんなことがあったな、と思いながら、ぼくは妹の頭を左手で撫でた。

「誰のせいでもないよ。ぼくが怖がらせたのがいけなかったんだ」

「でも……」

「それより、父さんと母さんには絶対内緒だぞ。ぼくも秘密にしておくから」

傷を見咎《みとが》められたら、シャノンの存在もばれて捨てられかねない。公園にいるのがぼくらだけだったのは不幸中の幸いだった。

当のシャノンは、妹の叱責が効いたのか、妹の足元でしゅんとうなだれていた。ぼくが手を伸ばしても、今度は逃げたり暴れたりせず、頭を撫でられるがままになっていた。

「ほら、シャノンも『ごめんなさい』って言ってくれてるだろ。ぼくも怒ってない。だから気にしなくていい」

「……うん」

妹は涙を拭いて、シャノンを抱え上げた。


けれど一週間後、シャノンがとうとう父に見つかってしまった。

物置でシャノンが鳴いているのを、たまたま庭へ出たときに聞いたらしい。ぼくの腕の傷は長袖で隠し通したけれど、家の敷地の中で、いつまでも気付かれずに飼い続けられるはずがなかった。父の「捨ててこい」という怒声に、妹は泣きながらシャノンを連れて出ていった。日が暮れる頃にようやく戻って来た妹の顔を、ぼくは正視できなかった。

……もっとも、この話には続きがある。

妹があまりに気落ちした様子だったので、ぼくは母に「やっぱり犬が欲しい」と懇願した。母もさすがに可哀想だと思ったのか、父に取りなした。

「ちゃんとしたところから貰《もら》ってくればいいのでしょう？　世話するお金も、お小遣いから出させればいいのだし」

　父はなおも難色を示したけれど、結局折れた。

「大統領だって犬を飼っているのよ」という、母の一言が効いたのかもしれない。

　その二日後、母の知り合いのブリーダーを通じて、新しい犬が我が家にやって来た。シャノンによく似た雌の白犬だった。

　妹は「ありがとう」と笑顔を浮かべたけれど、まだ少し悲しげだった。いくら見た目が似ていても、新しい犬はシャノンじゃない。どうしたものかと悩んでいるうちに、ふと妙案、というより賭けに近い思い付きが浮かんだ。

　ぼくは妹からシャノンをどこに置いてきたのかを聞き出し――最初に拾ったという公園の藪《やぶ》だった――貰ってきた犬に首輪とリードをつけ、散歩と称して一緒に公園へ向かった。

　奇跡的に、シャノンはまだ公園にいた。妹が呼びかけるや否《いな》や、藪の陰から飛び出して妹の足元にすり寄った。

　妹が涙をこぼしてシャノンを抱きしめる。ぼくは、新しい犬から首輪とリードを外し、シャノンに付け替えた。

「お兄ちゃん――？」

「大丈夫。もらってきたばかりだし、よく見なければ区別はつかないよ。新しい子の方は、ぼくが引き取り先を探すからさ」

　心当たりはあった。少し前、エレメンタリースクールの保健室の先生が、犬が欲しいと話していた。公園で拾ったと言えば預かってくれるだろう。

　ありがとう、と妹が笑った。曇《くも》りひとつない喜びの顔だった。

　正式に家族となった二代目シャノンの面倒を、ぼくは妹と一緒に見るようになった。

　そんな、どの家庭でも経験しただろう些細《ささい》な波風を越え、ぼくはジュニアハイスクールに進学し――メヘタベル・イングリスと出逢ってしまった。

※

　最初から彼女と仲が良かったわけじゃない。
　七年生――ジュニアハイスクール一年目で同じホ

ームルームクラスになったとき、メヘタベルことヘティは、単なる賑《にぎ》やかな女子グループのひとりに過ぎなかった。

きっかけはランチタイムの中庭だった。

午前の授業が終わり、クラスメイトたちがめいめいにランチを広げ、あるいはカフェテリアへ向かう中――ランチボックスも持たずにカフェテリアの反対方向へ出ていく彼女の姿が、たまたま目に留まった。

教室の窓からヘティを見かけたのはその十分後。中庭の隅で、木陰に隠れるようにしゃがみ込んでいた。

窓際のぼくの席以外からは死角になっていたらしい。教室にいる他のクラスメイトは、誰もヘティに気を払う様子がなかった。

授業での快活な振舞いとは裏腹な、寂しい姿が――かつて校舎裏で石を投げられていた妹の姿と重なった。

半分だけ食べ終えていたランチボックスに蓋《ふた》をし、手に提げる。クラスメイトの賑やかな話し声を背に、ぼくは教室を出た。

中庭へ向かうと、ヘティは俯《うつむ》きがちに膝《ひざ》を抱えていた。

栗色の緩やかな巻き毛。一重瞼《ひとえまぶた》に灰色の瞳。低い鼻の下の腫《は》れぼったい唇《くちびる》が、硬く引き絞られている。映画の子役になれるほどの容貌ではなかったけれど――ぼくはしばらくの間、声をかけられなかった。

「――誰？」

気配に気付いたのか、ヘティが顔を上げて向き直った。視線がぶつかる。「ああ、その」じろじろ見ていたのを責められたような気がして、ぼくは目を逸らしながら尋ねた。

「ランチ、どうしたの」

「もう食べたよ。何か用？　今は食後のお休み中――」

言い終えないうちにヘティのお腹《なか》の虫が鳴った。彼女の頬がピンクに染まった。

「……これ、どう？」

教室から持ってきたランチボックスを開ける。ホットケーキサンド二切れ。ハムと卵とレタスに交じって、スライスチーズが挟まっている。

「チーズがちょっと苦手でさ。残すと親に怒られちゃうんだ。嫌じゃなかったら、手伝ってくれないかな」

ヘティは視線を落とし、きっと顔を上げた。「いらない」突っぱねるような一言とともに立ち上がり、駆け去っていく。

声をかける暇もなかった。ぼくが彼女と二人きりで交わした初めての会話は、とても友好的とは言い難い形で終わった。

カチンとこなかった、と言ったら嘘になる。このときの自分の言動が、彼女にとって侮辱《ぶじょく》でしかなかったのだと、当時のぼくはうまく認識できなかった。

次の日、ヘティはランチを持ってきて、教室で他の女子と一緒に食べた。

ランチとは名ばかりの菓子パンだった。ぼくには目もくれなかった。ぼくも特に話しかけたりせず、自分のランチボックスに手を伸ばしながら、クラスメイトの男子たちとどうでもいい会話を続けた。

結局その後、彼女がランチを忘れることはなかった。菓子パンもランチボックス入りのサンドイッチになった。あの日は本当に裏庭で休んでいただけなんだろうと、ぼくも次第に気にしなくなっていった。

数週間後のランチタイムに、彼女がまたひとりで教室を出て——校舎の陰で倒れているのを目《ま》の当《あ》たりにするまでは。

思えば、その日に突然具合が悪くなったのではなく、少しずつ無理がたたっていたんだろう。

妙な胸騒ぎがして、ぼくはランチを終えるとすぐ、あの日と同じように校舎の外へ出た。

中庭に彼女の姿はなかった。どこへ行ったんだろうと壁沿いに曲がって——校舎の陰で、壁を背にしてずり落ちるように横たわるヘティと出くわした。

「だ、大丈夫⁉」

慌てて駆け寄ったぼくの足首を、ヘティは「だめ」と摑んだ。

「騒がないで……誰にも言わないで」

そんなことを言われても放ってなんかおけない。助けを呼ぼうとしたけれど、ヘティは泣きそうな顔で「お願い」と首を振った。

幸か不幸か、周囲に他の生徒や教師はいなかった。結局、ぼくにできたのは、彼女の手を握って上半身を起こさせることだけだった。

「本当に大丈夫？　保健室に行った方がいいよ」

「……そうする。ありがとう」

　ヘティは身体をふらつかせながらも立ち上がり、ひとりで校舎の方へ歩き去っていった。

　声をかけることも後を追うこともできなかった。最初のときと同じ——けれど、不安と動揺は比較にならなかった。


　その日の午後の授業を、ヘティは全部休んだ。

　放課後、急ぎ足で保健室へ向かうと、ベッドのひとつに間仕切りのカーテンが引かれていた。誰か寝ているようだ。彼女かどうかは解らない。

　スクールナースは席を外していた。声をかけたものかどうか悩んでいると、ぼくの気配に気付いたらしく、カーテンの奥から「誰？」と声が飛んだ。ヘティだ。

「デレク・ライリーだよ、同じホームルームクラスの」

　ぼくが返すと、緊張が解けたような吐息が漏れ聞こえた。カーテンが開き、隙間から彼女が顔を覗かせる。ベッドの端に腰を下ろすその姿は、まだ充分に回復しきったとは言えない様子だった。

「具合はどう？　大丈夫？」

「平気。ただの貧血」

　貧血、と簡単に言うけど大事《おおごと》じゃないだろうか。

「そっか、じゃあまた」と背を向けることもできずにいると、ヘティは力なく俯いた。

「ごめんね。迷惑かけちゃった」

「そんなことないよ」

　返事をしながら、ヘティの手首に視線が向く。折れそうなほど細い。着ている私服もよく見ると古めかしい。今の今まで意識の外に放り出していた違和感が、一気に寄り集まって形を成した。

「朝とか夜とか、ちゃんと食べてる？」

　ヘティの表情が硬くなった。寝具を両手でぎゅっと摑み、やがて悲しそうに首を振った。

「パパの仕事がなくなっちゃって……ママも、もういなくて……さっきも、救急車を呼ばれちゃったらどうしようって」

　この国の診察費は高額だ。だから怪我《けが》や病気は避けろ、とぼくも父から口を酸《す》っぱくして言われていた。父の場合は単にけちなだけだったけど、ヘティはきっと違う。入院や受診もできないほど生活が厳しいんだ。食事もまともに取れず倒れてしまうほどに。

　数週間前のことを思い出す。話のきっかけを作るためにホットケーキサンドを差し出したけど、彼女には「貧しいお前に残飯を恵んでやる」としか見えなかったに違いない。自分の無神経さが恥ずかしくなった。

「お願い。今日のこと、誰にも言わないで」

「言わないよ。その代わり」

「……何？」

「ランチがチーズ入りだったときに助けてくれないかな。本当に、ちょっと苦手なんだ」

　ヘティはきょとんと目を見開き、それから口とお腹に手を当てて身体を震わせた。抑えきれない笑い声が、細い指の間からこぼれ出た。

　そうして、ぼくとヘティは秘密を共有する仲になった。

　ヘティの家庭事情だけじゃない、互いの想いを、他の誰にも秘密にする間柄に。

　町中で遊ぶことはしなかった。クラスメイトに見られたら冷やかされるのは目に見えていたし、何より噂《うわさ》が変な風に広がって——ぼくの父の耳に入ったら間違いなく「そんな貧しい家とは付き合うな」と言われただろう——ヘティを傷つけたくなかった。

　代わりに、休日には町外れの山へ行った。

　道なき山林へ入って探検ごっこをしたり、人が長年寄り付いていないのが傍目《はため》にも明らかな古い小屋を見つけて、チェス盤やトランプを持ち込んで遊んだり、ランチやお菓子を食べたりした。

　元々は伐採作業用の小屋だったらしい。木製の棚の一番上、跳び上がってようやく届く高さの天板に、刃の錆《さ》びた鋸《のこぎり》が放置されていた。一番下の段には、錐《きり》と木槌《きづち》とバールの入った工具箱が開けっ放しになっていた。棚自体もだいぶ古く、真ん中の棚板は釘が折れて斜めに傾いている有様だった。採算が取れなくなったんだろうか、ぼくたちが見つけたときには、小屋の周りは雑草だらけだった。

　同じ場所へ行っていることを知られないよう、ぼくとヘティは、山から離れたところへ別々に自転車を置いて、それぞれ回り道して、山道の途中にある古い切り株の近くで待ち合わせた。

彼女が山登りでまた倒れないか心配だったけれど、当人は「大丈夫。ちゃんと食べるようにしたから」と笑っていた。平日のランチタイムによくカフェテリアへ行くようになったから、もしかしたら保健室の一件で教師側が彼女の事情を察して、裏で手を回してくれたのかもしれない。


二人だけの秘密基地で過ごす時間が、ぼくとヘティの関係を、さらに深いものにしていった。

ある日、山の奥へ行こうと二人で歩いていると、ヘティが木の根に足を引っ掛けて転んでしまった。

「きゃっ⁉」

「ヘティ、大丈夫⁉」

「うん、平気……」

けれど言葉とは裏腹に、彼女の顔が歪《ゆが》んでいた。左の手のひらから、明らかにかすり傷ではない鮮血がしたたっている。

血の気が引いた。手を突いた拍子に、尖《とが》った小石が刺さってしまったらしい。石をそっと抜き、ハンカチを水筒の水で濡らして拭《ぬぐ》ったものの、傷は思った以上に深く、後から後から血がにじみ出していた。

「下りよう。早く病院へ」

「駄目！」

ヘティの右手がぼくの手首を摑んだ。「病院は駄目。……大丈夫、これくらい」

大丈夫なわけないだろ、と返そうとして、唇が固まった。

同じだ——校舎の陰で彼女が倒れていたときと。

あれから食事をきちんと取るようにはなったけれど、ヘティの家に金銭的な余裕ができたとは聞いていない。父親は未だに仕事が見つかっていないのだと、いつだったか彼女は辛そうに語っていた。

病院へ行ったら、治すのにどれだけかかるか。どれだけ彼女の家の負担になるのか。

ぼくのせいだ。彼女が転ばないよう、ぼくがちゃんと見てあげていたら。

ぼくが、何とかしないと。

「ごめん、沁《し》みるよ」

ヘティの左手を上に向けさせ、顔を近付ける。

「デレク——⁉」戸惑いの声を間近に聞きながら、

ぼくは舌先を傷へ差し伸べ、血をすくい取った。

「っ――」

痛みをこらえるような、小さく短い声が響いた。

傷口を優しく舐《な》め続ける。真紅の液体が、拭ったそばから泉のように湧き出る。

ヘティの血の味が口に広がった。熱くて、かすかに鉄の苦みがして――けれど。

「デ、デレク……もう、いいから」

ためらいがちなヘティの声に、ぼくは慌てて顔を上げた。

出血はだいぶ収まっていた。代わりに唾液《だえき》が彼女の手のひらを濡らしている。恥ずかしさと罪悪感が押し寄せた。

「ご、ごめん。痛かった?」

「大丈夫、我慢できる。……それより、恥ずかしかった。デレクったら、いきなり犬みたいに舐めてくるんだもの」

顔から火が出る思いとはこのことを言うのだろう。彼女の手のひらにハンカチを巻きながら、ただ「ごめん……」と繰り返すしかなかった。ううん、と彼女が首を振った。

「ありがとう。治してくれて」

「治ってないよ。後で絆創膏《ばんそうこう》を貼らないと」

こんなことになるなら家から持ってくればよかった。解ってる、とヘティは囁《ささや》き、右手をぼくの頬に当てて顔を近付けた。

「……デレクも、ちゃんと消毒しないと駄目」

どこを、と問い返す間もなかった。

ヘティの顔がもっと間近に迫って――そのまま、唇が触れ合った。

それから山を下りるまで、ぼくたちはほとんど言葉を交わさなかった。

ただずっと、彼女の右手を握り締めていた。

※

けれど、ぼくは気付けなかった。

この日の行為が、ヘティの命を奪う血の盟約となったことに。

ぼくが人としての道を決定的に踏み外す、最初の一歩だったことに。

※

ヘティの傷は、幸い、悪化することなく癒《い》えた。

手のひらの大きな絆創膏を他の女子に見咎められ、「大丈夫、縫い物の片付けで切っただけ」と言い逃れる一幕もあったけれど、一ヶ月もする頃には塞がった。

「綺麗に、とは行かなかったけどね」

いつもの秘密の山小屋で、ヘティは左手を開きながら苦笑した。手のひらの真ん中に、一、二センチくらいの幅の引《ひ》き攣《つ》れた痕が残っている。病院に行ければきちんと縫って治せたかもしれないのに、と思うと、申し訳なさで胸が疼《うず》いた。

「デレクのせいじゃないよ。病院は駄目、と言ったのは私だもの」

ヘティは顔を近付け、ぼくの唇を『消毒』した。

あの日以来、ぼくたちは山の奥に入るのをやめた。待ち合わせてから帰るまでのほとんどの時間を、小屋の中、ふたりきりで過ごすようになった。

クラスメイトにも教師にも、家族にも秘密の『消毒』ごっこ。ゲーム盤も要らなくなるくらい、いつもあっと言う間に日が暮れた。バッグの中に入れるのはランチボックスと菓子と水筒だけになった。

一休みしながらスナック菓子を分けて――けれど時々、奇妙な衝動を覚えた。

……違う、この味じゃない。

ぼくが欲しいのは、もっと熱くて、鉄の苦みのする――

首を振る。馬鹿かぼくは。変なことを考えるな。冗談でも言えるわけがないじゃないか。

……あれをもう一度味わいたい、など。

「デレク、どうしたの？」

「な、何でもないよ」

笑ってごまかしながら、薄暗い不安がこみ上げるのを抑えられなかった。

自分がいつか、とてつもない一線を越えてしまわないか、と。

あまりに無知で馬鹿だった。

一線ならとっくに越えていた。自分の変調にばかり気が向いて、誰より気にかけるべきだったヘティっていた。

のことを——彼女の異変を、ぼくは見過ごしてしまはずだった。

その日も、いつもと変わらない秘密の時間になる
待ち合わせ場所まで来ると、ヘティは切り株に座って身体を震わせていた。

「大丈夫⁉　風邪？」

そういえば学校でも、どことなく調子が悪そうだった。ヘティは笑顔を作りながら首を振った。

「大丈夫……っ」

風が吹き付ける。ヘティは怯えたように身をすくませた。

やっぱりおかしい。こんなに震えるなんて普通じゃない。心なしか顔も熱っぽく見える。

「帰ろう。休んだ方がいいよ。家まで送っていくから」

「駄目っ」

ヘティは頭をぶるぶる振った。「家は絶対に嫌。お願い。……休むなら、山小屋がいい」

「でも」

後が続かなかった。彼女の家まではそれなりに距離がある。坂を少し登ることになるけれど、いつもの小屋の方がずっと近い。

「……解ったよ。行こう」

肩を貸し、並んで山道を歩く。風が吹くたびに、ヘティの震えが身体を伝わった。

山小屋に入って扉を閉め、棚の真向かい、材木の上にタオルを敷いてヘティを座らせる。

風が当たらなくなったためか、ヘティの様子は少し落ち着いた。ぼくはバッグから水筒を取り出した。

「飲む？」

「うん……」

水の入った水筒を、ヘティは口元に運んで傾け
——いきなり噎《む》せ返った。手から水筒が滑り落ち、床を濡らした。

「ヘティ⁉」

今度は返事もなかった。苦痛の表情で首を振る。

……水も飲めないなんて。

水筒を拾ってバッグに戻しながら、ぼくは困惑を抑えられなかった。やっぱりただの風邪じゃない。どうしてしまったんだろう。

ヘティの唇の端から、唾液混じりの水が顎《あご》へ伝い落ちた。ぼくがハンカチで口元を拭ってあげると、彼女が呟《つぶや》いた。

「デレク……おねがい。しょう……どく」

こんなときに、なんて言っていられなかった。彼女の苦痛を少しでも和らげたかった。濡れた唇に引き付けられるように、ぼくは唇を触れ合わせた。

いつもの味だった。爽やかな甘さの、彼女の味。けれど、違う。ぼくが本当に欲しいのは。

衝動がこみ上げた。無意識に唇を彼女の首筋へ移し、歯を立てた——そのときだった。

ぼくの首に痛みが走った。

思わず彼女を突き離す。同じように歯を立てられた、と理解するのに数瞬が必要だった。

甘噛みで済ませられる力ではなかった。噛まれた部分に指を当てる。血は流れていない。けれど。

「ヘティ——⁉」

彼女に向き直り——舌が強張《こわば》った。

ヘティの様子が激変していた。

目が虚《うつ》ろだった。開いた唇から唾液が再びしたたり落ちている。息は荒く、身体は支えをなくしたようにゆらゆらと揺れていた。

「……ヘティ？」

返事はない。犬のような低い唸《うな》り声が、彼女の喉を揺らす。

怖気《おぞけ》が走った。そこにいるのはもう、ぼくの知るヘティではなかった。

愛する少女の姿をした何かが、ぼくに飛びかかった。

そこから先の出来事を、ぼくは断片的にしか思い出せない。

——ヘティを突き飛ばし。

——彼女が後頭部を材木に打ち付けて。

——動かなくなった彼女の白い喉が、とても綺麗で。

——ぼくの口の中に、血の味が満ちて。

——山小屋の扉や彼女の身体をタオルで拭って。

——山の中を走り下りて、隠していた自転車に飛び乗って。

——着ていた服を洗濯籠に押し込んで、シャワーをひたすら浴びて、部屋のベッドに潜り込んで。

「デレク、ごはんよ?」

ドア越しに母に呼ばれた頃には、夕食の時間を三十分も過ぎていた。

「遅い時間まで昼寝とは感心せんな。夜に眠れなくなるだろう」

「そういう日もあるわよ。サイクリングで疲れてたんでしょ。ね?」

父が説教し、母が取りなす。いつものダイニングの光景だった。……かろうじて、怪しまれずには済んだらしい。

「ごめん。今度から気を付けるよ」

幸い、首の歯形はシャツの襟《えり》で隠すことができた。苦笑を作りながらの謝罪が、自分でも驚くほど自然に滑り出た。


週明けの月曜日、教室にヘティの姿はなかった。

警察が捜索を行い、山の麓《ふもと》で彼女の自転車を見つけたのがその日の午後。

長年放置されていた山小屋の中で、ヘティの遺体が発見されたのは、さらに一日後だった。


彼女の死は、傷の付き方から殺人と断定された。

山の中で発生した殺人事件は、被害者が十三歳の女の子だったこともあり、町の住人を騒がせた。

ジュニアハイスクールにも捜査員が来て、生徒たちへ聞き込みを行った。女子たちは「ひどいです……あんなにいい娘《こ》だったのに」と揃ってすすり泣いた。

ぼくを含む男子の証言も似たり寄ったりだった。「彼女と親しくしていた子に心当たりは?」と尋ねられもしたが、名前が挙がるのは女子ばかりで、ぼくの名前が出ることはなかった。

代わりに疑いの目を向けられたのは、ヘティの父親だった。

教師たちが交わした噂話を又聞きしたところでは、彼女のお腹など外から見えにくい箇所に、痣《あざ》のようなものが多く残っていたらしい。彼女が行方不明になる直前、叱責のような声が自宅から聞こえたとの証言もあったという。虐待《ぎゃくたい》が高じての犯行という線で捜査が進んでいるようだ、との声も聞こえた。

ぼくの心は動かなかった。

折悪しく、隣家の老紳士が亡くなったときも——

地元の名士だったらしく葬儀の参列者は多かった——泣きじゃくる妹の声が、ひどく遠くに聞こえた。

麻痺《まひ》していた、と言った方が近いかもしれない。あの日のヘティの豹変《ひょうへん》も、虫食いだらけの記憶も、それ以後の何もかもが遠い夢のようで、明日になればヘティが笑顔で教室に現れるのではないかと、ぼんやりした願いを抱いていた。

……ただの逃避だ。

事件捜査の進展が聞かれない中、ぼくの一家は、父の転職に伴い——会社の待遇に不満を抱えていたところへ友人の誘いを受けたらしい——O州へ引っ越すことになった。

自分が人殺しだと思い知らされたのは、ヘティの死からおよそ一ヶ月後、故郷での最後の夜だった。


……ヘティが、小屋の中で仰向けに倒れている。

返事はない。瞼と口を薄く開けたまま、ぴくりとも動かない。……死んでいる。

喉が剝《む》き出しになっていた。いつも唇にしている『消毒』だけじゃない、それ以上のことをしたくなるような、白く柔らかい肌。

衝動に突き動かされ、ぼくは彼女の喉に唇を当て——歯を突き立てる。ソーセージの皮を破るような感触に続いて、温かい液体が溢れ出す。

あのときと同じ、鉄のようにほろ苦い味。いつまでも飲み続けたくなる熱さ。

嚙み破った肌から湧き出るそれを、ぼくは一滴も逃すまいと啜《すす》る。

心ゆくまで血を味わい、口を離す。息絶えた彼女の喉に、ぼくの歯形がくっきり残っている。

……いけない。消さないと。

山小屋の中を見渡す。工具箱から錐を手に取る。先端を彼女の喉に当て、皮膚の歯形を削り取るように、ゆっくり力を込め——


跳ね起きた。

ベッドの上だった。全身が脂汗《あぶらあせ》に濡れていた。彼女の血の味が、口の中に鮮烈に蘇《よみがえ》った。

思い出した。

暗い部屋の中、両手で顔を覆う。肩が小刻みに震えた。今しがたの悪夢が、抜け落ちた記憶の穴を隙間なく埋め戻してしまった。

……ぼくだ。

ヘティを殺したのはぼくだ。他の誰でもないぼくが、彼女を手にかけてしまったんだ。

※

誰にも罪を打ち明けられないまま、家族四人での新天地の生活が始まった。

今さら警察署へ駆け込むことなどできなかった。自白してどうなる。ヘティは死んでしまった。二度とぼくの前に戻ってきてはくれない。謝ることさえできない。

それに――家族を絶望させてしまう。ぼくの罪業を知ったら、父はきっと怒り狂う。母も妹も正気ではいられないだろう。

……言い訳だ。

殺人者の烙印《らくいん》を押されるのが怖かった。ヘティを殺したのがぼくだと、世の中に知られてしまうのが恐ろしかった。

転入先のジュニアハイスクールで、ぼくは早々に虐《いじ》めの標的になった。

かつて妹が受けた仕打ちを、今度はぼく自身が味わった。虐める側の中心にいたのは、いわゆる不良グループの五人組で、そのうちのひとりからは「偉そうなんだよなあ、お前」と吐き捨てられた。

前のスクールでは全く言われたことのない台詞《せりふ》だった。罪の意識を紛らわすため勉強に没頭して、上位の成績を取ったのがいけなかったのだろうか。故郷の町のことを――ヘティの事件を――話すのが怖くて、クラスメイトたちと表面的な付き合いに終始したのが、孤高を気取っていると思われたのだろうか。不良グループの暴力は一方的で、言い返したところで聞く耳を持ってもらえるとも思えなかった。

彼らの行いを、ぼくは抵抗せずに受け続けた。

これは報いだ。

ヘティを殺しておきながら、罪も償わないでのうのうと生きているぼくへの罰だ。

ジュニアハイスクールでの現状を、ぼくは家で口にしなかった。できる限り平穏を装った。

そのつもりだったけど、家族には空元気《からげんき》だとばれていたのだろう。急な引っ越しで故郷の友人たちと離れたせいだと思われたのかもしれない。両親はぼくに、地域のスポーツクラブへの加入を勧めた。

　とはいえ、見知らぬ土地で、見知らぬ大人や子供たちと簡単に馴染《なじ》めるはずもない。エースになれるほどの運動神経があるわけでもなかった。

　スポーツクラブの種目には、メジャーリーグのようにシーズンがあって、例えばサッカーは夏から秋、バレーボールは冬から春、フットボールは春から夏、といったように特定の期間しか活動しない。その種目がシーズンオフになったら、次のシーズンでの募集を待つか、別の種目のクラブへ移るか……どちらにしても、新しくクラブへ入り直すことになる。人間関係もその都度リセットできればいいのだけど、地域に住む子供の顔ぶれはほぼ変わらない。同じクラスの生徒が音楽室から理科室へ移動するようなものだった。

「真面目《まじめ》で愛想もいいけどどこか一線を引いた感じの子」。それが、クラブ員の保護者同士の会話から漏れ聞こえた、ぼくの評価だった。

　教室にもスポーツクラブにも居場所を見いだせずにいたある日、ぼくの足は郊外へ向いた。

　新しい自宅からしばらく自転車を走らせたところに、賑わいのまるでない、広い森があった。

　ヘティと秘密の時間を過ごした山林とは、雰囲気《ふんいき》が全く違った。緩やかな起伏しかない大地を覆い尽くす、どこまでも深く鬱蒼《うっそう》とした森。魔物が出ると言われたら、七年生はともかくキンダーガーデンの子は信じてしまうかもしれない。

　が——今のぼくには、不思議と魅《ひ》かれる場所だった。おいでよ、と森全体が囁きかけているようだった。

　妹を連れてきたらどんな反応を示すだろう。怖がるだろうか。それとも「お話に出てくるふしぎの森みたい」と目を輝かせるだろうか。うっかり二代目シャノンと鬼ごっこでも始めて迷い込んだら大変だ。連れ歩くにしてもハイキングコースがせいぜいだろう。

　森の縁沿いの道を進むこと約五分。ハイキングコースの入口が見えた。

　真向かいには、管理人の詰め所らしき古い建屋。

窓にカーテンが敷かれ、中は見えない。駐車場らしきスペースはあるが、自動車も自転車も停まっていない。湿った土から雑草が顔を出していた。

　森の入口へ目を戻す。矢印が記された木の看板。ガードレール代わりの細いロープが、鉄製の杭《くい》や木の幹に結び付けられながら、森の奥まで続いている。

　道はそれなりに開《ひら》けていた——というより、開けた部分をハイキングコースとして当てがったらしい。道の足元は木の根ででこぼこしていて、自転車で突っ切るのは難しそうだった。

　木の看板には、掠《かす》れた文字で『10 km』と記されていた。歩き切るには結構な距離だ。出口がどこに続いているかも解らない。

　様子見だ、適当なところで引き返そう。駐車スペースの隅に自転車を停め、森へ入ろうとしたときだった。

「お待ち」

　背後からしゃがれた声がして、ぼくは飛び上がった。

　かなり歳の行った老女が、知らぬ間に建屋のドアの前に立っていた。

中にいたのだろうか。ドアの開く音を聞き洩《も》らしたらしい。老女の瞳は青く、顔の皺が深い。長い白髪は乱暴にひとまとめにされ、肩にかかっていた。

「森に入るのはやめな。出るよ、ここは」

「出るって……何がですか」

　誰何《すいか》も忘れて訊き返す。危険な動物がいるのだろうか。毒蛇、野犬、それとも熊——いやまさか。

が、老女が口にしたのはどれでもなかった。

「吸血鬼《ヴァンパイア》だよ。

　この森に巣くっているのさ。迷ったら最後だ。お前さんも仲間にされちまうよ」

　鼻で笑い飛ばしただろう——以前のぼくなら。

吸血鬼？　そんなの海の向こうの伝説だ、建国から二百年も経っていないU国にいるもんか、と。

　けれど、今のぼくにはできなかった。思い出すまいとしていたヘティの血の味が、瞬《また》く間に口の中を満たした。

「悪いことは言わん、帰りな。お前さんだって」

　老女の言葉が途切れた。ぼくの顔をまじまじと見つめたかと思うと、いきなり悲鳴とともに後ずさった。

「え⁉　あ、あの」

思わず手を差し伸べる。老女は「来るな！」とぼくの手を払い除《の》けた。

「どこから来た……この吸血鬼め。仲間に会いに来たのか！」

絶句した。

吸血鬼――ぼくが、吸血鬼だって？

「近寄るな！」

老女の表情は、恐怖と敵意が剝き出しになっていた。「出て行け。二度と現れるな。ここはお前たちのような、穢《けが》れた者どもが――」

傍から見れば錯乱したようにしか思えないだろう老女の言葉を、最後まで聞くことができなかった。呪詛《じゅそ》から逃れるように、ぼくは自転車にまたがって走り去った。


「ああ、そういえば聞いたわね」

その日の夕食、ぼくが森のことをさりげなく話題に出すと、母は思い出したように返した。

「ハイキングコースの入口近くに、お婆さんがひとりで住んでいて……誰かが来るたびに『森には吸血鬼が出る』と話して回っているんですって。

何でも、二十年前の大戦の頃に、P国から家族で逃げてきたらしくて。けれど、ご主人にもお子さんにも先立たれてから、何年もずっとひとりで暮らしているそうよ。寂しいわよね」

ぼくと違って、母はご近所の人々とすっかり仲良くなったらしい。地元の噂話もしっかり仕入れていた。

脱力感が襲った。『森の吸血鬼』の噂は、ぼくが想像したものとは根底から違っていた。まさか、あの老女が勝手に言いふらしていただけだったなんて。

「どうして『吸血鬼』なの？」

妹が首をかしげる。「解らないわ」と母が苦笑した。

「ただ、向こうの国ではそういう話が多いらしいから。きっと、あの森がお婆さんの故郷の森とよく似ていて、それで吸血鬼の物語を思い出したんじゃないかしら」

家族を亡くして、ひとりきりになって、今さらP

国へ戻れる当てもなくて――いつしか老女の中で、あの森が故郷の森と同じになってしまったのか。

納得できたのかどうか、妹はきょとんとした表情を浮かべていた。

「でも、お婆さんがあんまり繰り返すものだから、本気で信じ始めている人もいるらしいわよ。小さい子とか、初めて森へ行った人とか」

自分もそのひとりだ、とは言えなかった。

「周りの人たちも次第に気味悪がって……最近では、森へ近付く人も減ってるみたい。そんなに危険な生き物はいないらしいけど」

「だよね。吸血鬼が出るとか、この吸血鬼め、とか言われたら、誰も近寄らなくなるよ」

「あら？　吸血鬼呼ばわりされた人がいるのね。じゃあなおさらだわ」

背筋が冷えた。

――どこから来た……この吸血鬼め。

――ここはお前たちのような、穢れた者どもが

――

老女に投げつけられた言葉が、心の中に渦巻く。

先程の母の口ぶりでは、「お前は吸血鬼だ」と老女に罵《ののし》られた人はいないようだった。

なのに、どうしてぼくにだけ……？

ぼくが人殺しの吸血鬼だと気付かれたのか。なぜ、どうやって。

いや――そんなことは二の次だ。

どうすればいい……本性を暴かれた。ぼくは一体、どうすればいいんだ？

※

結論が出たのは半年後だった。

老女の妄言が――ぼくが吸血鬼だということが――特に噂になることなく、誰の耳にも触れられなかったのだと確かめられた頃。

ぼくは森の中で、老女の遺体を見下ろしていた。

切り刻まれたその喉へ指を伸ばし、血をすくい取り、舐める。

……違う。

ねっとりと鉄臭いだけの澱《よど》んだ血は、ヘティのそ

れとは比べ物にならないほど不味《まず》かった。

歯止めが効かなくなった。

※

三人目は、スポーツクラブの試合で対戦した、相手チームのトレーナーだった。

目の下に隈《くま》を濃く浮かべた、瘦《や》せぎすで不健康な雰囲気の男だった。対戦後、大して才能があるわけでもないぼくへ、スカウトめいた誘いを投げてきた。

後に噂で知ったことだが、トレーナーは薬物を常用していたらしい。パスを回してもらえず試合中に浮いていたぼくを、つけ込みやすい獲物だと思ったのだろうか。とても飲めたものではない血の持ち主だった。

森の事件から数ヶ月後の、親善試合当日。喉を赤く染めたトレーナーの遺体が、彼の地元の空《あ》き店舗で発見された。

四人目は、エレメンタリースクールの男子。

老女の死によって本物の『吸血鬼の森』と化したあの場所へ、クラスメイトたちと度胸試しに行ったらしい。

皆して森へ迷い込み、ひとりだけ行方不明になり——一週間が過ぎて、森の中の池に遺体が浮かんでいるのが、捜索隊によって発見された。

実際に最初に見つけたのはぼくだ。けれど誰にも言わなかった。

血を味わいたかったから。

三人目の男のものよりはまともで……けれど、へティの血とは似つかない味だった。

少年の喉の傷は、ただの怪我や、動物にかじられた痕とごまかせるものではなかったようで、『吸血鬼の森』の新たな犠牲者と認知されてしまった。

五人目は、隣町でペットショップを営む三十歳の女性。

店の経営が思わしくなく、あちこちの町へなりふり構わず営業をかけていたらしい。ぼくの家のポストにもビラが入っていた。

一ヶ月後、ぼくはリビングで、彼女の死のニュースを他人事《ひとごと》のように聞いた。
報じられたのは、社用車のトランクの中で遺体が発見されたことだけ。犯人が被害者の喉を抉《えぐ》った件は一言も触れられなかった。

罪を重ねれば重ねるほど、誰かに目撃され、あるいは痕跡を残し、犯行が露見《ろけん》する危険も高まる。子供にだって解る理屈だ。
けれどぼく自身、内に潜む吸血鬼を止めることはもはやできなくなっていた。

最後の六人目は、ハイスクールで知り合った同級生の女子。
ぼくにとって二人目のガールフレンドだった。何もかもヘティとは違っていた。性格も、言葉遣いも
——血の味も。

破局は程なくして訪れた。
犬嫌いのガールフレンドがぼくの家へ遊びに来たとき、リビングに現れたシャノンに驚いてコップを落とし、割れた破片で手を切ってしまった。

この件を、父は「飼い犬がガールフレンドを怪我させた」と受け取り、シャノンの処分を決めた。数年間をともにした家族との、あまりにも一方的な別離だった。
父はずっと前からシャノンを疎《うと》ましく思っていたのかもしれない。ガールフレンドの怪我が、最後の一押しになった。たぶんそれだけのことだった。

六人目——彼女の遺体が『吸血鬼の森』で発見されてから三日後、ぼくは逮捕された。
ヘティを殺してしまってから、三年が過ぎていた。

※

ぼくの家族は崩壊した。
すべて後から聞かされた話だが——母は自殺し、父は勤務先を解雇されて酒浸りになった末、自動車事故で命を落とした。あれだけ厳格だった父が自暴自棄に陥って破滅したのは、皮肉としか言いようがない。その引鉄《ひきがね》を引いたぼくに言えた義理ではなかったけれど。

妹は施設を経て里子に出されたが、ひとりきりのハイキングの最中に転落死した。事故とも自殺とも解らない、とのことだった。

すべての元凶はぼくだ。

ヘティの血を飲み、その味を忘れられなかったぼくの罪だ。

※

死刑か終身刑かのどちらかと思っていたけれど、ぼくが収容されたのは病棟だった。

刑務所暮らしと似たようなものかどうかは、比べたことがないので解らない。

狭く無骨な部屋、床に固定されたベッド、内側からは決して開くことのない扉。廊下側の壁の上半分は、全力で叩いても壊れそうにない、硬く透明な嵌《は》め殺しのアクリル張り。その下方には、食事の受け渡し用の小さなボックス。食器はスプーンを含めすべて紙製。武器になるものは一切持ち込まれない。

月に一度の健診の際は、両腕を拘束され、目隠しをされて歩かされ、革のバンドでベッドに固定されて血を抜かれる。

それ以外はひとりきりだった。永遠とも一瞬とも、現実とも夢ともつかない時間が、幾度も巡った。

どれほどの月日が過ぎただろうか。

ある日——独房の隅に、ぼんやりとした人影が立っていた。


……ああ、夢だ。

だって、二度と逢えるはずがないのに。


——心配ないよ。

幻聴が鼓膜を震わせる。ぼくは駄々をこねるように首を振る。

心配とかいう話じゃないんだ……ぼくは君に、皆に、取り返しのつかないことをしてしまった。


——大丈夫。

優しく懐かしい囁き声。

——どんな罪を背負っても、やり直したいと願う権利は誰にだってある。

――それに、あなたはすべてを失くしてなんかいない。

そうだ……君とこうして、また逢えた。

歓喜と罪業に心を揺さぶられながら、ぼくは声を震わせた。

「ごめんよ、ヘティ」

※

「『ヘティ』？」

記録映像の中、彼の発した呟きに、イヴェット・フロルキングの心臓が跳ねた。「あの……これって」

「軽いせん妄症状ですね」

年配の女性研究員が、映像を一時停止した。「かつての恋人の幻覚でも見ているのでしょう。

――さて、あなたも準備はよろしいですね。顔合わせに行きますよ。

心配しなくとも大丈夫。ここに入って以来二十年間、彼が暴れたことはありません。大人しいものです」

「……はあ」

と言われても、何と答えればよいか解らない。

ディスプレイに表示されているのは、ベッドひとつの殺風景な病室――という名の独房だ。

彼は病衣を身に纏《まと》い、ベッドに腰を下ろしている。両眼は、長く伸びた前髪に半ば隠れ、どこを見ているのかも映像ではよく解らない。

落ち着け、と自らに言い聞かせ――

イヴェットは、彼――『ヴァンプドッグ』に会うために席を立った。

第1章
ヴァンプドッグ――インサイド（Ⅰ）
――一九八四年二月九日　二二：一〇～――


「ブラボー！」

　左隣から響く雄叫《おたけ》びに、エルマー・クィンランは思わず身を縮ませた。

　ごく一般的な大きさしかない乗用車の後部座席に、大人の男三人が詰めているのだ。おまけに荷物も抱えている。中央の席に座る同僚に我が物顔で足を広げられ、狭苦しいことこの上ない。右端に押しやられた格好のエルマーにできるのは、やんわりとたしなめることだけだった。

「イニゴ……あんまり騒がないでくれよ。いい齢《とし》なのに」

「今、喜ばずにいつ喜べって？」

　イニゴ・アスケリノが、染みだらけの浅黒い顔を歪める。「心配するな、エンジン全開、夜のハイウェイを全速前進中だ。周りに他のクルマはなし。窓を開けたって聞かれるものかよ」

「その『今』とやらが昨日から何十回も続いてなければ、だけど」

　スザンナ・モリンズが助手席から顔を向ける。焦茶色の髪と瞳。声には呆れが浮かんでいる。「野球じゃあるまいし、事あるごとに馬鹿騒ぎされたところで有難みが減るだけよ。――キム、アンタも何か言ってやったら？」

「別に」

　後部座席の左側で、キム・ロウが窓にもたれながら息を吐いた。黒髪がわずかに揺れる。「言って素直に聞き入れる輩《やから》なら、今まで苦労はしていない」

「待った待った」

　イニゴが身を乗り出した。「どういう意味だよキムちゃん。オレがいつ苦労をかけた？　迷惑ならむしろこっちの方だろう」

『こっち』の台詞に合わせ、エルマーは平手で頭頂部を叩かれた。「確かに」とキムにも追い打ちをかけられ、澱んだ気分に襲われる。この二日間――いや、それ以前の準備段階から――役に立つより足を引っ張る場面の方が多かったのは事実だ。

「やめなさい」

スザンナの声は、聞き分けのない子供たちに辟易《へきえき》する母親そのものだった。「致命的なミスがあったわけじゃないいんだし。終わり良ければ——」

「終わっていいない」

運転席から低い声が響いた。

車内が静まり返った。……今しがたのはしゃぎぶりが嘘のように、イニゴが後部座席へ身体を戻した。

「『終わった』と言えるのは、俺たちが本当の意味で自由を手にしたときだけだ」

セオドリック・ホールデンがハンドルを握りながら、フロントガラスの先、ヘッドライトの向こうの闇を見据えた。「油断するな。野球では最終回で勝敗がひっくり返るなど日常茶飯事だ。現時点での成功は、最終的な成功を必ずしも保証しない」

「オッケイ。リーダー」

イニゴが肩をすくめた。「乗り換え前のクルマを置き土産に残しちまったしな、予定通りとはいえ。今夜のうちに行けるとこまで行くしかないか」

「徹夜はもう嫌よ。肌荒れは勘弁だわ」

「心配ない。宿を手配済みだ。今夜はそこで休む。ベッドとシャワー付きだ」

イニゴが口笛を鳴らす。キムが「さすがセオドリック、気が利いているね」と呟く。

エルマーも密かに安堵《あんど》の息を漏らす。昨日から今に至るまで、昼も夜も延々と走り続けていた。睡眠も食事もほぼワゴン車の中だったのだ。

空腹を覚えた。窓ガラスへ目を向ける。ガスステーションと思《おぼ》しき明かりが、ハイウェイ前方の闇の中に見える。

同時に、自分の顔がガラスに反射する。

ハイスクールをドロップアウトした当時より明らかに老けた、風格も威厳もない四十前の男の顔。

茶色がかった金髪に、白髪《しらが》がぽつりぽつりと交ざっている。童顔気味の容貌は概《おおむ》ね昔通り。ただし肌の艶《つや》が失せ、鼻の脇から唇の端にかけて長い皺《しわ》が刻まれている。精神的に何も成長しないまま、肉体だけ相応に齢を重ねてしまった感が否めない。

もっとも、他の皆——ジュニアハイスクール時代の同期たちとて似たようなものだ。

イニゴもキムもスザンナも、振舞いこそ昔のままだが、顔や肌にそれぞれの歳月が積み重なっている。傍から見れば、いい歳をした大人が同窓会で童心に返っているようにしか見えないだろう。車内の五人の中で真に成熟したと呼べるのは、恐らく最も社会的に成功し、威圧感が増したセオドリックくらいだ。

ガスステーションの明かりが近付く。照明灯の下に、店員らしき制服姿の人影が見え——しかし、エルマーたちを乗せた自動車は速度を落とさず、横を通り過ぎた。

「あ、あれ、寄らないの?」

「宿を確保したと言っただろう」

セオドリックはにこりともしなかった。「食事や休憩は到着後だ。それまで我慢しろ。あと二時間だ」

イニゴが呻《うめ》く。キムが溜息を吐く。スザンナが「そんなことだろうと思った」とぼやき、カーラジオのスイッチを入れた。ニュースキャスターの生真面目な声が流れた。

『……MD州で発生した現金輸送車襲撃事件について、ボルチモア署は本日会見を行い、犯人グループが乗っていたものと思われるワゴン車が、K州で目撃されたことを明らかに——』

「とっくに通り過ぎたって」

せせら笑うイニゴへ、キムが無言で手を突き出した。

「何だよ、キムちゃん」

「弾倉。セオドリックに言われたろ。落ち着いたところで預けろと」

キムは昔から、グループのサブリーダーのような役回りをすることが多い。やれやれ、とイニゴがぼやいた。バッグから銃を取り出し、弾倉を外して「ほらよ、弾薬管理人殿」とキムに放り投げる。

皆の会話を聞きながら、エルマーは視線を落とした。

中身の詰まったトラベリングバッグが、膝の上と足元に置かれている。全員分を合わせれば百万ドルを下らない、ドル紙幣の詰まったバッグだった。

——一九八四年二月九日、二十一時十分。州間高速道路十七号。

エルマーたち五人が現金輸送車を襲撃し、運転者兼警備員二名を射殺、荷台の中身を丸ごと強奪してから、約三十九時間が経過していた。

※

セオドリックの予告通り、市街地へ入ったのは二十三時頃だった。

「へえ」

窓の外の夜景を、スザンナが興味深げに見つめる。「砂漠の真ん中っていうからどんなものかと思ったけど、フェニックスって結構広いのね。雰囲気もちょっと南国っぽいし」

「A州の州都は伊達《だて》じゃないってところか。想像の十倍は都会だ」

イニゴも感心した様子で応じる。

樹皮に凹凸《おうとつ》のあるヤシの木らしき樹木、サボテン、土色の壁の建物。暗い夜の中、街灯とヘッドライトに浮かび上がる街並みは、これまで通過してきたどの都市とも毛色が違っていた。

「物珍しげな態度を取るな」

セオドリックが皆に命じた。「観光は後からでもできる。……もう少しで宿だ。ガレージに入るまでバッグは極力隠せ」

と言われても、ワゴン車と違ってこの乗用車は手狭だ。ただでさえイニゴに圧迫されているのだ。エルマーは膝上のバッグに両腕を覆い被せた。

『宿』は、郊外の一角にある邸宅だった。

小さな公園から二ブロックほど過ぎた先。隣家とは距離のある、広い敷地の一軒家だ。夜に浮かぶ二階建てのシルエットは、宿どころか豪邸と表現しても差し支えない大きさだった。

「……ここで合っているのか、セオドリック」

普段は冷静沈着なキムも、さすがに驚きを隠せないようだ。「問題ない」とセオドリックはポケットから鍵を取り出した。

「信頼できる裏の伝手を使った。賃貸契約は済ませてある。まず足がつくことはない。……それより早く入るぞ。スザンナ、ガレージを開けろ」

セオドリックが助手席へ鍵を投げる。「人使いが荒いんだから」スザンナはぼやきながらも、愉快そうに口元を緩ませた。

自動車をガレージに収め、シャッターを下ろし、偽のライセンス・プレートを外す。

　紙幣入りのバッグを各自担ぎ、ガレージ奥のドアをくぐって廊下を進む。先頭のセオドリックが突き当たりの扉を開け、壁を探ると、程なくして電灯が点《とも》った。

　吹き抜けのリビングだった。

　三人掛けの大きなソファーが二つ、背の低いテーブルを挟んで向かい合わせに並んでいる。目を上げると、高い天井にシャンデリアが吊るされていた。

……本物の豪邸だ。

　床や壁はやや古びているが、クリーニング業者の手が入ったのか、汚れや埃《ほこり》は全くと言っていいほど目に付かない。

　廊下側の扉から向かって右手に玄関。左手の壁に沿って、階段が二階へと続いている。テレビや棚の類《たぐい》は見当たらない。大きな家具などが省かれている分、ひときわ開放感があった。（**【図１】**）

　窓には遮光《しゃこう》カーテン。玄関の扉は曇りガラスの嵌まった重厚感あるものだった。セオドリックが施錠を確かめ、閂《かんぬき》を下ろした。

「こりゃ凄い」

　イニゴが戦利品入りのバッグを床に投げ、ソファーに身を沈めた。「もう少し飾り立てたら、ちょっとしたリゾートホテル並みじゃないか。

　セオドリック、こんな物件をどこで見つけた？　賃貸といったって結構値が張ったんじゃないか」

「選定は伝手に一任した。それと費用なら心配するな。今の俺たちにははした金だ」

「確かに」

　キムが呟き、イニゴのバッグの隣へトラベリングバッグを並べる。スザンナが同じ場所目がけてバッグを放り、空いたソファーへ飛び込む。

　エルマーも肩から荷物を下ろし、廊下側の扉を閉めた。……様々な意味で重すぎる荷物だ。重量から解放されたというのに、墓石を背負っているような感覚が抜けない。

　――路地裏に倒れ伏す警備員。広がる血溜まり。

　――低く短い叱責の声。手袋越しに伝わるジュラルミンケースの冷たさ。

　――トラベリングバッグへ紙幣の束を投げ込む際

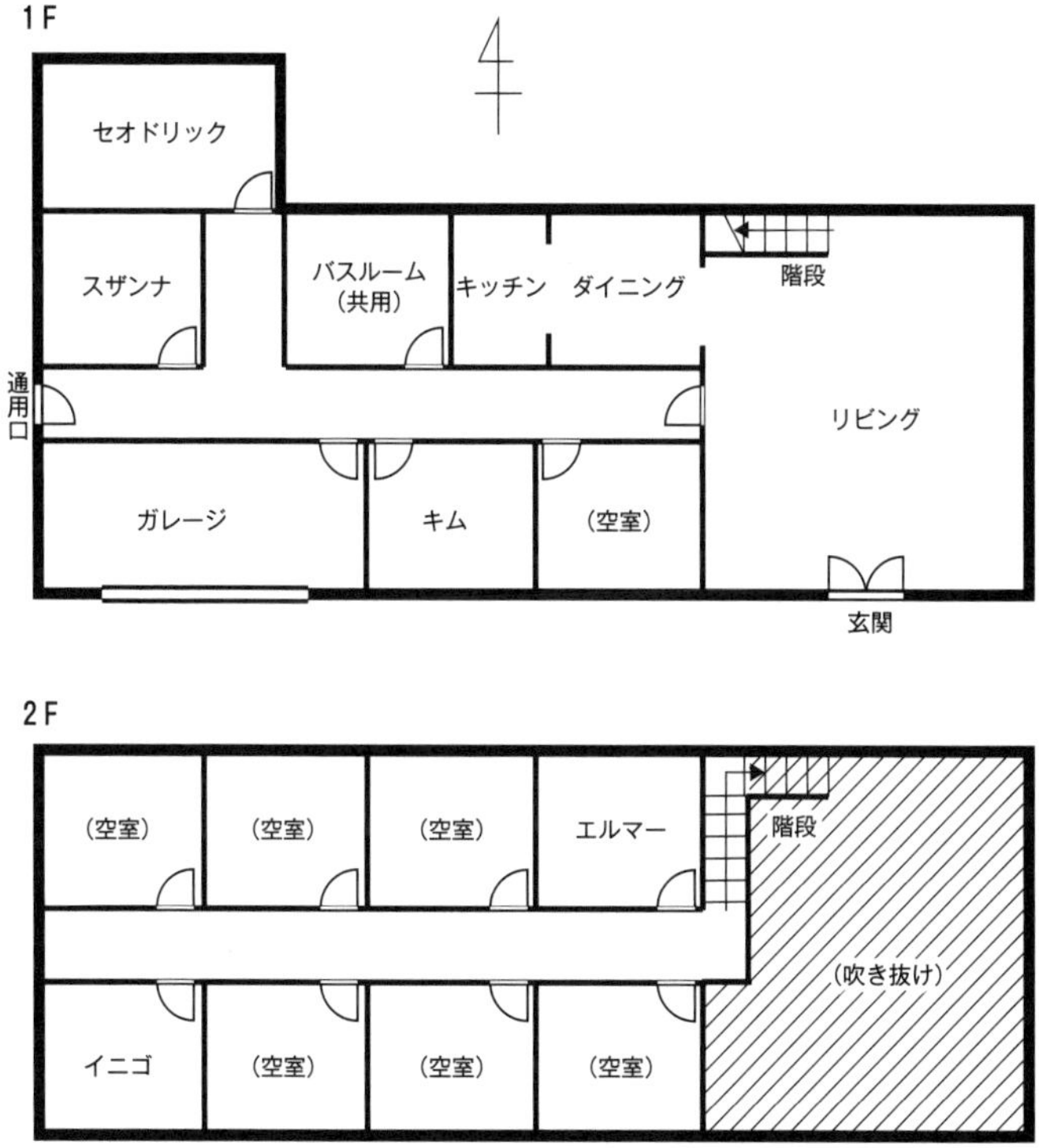
1F
セオドリック
スザンナ
バスルーム
(共用)
キッチン
ダイニング
階段
通用口
リビング
ガレージ
キム
(空室)
玄関
2F
(空室)
(空室)
(空室)
エルマー
階段
(吹き抜け)
イニゴ
(空室)
(空室)
(空室)

図1

の、手の震え。……

昨日の光景を、エルマーは首を振って追い払った。

「祝勝会――にはもう遅いか」

イニゴが腕時計を覗く。「いや、『早い』だな。最終段階はまだ終わっていない、だったか」

「硬い話は一旦終わりにする」

セオドリックの口元に、珍しく笑みのようなものが浮かんだ。「食料がキッチンに運ばれているはずだ。酒もある。俺たちの前途を祝して乾杯と行こう」

一時の沈黙の後、皆がそれぞれに歓喜の声を発した。


食料といっても、保存の利く缶詰や乾パン、デザートの代わりらしき袋入りのスナック菓子など、豪華な邸宅には見合わないものばかりだった。

が、この二日間、店員に顔を覚えられないよう神経を使いながらファストフードを買い、車内で慌ただしく口に押し込むだけだったのだ。曲がりなりにも食事を皿に盛りつけ――食器もキッチンに用意されていた――皆でテーブルを囲むのが、随分と久しぶりのように感じられた。


イニゴ、キム、そしてスザンナの前には赤ワイン入りのグラス。セオドリックは煙草《たばこ》とライターを取り出し、紫煙《しえん》をくゆらせながら、ウイスキーの水割りを口に運んでいる。エルマーは体質的にアルコールを受け付けないため、酒の代わりに缶のサイダーを傾けていた。

「にしても、つくづくでかい家だなあ。セオドリック、前の持ち主はどんな奴だったんだ?」「詳しくは知らん。どこぞの富豪が破産して手放した、とは聞いた」「匂うね。一家で首吊りでもしたのかな」「ちょっとキム、不吉なこと言うんじゃないの。エルマーが怖がるでしょ」「いや、その、特には――」

歓談の時間は瞬く間に過ぎた。

エルマーは腕時計に目を落とした。深夜零時近く。酔ってはいないが瞼が重い。セオドリック以外の三人も、さすがに口数が少なくなっていた。

「散会だな」

セオドリックが腰を上げた。「片付けは後でいい。皆、今夜は休め。今後の予定は翌朝伝える」

「……了解」

イニゴが億劫《おっくう》そうに立ち上がる。エルマーを含む三人も後に続いた。

「ねえ……着替えはない？　それと、化粧水とかファンデーションとかパウダーとか。そろそろシャワーも浴びたいわ」

そういえば、服は襲撃後に上下とも替えたが、肌着はそのままだ。

「化粧品って、おいスザンナ、お前なあ――」

「文句ある？」

スザンナの眼光がイニゴの呆れ声を封じた。「お洒落云々《しゃれうんぬん》の問題じゃない。メイクひとつで顔の印象はがらっと変わるの。今のアタシたちには必需品よ。それとも、『いい年齢《とし》して』なんて寝言を言うつもりだった？　アンタたちだって同い年のオヤジでしょ。今度ほざいたら眉間《みけん》に穴を開けるから」

疲れが溜まっているのか酔いが回ったのか、スザンナの声は低い。およそ冗談に聞こえなかった。

「開けていない段ボールがキッチンの隅にあったはずだ」

セオドリックが応じた。「スザンナが挙げたものもほぼ揃っている。好きに使え」

「ほんと？　さすがじゃない、どこかのお調子者と違って」

「気が利いているね」

キムも今度は皮肉抜きに感心したようだった。

部屋割りは、各人が好きな部屋を順番に選ぶ格好になった。

セオドリックが自然に一番手となり、続けてスザンナ、キムが廊下側のドアに消える。イニゴが階段を上がる。四人と知り合って数十年経つが、エルマーはこういうとき、いつも余り物を引かされる。

といっても、部屋は充分すぎるほどあった。

キッチンの段ボールから着替えとタオルを見繕い、二階へ上がると、廊下の左右に扉がずらりと並んでいた。冗談抜きでホテル並みだ。

イニゴは一番奥、南向きの角部屋を選んだらしい。エルマーは階段に最も近い一室を使うことにした。

がらんとした部屋だった。

向かって右手の壁際にベッドがひとつ。奥側の、外に面した窓には遮光カーテン。他の調度品はほぼ皆無だ。当たり前と言えば当たり前だが……枕や毛布などの寝具が揃っているだけありがたいと言うべきか。

　ベッドの反対側、向かって左手の壁に、ノブ付きのドアとスライド式の扉が並んでいる。バスルームとクローゼットのようだ。手前のドアを開けると、洗面台やトイレやバスタブが、これまた綺麗に艶を放っていた。洗面台のコックをひねる。透明な水が蛇口から流れ出した。

　水道も使える。自分たちの立場を棚に上げて評すれば、一泊で終わるのがもったいない場所だ。

　……一泊だけ、なのだろうか。

　キッチンに置かれていた食料や着替えは、たった一晩身を隠すだけにしては多かった。後で自動車に積み込むのかもしれないが、単に寝泊まりするだけなら水も電気も要らない。スザンナは文句を言うだろうが、身の安全を確保するなら少しでも遠くへ逃げるべきではなかろうか。

　いや、セオドリックが決めたことだ。自分ごときが今さら文句を言っても始まらない。それに、宿を確保していると聞いてエルマーも密かに安堵したのは事実だった。

　が——一方で、胸を締め付けるような不安は消え失せてくれない。

　目論見《もくろみ》通り大金は手に入った。が、自分たちは追われる身だ。身元が割れるような証拠は残していないはずだが……警察が現実にどこまで自分たちの背後に迫っているかは、ラジオのニュースやパトカーの動きなどから察知するしかない。ＭＤ州からＫ州を経て——イニゴ曰く「とっくに通り過ぎ」——Ａ州までやって来たが、警察の捜査も現在進行形で行われているはずなのだ。一泊している余裕などあるだろうか。

　どこまで逃げればいいのか。そもそも、この逃走劇に終わりなどあるのか。

　襲撃を成功させた後の計画を、エルマーは大雑把《おおざっぱ》にしか知らない。「最終的にはＵ国外へ」とは聞かされていたものの、具体的な手段は未だセオドリックの頭の中だ。彼がフェニックス市にこんな隠れ家を確保していることさえ、エルマーはつい先刻まで全く知らなかった。

　自分たちは、どこへ向かおうとしているのか。

　……首を振る。

計画は実行された。自分たちは文字通り引鉄を引いてしまった。後戻りはできない。身の安全が確保されるまで走り続けるしかないのだ。

エルマーは着替え一式と上着をクローゼットに放り込み、ベッドに腰を下ろした。ボトムスの後ろのポケットから、鉛筆付きの小さなメモ帳を取り出す。

メモを残すな、とセオドリックからはきつく言われていたが、告げられた計画のすべてを記憶に叩き込み、必要なときに即座に思い出して遺漏《いろう》なく実行するだけの自信はさすがになかった。計画の打ち合わせ段階では、皆に見つからないよう、セオドリックに言われた内容をこっそり書き留めていた。とはいえ、今読み返すと我ながら要領を得なかったが。

エルマーは鉛筆を握り、続きを書き加えた。

『乗り換え。P市へ到着。豪邸。次の予定は明日Tから説明。……』

計画のメモというより日記に近くなってしまった。今さら消すのも面倒だ。メモ帳をボトムスのポケットに押し込む。

汗を流したかったが、眠気の方が勝った。フェニックス市は二月の夜も暖かい。エルマーは毛布を被り、目を閉じた。

※

――二十秒遅れている。ぐずぐずするな、急げ。

セオドリックの短い叱責が飛ぶ。エルマーは手を震わせながら、ジュラルミンケースの中の紙幣を手袋越しに摑み、バッグに移し替える。

ジュラルミンケース自体が犯罪の証拠になる以上、そのまま持ち運ぶわけにはいかない。余計なものは現場に捨てていくしかない。

事前に幾度となく練習を重ねてきたが、本番のただならぬ緊迫感と恐怖、何より、視界の片隅に映る遺体、そして硝煙《しょうえん》と血の臭いは、エルマーの全身を萎縮《いしゅく》させるのに充分だった。

……三十秒遅れで詰め替えを終える。薄暗い路地裏、目撃者はいない。紙幣の詰まったバッグを担ぎ、ワゴン車へと走り――

突然、肩を摑まれる。

死んだはずの警備員が、眉間から血をしたたらせながら立ち上がっている。光の失せた眼球がエルマーへ向く。

悲鳴を上げる間もなく、首に強烈な圧迫感を覚える。

苦悶《くもん》に目を見開く。視界がブラックアウトする。警備員の腕を振り払おうとして、エルマーの手は空《むな》しく宙を切る。

当然だ……これは夢だ。死人は起き上がらないし、首を絞めたりもしない。

助けを求めることもできないまま、エルマーの意識は闇へ転がり落ち――

※

目を覚ますと、遮光カーテンの隙間から薄明かりが差し込んでいた。

見慣れない部屋だった。……フェニックス市の邸宅に身を隠したことを思い出すのに、数十秒の時間が必要だった。

頭が重い。喉が痛い。気分が悪い。あんな夢を見てしまったせいだろうか。罪悪感を捨てきれない自分の貧弱な精神力が恨めしかった。

ひとまずシャワーだ。どうにかベッドから脱け出して、クローゼットから着替えとタオルを取り、ユニットバスへ向かう。給湯設備も生きているらしく、シャワーのコックをひねると、しばらくしてバスタブから湯気が立ち上った。

ボディーソープやシャンプーの類はない。代わりに昨夜、各人に固形石鹸《せっけん》がひとつずつ渡されている。贅沢《ぜいたく》は言うまい。熱い湯を浴びられるだけでも僥倖《ぎょうこう》と思わなければ。

一通り汗を流し、身体を拭きながら鏡へ目を向け――迂闊《うかつ》にもようやく、エルマーはそれに気付いた。

悲鳴を上げた。蛙が潰される際の断末魔のごとき、短く無様な叫びだった。

何だ……何なんだこれは。

大慌てで肌着を纏い、部屋を飛び出したところへ、「エルマー――どうした」と声をかけられた。

セオドリックだった。心なしか顔色が悪い。だがエルマーは気に留める余裕もなかった。

「どうしよう……これを見てくれよ。何なんだよ……どうしてこんなのが」

「落ち着け」

低い声でセオドリックが遮《さえぎ》った。それが刻まれている部位の辺りを睨《にら》み、程なくして、仕方ない奴だと言わんばかりに息を吐く。

「エルマー。寝る前に部屋の鍵を閉めたか」

あ――

「……忘れた、かも」

「なら悪戯《いたずら》だ。お前が寝入っている間に他の誰かが忍び込み、これを施したんだろう」

全身から力が抜ける。何て悪趣味な。呪いの類かと思った自分が恥ずかしい。

「でも『誰か』って、一体」

「やめておけ。子供じみた悪戯にいちいち反応するな。無視するのが最も効果的な仕返しだ。

――犯人捜しをする暇もなくなったからな」

え？

「着替えを済ませてリビングへ来い。遮光カーテンは開けるな。部屋の電気も消しておけ。厄介《やっかい》な事態になった」

ボトムスを穿《は》き、タートルネックのセーターを着て階段を降りると、リビングには他の面々――セオドリック、キム、イニゴ、スザンナが揃っていた。


全員の表情が、程度の差はあれ硬く重い。昨夜の『祝勝会』の浮かれた雰囲気は跡形もなくなっていた。

夜が明けたというのに、窓の遮光カーテンは閉ざされたままだ。そういえば先程も、カーテンを開けるなとセオドリックに注意されたが――

誰も何も言わない。代わりに、ノイズ混じりの声がリビングの空気を揺らしている。

セオドリックが用意していたらしい鈍色《にびいろ》の小さなラジオが、テーブルの上、放置された皿の間に置かれていた。

「セオドリック、何が」

尋ね終える前に、女性キャスターの声が響いた。

『……交通情報です。午前八時より開始された検問の影響で、フェニックス市外方面の各道路で渋滞が発生しており――』

検問!?

心臓が凍り付いた。……なぜ。どうしてこんなタイミングで。

エルマーが愕然《がくぜん》とする間にも、キャスターは流《りゅう》暢《ちょう》かつ淡々と、非情な宣告を続けた。

『……フェニックス市警察署では検問の期間を「当面の間」としており、渋滞の解消には時間がかかることが予想されます。市外へお出かけの皆様は、充分に余裕を持ってご出発ください。

また、市警察によるパトロールが行われています。安全運転を心がけて――』

パトロール――

「警察だけじゃない」

昨夜までの陽気さが嘘のように、イニゴの声は抑《よく》揚《よう》が失せていた。遮光カーテンへ向かって顎をしゃくる。「外を見てみろ。……隙間からだ。絶対に開けるなよ」

エルマーは窓へ駆け寄り、カーテンの隙間にそっと片目を近付けた。

気嚢式浮遊艇《ジェリーフィッシュ》が、空の上を泳いでいた。

邸宅から何キロメートル先だろうか。気嚢《きのう》に記された『AIR FORCE』の文字がかろうじて読める程度には、近い距離を飛んでいる。

足をふらつかせながら窓を離れる。そんな――空軍まで。

「市の外周りを見張っているらしいね」

普段は冷静なキムの声が、珍しく緊張を孕《はら》んでいた。「あそこまでされたら、荒野を突っ切ろうとしても脱出は無理だよ」

「どうして!」

叫ばずにいられなかった。「昨日は――夜中までは、全然何もなかったのに」

気付かれた。自分たちがフェニックス市に潜んでいると、警察や軍に気付かれた。そうとしか思えなかった。

「知らないわよ」

スザンナが吐き捨てた。「エルマー、あんたがヘマをやらかしたんじゃないの？　乗り捨てのときに」

「そんな――」

ミスはなかった……はずだ。

幹線道路から目に留まらないよう、荒野の中を運転する際はライトを消していたし――低木にぶつかりそうになって何度も肝を冷やした――偽のライセンス・プレートも回収した。暗色の服を着て荒野の闇に紛れ、他の皆に危うく置いてけぼりを食らわされかけた。あのときは本当に、切り捨てられたのではないかと絶望しかけた。なのに、この言われようは何なのか。

「落ち着け」

セオドリックの声は平静を保っていたが、表情はさすがに険しかった。「乗り捨ての際に気付かれたのなら、昨夜の段階でハイウェイに非常線が張られていたはずだ。

しかし先程のラジオによれば、検問が始まったのは午前八時。ほんの一時間前だ。仮にあれが発見されたとしても、せいぜい今朝の六時か七時辺りの話だろう。俺たちがフェニックス市にいると、完全に露見した可能性は低い。警察にしてみれば、俺たちが昨夜のうちにここを通過した線も捨てきれないだろうからな」

言われてみればその通りだ。当のエルマーたちでさえ、フェニックス市で休息することを直前まで知らされていなかった。

それに、乗り捨てた場所を出発点としても、エルマーたちの行先にはいくつもの候補がある。逃走先を容易に絞り込めないだろう場所を、セオドリックが乗り捨て地点に設定したのだ。自分たちの行方を、警察が即座にフェニックス市だと断定できたとは思えない。

が――

「だったらこの状況は何なの」

スザンナの表情は納得とは程遠かった。「落ち着け」とセオドリックは繰り返した。

「主な可能性は三つだ。

乗り捨て地点から先のすべての都市に対し、同様の検問やパトロールが行われている。

警察がサイコロを振り、当て推量でフェニックス市を集中的に嗅ぎ回っている。

あるいは――俺たちとは全く関係ない、別の凶悪事件が発生している」

沈黙が訪れた。

セオドリックはエルマーたちへ順繰りに視線を送り、先を続けた。

「前二者の場合は、身を潜めていれば問題ない。空振りだったと警察が判断すれば、遠からず厳戒態勢は緩む。

　問題は三番目だ。これに関しては正直なところ、先が読めない」

「『別の凶悪事件』って……ボクたちは単に巻き添えを食っただけ、ということ？」

　キムが静かに問いを発する。イニゴも疑念の声を上げた。

「別口の凶悪事件？　ラジオを聞いた限りじゃせいぜい、駐車場で女の死体が見つかったとかいうニュースしか流れてなかったぜ。検問はともかく軍まで担ぎ出すか？」

「マスコミや一般市民には詳細が伏せられているのかもしれん。あくまで可能性のひとつだ。

　いずれにしても、このような状況になった以上、俺たちにできるのは警察をやり過ごすことだけだ。外出は厳禁だ。窓から顔を見せるな。

　幸い、この隠れ家は隣家から離れている。昨夜の自動車のエンジン音や窓明かりには気付かれたかもしれないが、『複数人が身を潜めている』と悟られなければそれでいい。食料も何日分かはある」

「セオドリック」

　エルマーはそろりと手を挙げた。「その、今さら訊いても仕方ないかもしれないけど……元々、フェニックスにはしばらく滞在する計画だったのかな」

「ああ。非正規の手段で海外へ渡るにも、それなりの手続きが必要だ。逃がし屋は一から十までこちらの日程に合わせてくれるわけではない。準備が整うまで身を潜めるにしても、国境に近すぎる町では却って警戒が厳しくなる恐れがある。本来なら今日中に、この隠れ家から連絡を取る段取りになっていた。

が……こうなっては計画を練り直すしかない。

　俺は逃がし屋と交渉する。その間、お前たちはここにいろ。朝食はキッチンのストックから適当に選べ。くれぐれも余計な真似はするな。警察が来たら俺を呼べ。

　それから、エルマー」

　不意に名指しされ、エルマーは「な、何」と背筋を伸ばした。

「クルマの右前輪の空気が抜けているようだ。確認して入れ直せ。……騒ぎを起こさないに越したことはないが、いつでも脱出できるよう準備を怠《おこた》るな」

※

一通りの指示を出すと、セオドリックは缶詰をひとつ分だけ胃に収め、自分の部屋へ戻ってしまった。

彼の選んだ部屋は、邸宅の元の持ち主の執務室兼寝室で、電話回線が生きているらしい。どうやって「逃がし屋と連絡を取る」のかと思っていたが、通信手段は確保されていたようだ。そのような物件を潜伏先に選んだのだ、とも言えるが。

午前九時過ぎ。リビングの空気は澱んでいた。

「ここにいろ」「余計な真似はするな」と命令されたが、されなかったとしても状況を打開できる策や手段があるわけではない。警察と空軍による厳戒態勢が一刻も早く解けるのを、今は祈るしかないのだ。

エルマー以外の三人の心理状態も、見るからに平常とは言い難かった。イニゴもキムもスザンナも疲れ切ったように、揃ってソファーへ身を預けている。朝食の缶詰を口に運ぶ皆の動作は緩慢《かんまん》だった。セオドリックの前では気を張っていただけらしい。

「その……みんな、大丈夫？」

エルマーの問いに、スザンナは「最悪よ」と額を手のひらで押さえた。

「ひどい二日酔いになった気分だわ……本当に、最悪」

「同感だな。胃に穴が開きそうだ」

普段のイニゴなら決して口にしないだろう台詞だった。「セオドリックの奴、よくもまあ平然としてられるもんだぜ」

そうだろうか。

今思い出したが、寝起きに出くわした際のセオドリックは、どことなく青ざめているように見えた。さすがの彼も動揺を隠しきれなかったのだろうか。

キムは返答もしなかった。頭部をソファーの背もたれに乗せ、天井を見上げている。

「ええと――」

曖昧《あいまい》に呼びかけると、キムは眼球だけを動かしてエルマーを睨んだ。

「何をぐずぐずしているのさ」

「え」

「ガレージのクルマを見てこい、と言われたんだろう？　早くした方がいい」

お前はやけに元気だな、と揶揄《やゆ》されているようだった。

元気でも何でもない、こっちだって頭や首が痛いんだ――と文句を返せる状況ではなかった。三人の刺すような視線を背中に感じながら、エルマーはガレージへ向かった。


セオドリックの言葉通り、自動車の右前輪が潰れていた。

昨夜、ガレージへ入れたときは特に異常はなかったはずだが……釘が刺さっていたのだろうか。前方からはそれらしき漏れの箇所は見当たらない。

ガレージを見渡す。隅に灯油缶が置かれていたが、自動車用の空気入れは見当たらない。補修剤の類もなかった。

スペアタイヤに交換するしかなさそうだ。エルマーは自動車の後部へ回り――硬直した。

トランクがわずかに開いていた。

昨日、バッグを運び入れる際に閉め忘れたのだろうか。……いや、このトランクは誰も開けなかったはずだ。乗り換えの際はトランクの開け閉めの時間さえ惜しく、皆がバッグを抱えたまま車内へ乗り込んだのだ。

なのに今、トランクが開いている。

エルマーは息を呑み、恐る恐るトランクを開けた。

空《から》っぽだった。マットが敷かれているだけだ。

開けてはいけない箱を開けてしまったような、不吉な感覚に襲われた。……なぜトランクが開いていたのか。誰が開けたのか。何が入っていたのか。

首を振る。

妄想だ。セオドリックがパンクに気付き、修理用の工具を探して開けたのだろう。閉める際にきちんとロックがかからなかっただけだ。そうに決まっている。

それより、早くタイヤを交換しなければ。

エルマーは自動車整備工場で働いていた経験がある。タイヤ交換は身体で覚えていた。

手袋もあった方がいい。ガレージを出て二階へ上がり、上着のポケットから手袋を引っ張り出す。

襲撃の際に使ったものだった。昨夜見た悪夢の記憶を、エルマーは無理やり追い払った。

ガレージへ戻り、トランクのマットをめくる。床下にスペアタイヤとレンチ、それからパンタグラフジャッキが収納されていた。

ジャッキを引っ張り出し、「――え？」と声を漏らす。

ハンドルがない。

パンタグラフジャッキは、菱形《ひしがた》に組まれたアームの中心にねじ棒をまっすぐはめ込み、ハンドルで回してアームの高さを上下させる仕組みだ。原理的にはねじ棒さえ回せればいいのだが、ハンドルがあるのとないのとでは、ねじ棒を回すのに必要な力が格段に変わる。

……勘弁してくれよ、まったく。

他の皆を呼んで車体を持ち上げてもらうか。しかし、リビングでの彼らの様子を見る限り、誰も手を貸してくれるとは思えなかった。

ガレージを探し回る。短いドライバーが棚の隅に転がっていた。ジャッキを車体の下に入れ、ねじ棒の頭の輪にドライバーを通し、力を込める。恐ろしく固かった。必要な高さまで車体を持ち上げるだけで一時間以上を費やした。

震える腕に鞭《むち》打って、レンチを使って右前輪を外す。

釘が刺さっていたのなら抜いておこう。穴を修復できれば、タイヤはまた使える可能性がある。

が――釘は見つからなかった。

タイヤの接地面に残っていたのは、鋭い裂け目だけだった。

今度こそ悪寒《おかん》が走った。

……何だ、これは。

勝手に裂けたのでも、ゴムの経年劣化で罅《ひび》が入ったのでもない。刃物で刺したような鋭利な断裂。

昨夜、クルマを降りるまでは異常なかったはずだ。こんな断裂が生じたら瞬く間に空気が抜け、ガレージへの入庫や降車の段階で誰かが気付く。

皆がガレージを出てから、セオドリックが気付くまでの間に、何者かがタイヤに刃物を突き立て、ジャッキのハンドルを持ち去った……？

馬鹿な。誰が、何のために。

ガレージのシャッターは下りていた。内側からロックもされている。

後部のトランクへ、否応《いやおう》なく視線が向く。

仮に、タイヤを裂いた人間がいたとして、そいつはどこから来て、どうやって隠れ家に侵入し——今、どこにいるのか？

※

どうにかスペアタイヤへの交換を終え、リビングへ戻ったのは正午前だった。

作業だけは滞《とどこお》りなく済ませることができたが、不気味な悪寒はいつまでも去らなかった。

「随分時間がかかったな——っておいおいどうした。腹でも壊したか？」

イニゴの軽口も切れ味を欠いている。エルマーは「大丈夫、何でもない」と首を振り、密かに唇を噛んだ。

どうしよう。

タイヤがパンクさせられていたかもしれないと——後部のトランクが開いていたと、皆に伝えるべきだろうか。

駄目だ。今は余計な火種を蒔《ま》くべきじゃない、皆で息を潜めなければならないときに、犯人捜しが始まって仲間割れを引き起こしてしまったら一巻の終わりだ。何より、エルマー自身に疑いがかかってしまったら。

「セオドリックは？」

「籠《こも》りっきりよ。あれからずっと」

スザンナが廊下の奥へ目をやった。「電話でやりとりしてたみたいだけど、ここからじゃ『交渉』とやらの声も聞こえないし……まさか、窓から逃げたんじゃないでしょうね」

「どうかな」

キムが壁際の一角、床に並べられたトラベリングバッグを一瞥《いちべつ》する。「せっかくの収穫を、彼がみすみす捨てていくとも思えない。そろそろ昼食の時間だ、もう少し待とう。

ああそうだ、エルマー。キッチンから缶詰を持ってきてくれないか」

が——正午を回っても、セオドリックは部屋から出てこなかった。

警察官こそ訪れなかったものの、パトカーと思しきサイレンが遠くから幾度となく響き、エルマーの神経をすり減らした。

「……呼びに行った方がいいんじゃないかな」

「ああ。いくら何でも待たせすぎだ」

イニゴが身を起こし、セオドリックの部屋へ向かった。キム、スザンナが後に続く。エルマーも皆の後を追った。

「セオ、出てこいよ。もう昼だぜ」

イニゴが乱暴にドアをノックした。……返事がない。不気味な沈黙が流れた。

「おい、いい加減――」

ドアを叩くイニゴの手が不意に止まった。「……セオドリック？」

「ちょっと……無視するんじゃないわよ」

声に緊張を孕ませながら、スザンナがドアノブを摑んだ。「開けるわよ。いいわね！」

返事を待たず、彼女はドアを開け放った。

セオドリックが、喉を赤く染めながら、苦悶の表情でベッドに横たわっていた。

口の両端が引き攣ったように吊り上がっている。眉間に皺が刻まれ、両目が硬く閉ざされている。

喉の左側が、削り取られたように広く裂け、皮膚の下の肉が剝き出しになっていた。ベッドの周囲に赤黒い飛沫《しぶき》が撒き散らされ、フローリングの床を汚していた。

ベッドに向かって左手、机の足元にナイフが転がっていた。先端に赤黒いものがこびりついていた。

「ひっ」

スザンナが床にへたり込む。「セオ――」キムが呻く。「嘘だろ……おい」イニゴが硬直する。

エルマーは声も上げられなかった。

まさか……そんな。

吐き気がこみ上げた。口を押さえ背を丸めるエルマーの耳に、誰かの呟きが滑り込んだ。

「『ヴァンプドッグ』――」

インタールード（Ⅰ）

（一九八四年一月十四日付　K州＊＊紙より）

『山林で女性の遺体発見　夫を逮捕
　十三日午後、※※市の山林の沢で女性が倒れているのが発見され、警察が駆けつけたところ、その場で死亡が確認された。

　鑑定の結果、身元は同市在住の四十代女性と判明。首を強く絞められた痕があったことから、警察は殺人事件と断定し、女性の夫を殺人容疑で逮捕した。夫は容疑を認めているという。

　殺害の動機について、夫は「数年前にA州から転居したものの地域に馴染めず、苛立《いらだ》ちが募っていた。山道を運転中に妻と口論になり、かっとなって殺してしまった」と供述している。

　夫はさらに「遺体は急いで山中に捨てた」としているが、供述による遺棄地点と遺体発見地点に食い違いが見られることから、警察では殺害時の詳しい状況についてさらに調べを進めている。……』

第２章
ヴァンプドッグ——アウトサイド（Ⅰ）
——一九八四年二月十日　〇八：三〇〜——

「許可できません」


事務員の冷徹な宣告に、マリア・ソールズベリーは「何でよ⁉」と身を乗り出した。

「去年までは認めてくれてたでしょ。どうしてできないの」

「前任者がどのような対応をしていたかは存じ上げませんが、イレギュラーな会計処理を行うには書面での申請が必要です。必要事項を記入して提出してください。もっとも、申請が通るかどうかは判断しかねますが」

「融通が利かないわね。ジェニファーなら固いこと言わないで処理してくれたのに」

「このような案件の引き継ぎは受けておりません。申請書をお持ちでないのなら、業務に支障を来しますのでお引き取りください」

「いいじゃない、給料の前借りくらい！」

誰のおかげでここにいられると思ってるの、と喉までせり上がったが、どうにか飲み込む。目の前の事務員に職を斡旋《あっせん》したのは自分ではなかったし、禁句だという自覚はさすがにあった。

と——

「マリア。やはりこちらでしたか」

部下の九条漣《クジョウレン》がドアから姿を現した。事務員の不愛想な声色が急に華やいだ。

「九条さん、おはようございます。どのようなご用件ですか」

「漣、で構いませんよ。マリアを少しお借りしても？」

「ええ、ええ。ご自由にどうぞ。——ということでソールズベリー警部。本日はお引き取りください」

「あんたも大概よねバーバラ！」

——一九八四年二月十日、Ａ州フラッグスタッフ署。マリアの生存権は思わぬ方向から危機に陥りつつあった。

※

「まったく……どうすりゃいいのよ」

覆面車の助手席に身を預けながら、マリアは手元の財布へ目を落とした。何度覗き込んでも残金は一セントたりとも増えていない。「給料もろくに借りられないなんて商売あがったりだわ。レン、あんたもそう思わない？」

「真っ当な職業人は前借りに頼らずとも生計を立てていますよ。今の貴女《あなた》に必要なのは、話の解る事務員ではなく、将来を見越して浪費を抑える計画性でしょう。とりあえず家計簿をつけるところから始めてはいかがですか。酒類の出費が群を抜いていることがお解りになるかと思いますが」

先刻の事務員より辛辣《しんらつ》かつ冷ややかな返答だった。

「うるさいわね」とマリアは運転席を睨んだが、当の本人はどこ吹く風だ。

J国人らしく薄く色付いた肌。乱れなく整えられた黒髪。眼鏡《めがね》越しに前方を見据える理知的な風貌はいつもながら、刑事というより有能な弁護士に近かった。

「何でよりによってバーバラをうちの署に入れたの」

溜息が漏れる。「求人ならU国中にいくらでもあったでしょうに」

「真っ先に思い浮かんだのが我が署の事務職の欠員でしたので。貴女も反対しなかったではありませんか」

そこを突かれると痛い。

――先月、NY州の高層ビル『サンドフォードタワー』で大事件が発生し、少なからぬ人々が職場を失った。

他の地域に支店のある企業なら、配置転換などで新たな職場へ移ることもできるだろうが、被害に遭った全員分のポストを直ちに準備できるはずもない。タワー内に『本社』があった企業に至っては人事機能が麻痺し、大勢が事実上の解雇を余儀なくされた。

バーバラ・ジョイスもそのひとりだ。ちょうど同じ時期にフラッグスタッフ署の事務員が結婚退職したため、漣の手配により穴を埋める形で臨時職員として署に身を置いている。路頭に迷った人々を守るのも、警察の役割のひとつだと言えなくはないが……よもや、サンドフォードタワーを巡る捜査の際に、マリアたちをけんもほろろに追い返した受付嬢と、このような形で再び顔を突き合わせるとは思わなかった。

あの様子では、今後も前借りは望めまい。先行きの明るさに涙が出そうだ。

「彼女の件はさておき」

漣は続けた。「本当に金銭に窮した場合はご相談願います。銀行強盗を未然に防ぐのも警察官の任務ですので」

「レン。あたしのことを何だと思ってるの」

目前に迫った仕事のことを考えれば、相当に笑えない冗談だった。

問題のワゴン車は、東西に延びる幹線道路から、北へ大きく外れた荒野に乗り捨てられていた。

「MD州、ナンバーはVD＊＊＊＊――」

漣が背面のライセンス・プレートを読み上げた。

「車種も目撃情報に類似しています。一昨日《おととい》の襲撃事件に用いられた車両である可能性が濃厚です」

「はるばるA州《こっち》まで逃げてきたわけね」

マリアは窓越しに運転席を覗き込んだ。ガソリンメーターの指示値が空に近くなっている。「人目に付きにくい場所に乗り捨てて――そのまま北へ歩いて逃げたのかしら」

「自殺行為でしょう」

漣が一言で切って捨てた。「奪われた現金の額は、鞄《かばん》ひとつで軽く持ち運べるものではありません。何名かで分担するにしても、大荷物を抱えたまま徒歩で北の州境を目指すのは無理があります」

視界の先は、地平線まで延々と続く土と砂の大地。風に吹かれたのか足跡は見えない。ワゴン車の足元から、二キロほど離れた幹線道路の方角へ、轍《わだち》の跡がかろうじて残っているだけだ。

――MD州で発生した現金輸送車襲撃事件は、二日経った今もU国全土のニュース番組を騒がせている。フラッグスタッフ署をはじめとした幹線道路周辺の警察署にも、捜査協力要請が入ったばかりだった。

荒野に自動車らしき影が見える、と通報が寄せられたのが三十分ほど前、今朝の八時半過ぎ。マリアが給料の前借りで押し問答していた頃だ。昨夜のうちにワゴン車が乗り捨てられ、夜が明けるまで誰にも気付かれなかった、といったところか。

犯人たちはワゴン車を捨てた後、幹線道路へ戻ったはずだ。ヒッチハイクでもしたのだろうか――いや。

「レン。この辺りで怪しい連中に銃を突き付けられたとか、クルマを盗まれたといった通報は？」

「皆無です」

部下の返答は簡潔だった。それなら。

「このワゴン車は囮《おとり》ね。本当の乗り換え地点はたぶん別の場所だわ」

ワゴン車を捨てて幹線道路へ戻った犯人を、他の誰か――恐らくは襲撃事件の共犯者が拾った。その共犯者も自動車に乗っていたはずだが、ならその自動車はどこから湧いて出たのか？

「他の捜査員にも伝えて。昨夜から今朝にかけてワゴン車がどこかに立ち寄っていなかったか、他の怪しいクルマがそこから出て行かなかったか、幹線道路沿いを徹底的に聞き込みよ」

数十分後、マリアの推測の傍証が得られた。荒野から引き上げる間際、先に覆面車に向かっていた漣が舞い戻り、無線連絡の内容を伝えた。

「昨夜二十時過ぎ、五十キロほど東のガスステーションで、乗り捨てられていたものと似たワゴン車が目撃されたとのことです。

それと前後して、同じガスステーションから、乗用車――T社のセダンが出ていった、と。……複数の従業員の目撃情報を繋ぎ合わせると、停車時間は数時間。運転手の姿やクルマへの出入りの有無は解らずじまいだったようですが」

やっぱりか。

闇のルートを使って、別のクルマを指定の場所に準備させる。隙を見てワゴン車から乗り換える。犯人の誰かがワゴン車を荒野に捨て、歩いて道路に戻って仲間に拾ってもらう。……同じクルマで延々と逃げ続けるのはリスクが高すぎる。乗り換えを行うのは理に適った判断だ。現金輸送車の襲撃を都市部でまんまと成功させたことといい、相当に計画が練られている。

「乗用車のナンバーは？」

「従業員のひとりが覚えていましたが、運輸局に問い合わせたところ、該当する車両は存在しないとのことです」

偽ナンバーか。簡単に尻尾《しっぽ》を出してはくれないらしい。それにしても。

「何時間も停めていて、よく駐車違反切符を切られなかったわね」

「最近のガスステーションは、ジェリーフィッシュの休憩地点も兼ねています。見物客が場所取りをしたり、あるいは持ち主の友人知人が乗り込む際に停めたりと、長時間の停車は珍しくなくなっているそうですよ」

そういえば一年前にも似た話を聞いた気がする。

……あのジェリーフィッシュ事件からそれだけの時間が流れたのか。

いや、思い出話は後だ。U国は広い。犯人たちの移動手段や経路について――東海岸のMD州からどの州をまたいでどこへ向かったか――今朝に至るまで情報らしい情報がほとんどなかった。K州でワゴン車が目撃されたことと、その車種くらいだ。検問の態勢も整わない中、昨夜の時点で犯人たちがクルマを乗り換え、念入りに偽のライセンス・プレートも用意していたとしたら、彼らはすでに、フラッグスタッフ市を悠々と通過してしまった可能性が高い。

「犯人連中が乗り換えた車両の足取りを追うしかないわね。乗用車に大人が何人も乗り込んでいるなら、当てはまるクルマは絞られるはず」

「聞き込みに人員を回してもらいました。幹線道路沿い、主に西方面と南方面の警察署にも連絡を手配済みです」

有能な部下は手回しが早かった。

フラッグスタッフ市は、主要幹線道路の交差地点に位置する。（【図2】）北へ向かう道もあるが、ワゴン車を幹線道路の北側へ乗り捨てておいて同じ方角へ逃げるのは悪手だろう。となると、東海岸から来た犯人たちの行先は西か南。恐らくは――

「フェニックスかしらね」

フラッグスタッフ市から南へ下った先、フェニックス市はA州の州都だ。U国指折りの大都市でもある。潜伏先には事欠かない。さらに南はM国との国境線だ。

犯人たちが昨夜二十時過ぎに東のガスステーションを通過したのなら、フェニックス市へ向かったとして到着は二十三時前後か。どこかで一息入れてい

図2

る可能性もゼロではない。

もっとも、今の段階では当て推量だ。西隣のＮ州へ渡ったかもしれないし、裏の裏をかいて北へ向かったことを否定する材料もない。さらに逆を突いて東へとんぼ返りした場合もありうる。

が――西の大都市、ラスベガスまではフラッグスタッフからクルマで四時間だ。北は山岳地帯。東へ逆戻りしたところで、要らぬ目撃情報を増やすばかりか自ら捜査網へ飛び込むようなものだ。襲撃犯たちがフラッグスタッフの近隣を通過したであろう時間帯を踏まえれば、最も現実性の高い行先はフェニックス市だろう。

「後はドミニクに頑張ってもらいましょ。残念だけど、あたしたちができるのは裏取りの聞き込みくらいだわ」

フェニックス署にいる顔見知りの刑事の名を、マリアは吐息交じりに口にした。

「何をお気楽に構えているのですか」

漣が冷ややかな声を返した。「襲撃犯を取り逃がしたのですよ。我々警察の失態は看過しえません。それと当然ながら、『裏取りの聞き込み』には貴女も加わっていただきます。まさか、私にすべて押し付けるつもりではないでしょうね」

「そ、そんなわけないわよ」

背中を冷汗が伝う。サボりが露見して給料をさらに減らされたら、冗談抜きで借金生活まっしぐらだ。

「もっとも」

部下がひとりごちた。「昨年の青バラ事件のように、バロウズ刑事から応援要請が入る場合もなくはありませんが」

「不吉な冗談はやめて頂戴《ちょうだい》」

あの事件では、単なる聞き込みの手伝いが悲劇的な殺人へと展開したのだ。同じ目に遭うのは勘弁願いたかった。


漣の予言は的中した。

「『フェニックスへ来《こ》い』？　今から⁉」

『ああ』

受話器越しのドミニク・バロウズ刑事の声は、奇妙な重みを孕んでいた。『詳しいことは電話では言えねえ。署で説明する。お前らの力を貸してくれ』

――午前十時半過ぎ。フラッグスタッフ署の執務室だった。

ワゴン車の放置現場の検分と聞き込みを終えた後、マリアたちは一旦署へ戻り、他の捜査員たちと情報を共有した。

聞き込みの多くは空振りだったが、南方面の幹線道路沿いのガスステーションから、重要な目撃情報が舞い込んだ。

昨夜二十一時十分頃、休憩中に外へ出ていた従業員が、問題の乗用車に似たクルマを見ていた。乗り換えが行われたと思われるタイミング——二十時過ぎから計算して、ほぼ整合性の取れる時間帯だった。

証言によれば、問題の自動車が通り過ぎる一瞬、後部座席に三つの影が見えたという。

助手席を空にして後部座席に三人が詰めるとは考えづらい。運転席の一名も加え、計五名が中型の乗用車に乗り詰めていたことになる。

一方、西方面からは、目ぼしい証言がただのひとつも集まらなかった。襲撃犯がフェニックス市方面へ向かったのはほぼ確定的となった。

南方面を中心に詳細な聞き込みを行うことで方針が固まり、地道で面倒な仕事に出ようとした矢先の、ドミニクからの応援要請だった。

「どういうことよ。逃走犯の捜索に人手が必要なのは解るけど、わざわざあたしたちを指名する理由は何？」

ドミニクのフラッグスタッフ署への要望は、ただの『人員』ではなく、『マリア・ソールズベリー警部および九条漣刑事』の派遣だった。

署長にはすでに話を通し、了解を得たという。

……自分たちを便利屋か何かと思っているのか、あのボンクラ署長は。

『詳しいことは後で話す』

ドミニクの返答は変わらなかった。『今回はお前らだけじゃねえ。近隣の他の署にも要請をかけているところだ。正直な話、一刻を争いかねない事態なんだ。頼めるか』

フラッグスタッフ市からフェニックス市まではクルマを飛ばして二時間。『近隣』とは呼びがたい。それでもなお、マリアと漣に名指しで助力を請うということは——ただの襲撃犯捜しではない。警察内ですら大っぴらに公言できない、何かしらの事情が横たわっていると、ドミニクの切迫した声色が暗に伝えていた。

　吐息が漏れる。青バラ事件では事情を伏せられたままドミニクの手伝いをさせられたが、今回も似たり寄ったりの状況らしい。選択肢はひとつだけだった。

「解ったわ。そっちに着くのは十三時頃になるけど構わないわね。それと、片付いたら三杯は奢《おご》ってもらうから」

　恩に着るぜ、とドミニクの苦笑が受話器から響いた。


　フラッグスタッフ署の建屋から出た矢先、「マリアさん、漣さん！」と弾んだ声が飛んだ。

　敷地の外の歩道から、エプロンを纏った若い女性が駆け寄る。頭に被ったロゴ入り帽子から、黒に近い茶色のショートヘアが覗いていた。

「どうしたのエマ。ごめん、ちょっと急いでて――」

「解ってます」

　エマ・グラプトンが両手を掲げた。帽子と同じロゴ入りの紙袋が、左右の手にひとつずつ。彼女の今の仕事先、署の近くで移動販売を行っているホットドッグショップのものだ。

「遠出されるんですよね。持っていってください。作りたてです」

「いいの？」

　昼食を取る暇はないかもしれない、と覚悟していた矢先の思わぬ救援物資だった。「けれど、その――今月は何というか」

「バビィから事情は聞きました。お代は来月回しで大丈夫ですから」

「……恩に着るわ」

　紙袋を受け取りながら、先刻のドミニクと同じ台詞が図らずも口を突いて出た。色々な意味で涙が出そうだ。

「助かります」

　傍《かたわ》らの漣も簡潔に感謝を述べ、マリアを促した。

「行きますよ。くれぐれも先週のように慌ててかぶりついて舌を火傷《やけど》しないようにしてください」

「解ってるわよ！」

　漣の愛車へ乗り込み、エマに見送られながらマリアたちは署を出た。

幹線道路に入り、南へ下る。正午前でも二月の太陽の位置は低い。サンバイザーがなければ日差しに目を焼かれそうだ。

「いい娘《こ》だわ、本当に」

ホットドッグを胃に収め、べとべとになった口の周りをナプキンで拭う。エマ・グラプトンもバーバラ同様、サンドフォードタワー事件で『職場を失った』ひとりだ。漣によれば、あの事件で捜査に協力してくれたという。今は――やはり漣の手配で――ホットドッグショップで働いている。NY州から遠く離れた地での暮らしに不安はなかったのだろうか、と思わないでもなかったが、当人曰く「高層ビルで働くのはこりごりです」とのことだった。

それにしても、彼女がバーバラを愛称で呼ぶほど仲良くなっていたとは。同じ境遇に置かれた者同士、気が合ったようだが……給料の前借りの件までエマに筒抜けになっていたのはさすがに赤面の思いだった。バーバラもバーバラだ。機密漏洩《ろうえい》じゃないのか。

「支払いは後程きちんと行いましょう」

漣が空の紙袋を屑籠《くずかご》に放り込んだ。同じホットドッグを食べたのに、口元が全く汚れていない。「今はバロウズ刑事の要請に応じるのが優先事項です。……先程の電話の件、本当に概要すら教えてもらえなかったようですが」

「けんもほろろ、という感じでもなかったわね。一刻を争うようなことを言っていたけれど――時限爆弾を抱え込まされたのかしら。襲撃犯連中が人質を取ってどこかに立てこもったとか」

「とすれば、ニュースで報じられてもおかしくないはずですが」

カーラジオから、それらしきニュースは一言も流れてこない。『……昨夜発生した女性殺害事件で、フェニックス署は……』とノイズ混じりの声が聞こえたものの、襲撃事件との関わりを示唆《しさ》する単語は皆無だ。そうこうするうちに天気予報が挟まり、ヒットチャートの紹介が始まった。

立てこもり説は外れか。よく考えれば、ただの立てこもり事件なら、ドミニクがマリアたちに詳細を伏せる理由も、名指しで呼び出す必然性もない。

「あれこれ臆測しても始まらないわね」

シートに後頭部を預ける。「詳しいことは後で話す、とドミニクも言っていたし……フェニックスに着いたら、絞め上げてでも吐かせてやるわ」

「始末書沙汰にならないよう願います」

面白みもない台詞を漣が返した。

※

およそ二時間の行程を経て、フェニックス市の街並みが見えた。

車道の流れが詰まってきた。渋滞だ。窓から顔を出すと、パトカーと思しき車両が遠目に見えた。検問のようだ。

さらに――

「……空軍？」

気嚢に『AIR FORCE』と記されたジェリーフィッシュが、上空を泳いでいた。

それも一隻《せき》ではない。目に見えるだけで三隻。フェニックス市――正確には、市の外周沿いに巡回飛行を行っているようだ。

道路の検問に加えて軍による空からの監視とは、やけに大がかりだ。襲撃犯たちがフェニックス市に潜伏していると判明したのなら解らなくもないが――彼らのおよその行先が解ったのはつい先刻、マリアたちが出発する直前だ。一方、犯人たちが実際に目撃されたのは半日前の昨夜。すでにフェニックス市を通り過ぎてしまった可能性も高い。なのにこの厳戒態勢は何なのか。

程なくして検問所まで進んだ。マリアと漣が身分証を見せると、担当の警察官が敬礼を返した。

「バロウズ刑事からお話を伺っています。署へお急ぎください。皆様がお待ちです」

――『皆様』？

「ご伝言感謝します」

漣が律義に礼を述べ、道路へ目を戻しながらアクセルを踏んだ。安全運転主義の部下には珍しい速度の出し方だった。

「少し飛ばしますよ。我々が思った以上に、事は深刻かもしれません」

漣の言葉は、ある意味で正しかった。

フェニックス署までの道中、何台ものパトカーとすれ違った。過去に事件の捜査などで幾度となくこの都市へ足を運んだが、ここまでひっきりなしにパトロールが行われているのは初めてだった。

検問、軍用ジェリーフィッシュ、パトロール。凶悪犯が潜伏したかのような緊迫ぶりだ。……現金輸送車襲撃も凶悪犯罪ではあるが、それだけとは思えない深刻さが窺《うかが》えた。

マリアと漣がフェニックス署に到着したのは十三時過ぎ。ほぼ予定通りだった。

自動車を降り、署の玄関をくぐると、見覚えのある銀髪の中年男――ドミニク・バロウズ刑事が二人を出迎えた。

「急に呼び出して悪かったな、赤毛《レッドヘア》に黒髪」

挨拶もそこそこにドミニクが手招く。「ひとまず会議室へ来てくれ。こっちだ」

「ちょっと、ドミニク」

状況を問い質す間もなく、銀髪の刑事の背中が遠ざかる。「ああもう！」マリアは髪を振り乱し、漣とともにドミニクの後を追った。

署内は、慌ただしい――というより殺伐《さつばつ》とした雰囲気だった。

巨大な建屋の方々で、電話のベルがひっきりなしに鳴り響く。捜査員たちの声が飛び、廊下を靴音が行き交う。フラッグスタッフ署も騒がしいものだが、大都市の警察署ともなると目まぐるしさの桁《けた》が違う。とはいえ。

「悪《わり》ぃな。少しごたついててよ」

今日の様子はドミニクにとっても日常的なものとは言いがたいようだ。階段を上がって二階の廊下を進んだ先、会議室と思しきドアへ、銀髪の刑事が視線を促す。

と――内側からドアが開き、ひとつの人影がゆらりと廊下へ姿を現した。

女性だ。

薄茶色の瞳。腰まで届くブルネットヘア。表情に乏しい――しかしどこか既視感のある、人形のような雰囲気の顔立ち。

年齢は一見して読めない。二十代にも三十代にも――

脚が固まった。

「マリア、どうなさいました」

漣の問いも耳に入らなかった。ドアの前の女を食い入るように凝視する。……いや待て、彼女は母国に帰ったはずでは――

　女性の唇が動いた。社交辞令とも呼べないほど薄い、しかし確かな労《ねぎら》いの笑みが浮かんでいた。

「お疲れさまです。ミスター・バロウズ」

　声を聞いた瞬間、疑念が確信に変わった。

　年齢が解らないどころではない。同い年だ。あたしは彼女を知っている。容姿も立ち振舞いも、あの頃からほとんど変わっていない。

「その呼び方はいい加減やめろ。……っておい、どうした赤毛」

「セリーヌ！」

　金縛りが解けた。ドミニクを半ば押し退《の》けつつ駆け寄る。女性が両眼をかすかに見開き、やがて静かな声を返した。

「久しぶりね。何年ぶりになるかしら、ミス・ソールズベリー」

　ハイスクール時代のマリアのルームメイト、セリーヌ・トスチヴァンが、遠い昔へ思いを馳せるような瞳を向けた。

※

「いつU国《こっち》に来たの。というか何でこんなところにいるのよ」

　それどころではないと解ってはいたが、マリアはまくし立てずにいられなかった。「戻ったのなら連絡のひとつくらいよこしなさい。びっくりしたでしょ」

「あらごめんなさい。うっかりしていたわ」

　セリーヌが口元に指を当てた。……嘘だ。驚かせてやろうと敢《あ》えて黙っていたに違いない。彼女に散々振り回されたルームメイト時代の記憶が蘇った。

「おいおい待て待て」

　ドミニクが割り込んだ。「赤毛。お前、うちの検死官と知り合いだったのかよ」

　検死官⁉

「……セリーヌ、説明して。あんたいつから警察関係者になったの」

　思わぬ場所で再会を果たし、思わぬ近況を聞かされて、さすがのマリアも混乱を免れなかった。

「あら。いつの間にか警部さんになっていた『赤毛の悪魔』らしくもない台詞」

ものの見事に切り返され、マリアは呻いた。とんだところでハイスクール時代の忌《い》まわしき呼び名を蒸し返される羽目になった。

「バロウズ刑事。こちらの方は」

収拾がつかなくなると判断したのか、漣が問いを投げる。ドミニクは「あ、ああ」と咳払《せきばら》いをした。

「セリーヌ・トスチヴァン。年明けからフェニックス署に加わった検死官だ。こっちに着任して日は浅いが経験はある。腕も確かだ」

「お名前を伺うに、F国のご出身ですか」

「ええ。……夫の都合もあって、U国へ移り住むことになって」

左手の薬指に嵌めた銀色の指輪を、セリーヌは右指で愛おしげに撫でた。

人形にしか興味のなかった彼女が、結婚相手を見つけたらしい。それにひきかえあたしは――いや、そんなことはどうでもいい。

年明けと言えば、青バラ事件が終息し、マリアたちがサンドフォードタワー事件に足を踏み入れた頃だ。先刻のドミニクの口ぶりからするに、セリーヌは彼にすらマリアとの関係を教えていなかったらしい。銀髪の刑事からマリアのことを聞く機会はいくらでもあっただろうに。

しかし結婚の件もだが、まさかセリーヌが検死官になっていたとは。しかもドミニクが技量を保証するほどの。

……あの事件が、彼女にその道を選択させたのだろうか。自分のように。

「語りたいことは色々あるだろうが」

俺を含めてな――とドミニクの顔が言外に語っていた。「積もる話は後だ。他の連中が待ちくたびれちまう。入ってくれ」

予想外の再会を経てようやく会議室に入ると、三人の男女がすでに席に着いていた。

ひとりは見知った顔だった。銅褐色の短い髪、濃灰色の瞳。豹を思わせる引き締まった身体に軍服を纏った、三十代前半の男。

「来てると思ったわ、ジョン」

「ああ。今回もよろしく頼む、マリア」

U国第十二空軍少佐、ジョン・ニッセンは立ち上がり、敬礼した。

空軍のジェリーフィッシュが飛んでいたのでもしかしたらと思ったが、軍の指揮官はやはり彼のようだ。相変わらずの堅苦しい挨拶《あいさつ》だったが、初めて邂《かい》逅《こう》した一年前と比べれば、物腰も口調も随分砕けたものになっていた。

ジョンにつられてか、他の二人も席を立つ。こちらは初対面だ。

ひとりは、やや太めの身体にスーツを纏った、五十代らしき中背の男。くすんだ茶色の髪に、ドミニクほどではないが白髪が多く交じっている。吊り目と青い瞳が特徴的な両眼。知性と偏屈さが同居した雰囲気の、学者然とした人物だ。

もうひとりは、平均的な体格の女性。セミロングの黒髪。緑がかった茶色の瞳。大きな丸眼鏡が、低い鼻の上に危なっかしく載っている。二十代前半から半ばだろうか。マリアたちを含む面々の中では一番若いかもしれない。

「国立衛生研究所のグスタフ・ヤルナッハだ」

先に口を開いたのは、年長の男の方だった。「当研究所の大変な不手際を、改めて謝罪させていただきたい」

「イヴェット・フロルキングです」

若い女性が頭を下げる。顔を上げた拍子に丸眼鏡がずれた。「ヤルナッハ教授の助手をしています。……その、この度は、まことに――」

国立衛生研究所？

研究機関の人間が、現金輸送車襲撃事件と何の関係があるのか。いきなり謝罪を受けたところで返答のしようもない。

「A州フラッグスタッフ署、マリア・ソールズベリーよ」「同じく、九条漣です」

ひとまず手短に名乗った後、マリアは銀髪の刑事に向き直った。

「ドミニク、いい加減に教えて。何が起こってるの。本当にただの襲撃犯捜しなの？」

「違う」

端的な、しかし絞り出すような返答だった。「もっとやばい事態だ。下手《へた》したら世間がひっくり返りかねない」

「え？」

『吸血犬《ヴァンプドッグ》』が収容先の病棟から逃げ出した。

フェニックスに潜伏している可能性が濃厚だ。一刻も早く捕まえないとまずいことになる」

ドミニクの言葉が意味を成して脳に染み渡るまで、十数秒を必要とした。

「――は⁉」

大声を吐き出す。「『ヴァンプドッグ』って、確か――二十年くらい前の事件の、あの？」

「その『ヴァンプドッグ』だ。正確には、逮捕から今年で二十一年だな」

ドミニクの顔が露骨に歪んだ。「裁判で終身刑を言い渡されたものの、実際には病棟送りになっていたんだが、よりによって今になって逃げ出しやがった」

「全然聞いてないわ。ニュースどころかあたしたちにも情報が流れてないってどういうことよ」

「事情があるんだよ。色々と」

ドミニクの視線がグスタフへ向けられる。

収容先の病棟――まさか。

「彼の身柄は、我々国立衛生研究所で預かっていた」

グスタフが険しい面持《おもも》ちで告げた。「この二十年、彼は模範囚のように大人しい態度を取り続けていた。しかし――いや、言い訳は語るまい。我々の油断が招いた事態だ」

教授の傍らで、助手のイヴェットは、自分が叱責されたように身を縮ませている。

「お待ちください」

漣が手を挙げた。「『二十年前の事件』についてまず説明を願います。恥ずかしながら、私もU国における古今東西の犯罪のすべてを網羅しているわけではありませんので」

「そうか。九条刑事、当時の君はまだJ国にいたのだな」

ジョンが呟いた。「とはいえ、私もこの事件に関してはニュースを通じてしか知らない。我々の中では、ドミニク刑事、ヤルナッハ教授、貴職二人が最も詳しいはずだ」

「だな」

ドミニクが後頭部を掻いた。

「今から二十年以上前、六人の男女を無差別に殺害した奴がいた。そいつが『ヴァンプドッグ』――本名デレク・ライリーだ。

　正直なところ、奴より大勢の人間を手にかけた殺人鬼はこの国に腐るほどいる。だが『ヴァンプドッグ』は、年齢と犯行の手口が際立っていた」

「と、仰《おつしや》いますと」

「奴が最初の殺人を犯したのは十三歳のときだ。被害者は同い年のガールフレンドだった」

　会議室に沈黙が落ちた。

「それから十六歳で逮捕されるまで、奴は州をまたぎ、老若男女《ろうにやくなんによ》問わず六人を殺した。

　被害者同士には何の繋がりもなかったが、犯行の手口に大きな共通点があった。最初のガールフレンドを含め、全員が喉を刃物で切り刻まれていた」

「喉を？」

　漣が眉根を寄せ、次いで得心したように低く呟いた。「なるほど、だから『吸血《ヴァンプ》』ですか」

「相変わらず察しがいいな、黒髪」

　ドミニクが苦笑した。「『喉に嚙み付いた際の歯形を隠すため』――捜査資料にも裁判記録にも、デレク・ライリー当人の供述が記されている。

　当時、喉の傷は世間にはほぼ伏せられていたらしい。だが逮捕の後、マスコミにすっぱ抜かれてからは大騒ぎだ。被害者の半数が『吸血鬼』に関する噂のある地域で発見されたこと、さらに犯人がティーンエイジャーだったこともあって、『ヴァンプドッグ事件』はＵ国全土を震撼させる大事件として知れるようになったんだ」

　当時のニュースの狂乱ぶりを、マリアも子供心によく覚えている。「お前なら襲われても返り討ちにするだろうな」と、父や伯父が口を揃えたのは釈然としなかったが。

　マリアと年代が近いだろうジョンも同様に、『ヴァンプドッグ』の名を否応なく脳裏に刻み込まれたはずだ。しかも犯人は、さほど年齢の離れていない少年。マリア以上に強く、事件の印象が残っているかもしれない。

　考えを巡らせながら不意に思い出す。二十年も前の朧《おぼろ》げな記憶だが、犯人は、確か――

「逮捕後、デレクの精神状態を含めた治療や、凶行の原因に関する研究に当たったのが我々だ」

グスタフがドミニクの後を引き継いだ。「長い歳月を経て今に至るまで、それらの治療研究は続いて――いた。

収容当時、彼の行先がマスコミに漏れずに済んだのは不幸中の幸いだったが……こうなってしまっては、収容先を伏せたのが果たして正解だったのか解らん」

「およその背景は把握しました」

漣がグスタフへ顔を向けた。「細かな疑問はひとまず措《お》きましょう。今は五点ほど確認したいことがあります。――一点目。デレク・ライリーが逃走したのはいつですか」

「二月七日だ。現地時刻で午前十時頃になる」

すでに丸三日が過ぎている。デレク・ライリーの具体的な収容先は知らないが、クルマが手に入ればU国全土が潜伏地の候補になりうる。

クルマと言えば、現金輸送車襲撃事件が二月八日。『ヴァンプドッグ』逃走の翌日だ。『事故は起こるも《Accidents will》のだ《happen》』とはよく言うが、重大事件が偶然にも立て続けに発生し、しかも両者の捜査に関わる羽目になるとはつくづく呪われている。

……いや、偶然なのだろうか?

「二点目。彼がフェニックス市に潜んでいる可能性が高い、と判断された根拠は?」

「単純だ」

ドミニクが苦渋に満ちた声を返した。

「被害者が出やがった」

「何ですって⁉」

「落ち着いて。ミス・ソールズベリー」

会議室に入って以降、人形のように押し黙っていたセリーヌが、紙の資料の束を手に、口を開いた。

「昨夜、市内の駐車場で女性が殺害されたの。

被害者はクララ・グエン、二十六歳。市の繁華街のパブに勤務。死亡推定時刻は、日付が今日に切り替わる前後、午前零時プラスマイナス一時間。仕事帰りを襲われたようね。

問題は遺体の状態。……喉が刃物のようなもので、ひどく切り刻まれていたわ。ミスター・バロウズが先程説明した、『ヴァンプドッグ』事件の被害者たちのように。

ただし、直接の死因は撲殺。細い鈍器――恐らくバールか何かで殴られたのね。鈍器も刃物も、現場周辺からは発見されなかったわ」

「撲殺ですか。喉の傷からの失血死、ではないのですね」

「生きたまま喉を抉られたなら、遺体やその周囲はもっと血まみれになっていたはずよ」

　現場の様子を思い出したように、セリーヌが返した。「『ヴァンプドッグ』といえど、返り血を浴びるリスクは避けたかったのね。……噛み付いたのが先か、手にかけたのが先かは解らないけれど、喉を切り刻むのは、別の方法で殺害した後。この手口も、二十年前の事件と類似していたの」

　F国出身のセリーヌが、留学生としてマリアのルームメイトになったのは一九七〇年。『ヴァンプドッグ』の逮捕から六、七年が過ぎている。彼女も漣同様、『ヴァンプドッグ』事件をリアルタイムでは見聞きせず犯行の手口も知らないはずだが、ドミニクから詳細を教えられたのだろう。

　無差別殺人犯が大都市の只中に潜んでいるかもしれない。フェニックス署が過剰なまでにパトロールを強化し、空軍をも引っ張り出した理由を、マリアは遅まきながら理解した。

「むろん、模倣犯《コピーキャット》の可能性もゼロじゃねえ。だが脱走と殺人のタイミングが近すぎる。『ヴァンプドッグ』の逃走は公にされてねえんだ。二十年も前の無差別殺人を、たまたま気まぐれに蒸し返したなんて偶然があるか？

　俺たちとしてはもう、本物の『ヴァンプドッグ』が身を潜めながら犯行に及んだという前提で動くしかなかったんだ」

「昨夜の事件は、こちらへ来る車中のラジオで耳にしました。喉の傷については伏せられていたようですが」

「本当は事件そのものも非公開にしたかったんだがな。遺体の発見者が複数出ちまったおかげで、公表に踏み切るしかなかった。喉の傷もいつまで伏せていられるか……頭が痛いぜ」

「待ちなさいよ。さっきも訊いたけど、公になってない『ヴァンプドッグ』の脱走をあんたたちはどうして知ったの。うちの署にはこれっぽっちも連絡が来なかったんだけど」

「それは、わたしたち……いえ、研究所の意向です」

イヴェットがおずおずと手を挙げた。「彼の脱走の件は、各州の州都の大きな警察署にしか伝えていません。……並行して、最悪の事態に備えて秘密裏に、州内の殺人事件の情報を集めてもらうようお願いしていて――まさか、デレクがこんなに早く、事を起こしてしまうなんて。

だから、教授もわたしも今日慌てて、事件の起きたフェニックスへ駆けつけたんです。彼のことを一番長く知っているのは、U国でも教授だけですから」

要するに、フラッグスタッフ署などの中小規模の地方警察は、情報漏洩防止の観点から蚊帳《かや》の外に置かれたわけか。理解はしたが癪《しゃく》に障る。

「襲撃犯までフェニックス市へ向かったらしいと知らされたときは、天を仰いだぜ。よりによってこのタイミングかよ、ってな。

だがこうなった以上は、奴らを徹底的に利用して検問や捜査の隠れ蓑にさせてもらう。もちろん襲撃犯連中を見つけたら即確保するが――俺たちの本命は『ヴァンプドッグ』の野郎だ。

他の署からも応援を呼んでいる。……赤毛に黒髪、面倒に巻き込んですまねえ。フラッグスタッフへ声をかける際、一番信頼できると思ったのがお前らだったんだ。協力してもらえるか」

「ああ、もう」

マリアは髪を掻き毟《むし》った。「何も言わずに呼び出しといてその台詞は今さらでしょ。奢りは十杯にしてもらうわ。それで手打ちにしてあげる」

かつてのルームメイトも捜査に関わっているのだ。断る選択肢など消え去っていた。「君らしいな」とジョンが苦笑いを浮かべていた。

「話は無事にまとまったようですが」

漣が淡々と口を挟んだ。「質問はまだ残っています。三点目――十六歳当時と二十年後の現在とでは、デレク・ライリーの人相が少なからず変わっているはずです。最新の顔写真がなければ、身柄の確保もままならないと思われますが」

「そこは心配するな。入手済みだ。一年前の定期健診で撮影したものだとよ。――これだ」

ドミニクが机の上に紙を投げた。

男の写真が印刷されている。拡大複写したものらしく画像の質は粗いが、人相は見て取れた。

無差別殺人鬼という凶悪な印象の欠片《かけら》もない、静かな雰囲気を纏った男だった。

　細く長い眉。あらゆる苦難を身に受けた放浪者のような、知性と悲哀の入り混じった眼差し。一見した限り、狂気の色は見いだせない。

　髪は長めだ。口の周りに髭《ひげ》も生えている。実年齢は三十代半ばのはずだが、写真では読み取れない。見え方によっては若々しい二十代にも、円熟した四十代にも映る。

　警察官としてそれなりに犯罪者と対峙した身だ、顔つきだけで重罪人か否かを判別できるわけがないことはマリアも理解している。しかしそれを差し引いても、写真の中の男は、六人の命を奪った凶悪犯というイメージからかけ離れていた。

「写真ではこんな風貌だが、逃走から三日が過ぎている。髭も髪もばっさり切り落としちまった可能性は否定できねえ。その点も踏まえて参考にしてくれ」

　ドミニクの説明に漣は頷《うなず》き、次の質問を投げかけた。

「四点目。『ヴァンプドッグ』が、その猟奇性から刑務所でなく病棟へ収容された。ここまでは良しとしましょう。しかしなぜ、収容先が『国立衛生研究所』だったのですか。精神鑑定を行うにしては場違いに思えますが」

「彼が罹患《りかん》していた病のせいだ」

「病？」

「狂犬病だ。

　デレク・ライリーは狂犬病ウイルスに冒されている。だから、我々が彼の身柄を預かることになったのだ」

「狂犬病――」

　黒髪の部下が呟く。「だから『吸血犬《ヴァンプドッグ》』ですか。『吸血鬼《ヴァンパイア》』ではなく」

　マリアもニュースか何かで観た記憶がある。被害者たちが狂犬病に感染していて、犯人のデレク・ライリー自身も狂犬病だった。これらの事実が、『ヴァンプドッグ』の呼称を定着させた。

「実際の狂犬病は、犬だけでなく、哺乳類《ほにゅうるい》全般が感染対象になりうる」

　グスタフが説明を加えた。「感染した個体に噛まれると、ウイルスが傷口から神経細胞へ侵入し、やがて脳へ到達し、恐水症や恐風症、精神錯乱など様様な症状を引き起こす。

風邪などと違い、保菌者に接近しただけで二次感染することはないのが救いだが——発症後の治療法は、残念ながら現時点で確立されていない。デレクの『治療研究』に当たっていた、と先程述べたが、その大半は実のところ、狂犬病に関するものだ」

短い沈黙の後、低い声で漣が返した。

「少々納得しかねる部分があります。

その辺りも含めてお答えいただきましょう。五点目——地方警察への情報提供すら絞り込んでまで、『ヴァンプドッグ』の逃走をひた隠しにするのはなぜですか。市民の安全という観点からして、およそ看過できないと思われますが。

そもそも、彼が脱走するに至った経緯はどのようなものだったのですか」

「それは——」

グスタフが言い淀んだ、そのときだった。

会議室のドアが慌ただしくノックされ、返事も待たずに開け放たれた。捜査員と思しき若者が、血の気の失せた顔で息を乱している。

「どうした。今はまだ会議中——」「おい、まさか」

ドミニクの表情が強張った。

「やられました」

若手捜査員の声は震えていた。

「二、二、二人目です。

たった今通報が入りました。喉を切り刻まれた遺体が、アッシュビー地区の一軒家で発見されたとのことです」

インタールード（Ⅱ）

『ヘティ』はその後も、ぼくの夢に度々現れた。

幻覚だ、と理解はしていた。

彼女はもうこの世にいない。ぼくのせいで死んでしまった。そもそも、ぼくが今いるこの場所がどこなのか、ぼく自身でさえよく解っていない。会いに来られるとしたら、幽霊か、でなければぼくが頭の中で生み出した幻だけだ。

現に『ヘティ』の声は曖昧模糊《もこ》としていて、ぼくの記憶にある彼女の声と本当に同じなのかどうか、そもそも声色の男女の区別すら、翌朝になるとぼやけてしまうほどだった。


――外に出たい？

解らない。また、二十年前の行為を繰り返してしまうかもしれない。それが怖くてたまらない。

――大丈夫。

――あなたなら、きっとうまくやれる。

そうかな。二十年も経って、外の世界だって随分変わってしまっただろう。自信がないよ。

――心配しないで。

――いざとなったら、わたしが守ってあげる。

優しいな。君を殺してしまったぼくを、今もそんな風に思ってくれるんだね。

――殺した、なんて言わないで。

――あなたのせいじゃない。悪いのは、あなたを罪人にしてしまったわたしの方。

――だから、これはわたしの贖罪《しょくざい》。

――あなたにもう一度、外の世界を見せたい。

――あなたがこのまま、ここで死を迎える前に。

――外の世界で、わたしに逢いに来てほしい。

身勝手な幻覚だ、と我ながら思う。

いくら悔いたところで過去は消えない。ぼくが奪ってしまった人々の命は二度と戻ってこない。

けれど、『ヘティ』との対話を繰り返すうちに、ひとつの想いが次第に大きく膨らんでいった。

――わたしに逢いに来てほしい。

そうだ。ぼくはまだ、ヘティにきちんと謝れていない。

二十年前も、彼女との関係を知られるのが怖くて、彼女の葬儀に出ることも、墓前に花を供えることもできなかった。

ここを出なければ。

たとえ、同じことを繰り返してしまう危険があっても。

ヘティに謝ることができないまま、死ぬまでこの場所に居続ける。そちらの方がよほど不誠実ではないのか？

外の世界への渇望が幻覚を刺激したらしい。『ヘティ』の言葉は徐々に具体的になっていった。

――あなたへの警戒は完全に緩んでいる。隙を突くのは難しくない。

――機会は月に一度の定期健診。拘束も目隠しもなくなった。随伴するのは警備員と担当の女性職員の二人だけ。

――病棟から実験棟への廊下を渡り切った先、階段の陰が監視カメラの死角になる。

――気分が悪くなったふりをして死角へ入り、随伴の警備員から警棒を奪い、昏倒《こんとう》させる。

――担当職員も同様に無力化する。救援を呼ばせる前に意識を奪うのが望ましい。先に声を上げられた場合、あなた自身の逃走を優先する。

――二人とも上手《うま》く無力化できたら、両者のＩＤカードと、可能なら衣類も奪う。

――階段近くの非常口を通れれば、すぐ駐車場に出る。そこで逃走用のクルマを探す。……

『ヘティ』の声は、いつしかぼく自身の声になっていた。ぼくは頭の中で、逃走の予行演習を繰り返した。何十回も、何百回も。

手荒な真似はしたくなかったけれど、ぼくが閉じ込められている部屋は施錠が厳重で、鍵をこじ開けて逃げるなどとてもできそうにない。健診で部屋の外へ出た、その隙を狙うしかなかった。

チャンスはたぶん一度きりだ。失敗したら、今より警戒がずっと厳しくなって、ぼくが生きている間に脱走をやり直すことはできなくなるだろう。

仮に成功したとして、いつまで逃げ切れるのか。

自由の身になった反動で、衝動を抑えられなくなったら。

……いや、深くは考えまい。

ヘティを殺し、家族を死に追いやり、二十年の時間を投げ捨てた。得られたのは殺人鬼としての汚名だけだ。喪って惜しいものなんて今さら何もない。

あるとしたらひとつ、彼女の下に行くまでの時間。

今、ここで何もしなかったら、その時間をも無為に使い果たすだけなのだ。

本番当日——逃走はあっけなく成功した。

警備員は、警棒を奪われ頭を打ち据えられる瞬間まで、ぼくの行為を理解できない様子だった。

随伴の女性職員は、悲鳴を上げることもできないままへたり込み、青ざめ震えていた。警棒で殴打して意識を奪うのは簡単だった。

『ヘティ』の言葉通り、階段の陰で行ったのが幸いしたのか、他の誰にも気付かれることなく、二人のＩＤカードを奪うことができた。

どちらも息はあった。罪悪感を覚えつつも安堵する。殺人鬼が今さら言えた義理ではなかったけれど、無駄な殺人は避けるに越したことはない。

警備員から制服を剝ぎ取り、手早く纏い、警棒を腰に差す。万一に備えて武器を持っておくに越したことはないし、警棒を持たない警備員というのも不自然に思えた。

非常口が見える。二十年ぶりの外の世界だ。

ぼくは息を吸い込み、非常口のドアノブに手をかけた。

※

イヴェット・フロルキングがキャリーカートを引きながら、フェニックス・スカイハーバー国際空港のロビーを見回したとき、待ち合わせ相手の上司、グスタフ・ヤルナッハの姿は視界の端にも引っかからなかった。

ハンカチで首筋を拭う。ＭＤ州とは別世界のような暖かさだった。

Ａ州フェニックス市のダウンタウンの近くに位置するこの空港は、広さも利用者数もＵ国で指折りの規模だ。一度はぐれようものなら、自力で相手を見つけ出すのは容易ではない。

――一九八四年二月十日、午前十一時四十分。

フェニックス市で昨夜発生した惨劇の報が、ＭＤ州警察を経由してイヴェットたちへ伝えられてから、六時間以上が過ぎていた。

もっとも、実際に連絡を受けたのはグスタフだ。機密事項を捜査機関から直接教えてもらえるほど、イヴェットの社会的地位は高くない。いつの間にかグスタフの補佐役のような立場にいるが、研究室での役回りはつまるところ雑用係だ。ＭＤ州警察からの一報についても、イヴェットからグスタフの自宅へ電話をかけてようやく知ったほどだ。

デレク・ライリーの逃走から三日。予想された最悪の事態のひとつではあった。昨日も自動車をあちこち走らせ、捜査機関にしかるべき説明ができるよう彼に関する資料を整理し、ペットをショップへ預け、荷物をまとめて家を空ける準備を整え……午後からは研究室にも戻れず、床に就いたのは深夜過ぎだった。

正直、あまりよく眠れていない。慌ただしすぎたせいもあるが、やはりデレクの件が心に重くのしかかっていた。

病棟での彼を思い出す。無差別殺人鬼『ヴァンプドッグ』のイメージとは外れた、穏やかな雰囲気の男。独房監禁同然の処遇に対しても不平ひとつ口にせず、自らへの罰としてすべてを甘受しているように見えた。

しかし、彼は脱走した。

そして遠く離れたＡ州で、『ヴァンプドッグ』は再び牙を剝いた。

デレクは今、どうしているだろう。とにかく無事でいてくれるのを、祈ることしかできない自分が歯《は》痒《がゆ》かった。

……物思いにふけってしまっていたらしい。慌てて気を引き締めると、見慣れたスーツ姿がようやく目に留まった。

「ヤルナッハ教授……お疲れさまです」

駆け寄って声をかける。グスタフは不意を突かれた顔で「ああ」と返した。

「君か。エコノミーの方にいたのかね」

「ファーストクラスのチケットを買えるほど、勇気もお財布の余裕もありません」

今朝グスタフに連絡を取ってから、最も早いフェニックス市行き航空便の出発時刻まで、わずか一時間しかなかった。ハードスケジュールの極みだ。

寒暖差も大きい。レジの支払いにも手袋が要るほどだったMD州と違い、フェニックス市は厚着だと汗ばむ陽気だ。腕に掛けたコートが蒸れる。

そうか、とだけ呟き、グスタフは歩を進める。イヴェットも無言で斜め後ろに付き従う。

いくら補佐役と言っても、真横に並んで他愛ない世間話に興じられるほど、イヴェットはグスタフと親密な関係ではない。グスタフもグスタフで、普段から周囲に対して壁を作っている——というより、他人を寄せ付けない雰囲気を纏っていた。妻も子供もいないらしい。

かく言うイヴェットも独り身だ。両親もいない。

「研究者には二種類いる。研究に没頭して婚期を逃すタイプと、研究に没頭してもなぜか結婚できるタイプだ」と、研究室のスタッフの誰かが冗談交じりに語っていたが、イヴェットは間違いなく——恐らくグスタフも——前者の側だった。

「フェニックス署への連絡は」

グスタフが唐突に問う。「は、はい」イヴェットは慌てて返した。

「到着してすぐに電話しました。……正午に迎えに来るそうです」

研究と直接関わりのない諸々の手配を行うのは、大抵イヴェットの役目だ。グスタフは再び「そうか」と答え、誰にともなく呟いた。

「十年か。……暑さだけは変わらんな」

返事のしようもなく、イヴェットは沈黙した。

グスタフの言う『十年』とは、彼が十年前に取得した研究休暇《サバティカル》のことだろう。大学などでよく採用される長期休暇制度だ。この期間に、普段手がけているものとは違った研究を行う研究者も多い。

グスタフも例に漏れず、十年前のサバティカルでフェニックス市へ赴《おもむ》き、病院に籍を置いて数ヶ月のフィールドワークを行っていた——と、ベテランのスタッフから聞かされたことがあった。

冬でも暖かなこの地での休暇を、当時のグスタフがどんな思いで過ごしたかは知らない。少なくとも、十年後の今日よりよほど穏やかな心持ちだったろうことは確かだ。

　普段の厳格な表情が、今は心なしかさらに硬い。当然だ——警察から見れば、自分たちは凶悪な殺人鬼を野に放ってしまった許すまじき輩なのだから。

「彼の写真の準備を。警察が最も欲しい情報だろうからな」

「——少し、お待ちください」

　近くの化粧室に駆け込み、個室に入ってキャリーカートを開ける。乱雑な中身を大勢の利用客の目に晒《さら》す度胸はなかった。

　申し訳程度に畳まれた薄桃色のカーディガンの横に、剝き出しの書類の束やバインダー、そして、白地に赤い十字マーク入りの紙箱が、カーディガンの端を巻き込む格好で押し込まれている。

　バインダーを抜き取り、デレクの写真を確認する。正直に言って、指名手配写真として充分に有用だとは思えなかったが、少しは捜査の足しになるかもしれない。

　役に立つ可能性があるとすればむしろ、紙箱の中身の方だ。——使う機会が訪れないに越したことはなかったが。


　蓋を閉め、バインダーを抱えて個室を出る。キャリーカートを握る手に汗が滲《にじ》んだ。

　フェニックス署の捜査員が、グスタフとイヴェットを迎えに現れたのは正午五分過ぎだった。

第3章
ヴァンプドッグ――インサイド（Ⅱ）
――一九八四年二月十日　一二：〇五～――

胃からせり上がる吐き気をこらえきれず、エルマーは足をふらつかせながら皆のそばを離れ、壁に手を突いた。

苦い吐《と》瀉物《しゃぶつ》が食道を逆流した。口と手、床と壁が汚れ、不快な臭いが立ち上る。朝食らしい朝食を取っていなかったためか、床に撒き散らされたのはほぼ胃液だけだった。

エルマーの不始末を責める者はいなかった。横目を向けると、イニゴもキムもスザンナも、そんなことに構う余裕もない様子で、室内の一点を凝視している。

吐き気と息の乱れをどうにか鎮め、エルマーもベッドの上のそれへ、恐る恐る顔を向けた。お願いだ、ただの悪夢であってくれ――

懇願はあっけなく打ち砕かれた。

先程と何ひとつ変わらなかった。セオドリックが、喉の赤い肉を剝き出しにし、変わり果てた姿で仰向けに横たわっていた。（【図3】）

喉の傷は、皮膚を荒っぽく剝ぎ取られたような有様だった。滲み出た血が、衣服の首回りやシーツを汚している。生乾きの赤黒い液体が、ベッド下の床に薄く大きく広がっている。

凶器と思われるナイフが、向かって左手、ベッドからやや離れた机の足元に落ちている。先端が血に濡れていた。流血からさほど時間が経っていないのは素人《しろうと》目にも明らかだった。

死んでいる――セオドリックが、殺された⁉

「何で……何でだよ」

陳腐《ちんぷ》な問いがこぼれ出た。「どうして……セオドリックがこんな目に。誰が、誰がこんなこと」

「うるさい」

キムの一喝がエルマーの口を封じた。「今、それを考えているんじゃないか。少し黙ってくれ。気が散る」

彼が声を荒らげるなど記憶にない。事の深刻さが

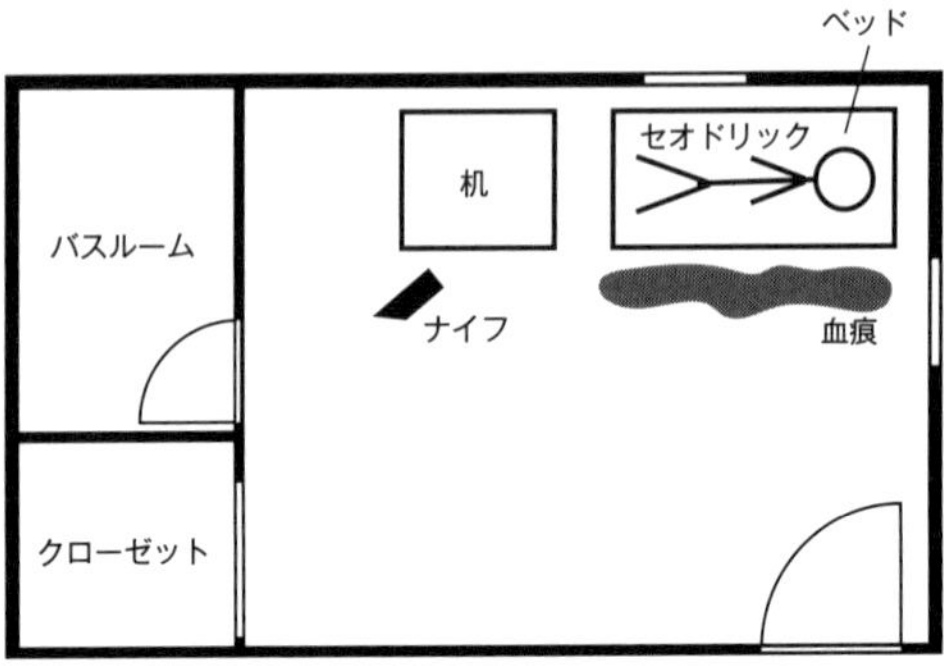

図3

今さらのように、エルマーの足首を摑み、背筋へと這い上った。

……自分たちは、どうなってしまうのか。

現金輸送車襲撃計画を立案し、主導してきたのはセオドリックだった。仲間たちも知らないところで手を回し、乗り換えのクルマや隠れ家などを準備した。

何より、現金を奪った後の最終的な逃走手段については、「下手に語るとお前たちの周囲から漏れる危険がある」という理由で、セオドリックの頭の中にしまい込まれていた。

そのセオドリックがいなくなった——残された自分たちはどこへ、どうやって逃げればいいのか？

助けを呼ぶ当てもない。警察なんてもってのほかだ。下手に騒ぎ立てようものなら、嗅ぎ付けられて逮捕されて身の破滅だ。

「状況を……把握しないとな」

罅割れたようなイニゴの声だった。へたり込んだままのスザンナへ手を伸ばし、引っ張り起こす。

「セオドリックはいつやられたと思う」

「解るわけないでしょ」

スザンナの唇は震え、血の気が失せていた。「刑事ドラマの検死官じゃないのよ。そんなに時間が経ってない、ってことくらいしか言えないわ」

「キム。お前の意見は」

「スザンナに同じ」

「エルマー」

ついでに訊いてやる、と言わんばかりの投げやりな口調だった。

「今しがた……としか思えないよ」

そう返すと、イニゴは「みんなもそう見えるか」と頭を掻き毟った。

四人とも、医師の診断を受けることはあっても、医学に関しては素人だ。推理小説や刑事ドラマのように、死亡推定時刻を事細かく割り出せるはずもない。一見した印象を口にするのがせいぜいだ。

とはいえ、この場に限っては専門知識など不要に思われた。血が渇いていない。

イニゴの腕が、今度はセオドリックの手首へ伸ばされた。ベッドから一メートルほど離れた位置、周囲の血痕を踏まないぎりぎりの距離に足を置き、身を乗り出しつつ肘を張っている。

「温かい。死んだのは、何時間も前ってわけじゃなさそうだな」

「脈は？」

一縷《いちる》の望みにすがるように、エルマーは問いを投げた。イニゴが無情にも首を振った。

「……嘘だと言ってくれよ」

「だったらお前も診ればいい」

イニゴがベッドの正面から退く。押されるように前に立たされ、エルマーは恐る恐る腕を伸ばし、セオドリックの手首に触れた。

生温かい。脈動は全く感じ取れなかった。エルマーはよろけるように後ずさった。

無言の時間が流れた。やがてスザンナが声を絞り出した。

「どういうこと。何で、セオドリックが殺されてるの。

アタシたちは、起きてからずっとリビングにいた。キッチンや手洗いには何回か立ったけど、セオドリックの部屋には誰も近付いてない。なのに、どうして。

誰かが忍び込んだの？　どこから？　そいつはど

こに消えて――」

「消えたとは限らない」

ドアから見て左手の壁へ、キムが目を向けた。クローゼットとバスルームの扉が並んでいる。

キムの言わんとすることを理解し、鳥肌が立った。

……どちらかに、今も殺人者が潜んでいるのか。

「エルマー、見てこいよ」

犬にでも命じるようなイニゴの口調だった。

さすがに絶句し、他の二人を見やる。だがスザンナもキムも、お前が行くのは当然だと言わんばかりの一瞥を投げるだけだった。

逆らうこともできず、エルマーは三人から視線を外し、二枚の扉へと歩を進めた。

膝を震わせながら、まずバスルームの扉に手をかけ、一気に開く。

無人だった。……バスタブを覗いたが乾いている。人影ひとつない。

隣のクローゼットも開け放つ。誰も隠れてなどいなかった。隅にタオルと肌着が置かれているだけだった。

「こっちもいないぞ」

イニゴが屈み込み、ベッドの下を覗く。「そこならさっき見たわよ」とスザンナが睨んだ。

「マットの下に潜んでるわけでもなさそう。……意味が解らないわ。どうなってるの」

スザンナの言う通り、セオドリックの横たわるベッドに、不審な隆起や隙間は見られなかった。

他に隠れられそうな場所と言えば、執務用と思しき机だけだ。肘掛け付きの皮張りの椅子が、机の手前に鎮座している。どかして下を覗き込んだものの、人はおろか、地下への隠し扉のようなものも見つからない。

椅子の背に、セオドリックの私物らしきバッグが引っ掛けられていた。ファスナーが開いていて中が覗ける。ほぼ空だった。顔を隠すためのマスクと帽子しか見えない。

机の上には電話機。本来なら真っ先に緊急通報しているところだ――自分たちが現金輸送車襲撃という大罪を犯していなければ。

机の引き出しを開ける。自動車の鍵の交ざった鍵束、それから煙草とライターがしまわれている。セオドリックが着替えの際にポケットから出したのだろう。

　机の足の近くに落ちているナイフを見つめる。セオドリックの喉を裂いただろう凶器。

　見覚えがあった。襲撃の際に彼が持っていたものだ。万一の際の護身用と言っていたが、そのナイフで自身が傷付けられるとは皮肉が過ぎる。

　と――

「あそこかもしれない」

　部屋の東側、ベッドの枕元から一メートルほど離れた位置にある窓を、キムが指した。遮光カーテンがわずかに開いて、窓のクレセント錠が覗いている。

「鍵がかかってるけど」

「よく見るんだ。閉まり方が浅い」

　言われて気付く。クレセント錠は掛金に引っかかっていたが、閉まり方は緩く、つまみが部屋の内部へ向かって頭を下げるように傾いていた。

「犯人は窓から忍び込んでセオドリックを殺して、窓から出て、外から紐か何かでクレセント錠を嵌めた、ってことか？」

　イニゴの問いに、キムが「出入りだけを考えるなら、可能性はある」と認めた。

「『逃がし屋と交渉する』とセオドリックは言っていた。その逃がし屋か、あるいは逃がし屋のふりをした何者かかは解らないけれど、とにかくそいつが窓の外から合図を送るなりしてセオドリックと接触し、殺害したのかもしれない」

「いや待って――待ってくれよ」

　割り込まずにいられなかった。「おかしい。こんな……こんなひどいことをする人殺しに襲われたのに、セオドリックが助けも呼ばなかったなんて」

「『出入りだけを考えるなら』と言っただろう」

　キムの返答に苛立ちが混じった。緩んだクレセント錠を嵌め直す。「その程度の疑問なら気付いてる。クレセント錠を閉めるにしたって、窓の外であれこれ仕掛けをしていたら誰かに見られる危険が高い。ただでさえ警察や軍が見回っているんだ。……何なんだ。不可解なことだらけだ」

「ねえ」

　スザンナがふと気付いたように、自分の手のひらに目を落とした。「……アタシたちがこの部屋へ入るとき、ドアの鍵は開いていたわよね？」

　息を呑む。

――開けるわよ。いいわね！

覚えている。ドアノブを回したのは当のスザンナだ。鍵はかかっていなかった。ドアは何の抵抗もなく開いた。

犯人が窓から入って窓から出たのなら、エルマーたちが部屋の中へ入るのを遅らせるためにも、ドアの鍵を閉めた方がよかったはずだ。

それとも、ドアに鍵がかかっていると思い込んだのか。セオドリックはドアを施錠しないまま、部屋に籠っていたのだろうか。……変だ、慎重な彼にそぐわない。

「窓から入って、ドアから出た、ってことか」

先に答えを口にしたのはイニゴだった。「クレセント錠の閉まり方が甘かったのは、単に急いでいて適当に閉めただけだった――」

いや、待て。つまりそれは。

「犯人は、別の部屋に逃げ込んだ……？」

昨夜はセオドリックの他にキムとスザンナが一階で寝泊まりしたが、二人とも今朝から正午までリビングに居た。部屋は空きっぱなしだ。

「あるいは、その別の部屋の窓からさっさと逃げ出したか、だね」

キムが険しい顔で頷いた。「早急に確認しなければいけない可能性のひとつだ。

他の部屋を調べよう。全員でだ」

短い黙禱《もくとう》をセオドリックに捧げ、エルマーたちは惨劇の部屋を出た。

「いいのかな。その、彼を……あのままにしておいて」

彼の遺体を、とは口にできなかった。

「動かす意味がない」

キムの返答は端的だった。「凶器とは違うんだ。下手に動かして、ボクらの服や靴が血で汚れたら、それはそれで面倒になる」

その凶器のナイフは、キムがタオルで拭って包み、慎重な手つきで握っている。刑事ドラマと違い、詳しく調べられないのでは現場保存に拘《こだわ》る意味も、危険な凶器を放置する理由もなかった。

とはいえ、遺体は別だ。

着替えは事前に準備されていたが、贅沢に使えるほどの数はない。水は使えるが洗濯機は用意されていなかった。この隠れ家にあと何日か留まらなければならない可能性を思えば、汚れ物を迂闊に増やすのが得策でないのは確かだ。イニゴがセオドリックの体温を確認する際、血溜まりを踏まないようにしていたのも、単なる忌避感《きひかん》だけではなかったらしい。

「今は家捜しが最優先、か」

イニゴがシャツをまくり上げた。

彼の腰とベルトの間に拳銃が挟まっている。銃口にサイレンサーが取り付けられていた。……現金輸送車襲撃の際、警備員二名の命を奪ったものだった。

「持ってて良かった、って言わなきゃいけないのが悲しいな。――キム、弾倉を返してくれ」

「まだ早い。犯人を見つけても、まずは威嚇《いかく》で充分だよ」

弾倉は昨夜、フェニックス市への車中でキムに預けられている。お前に渡した瞬間に頭を撃ち抜かれかねない、と暗にほのめかすような台詞を返され、イニゴが舌打ちを放った。スザンナが「銃口は下に向けときなさいよ」と皮肉を吐く。エルマーは何も言えず、セオドリックの部屋のドアを閉めた。

逃避行が一段落したタイミングで銃の弾丸を抜くよう、皆に指示したのはセオドリックだ。仲間割れが起きかねない事態をも彼は想定していたのだろうか。エルマーの胸の中を寒々しいものが吹き抜けた。

数十分を費やして行われた『家捜し』は、空振りに終わった。

セオドリックの部屋から近い順に、皆の部屋や空き部屋、共用バスルームを調べたものの――スザンナは自室を覗かれ顔をしかめていたが――人影ひとつ見つからなかった。窓もことごとく施錠され、遮光カーテンはすべて引かれたままだった。

全員がセオドリックの部屋にいる間に、侵入者が密かにリビングへ移動し、玄関や窓、あるいは階段を上がって二階から逃げた――そんな可能性も考えられたが、玄関の閂に動かされた形跡はなく、窓もこれといった異変は見当たらない。二階は、エルマーやイニゴの部屋を含めすべて無人、かつ窓もことごとく閉まっていた。

ガレージも同様だった。シャッターは下ろされ、内側からロックがかかっていた。エルマーが午前中にタイヤの交換を終えたときのままだった。

※

全員でリビングに戻った頃には、十四時を過ぎていた。

イニゴもキムもスザンナも、徒労感と困惑を滲ませながらソファーに腰を沈めている。

エルマーも同じだった。真実に繋がる何かが見つかればと思ったが、『何か』の糸口さえ摑むことができなかった。

「馬鹿な」

キムが呟いた。「誰もいない。出入りした痕跡もない。今、この隠れ家で呼吸している人間は、ボクら四人だけだ。……あまり考えたくなかったけれど、これは」

「待った、キムちゃんよ」

イニゴの声が低くなった。「まさか、オレたちの中にセオドリックを殺した奴がいるなんて言わないよな」

「率直に言う。可能性は否定できなくなった」

「ちょっと！」

スザンナが目を剝いた。「セオドリックが部屋に籠ってから、全員で押しかけるまで、アタシたちはほとんどリビングにいたのよ。

キッチンやトイレには行ったけど、空けた時間はせいぜい五分かそこら。そんな短い時間で、音も立てずに彼の部屋に入って、声も上げさせずに命を奪って——しかも喉をあんな風にズタズタにして——返り血を綺麗さっぱり落として、何食わぬ顔で戻って来るなんて無理だわ！

さっきの家捜しでも確認したでしょ。着替えは減ってなかったし、セオドリックの部屋も共用バスルームも、シャワーを使った様子はなかったのに」

「大声を出すな。それとスザンナ、君の主張には大きな抜けがある。セオドリックが部屋に消えてから彼の遺体を発見するまでの間、五分どころか何時間も、リビングを離れていた者がいるじゃないか」

キムの冷たい目がエルマーへ向けられた。

血の気が引いた。……そんな。

「う、嘘だ！　何で俺が、セオドリックを」

「動機は措く。重要なのは機会があったかどうかだ。ガレージからセオドリックの部屋までは近い。リビングにいるボクらの目を盗んで、彼の部屋へ入り込むことは充分できるだろう」

　昏が強張った。

「濡れ衣だ。俺はガレージに行くつもりなんてなかった。クルマを見てくるよう命令したのは、殺されたセオドリック本人じゃないか」

「彼がお前に命じるのを見越して、クルマに細工した可能性は否定できない」

「キム、いい加減にしなさいよ」

　スザンナは苛立ちを隠そうともしなかった。「『動機は措く』なんて言ったけど、その動機こそよっぽど重大でしょ。

　何でアタシたちがセオドリックを殺さなきゃいけないの。アタシたちの置かれた状況を打破できるのは彼しかいなかったのよ。アンタはともかく、エルマーみたいな小心者に彼を殺せたはずがないじゃない」

「何だと」

　キムが反論しかけた直後、サイレンの音が遠くから聞こえた。

　背筋が凍った。他の三人も一斉に表情を強張らせる。

　救急車か、それともパトカーか。凶事を告げる鐘に等しいその音は、次第に大きくなり――邸宅の前で停まることなく遠ざかり、消えた。

　息が漏れ出る。ここへ向かってきたのではないようだ。

　しかし、充分に離れたところへ去ったとも断言できない。絞首台で首に縄をかけられ、逃げることもできないまま放置されたような、生殺しに等しい感覚が忍び寄る。

　キムがテーブルへ手を伸ばし、ラジオの電源を入れた。キャスターの声が見計らったように、不吉なニュースを読み上げた。

『――時頃……地区の駐車場で女性の遺体が発見され………警察では殺人事件と見て捜査を……ています。

　また、今朝から……方面の道路で検問が続いていますが、警察は「ＭＤ州の現金輸送車襲撃事件に用いられた車両が、市の北部で発見された」と述べ……の事件が犯人グループによるものである可能性を示唆しました。

一方、関係者によれば……の喉に刺し傷のような痕………とのことですが、警察は「死因を含め捜査中」として、引き続き警戒を呼びかけています。

次のニュースです――』


スザンナがラジオの電源を叩き切った。

長い沈黙が訪れた。やがて、彼女が唇を震わせた。

「……何よ、今の。フェニックス《ここ》で殺人⁉　アタシたちの仕業ですって⁉　とんだ濡れ衣だわ」

「だから大声を出すなと言っただろう。落ち着くんだ」

「落ち着いてなんかいられるわけないでしょう」

スザンナがキムを睨む。「あんたも聞いたわよね、車両が見つかったって。……どうして？　『市の北部』って、アタシたちがワゴンを乗り捨てたのはずっと北の方よ。フェニックスどころか十七号線への分かれ道の手前だわ。そこからの行先はいくつもあったはずなのに、何で、アタシたちがフェニックスに向かったって――」


イニゴがテーブルへ平手を叩きつけた。置きっぱなしの皿とラジオが音を立てて跳ねる。スザンナの声が途切れた。

「今さらうろたえるのはなしだ」

イニゴが自ら言い聞かせるように呟き、エルマーたちを見渡した。「忘れないでくれよ。オレたちは、U国全土でニュースになった大事件の当事者なんだぜ？　どんな覚悟もできてたはずだろう。濡れ衣のひとつやふたつが何だ。むしろ箔が付いて結構じゃないか」

無茶苦茶な暴論だったが、混乱に陥りかけた場を治めるには充分だったらしい。「……そうね」とスザンナが恥じたように呟いた。キムも長々と息を吐いた。

「すまない。少し冷静さを欠いていたみたいだ。エルマーも、さっきのことは忘れてくれ」

セオドリック殺しの疑いをかけておきながらあまりに軽い謝罪だったが、エルマーは何も返せなかった。

「少し整理しよう。

さっきのニュースで解ったことがある。ボクたちがフェニックスに向かったと、警察が何らかの確証を掴んだらしいこと。少しは悩んでくれるかと思ったけれど、彼らの捜査能力を甘く見ていたのは認めざるをえない」

襲撃後の逃走に当たっては、どこかでワゴン車を乗り捨てる必要があった。燃料はいずれ尽きる。ガスステーションに長居はできない。何より、同じワゴン車でU国中を走り回れば、それだけ目撃情報を増やす危険がある。目立ちにくい乗用車に乗り換えるのは、エルマーたちにとって必然の成り行きだった。

が、その『乗り換え』が実は一筋縄ではいかないものだったのだと、エルマーは今さらのように思い知らされた。

——終わっていない。

セオドリックが逃走中に警告していたのも、彼自身が『乗り換え』の孕む危険を察していたからだろう。置き土産《みやげ》を残した、というイニゴの台詞が、図らずも最悪の予告になってしまった。

「もうひとつ」

キムが続けた。「セオドリックが今朝言っていた『三番目の可能性』が、冗談で片付けられなくなったこと」

——俺たちとは全く関係ない、別の凶悪事件が発生している。

「考えてみれば、ボクたちにとっては『たかが殺人』でしかない事件も、善良な一般市民様にとっては立派な凶悪事件だ。

とはいえ、ここまで厳重な態勢を敷く理由は——よく解らない。別の捜査のついでにボクたちも一網打尽にしようとしてるのかもしれない」

キムの言葉が一瞬途切れたのに、エルマーは気付いた。

が、イニゴもスザンナも何も言わない。重要な事実を避けているかのような態度だった。

「あのさ……ラジオで言ってなかったっけ、『喉に刺し傷のような痕』って。

セオドリックも喉をやられてた。……偶然なのかな、これ」

自分で口にしながら、ぞっとするような想像がエルマーの脳内を走った。

ガレージへ行ったとき、自動車のトランクが開いていた。ジャッキのハンドルもなくなっていた。

セオドリックの変わり果てた姿を目の当たりにしたとき、誰かが呟いた――『ヴァンプドッグ』と。

まさか――

「偶然だろう」

キムがエルマーの疑問を一言で流す。

が、彼の表情がわずかに歪んでいた。禁句を口にしてしまった不届き者を咎めるような視線だった。

「ともかく、ボクたちの状況は朝方と変わっていない。いや……セオドリックがいなくなった分、悪化したと言ってもいい。

キッチンの食料はまだ残っている。ただし多くはない。さっき見たところだと……あと三日分くらいかな。それまでに検問が解かれる、もしくは、セオドリックの言っていた逃がし屋から何らかの接触が来るのを待つ。これが今のところ、ボクたちが生き延びるために取れる最善の方法だ。

検問を強行突破する手もあるけれど、それは本当に最後の手段だ。ボクたちが乗ってきたのはレーシングカーじゃない。映画のようなカーチェイスになったらまず逃げられないと思った方がいい」

「どっちにしても、今はここでじっと隠れて待つしかないってことね」

「しかも警察に目をつけられないのを祈りながら、かよ」

追い詰められている。……物質的にも、時間的にも。

皆で賑やかにテーブルを囲んだ昨晩が嘘のような、状況の激変ぶりだった。

フェニックス市は広い。この隠れ家に着くまでの道のりを思い出す限り、徒歩で行ける距離にショッピングモールはなかった。こっそり物資の買い出しをするにしても、クルマを使わなければ無理だ。けれど。

襲撃犯の正体は――エルマーたちの名前は――少なくとも現時点でニュースには流れていないようだ。街中を歩いても人相から逮捕に繋がる危険は少ない、と思いたいが……自動車は別だ。

『乗り換え』後の行先を突き止められたということは、車種を警察に知られてしまった可能性が高い。偽のライセンス・プレートを使ったことも露見しているだろう。迂闊に自動車を出して、パトロール中の警察官に見咎められたらお終《しま》いだ。

外には出られない。警察による厳戒態勢が続く限り。

「セオドリックの言っていた、逃がし屋の連絡先……誰か知っているかい」

エルマーの問いに、他の三人は首を振った。

「電話でやりとりしていたみたいだけど、番号を知っていたのは彼だけでしょ。メモにも残してないと思う。

今回の計画もそうだったでしょう？　もしかしたらと思って、彼の部屋にあったバッグを開けてみたけど、襲撃に使ったマスクや帽子しか入ってなかった」

スザンナの言う通りだ。今回の襲撃は、計画はあっても『計画書』はなかった。「頭に叩き込め」、それがセオドリックのやり方だった。おかげで、エルマーは幾度となく足を引っ張りかける羽目になったが。

その計画とて、エルマーたちは全容を知らされていなかった。この隠れ家がいい例だ。すべてを細部まで把握していたのはセオドリックだけだろう。

その彼が、予想もできない形でいなくなってしまった。

誰が殺したのか。そいつはどこからどうやって消えたのか。答えは一向に出ないままだ。

ひとつ解ったと言えば――今回の襲撃計画に関して、自分たちがいかにセオドリックに頼り切っていたのか、という点だけだった。

どうすればいい……どうすれば？

決定的な打開策が出ないまま、無為に三十分近く過ぎた頃、スザンナが「少し休みたいわ」と手を挙げた。

「休むって……今も休んでるようなものじゃないか」

「じゃあエルマー、アンタは疲れてないって言うの？」

答えに詰まる。逃亡先が露見し、警察と軍に半ば包囲され、不可解な状況でリーダーをも失って、精神的に疲弊《ひへい》していないと言う方が嘘だった。

「どうするキムちゃん、ひとりずつ交替で眠るか」

「そうしたいところだけど、セオドリックの件がある。ボクらがリビングにいたのに、彼は殺されてしまった。

　どんな手を使ったのか解らないのが歯痒いけれど……用心深い彼に声も上げさせなかったくらいだ。犯人は相当な手練《てだ》れかもしれない。誰かひとりだけを孤立させるのはむしろ危険だと思う」

「ちょっと。随分とアンタらしくないご意見ね」

「なら君は、彼があんな目に遭ったのを目の当たりにした上で、自分だけベッドに入ってぐっすり眠れる自信があるのか」

　キムに反問され、今度はスザンナが言葉を詰まらせた。

「全員で一箇所に固まった方がいいのかな」

「それもそれでリスクがある。ボクたちの中に殺人者がいたとしたら、他の三人が眠りに落ちた瞬間に詰みだ」

「お前なあ……この期に及んでまだそんなことを言うのか」

「可能性は残っている。エルマーだけじゃない、君も、スザンナも――皆にとってはボク自身も、だ」

「じゃあどうするのよ」

「昨晩と同じさ。集合時刻を決めて、全員が一斉に自分の部屋へ戻って、時間になったらリビングへ戻る。

　……言いたいことは解るよ。ひとりずつ交替で休むのと何が違うのか、だろう？

　けれど今の状況では、リスクをゼロにするのは不可能だ。どんな方法を取るにしたって危険は残る。なら、リスクを分散させた方がよほどましだ」

「無茶苦茶だわ！　そんな――」

「ひとりだけを孤立させるのは反対だ、とボクは言ったんだよ。リスクは皆が平等に背負うべきだ。

　大丈夫。セオドリックの件は痛恨の極みだったけれど、危険な輩が隠れ家の周辺にいると解ったんだ。危険が解れば身構えもできる。

　皆、ドアと窓は施錠して、怪しい気配を感じたらすぐに助けを呼ぶんだ。これ以上安全な策を、ボクは思いつかない」

※

　反対意見は出ず――正確には誰も出せず、皆はキムの案に沿って、各々の部屋で休むことになった。

エルマーも階段を上がり、自室へ入る。ドアの鍵を閉め、クローゼットとバスルーム、ベッドの下を覗き——誰の姿もなかった——窓のクレセント錠も確認する。

遮光カーテンの隙間から覗く外の世界は、一見して何の変哲もない、平和な街角だった。

カーテンを閉め直し、ベッドの上の枕や毛布やマットレスを床に移す。空のベッドを引きずって、バリケード代わりにドアへ押し当てる。床に置いた寝具へ横たわる。……疲れてはいたが、眠りは訪れてくれそうになかった。

こんなことが、あと何日続くのか。

集合時間になったら集まって、夕食を取って、部屋へ戻って眠りに就いて、朝を迎えて……考えるだけで気が滅入る。

そもそも、こんなことを何日も続けられるのか。

食料の残数だけではない。隠れ家の外では殺人事件が起きたという。もし警察が聞き込みに来たら。居留守を使うのか、何食わぬ顔で善良な市民を演じるのか。

何度振り払っても、不安は消えてくれなかった。

内心を吐き出せるのはポケットの中のメモ帳だけだった。

『とんでもないことになった。Tが殺された。喉をやられていた。誰の仕業か解らない。

何から書こう。思えば今日は朝から変だった。変な痕が喉に——』

睡眠らしい睡眠も取れないまま、集合時刻の十六時が訪れた。

ベッドをずらし、ドアを慎重に開け、廊下へ出て階段を下りる。吹き抜けのリビングに、スザンナとイニゴの姿が見えた。

ろくに休めなかったのは同じらしい。二人とも顔色は冴えなかった。特にスザンナは、普段よりメイクを厚塗りしていたが、それでも目の下の隈が隠しきれていない。

「何だ、あんまり眠れなかったみたいだな」

「まあね……でも、横になれただけましだったよ」

リビングに居続けたら、余計に疲弊していたかもしれない。

イニゴとエルマーが言葉を交わす傍らで、スザンナは廊下の奥を、険しい表情で見つめていた。

「ねえ、キムはまだ？」

心臓が冷える感覚に襲われた。

待ち合わせに遅れない几帳面なキムが、集合時刻を過ぎてもまだリビングに現れない。

「こんな緊急事態だ。あいつだって寝過ごすことくらい――」

しかし、イニゴの硬い声は途中で遮られた。


悲鳴が響いた。

断末魔にも似た、獣のように野太い叫び。

キムの部屋の方向だった。


「キム！」

イニゴが駆け出した。スザンナが弾かれたように後を追う。エルマーも慌てて立ち上がった。

まさか――そんな。

しかし、最悪の予想は最悪の形で実現してしまった。


キムは事切れていた。

上体をベッドに寄りかからせ、血の海と化した床に足を投げ出し――

切り刻まれた喉から、赤い液体が溢れていた。

第4章
ヴァンプドッグ――アウトサイド（Ⅱ）
――一九八四年二月十日　一三：五〇～――

第二の被害者は、自宅一階の寝室で両手両足をロープで縛られ、喉の左側を切り刻まれていた。

「ノーマン・ルーサー、一九三七年生まれ」

漣は遺留品の免許証を読み上げた。「登録上の住所は、フェニックス市ウエスト・グラナダ・ロード※※番。この家です」

「四十七歳、にしては割と若いわね」

赤毛の上司が免許証の顔写真を覗き込み、遺体に目を移して眉をひそめた。「もっとも、こうなってしまったら人相もへったくれもあったもんじゃないけど」

被害者は目を見開いた状態で息絶えていた。免許証の平坦な表情――実年齢に比してほうれい線は薄く、皮膚の染みもない――とはまるで異なる、苦悶に満ちた死に顔だ。

「更新日は二年前ですね。写真にも遺体にも、右頬にほくろがあります。裏を取る必要はありますが、当人と見てよいかと」

――二人目に関する通報がフェニックス署へ入ってからおよそ十分後。ダウンタウンの北にある住宅街の一軒家だった。

漣とマリアは、ドミニク・バロウズ刑事やセリーヌ・トスチヴァン検死官とともに現場入りしていた。どのような形でドミニクに協力するのかと思っていたが、フェニックス市に到着してからわずか一時間足らずで、脱走した無差別殺人犯によると思われる凶行を目の当たりにするとは、さすがの漣も予想できなかった。

一方のマリアは、「まったく、出張手当を倍もらわなきゃ割に合わないわ」とぼやきながら、遺体の周辺を見回している。

恐ろしく美麗な顔立ち。長く豊かな赤毛。光の加減によって燃えるような紅玉色《ルビー》に輝く瞳。モデルと見紛《みまが》うスタイル――ただし髪の毛は方々に跳ね、ブラウスのボタンはひとつ外れ、裾《すそ》はスカートからはみ出し、スーツはしなびて張りも何もなく、パンプスはつま先が破れかけている。何重もの意味で、殺人現場には場違いなほど目立つ風貌だった。

部屋の一角に、重厚なベッドが置かれている。被害者はその上――ではなく、床のカーペットに、右半身を下にして身体を横たえていた。両腕を背中で縛られ、両足首を硬く束ねられている。両腕を拘束したロープはさらに、ベッドの足のひとつに結わえられていた。

喉は深く切り刻まれ、流れ出た血がカーペットに吸われ、赤い染みを広げている。が、血痕が目立つのは遺体の首の下だけだ。部屋全体を見れば、喉を裂かれたにしては血飛沫の付着した箇所が少なかった。

「最初の被害者と同じね。……喉を傷つけられたのは、心臓が停止した後かしら」

セリーヌが遺体の傍らに屈み込んだ。フェニックス署で最初に対面したときは、良くも悪くも人形のような女性だと感じたが、検死の場でもその印象は変わらない。被害者の凄惨《せいさん》な姿を前にして、マリアの旧友の表情は薄く、変化に乏しかった。

「皮膚はやや蒼白……体表温の冷却、硬直が進行……死斑《しはん》は薄め、指圧で退色……眼球は――」

セリーヌが小声で呟きつつ、お気に入りの人形を撫でるように遺体を検《あらた》める。

遺体や犯行現場の状況、何よりセリーヌ自身の雰囲気も相まって、検死の様子はさながら、遊園地のホラーハウスで行われるショウのような非現実感が漂っていた。

フラッグスタッフ署の検死官、ボブ・ジェラルドも、嬉々として検死に臨むところがあるが……遺体を間近で相手にするには、相応の特異な感性を必要とするのかもしれない。

やがてセリーヌが立ち上がった。

「死後およそ二時間から四時間、かしら。ただ、あくまで現時点での見立て。解剖の結果によっては前後する可能性もあるわ。その点は留意して」

人形さながらの表情に、かすかな逡《しゅん》巡《じゅん》がよぎった――ような気がした。同じ違和感をマリアも感じ取ったらしい。警察官の顔で旧友へ問いを投げた。

「やけに慎重ね。あんたらしいと言えばらしいけど
……何か気になる点があった？」

「少しだけ」

セリーヌが遺体へ視線を移した。「詳しいことは、眼科の通院履歴や解剖の結果を待ってからにするわ。

――ただ、死斑の出方などを踏まえれば、半日も一日もずれることはないはず」

現時刻は十四時前。目の疾患に関しては要確認として、セリーヌの見立てに狂いがなければ、死亡推定時刻は概算で十時から十二時。白昼堂々の犯行だ。

「死因は何でしょう」

「恐らく撲殺。後頭部に何箇所か、鈍器で殴られた痕があったわ。

それと、縛られた部分の皮膚が強く擦《す》れていた。無理やり解こうとしたようね」

被害者が犯人に拘束され、もがいているところを殴られ死亡。さらに喉を抉られた、という順番か。

……引っかかる。

「拘束される前の状況がはっきりしないわね」

漣が抱いたのと同じ疑問を、マリアが口にした。

「被害者は成人男性よ。被虐的な嗜好《しこう》でもない限り大人しく拘束されてくれるはずがないわ。ロープで縛る前に、まず何かしらの方法で自由を奪っておく必要がある気がするけれど」

「それこそ殴り倒したんじゃねえのか。被害者の隙を突いて」

ドミニクが仮説を持ち出した。「で、昏倒している間に縛る。意識の戻った被害者が暴れ出す。犯人がとどめの一撃を加える。……複数回殴られたことの辻褄《つじつま》も合うぜ」

「じゃあ、どうして被害者を縛る必要があったの？最初の一発でノックダウンできたのなら、ロープなんか持ち出さないでそのまま後頭部をめった打ちにしちゃえばいいじゃない」

「解るかよ」

同様の矛盾を感じていたのだろう、ドミニクは早早に両手を上げた。『ヴァンプドッグ』の野郎をとっ捕まえて訊くのが一番だ。理屈の通った答えが返るかどうかは知らねえけどな。

俺が知っているのは、これが奴の手口と同じだってことだけだ」

「過去の無差別殺人事件でも、被害者が拘束されて

いたのですか」

殺人鬼『ヴァンプドッグ』の一件は、フェニックス署で先刻聞かされたばかりだ。さすがの漣も当時の捜査資料に目を通したことはない。今回の事件が過去の事件を再現しているのなら――昨夜に発生した殺人事件も含めて、殺人鬼の逃亡と何の関係もないとはもはや言えなくなる。

「そっくりそのまま、ってわけじゃねえが、拘束状態で発見された被害者がかなりいた。当時の二番目と三番目、それから――」

ドミニクが銀髪を掻く。「いや、順を追って説明した方が早《はえ》えな。少し外に出るか」

※

玄関を出ると、小綺麗に手入れされた庭が広がっていた。

被害者のものと思われる自動車が一台、片隅に置かれている。今はさらにパトカーが二台。向かって正面の道路にも、漣たちの乗ってきた覆面車が停車していた。

さらに向かいは植え込み、奥に集会場らしき建屋の壁。住宅区域の角に当たるらしく、左手の隣家との間にも広い道路がある。目撃証言を得るのは簡単ではないかもしれない。

「――最初の事件が起きたのは一九六〇年十一月、A州コセチ郡の山の中だ」

捜査資料の複写を持参していたらしい。ドミニクが、庭先に停めていたパトカーからバインダーを引っ張り出し、語り始めた。

「コセチ郡？」

フェニックス市の南東、国境に近い地域だ。となると。

「察しが良いな黒髪。『ヴァンプドッグ』は過去に、フェニックス市を訪れていた可能性がある。ある程度の土地勘があってもおかしくねえ。

被害者はメヘタベル・イングリス、当時十三歳。『ヴァンプドッグ』ことデレク・ライリーの恋人だ。使われずに放置されていた山小屋の中で、喉をズタズタに抉られていた。

当時の検死によれば、死因は後頭部への打撲。喉の傷は殺害後、小屋に残された古い錐でつけられたという見解だ」

「小屋の古い工具――」

マリアが指を顎に当てた。U国人の上司も、二十年前の事件の細かな部分はさすがに知らないようだった。「衝動的に殺してしまって、とっさに手近の道具を使ったってこと？」

「とも限らねえ。『ヴァンプドッグ』と被害者は、どうやらその小屋をデートの場所に使っていたらしい。工具の存在を事前に把握することは充分できたはずだ。

もっとも、デート云々は後から解ったことだ。死亡から遺体発見まで一日以上経過していて、アリバイから容疑者を絞り込むには至らなかった。被害者の父親という、有力な容疑者が別にいたことも障害になった」

「父親？　まさか、娘を虐待していたとか」

「当人は否定したが、現実はそれに近い状況だったらしいな。収入もろくになく、食事も充分に与えてやらなかったようだ。

母親は早くに死んで、他に家族のいない二人暮らしだった。被害者にしてみれば、父親との仲がこじれて家に居づらくなってもおかしくなかっただろうよ」

多感な年頃だ。人目に付かない場所で、ボーイフレンドに一時の安らぎを求めていたのかもしれない。が――そのボーイフレンドが、彼女を死に追いやってしまった。

「この事件の一ヶ月後、ライリー家は父親の仕事の都合でA州を離れ、遠方のO州に転居する。併せて、以降の無差別殺人も舞台を移すことになった。

二件目はライリー家の転居先、O州ゼインズビル市の、郊外の森の中だ。

最初の事件から半年後、一九六一年五月。ハイキングコースの途中で、老婆の他殺体が発見された。

ウリカ・クリングヴァル、七十四歳。出身は東の海の向こう側、P国から来た戦争移民だな。夫や息子と死に別れ、森の近くの管理小屋でひとり暮らしをしていたんだが……この婆さんが、どうにも厄介な戯言《ざれごと》を吹聴していたらしい」

「と言いますと」

「ああ――『森に吸血鬼が出る』と」

沈黙が流れた。

「老いが進んでいたのかもしれん。故郷の古い伝承を、建国二百年足らずの新天地に移植しちまったって寸法だ」

「いや待って。『吸血鬼の森』って、元々はマスコミが言い出したんじゃなかったの？」

「発端はこの婆さんだ。皮肉にも当人が、噂を事実に変えちまったんだな。

……事件の説明に戻るぞ。死亡推定時刻は、遺体発見のほぼ一日前、具体的には前日の十一時から十九時頃。婆さんの住んでいた小屋がハイキングコースの入口の近くにあったが、近所の住人たちは全くと言っていいほど近寄らなかったらしい。発見が遅れたのもそのせいだな」

丸一日近く不在に気付いてもらえなかったとは、被害者の老女はよほど孤独な生活を送っていたらしい。

「死因は撲殺。血の付いた石が道端に転がっていた。

問題は死に方だ。森のハイキングコースには、客がルートを外れないよう道の脇にロープが張られていたりするだろう。被害者の婆さんはそのロープに、両手を広げた状態で、手首をビニール紐で固く結わえられていた。十字架に張り付けられるような格好で、な」

ドミニクが両腕を左右に伸ばし、遺体の状態を再現した。

「しかも、単に縛り付けられていただけじゃねえ――」

「喉を刃物で抉られていた、ですか」

漣の呟きに、ドミニクが「ああ」と返した。

「出血はひどいものだったが、血の飛び散った範囲や傷口からして、死後に裂かれたと判断された。

逆に、手首には掠れた痕があった。犯人はまず婆さんを拘束し、彼女が暴れているところを撲殺、死後に喉を抉った、といった流れだな。

ちなみに、手首を縛ったビニール紐も、喉を刺した包丁も、婆さんの住んでいた小屋にあったものと断定された。人気《ひとけ》がないのをいいことに、凶器一式を現地調達して婆さんを森まで引きずったらしいな。

もっとも、残念ながら小屋に犯人の痕跡は残っていなかった。犯人がなぜ婆さんを縛り上げて喉を抉ったかも解らずじまいだった――このときはな」

「デレク・ライリーは容疑者リストに入っていなか

ったの？

元々住んでいた場所と引っ越し先とで、似たような事件が立て続けに起きたのよ。真っ先に疑われそうなものだと思うけど」

「Ａ州とＯ州の距離はざっと三千キロだぜ？　州境をいくつもまたいだ向こう側の事件だ。情報共有も連携捜査も簡単じゃねえ。第一の事件から時間も空いているし動機も解らねえ。喉の傷の情報も非公開だったしな。

おまけに最初の事件には、有力な容疑者が別にいた。二つの事件を結び付けて考える奴は、いたとしてもごくわずかだった。……ってのが、当時の捜査員たちの言い分だ。

そうこうするうちに三件目の事件が起きちまった。最初の事件からほぼ一年後、一九六一年十月。Ｋ州レキシントン市の空き店舗で男の遺体が発見された」

「Ｏ州の南隣ですか」

『ヴァンプドッグ』の転居先から三百キロ以上。Ａ州ほどではないが離れている。

「距離と時間の壁が、無差別連続殺人事件としての捜査を遅らせる一因になった、というのも、あながち言い訳だと切り捨てられねえかもな。

しかも被害者の属性がばらけていた。三人目は四十一歳の男だった。

ポール・エドワーズ。地元のスポーツクラブのトレーナーだ。結束バンドで椅子に手足を拘束され、後頭部をぶん殴られていた。喉をざくざく刺されるおまけつきだ。鈍器も刃物も現場からは発見されなかった」

トレーナーの成人男性？

「最初の事件で十三歳だったということは、デレク・ライリーはこの時点で八年生に進級したばかりのはずです。体力的に敵《かな》う相手とは思えませんが」

「被害者は持病を抱えていたらしい。トレーナーといっても口頭での指導が主で、事件時の当人はだいぶ痩せていたそうだ。痛み止めのモルヒネを処方されていた、と資料にある」

そんな身体でスポーツクラブに関わるとは、よほど献身的な性格だったのだろうか。ドミニクが「かなりのお人好しだった、というのが知人から見た被害者の人物像だったようだな」と付け加えた。

「けど」

マリアが首をひねった。「Ｏ州のジュニアハイスクールの生徒が、Ｋ州のトレーナーとどうやって接点を持ったの。同級生の女の子や近所のお婆ちゃんじゃないのよ。いくら隣の州だからって、遊びに行くのも距離があるでしょうに」

「デレク・ライリーも、地元のスポーツクラブに所属していたんだ。

　互いの所属クラブのオーナーが友人同士だった縁で、ホーム＆アウェイの遠征試合を交互に行っていたらしい。その際に接触があったんだろう。

　検死の結果、ポール・エドワーズが殺害されたのは、デレク・ライリーのクラブがレキシントン市で遠征試合を行った、その当日だと判明した。

　死亡推定時刻は午前十時から十三時。試合の時刻と丸かぶりだった。シーズン最後ということもあって――ちなみに種目はサッカーだ――スタッフや家族も前泊して応援していた。結構な人数の団体行動だったわけだな。

　しかも、グラウンドから遺体発見現場まではそれなりに離れていた。徒歩で往復するのは困難だ」

「え？　じゃあ殺すなんて無理でしょ」

「ところが、だ。

　試合前日の移動日になって、デレク・ライリーは体調不良を理由に休んだことが解った。バスにも乗らずホテルにも泊まらず、当日もグラウンドに姿を見せず、家族が帰ってくるまで自宅で留守番をしていた――と、当時の証言記録にある」

「ちょっと」

　マリアが目を剝く。「あからさまに怪しいじゃない。何でこの時点で逮捕できなかったの」

「俺に訊くんじゃねえよ」

　銀髪の刑事がぼやいた。「後から捜査が進んで解ったことだ。確かに事件当時、デレク・ライリーのアリバイはなかったが、こっそり自宅を出てレキシントン市に行ったっていう証拠も証言も出なかったんだ。

　しかも、ポール・エドワーズに関しては厄介な噂もあった。処方されたモルヒネの一部を闇に流していたらしい、ってな」

「本当なの？」

　マリアが美麗な眉を吊り上げる。「ただの噂だ」とドミニクが息を吐いた。

「事実無根だと後に判明した。が――当時の捜査陣としては、裏社会とのトラブルの線を無視するわけにもいかなかったんだろうよ」

的を絞り切れないまま捜査が迷走してしまったのか。

「遺体は空き店舗で発見されたとのことですが、目撃情報は出なかったのですか」

「不運なことにな。店舗と言っても、実際に遺体が発見されたのは地下の備品室だ。外からは見えねえし物音も届かねえ。勝手口から路地裏に出ちまえば見咎められることもねえ。市街地の外れとはいえ、見事に人々の目をすり抜けたわけだ。

もっとも、さすがに疑念を持つ捜査員も現れ始めた――ただの怨恨《えんこん》ではないのではないか、と。

その推測に応えるかのように、半年後の一九六二年四月、『吸血鬼の森』で再び、累計で第四の犠牲者が出た」

ドミニクがしばし間を置き、また資料に目を落とした。

「今度の被害者は少年だった。レックス・バークリー、十一歳。地元のエレメンタリースクールの生徒だ」

「少女、老婆、持病持ちの成人男性と続いて少年ですか。体力的に敵いそうな相手、という以外に共通項が見えませんね」

「安心しろ。バリエーションはさらに増える。

……四人目に話を戻すが、死因は溺死だ。『吸血鬼の森』のハイキングコースを外れて深く入った先、池の上に遺体が浮かんでいた」

森の奥の池で、溺死？

「何があったのよ。遭難でもしたの？」

「似たようなものだな。エレメンタリースクールの同級生から強引に度胸試しに誘われて、この少年だけ見事に迷っちまったんだ。

他のガキどもは恐怖とパニックで森の中を散り散りになり、その後保護された。しかしレックス・バークリーだけは、警察や近隣住人たちの必死の捜索にもかかわらず、一週間以上も行方知れずのままだった。結局、池で発見されたときには死後一日以上が過ぎていた。

池のあった場所は窪地になっていて、周辺には、高さ二メートルの崖のような箇所もあったらしい。

足を滑らせたと思しき痕跡も見つかった。遺体も右足を骨折していた。

この情報だけを抜き出せば、森の中をはぐれた末の不幸な事故だと言えなくもねえ。が、そうも言っていられない痕跡が見つかっちまった」

「……喉を裂かれてた？」

「正解だ。これまでの被害者より傷は浅かったようだがな。

凶器は発見されてねえ。傷の形状から推測して、ガラス片を使ったのではないか、と検死の資料にある。街中のゴミ箱かどこかで拾ったんだろう。

ともかく、転んで生じる傷でないのは明らかだった。警察もようやく、一連の事件を無差別連続殺人ではないかと本気で目を向け始めた」

「遅すぎるわね」

「結果論でならいくらでも批評できますよ。『遅い』という点は概ね同意しますが——前の三件が別々の州で発生し、うち二件に別の容疑者がいたのなら、連続殺人としての初動が遅れても無理はありません。

この件を真に非難できるのは、一度たりとも見当外れの推測を披露したことのない捜査員だけでしょう。マリア、自分にその資格があると胸を張って言えますか」

「いちいちうるさいのよ」

マリアが漣を睨んだ。「——それにしても、一週間も捜して見つからなかった子が、次の日にはひょっこり池に浮かんでたの？　どこかに監禁されていて、殺害後に池に捨てられたのかしら」

「当時もそういう説は出たらしいが、ハイキングコースから外れた場所まで遺体を担ぐのも、それはそれでリスクがあるだろう。

さっきも言ったが、池の辺りは窪地になっていた。死角に転落して捜索隊の目に入らなかったんだろうな。脚が折れて衰弱していたのなら、助けを呼ぶのもままならなかったはずだ」

そこを『ヴァンプドッグ』が偶然見つけてしまったのか。

「こうして無差別連続殺人としての捜査が本格的に始まったものの、決定的な証拠を摑めないまま時間だけが過ぎていった。三件目のレキシントン市の事件で、目撃情報が出なかったのも痛かったようだな。おまけに、犯行に使われたビニール紐や結束バンドは、元々現場にあったものやホームセンターで買える量産品だ。入手経路から尻尾を摑むこともできなかった。

　捜査陣が半年近くも手をこまねいている間に、第五の被害者が出ちまった。一九六二年九月、O州州都コロンバス市のペットショップで、女性店長が殺された。

　ファニー・ピアソン、当時三十歳。亡くなった父親の後を継いで店をやりくりしていたが、経営状態は悪化の一途だったようだな。クルマで一時間も離れたゼインズビル市まで、わざわざビラを配りに行っていたらしい。そこに住んでいた『ヴァンプドッグ』が、獲物の居場所を知る機会は充分あったわけだ」

「遺体はペットショップのどこで見つかったの。レジの裏とか？」

　ドミニクが首を振った。

「ガレージのクルマの中だ。

　第二、第三の被害者と同様に手足を縛られ、社用車のトランクに押し込まれ、喉を何度も裂かれていた。直接の死因は絞殺と見られている。……絞めてから押し込んだのか、押し込んでから絞めたのかは解らんが、最初に手足を縛り、最後に喉を裂いたのはほぼ間違いねえ。縛られた箇所に擦り傷が見られた一方、クルマの周囲には血痕がほとんどなかった、と資料にある。トランクの中は文字通り血の海だったようだが」

「喉を裂いた凶器は何でしょう」

「医療用メスだ。ペットの治療器具一式の入った鞄が、被害者と一緒にトランクの中に納まっていた。その中から抜き取ったようだな。凶器自体は剝き出しのまま、トランクの隅に放り込まれていた」

「治療器具――って、そのペットショップは動物病院も兼ねてたの？」

「父親がな。娘は薬学専攻で、獣医師免許までは持っていなかったらしい。

　店の経営が傾いたのは、父親の死も一因だったようだな。市街地の外れにあったこともあってか、父親の友人によれば昼間も閑古鳥《かんこどり》が鳴いていたそうだ」

「よく遺体が無事に発見されたわね。そんな状況で」

「第一発見者はその父親の友人だ。

　定休日明けに様子を見に来たものの、営業時間にもかかわらず、店先に閉店の札がかかったままだった。おかしいと思いガレージに回ったところ、勝手口が開いていて、自動車に鍵が差さっていた――という経緯だ。

死亡推定時刻は遺体発見のほぼ前日。店の定休日だな。後の調べで、デレク・ライリーが犯行当日、コロンバス市行きのバスに乗っていたことが複数の証言で解った。

……言いたいことは解るぜ赤毛。『なぜしょっ引かなかったのか』だろ?

肝心の殺害の証拠がなかったんだよ。首絞めに使われたロープは、三人目のときの結束バンド同様、ホームセンターで誰にでも手に入れられる。凶器は被害者自身のメスだ。当日のコロンバス市での動向も摑めないままだった。

何より、デレク・ライリーは当時、ジュニアハイスクールの九年生で十五歳だった。最初の事件のときは十三歳だ。そんな子供が――という思い込みが、捜査陣にあったのは否めねえ。

結局、『ヴァンプドッグ』が逮捕されるまで、それから一年以上の時間が必要だった。

一九六三年十月。最後の被害者の遺体が、『吸血鬼の森』の奥で発見された。ローラ・ディケンズ、当時十六歳。ハイスクールの女子学生だった」

またも『吸血鬼の森』か。

「手口は過去の被害者たちとほぼ同じだ。鈍器で殴って手足を縛り、喉を抉る。――『遊びに行く』と言ったきり消息を絶って、二日後に捜索隊が発見したときには、すでに死後二十四時間が経過していた。

デレク・ライリーが逮捕されたのは、さらに三日後だった」

「随分と早かったのですね。ここまで完全犯罪に近い立ち回りをしてきた殺人鬼を、どのように逮捕まで追い込んだのですか」

「……黒髪。その台詞、当時の捜査関係者の前では言わないでおけよ。

少女がボーイフレンドの家に遊びに行って、そのまま行方不明になったら、真っ先に疑われるのは誰だと思う?」

「デレク・ライリーの新しい恋人だったのですか、被害者は」

「進学先のハイスクールで知り合ったんだな。実際、事件の起こる何週間か前にも、被害者はライリー家を訪れている。……もっとも、熱を上げていたのは少女の方だったようだが。

　他の被害者との繋がりもあって、警察はついに家宅捜索に踏み切り――デレク・ライリーの部屋から、凶器と思われるナイフを発見した。血痕は拭き取られていたが、刃の形状が、ローラ・ディケンズの喉の切創《せっそう》と一致した。

　デレク・ライリーはその場で連行され、犯行を自白した。

　奴が被害者の喉を抉り続けた理由も、逮捕後にようやく明らかになった。『ヘティの血が欲しかった。気付いたら彼女の首筋に歯を立てていた』――この供述が飛び出したときには、捜査員たちも洒落でなく血の気が引いたらしい。……当時の鑑識技術では、被害者たちの喉の傷からデレク・ライリーの唾液を検出することはできなかったようだな。

　もっとも、供述には『とても飲めたものではない血』やら『ヘティの血とは似つかない味』やら、曖昧な点や異常な部分も少なからずあった。

　デレク・ライリーや被害者たちが狂犬病に感染していたことも、逮捕後に判明した。

　精神鑑定を含めた医療診察がデレク・ライリーに対して行われ、感染が判明した。もしやと被害者たちの遺体を掘り返してみたら、全員が大当たりだった、って寸法だ。

『ヴァンプドッグ』が被害者たちを拘束したのも、感染による妄想の結果だった可能性がある――と、当時の精神科医が裁判で証言している。

　で、血の味云々の供述や、被害者たちの喉の傷の件とともどもマスコミにすっぱ抜かれ、デレク・ライリーは稀代の殺人鬼『ヴァンプドッグ』と呼ばれるようになったわけだが――」

　ドミニクが腕時計へ目を落とし、バインダーを閉じた。

「少々時間を食っちまったな。検死もぼちぼち終わる頃合いだ。残りは後にさせてくれ。細かいところは署の資料にも書いてある」

※

「喉の傷は鋭利な刃物。ナイフもしくは包丁ね」

セリーヌが小声で歌うように拍子をつけ、検死の所見を述べた。「昨日の被害者より切創の幅が厚めだったから……キッチンに置いてあった包丁かも」

フェニックス署の鑑識によれば、今回の被害者宅のキッチンを調べたところ、シンクに包丁が一本放置されていたという。

血痕は見当たらず、犯人のものと思われる指紋も検出されていない。柄の部分を手袋越しに握った痕跡が認められたとのことだった。

「後頭部の打撲は、傷口から推測して、横幅が狭く重量のあるもの。……金槌かバール、あるいはそれらに類似する工具、といった辺りかしら。昨夜の被害者と同じものが用いられたのかもしれないわ」

該当する遺留品は、少なくとも寝室の中には見当たらない。セリーヌが示唆する通り、犯人が事前に用意していたのか、あるいは被害者宅の工具箱から見繕ったのか。

「手足の拘束に用いられたロープは、被害者が元々所有していたものでしょうか」

「それらしき束は見つかってねえな。……見たところ既製品だ、犯人がどこで調達したかを特定するのは骨が折れるかもしれん」

MD州からA州への道程は長い。仮に『ヴァンプドッグ』が素知らぬ顔でどこかのホームセンターへ立ち寄ったとして、候補先は無数に存在する。購入資金をどこで入手したかは不明だが。

しかし正解が何であれ、偶発的な殺人である可能性は極めて低い、と考えざるをえない。死亡推定時刻は日中。市内のパトロールが強化されているさなかだ。これが『ヴァンプドッグ』とは無関係に発生した殺人で、例えば諍《いさか》いが高じて殺傷に発展したのだとすれば、被害者を悠長にロープで縛る前に一刻も早く現場を離れたいと思うのが、犯人の通常の心理ではないだろうか。

にもかかわらず、犯人は被害者を縛った。何の必然性があったのか。ドミニクの言う通り、『ヴァンプドッグ』自身にしか理解できないルールが存在するのか。……それとも。

「トスチヴァン検死官。被害者が別の場所で殺害され、自宅へ運ばれた可能性はありませんか」

「絶対にないとは言い切れないわ」

なぜそんなことを訊くのか、と尋ね返すことなく、セリーヌが答えた。「首の裏側――うなじの辺りまで血痕が回り込んでいたから。身体の側面を下にしたままでは流れ落ちない位置よ。

ただ、別の場所で喉を抉ったにしてはカーペットの血の量が多いし、ドアからベッドに至るまで、他に目立った血痕は落ちていない。……喉を刺した後で遺体を動かしたとしても、せいぜい身体の向きを変える程度ではないかしら。

死斑の状態を見る限り、少なくとも二時間はこの場所で姿勢が維持されていたはず」

死亡推定時刻は二時間から四時間前。遺体の姿勢が維持された時間に近い。仮に四時間前に殺害され、二時間前に別の場所から運ばれたとしても、移動時間や手足を縛る手間を考慮すれば、時間的余裕はほとんどない。素直にこの寝室で殺害されたと考えるのが自然だ。

「そんなことまで解るのね、死斑の出方ひとつで」

「マリア。何十年も警察官の仕事に就いていていながら、死斑の基礎ひとつ理解していないのですか。まったく呆れますね。警察学校に入り直すべきではありませんか」

「あたしの仕事歴は十年未満よ！」

「死斑とは要するに、血液の沈殿現象だから」

セリーヌが淡々と解説を始めた。「被害者の死によって血流が止まれば、体内の血液は重力に引かれて遺体の下側へ溜まり、固まっていくわ。これが体表面に現れたのが死斑。

固まらないうちに遺体の向きをひっくり返すと、死斑も重力によって下方へ流れ落ちるのだけど、固まり具合によって移動の痕跡が残ったり残らなかったりするわ。逆に長時間経って固まり切ってしまっていたら、いくらひっくり返しても移動しない。

こうした死斑の出方を観察することで、死後の経過時間や遺体の移動の有無を推定できるのね」

「ということです。まだお解りになりませんか？　それとも特別講義を行ってもらいますか。理解できるまで朝から晩まで何度でも、講義料は貴女持ちで」

「要らないわよ！　今の説明でよく解ったわ」

「それは結構。――トスチヴァン検死官、お手数をおかけしました」

「いいえ。それと、ひとつだけ良いかしら」

「何でしょう」

「私に合わせて堅苦しい呼び方をしなくてもいいわ。あなたはミス・ソールズベリーのパートナーなのでしょう？　『セリーヌ』で構わないから。――ええと」

「九条漣です。敬称は要りません。遠慮なくファーストネームで呼んでいただければと」

「解ったわ。そうね――漣刑事《インスペクター・レン》」

誰からも言われたことのない呼称だった。F国流のジョークなのだろうか、こんなときだというのにセリーヌの唇には薄い笑みが浮かんでいた。

遺体の第一発見者は、四十歳前後と思しき女性だった。

ダウンタウンで喫茶店を個人経営しており、被害者のノーマン・ルーサーは彼女の店でバリスタとして働いていたという。昼を過ぎてもノーマンが職場に現れず連絡も取れないため、心配になって店を臨時休業し、彼の自宅を訪れ――寝室のカーテンの隙間から惨状を目の当たりにしたとのことだった。

事情聴取はリビングで行われた。ソファーへ力なく身を沈める女性に、漣は質問を開始した。

「亡くなられた方は、ノーマン・ルーサー氏で間違いありませんか」

「私には、そう見えました」

女性が嗚咽《おえつ》を漏らしつつ頷いた。姿を見せない従業員の自宅へわざわざ駆けつけて窓を覗いて回ったこと、何より、泣き腫らし充血した目が、女性の被害者への心情を雄弁に物語っていた。

「玄関の鍵は開いてた？」

赤毛の上司が尋ねる。喫茶店の店主は悲哀を顔に浮かべ、首を振った。……それで窓へ回ったということは、玄関の鍵を預かるほどの深い関係ではなかったらしい。

ノーマン個人に関する聞き込みも行われた。

店主によれば、ノーマンは十年以上前に離婚して以来、特定の相手を作らずひとり暮らしを続けていたらしい。彼女の店で働き始めたのはおよそ五年前。前職での人間関係に嫌気が差していたところへ『店員募集』の張り紙を見つけ、転職を決めたという。

「全部……彼から聞いた話です。常連の方とはそれなりに会話を交わしていましたが……店を離れたプライベートで、親しい方がいたかどうかは、解りません」

　店主が生気を失った声で付け加える。ドミニクが彼女の前に屈みこんだ。

「もう一点、辛いだろうが教えてくれ。ノーマン・ルーサーを最後に見たのはいつだ」

「……昨日の夜七時過ぎです。閉店後、片付けと翌日の準備を終えて――『お疲れさまでした』と挨拶して、彼が帰宅するのを見送って……それが、最後です」

　店主が声を震わせながら、両手で顔を覆った。


「赤毛に黒髪、どう思う」

　第一発見者への事情聴取を終え、漣がマリア、ドミニク、セリーヌとともに玄関を出たところで、ドミニクが不意に問いを投げた。

「第一発見者が怪しいかどうかって意味なら、シロね」

　赤毛の上司が即断した。「死亡推定時刻が十時から十二時の間ってことは、普通の店舗ならオープンしてる時間帯よ。仮に彼女が犯人で、ダウンタウンの店からここまでクルマを飛ばして、被害者を殴って縛り、喉を裂き、店にとんぼ返りしたとして――往復だけで十分、大急ぎで殺人その他を済ませても三十分以上はかかるでしょ。

　彼女の店がどれだけ繁盛《はんじょう》していたかは解らないけど、被害者を訪ねる際に臨時休業したってことは、人手がなかったってことでしょ。殺害するときにも臨時休業の札を掲げなきゃいけなかったはず。客や周囲に怪しまれる危険が大きいわ。

　もし、被害者が昼を過ぎても出勤しなかった、って話が大嘘で、本当の殺人現場が彼女の店だったとしても――セリーヌの見立てによれば、遺体は少なくとも二時間、寝室に放置されてたのよね。逆算すると、十二時には遺体を被害者の家まで運んでなきゃいけない。それも無理があるわ」

　マリアの推論は、先程の漣の考えに近かった。

「そもそも、臨時休業してまで足を運んで第一発見者を装う理由がないのよ。例えば、客の前で被害者の家に電話をかけて、いかにも心配しているアピールをして、後は閉店後に立ち寄るなり、翌日以降を待つなりすればいい。

　下手なアリバイ工作をするより、遺体発見を引き延ばして死亡推定時刻をうやむやにしてしまった方が、よほど安全だったはずでしょ」

「赤毛……『ヴァンプドッグ』より先に、関係者の疑念潰しから始めるのか」

「捜査に予断は禁物よ」

偏見に満ちた推測など一度たりともしたことがない、とでも言いたげな口調だった。

「鍵の件も引っかかります」

漣はマリアの後を継いだ。「捜査員が最初に駆けつけたとき、被害者の自宅は玄関も窓もすべて施錠されていたのですよね」

「ああ。第一発見者の通報を受け、リビングの窓を破って現場へ入った、と報告が上がっている。玄関のドアに鍵はかかっていたが、チェーンは外れていた。

玄関の鍵は見つかってねえ。ノーマン・ルーサーのポケットからもだ。――犯人が持ち去ったんだろうな。事を終えた後、被害者の鍵を使って外から玄関を閉めたんだ」

「では、犯人はどうやって侵入したのでしょう」

銀髪の刑事が息を詰まらせた。

「通報の時点で窓が破られていなかった以上、犯人の侵入手段は絞られます。自宅の外で被害者を襲撃して鍵を奪ったか――被害者自身が自宅へ招き入れたか」

「いや待て、後者はありえねえだろう。

検問やら空軍やらパトロールやら、朝から厳戒態勢が敷かれていることはニュースでも散々流れている。そんな状況で見知らぬ他人がのこのこ玄関前に現れて、入れてくれと言われて自宅に入れる馬鹿がいるかよ」

「前者にも同じ推論が当てはまりますよ。

パトカーや空軍のジェリーフィッシュが巡回する中、屋外で犯行に及ぶのは危険だと、犯人は思わなかったのでしょうか？」

短い沈黙が過ぎた。苦しげな声が吐き出された。

「……被害者の死角に回ったのかもしれねえぞ。

例えば道路から見えない裏庭で、窓を叩くなりしてノーマン・ルーサーの注意を引き、窓を開けて顔を出した相手をバールでぶっ叩く。そういったやり方だってありえなくはねえだろう」

「ミスター・バロウズ。殴打の痕跡が確認されたのは後頭部だけですよ」

セリーヌの端的な指摘に、ドミニクが呻いた。

後頭部への殴打。つまりノーマン・ルーサーは殺人者に背中を見せていた。銀髪の刑事が語った方法では、犯人および被害者の立ち位置と、殴打された箇所の整合性が取れない。

被害者が窓から顔を出した隙に、外から刃物を相手へ突き付け、脅しをかけつつ窓を潜り抜けて――といった可能性もゼロとは言えないが、被害者に大声を上げられたり、思わぬ抵抗に遭ったりする危険は拭えない。そのリスクを犯人はどう捉えていたのか。

「ったく、何だってんだ」

ドミニクが銀髪を掻き毟った。「外で襲われたのでも、家にうっかり招き入れちまったのでもないのなら、ノーマン・ルーサーはどういう状況で『ヴァンプドッグ』と接触したんだよ」

「後者の可能性には検討の余地があります。被害者にとって、犯人が赤の他人でなかったとしたら」

「『ヴァンプドッグ』に見せかけた顔見知りの犯行だってのか⁉　それこそありえねえぞ。最初の被害者の詳細はマスコミに伏せている。『ヴァンプドッグ』がフェニックス市に潜伏している可能性があることも――それ以前に、奴が脱走したことさえもだ。今日の午前の段階で、『ヴァンプドッグ』の模倣犯《コピーキャット》になってやろうなんて発想がどうやって浮かぶんだ。おかしいだろうが」

「おかしいのよ。色々と」

マリアが眉根を寄せた。「レンの言う通り、これが『ヴァンプドッグ』じゃなく、被害者の顔見知りか模倣犯の仕業だとしたら、窓と玄関を全部綺麗に閉める必要なんてないわ。どこかの窓を開けるなり割るなり、窓枠に足跡を付けるなり、外部犯に見せかけた工作を施してもよかったはず。

大体、犯行時刻も妙なのよ。午前十時から十二時って……さっきも言ったけど、普通の社会人ならとっくに仕事をしてる時間帯よ。被害者だって出勤していたはずでしょ。殺されるまでの間、被害者はどこで何をしていたの？」

「ここでは結論を出せそうにないわね」

セリーヌが静かに場をとりなした。「『ヴァンプドッグ』の犯行か否か、別の観点で確かめる必要があるのではないかしら」

「フェニックス署に戻りましょう」

漣は手を挙げた。「ヤルナッハ教授なら、遺体の状態から手がかりを見出してくれるかもしれません。『ヴァンプドッグ』――デレク・ライリーの性格や行動について、恐らく我々よりよほど詳しいはずです」

※

「……ええ、準備させて。大至急よ。

できれば二時間、いえ一時間で――ああもう！　解ってるわよ！　ヘリでも戦闘機でも構わないから、とにかく最短でC州へ運ばせるように手を回して。悠長なことは言ってられないわ。またいつ事が起こるかもしれないんだから。……大丈夫、彼女にはあたしから伝える。今回の事件が終わったら二杯でも三杯でも奢ってあげるわ。頼んだわよジョン！」

フェニックス署への帰路、ハンドルを握る漣の隣で、マリアが叩きつけるように無線の通話機を戻した。

途中、『二時間!?　無茶を言わないでくれ』『基地までの道程や準備に要する時間というものが――』等々、ジョンの反論が端々から漏れ聞こえた。頭痛をこらえる精悍《せいかん》な青年軍人の姿が目に浮かぶようだ。

一通りの要請、というより無茶の押し付けを終え、マリアが盛大に息を吐いた。助手席のシートに身を預け、気の抜けた声で背後へ問いかける。

「セリーヌ。こっちのクルマで良かったの」

「ええ」

セリーヌが後部座席で頷いた。「さっきまでは仕事の話しかできなかったし――あなたのパートナーにも、ゆっくり挨拶をしたかったから」

車内には漣とマリア、そしてセリーヌ。ドミニクの姿はない。今頃は別のパトカーで署へ向かいながら、先程のマリアと同じように無線であちこちへ指示を飛ばしているはずだ。空軍へはマリアからジョンを通じて要請を出せるが、フェニックス署の捜査員に対しては、漣たちに直接の指揮権はない。ドミニクに動いてもらう必要があった。

「漣刑事。あなたやミス・ソールズベリーのことは、ミスター・バロウズからも伺っているわ。『J国出身の優秀な捜査員と、切れるんだか抜けてるんだか解らねえ赤毛のだらしない警部がフラッグスタッフ市にいる』と」

「恐縮です。私はさておき、マリアに対しては的確な評価ですね」

「ちょっと、どういう意味⁉」

「あら。私はミスター・バロウズの言葉をそのまま伝えただけよ」

マリアの歯噛みする声が聞こえた。……ハイスクールでルームメイトだったらしい彼女たちの関係性が、およそ見えてきた。

「それにしても、マリアのご友人がこちらで検死官をされているとは驚きでした。法医学には以前からご興味が？」

「ええ。私に向いている気がして」

先刻の仕事ぶりを目の当たりにした後では、セリーヌに他の天職があるかと問われたところでとっさに思い当たらなかった。

「嘘おっしゃい。U国《こっち》に留学してた頃は、検死官になるなんてこれっぽっちも言わなかったじゃないの」

「そういうあなたこそ、ハイスクール時代は警察官をむしろ毛嫌いしていたように見えたけれど？　あの頃のあなたに、今のあなたを見せたら何と思うかしら」

セリーヌが淡々と、しかし懐かしげに――かすかな悲哀を帯びた声で返す。横目で上司をさりげなく窺うと、マリアはそっぽを向いていた。「うるさいわよ」とぼやきを漏らす。――その声色が、かすかな痛みを帯びていたように聞こえたのは気のせいだろうか。

「ハイスクールでのマリアは、今とはかなり違っていた、と？」

「いいえ。むしろ、全く変わっていなくて驚いたほど」

「なるほど。寝坊や遅刻は当たり前。勉学は大の苦手、猪突猛進《ちょとつもうしん》で喧嘩《けんか》早《ばや》く停学沙汰もしばしばだったのですね」

「凄いわ漣刑事。あなた、過去視の才能があるの？」

「あんたたち！　人の過去をほじくり返してコケにするのもいい加減にしなさいよ！」

マリアがわめいている間に、フェニックス署が視界に入った。
　休息は終わりだ——無差別殺人鬼を逮捕するための戦いは、まだ勝ち筋すら見えていない。

※

「彼だ」

　グスタフ・ヤルナッハ教授は、遺体と犯行現場の写真を一瞥するや否や、掠れ声を絞り出した。「模倣犯の可能性もゼロとは言えないが、喉の切傷が、過去の無差別殺人のものと酷似している」

　——フェニックス署の会議室は、一時間半ほど前に顔合わせを行ったときとは比べ物にならない緊張感に満ちていた。

　無差別殺人鬼デレク・ライリーのことを、グスタフは誰よりも『長く』知っている。それゆえ、と言うべきか、グスタフは二十年前の事件についても詳細な知識を持っていた。

「傷の形か」

　ドミニクが額に手を当てた。壁際に控える捜査員たちへ「当時の捜査資料と照合しろ」と指示する。

一番の若手らしき捜査員が、弾かれたように会議室を飛び出していった。

　殺人鬼の犯行である傍証がひとつ積まれた。が、まだ足りない。

「『ゼロとは言えない』とか『酷似している』とかじゃなくて、もっと確実に、デレク・ライリーの犯行だと解る方法はないの？」

　マリアがグスタフに詰め寄る。「噛み付いた痕を隠すために喉を切り刻んだのなら、歯形はともかく唾液の一粒くらい、喉の肉や血の中に混じってもおかしくないでしょ。そこから『ヴァンプドッグ』のDNAが見つかるかもしれないわ。

　あたしの知り合いに、DNAについて詳しい研究者がいる。サンプルを持っていけば、きっと詳しく調べてくれるはずよ」

　グスタフが顔を跳ね上げた。

「もしや、フランキー・テニエル博士の研究室か。あの青バラ事件の。

　テニエル氏の名は、私も事件前から知っている。研究分野が似ている縁もあってな。直接の面識はなかったが」

「あの事件にはあたしたちも関わったわ。会議室《ここ》へ戻る前に依頼の電話を入れて、根回しは済んでる。後はサンプルを届けるだけよ」

数分前の一幕を思い出す。挨拶もそこそこに、いきなり「超特急で鑑定お願い」と伝えるのが果たして根回しと呼べるのかどうか、漣にははなはだ心もとなかった。後で先方から苦情が来なければよいのだが。

数瞬の沈黙の後、グスタフは「それはそれで進めてもらえるとありがたい」と告げた。

「が、並行して行える作業は行うべきだろう。ＤＮＡ分析より迅速かつ簡便な手段がある。

――イヴェット。フェニックス市近郊で、電子顕《けん》微鏡《びきよう》を使用できる施設はリストアップできたかね」

「は、はい」

グスタフの助手、イヴェットが背筋を伸ばし、メモ帳をめくった。「一番近いところですと……Ａ州立大学の理学部にある一台が、今日の午後は空いているそうです」

「上々だ。

バロウズ刑事、二名の被害者から、電子顕微鏡観察用のサンプルの採取をさせていただきたい。上手く行けば、テニエル研究室用のサンプルより早く結果を出せるかもしれない」

「セリーヌに立ち会わせる。誰か遺体安置所に案内してやれ。

ついでにセリーヌへ伝言だ。『ＤＮＡ型鑑定用のサンプルを別途採取。軍の奴らが来たらすぐ渡せるよう準備しとけ』。以上だ」

別の捜査員がイヴェットを手招く。眼鏡の助手は会議室の隅のキャリーカートへ駆け寄り、ファスナーを開けて半透明のケースを取り出した。綿棒やピンセットと思しき中身がぼんやりと透けて見える。採取キットのようだ。

「あの……行って参ります」

眼鏡の助手がぎこちなく一礼し、案内役の捜査員とともに会議室を出ていった。

ひとつの波が過ぎ、会議室に静寂が訪れた。――残ったのは漣とマリア、ドミニク、そしてグスタフ。ジョンは空軍の部隊に指示を出しているらしく席を外している。

「ヤルナッハ教授。改めてお尋ねします」

先刻、第二の事件の通報で中断された問いを、漣は再び口にした。「『ヴァンプドッグ』の逃走に箝口令が敷かれている理由は何ですか。

　デレク・ライリーは狂犬病に罹患している、と先刻伺いました。であればなおさら不可解です。

　狂犬病の発症後死亡率は百パーセントです。感染から発症までの間にワクチンを接種すればまだ助かる見込みはありますが――その潜伏期間は数日から長くても数年です。妄想に侵されるほど症状が進めば、通常は一週間ほどで昏睡状態に陥り、死に至ると聞きます。二十年間も生存し続けるなどまずありえません。

　お答えください。『ヴァンプドッグ』はなぜ命を落とさず、なぜ存在を隠されているのですか」

　グスタフは瞼を固く閉じ、再び開いた。諦念めいた感情が瞳に浮かんでいた。

「九条刑事、だったかな。ある程度の察しはついているかもしれないが――彼が監獄や普通の病棟ではなく、国立衛生研究所で管理されることになった理由が、君の質問への回答にも深く繋がっている。

　結論を言おう――デレク・ライリーに巣食っているのは、狂犬病ウイルスの変異株だ」

　変異株？

「……なるほど、そういうことですか」

「脳に達してなお二十年も宿主を生かし続ける変異性狂犬病ウイルス。それが、彼に巣くっているものの実態だ。

　大学や研究所の実験室レベルでは、農作物の品種改良のようにマウスへの株分けと選別を進めることで、弱毒化――すなわち死亡率を低下させた変異株が作られている。が、それはあくまで動物実験を繰り返し、人為的な淘汰《とうた》を行った結果に過ぎん。

　野生の狂犬病ウイルス変異株が人間に感染し、さらに二十年間も宿主を生存させるなど他に報告例がない。……非人道的な表現をするならば、デレクは我々にとって貴重なサンプルなのだよ。

　彼が国立衛生研究所に送られたことも、一切の情報が伏せられていることも、これで理解してくれたかと思うが」

世界で唯一、国家機密並みの貴重な被検体ということか。感染症のひとつである狂犬病、それも変異株を扱う研究機関として、国立衛生研究所以上に適した場所は確かにあるまい。

問題は――従来の常識を覆《くつがえ》すその変異性ウイルスに感染したのが、よりによって無差別殺人鬼だったことだ。

被害者の遺族からすれば、殺人鬼へ懲罰《ちょうばつ》らしい懲罰も与えず、治療や研究を名目に金銭をつぎ込み生かし続けるなど、到底許しがたく思えるだろう。

「変異性ウイルスなどの情報を秘匿《ひとく》したのは、遺族からの批判をかわすためというわけですか。

狂犬病は、発症すれば一年と経たず死に至ります。遺族にはその一般的な事実だけを伝え、デレク・ライリーが遠からず死ぬ――あるいはすでに死んだと思わせた、と」

「……私の独断ではない。当時の国立衛生研究所全体を含めた判断だ」

グスタフが、漣の推測を暗に肯定した。

目先の批判をかわすため、衛生研究所は変異性ウイルスの情報と『ヴァンプドッグ』の生死を秘匿した。病棟に閉じ込めていれば真実が明るみに出ることはない、との読みも働いただろう。

が、『ヴァンプドッグ』が脱走した。

この事実を公表すれば、衛生研究所が結果として二十年間も遺族へ虚偽を述べていたと認めることになる。収容当時の判断が今、思いもよらない形で、研究所の――グスタフたちの手足を縛り上げている、というわけか。

「事情を理解するのと、納得するのとは別問題だわ」

マリアが顔を歪めた。「さっさと公表しちゃいなさいよ、一切合切何もかも。殺人鬼が野に放たれて、罪もない人たちの命が今まさに危険にさらされてるのよ。四の五の言ってる場合じゃないでしょ。あんたたちだってその方がすっきりするんじゃないの？」

「すべてを公表して何の利があるのかね。

『狂犬病を発症して死んだことになっていた、二十年前の無差別殺人鬼が、実は生きていました。そしてウイルスに感染したまま脱走しました。あなたの近くにいるかもしれません。気を付けましょう』と

でも？　ひとつ間違えればフェニックス市全体がパ

ニックに陥りかねん。暴走した市民がデレクを追い回し、私刑を下そうとする危険もあるのだぞ。そうなればデレクにも、市民の側にも間違いなく被害が及ぶ。

公表した結果に対するすべての責任を、君たち警察は背負えるのかね」

「被害者が出てるのよ！　あんたたちの体面のためにいつまでも事実を隠し通せると思ったら――」

「待て赤毛。今の段階で、デレク・ライリーの情報を公開するのは俺も反対だぜ。

脱走の件が公《おおやけ》になっていない中で、さっきの二件目ですら模倣犯云々で議論が迷走しかけたのを忘れたのかよ。『ヴァンプドッグ』がウイルス感染者だというのは、模倣犯かそうでないかを判別する上で貴重な情報だ。今はまだ、迂闊に手札を晒すべきじゃねえ」

ドミニクの主張に一理あることを認めたのか、マリアは「解ったわよ」と苦々しげに舌打ちした。が、内心では一切同意していないのが表情から読み取れた。

一触即発の雰囲気がくすぶっていた。漣は話題を変えた。

「ヤルナッハ教授。デレク・ライリーに感染した狂犬病ウイルスが変異株だというのは事実ですか。二十年間生存し続けている理由が、ウイルス側の変異ではなく、彼自身の特異体質に起因する可能性は？」

「後者の可能性も否定はできん」

グスタフの声に冷静さが戻った。「が――大部分はウイルスの変異によるものだというのが、現時点での我々の結論だ」

「『ヴァンプドッグ』が被害者の喉を嚙むのも、変異ウイルスによる症状だと？」

「そう考えられる。――便宜上、我々は『Dウイルス』と呼んでいるが」

『デレク』のDか。安易と言えば安易なネーミングだが、名付けのセンスは研究者に必須ではない。

『D』ねぇ……どこの吸血鬼小説よ」とマリアがぼやいた。

「先刻、簡単に説明したが――狂犬病ウイルスは、主に外傷を介して神経細胞に感染し、末端から中枢《ちゆうすう》へ遡《さかのぼ》って脳に移動する。稀《まれ》に、外傷を経ずに目から感染した例もあるが――ともかく、血管ではなく神経細胞を経由するのが狂犬病ウイルスの大きな特徴だ。

　脳へ到達したウイルスは増殖し、狂犬病特有の症状を発症させるとともに、神経細胞を伝って唾液腺に至り、唾液とともに体外へ排出されるようになる。この機構はヒトも犬も、他の動物も変わらない。

　Ｄウイルスも同様だ。被害者の喉に彼の唾液が付着し、その部分が切り刻まれた後も傷口に唾液が残留していたならば、電子顕微鏡でウイルスを確認できる可能性がある。

　幸いと呼ぶべきか、Ｄウイルスの殻《カプシド》は、通常の狂犬病ウイルスと同様の特徴的な弾丸形状をしている。電子顕微鏡観察で確認できれば、便宜的な指標となるはずだ」

　グスタフの説明の途中から、マリアの表情が「……んん？」とあからさまに疑問符だらけと化した。

「マリア。念のためお訊きしますが、そもそもウイルスというものを正しく理解できていますか」

「え⁉　……あ、当たり前じゃない。細菌の親戚みたいなものでしょ」

「全く違います」

　予想通りの返答に、漣は溜息を吐いてみせた。

「理科の教科書などで、細菌の断面図を見たご記憶があるかどうかは知りませんが、そうした図には大抵、核や細胞質、細胞膜といった構成要素が描かれています。

　しかし、ウイルスにはこれらの要素が存在しません。大きさも概ね、細菌の十分の一から百分の一程度と言われます。

　ウイルスを構成するのは、遺伝物質――例えばＤＮＡ、および、それを覆うカプシドや『外皮《エンベロープ》』だと言われています。他にはほぼ何もありません。

　細菌は単体でも分裂できますが、ウイルスは単体での自己増殖能力を一切持ちません。細胞に取り付いて遺伝物質を注入し、細胞内の物質を利用して、自身の部品――遺伝物質やカプシドの複製を組み上げ、合体して細胞外へ出る。ただそれだけの、必要最小限の機能しか持ち合わせていないのですよ」

「何よそれ。部品とか合体とか、最小限の機能とか……ＳＦ映画の小型ロボットじゃあるまいし。そんなの生き物って呼べる？　そんなものが本当に、人間の身体をおかしくさせて病死させるというの？」

「ある意味では正しい見解だ」

グスタフが頷いた。「生物の要素を『自己増殖』『エネルギー変換』『外界との明確な境界』と定義するならば、前二者を持たないウイルスは生物とは呼べない。しかし君の言う『そんなもの』が、自然界には現に存在し、人間の命を奪う。

特に狂犬病は、感染様態や症状発症のメカニズムがほぼ謎のままだ。ウイルスが傷口から体内に入り込み、神経細胞を伝って脳へ達することは解っているが、狂犬病ウイルスがなぜ神経細胞と親和性が高いのか、電子顕微鏡レベル、あるいは分子レベルでどのような作用が生じているか、現代の科学は解明できていない。

これが青バラなら、花弁の色素の合成過程を基に『なぜ青バラが存在しなかったのか』と説明できるが、狂犬病の病理はそのレベルにすら至っていない。

Dウイルスも同様だ。どのような変異を生じ、その変異がなぜデレクを生き永らえさせているのかも未解明だ。情けない話だが。

話を戻すが――今回重要なのは、カプシドやエンベロープの形状が、ウイルスの種類によって異なるという点だ。細長い棒状、球状、あるいは君の言葉通り、SF映画のロボットとしか表現できないものまで。

狂犬病ウイルスのカプシドは、先程述べた通り弾丸に似た形状をしている。ゆえに、風邪や水痘《すいとう》ウイルスとは明確に区別できる。電子顕微鏡観察で弾丸形状の像が確認できたなら――デレクの犯行とみてほぼ間違いない」

「オーケイ、今はそれでいいわ」

赤毛の上司がグスタフを見据えた。「ところで、唾液にウイルスが混じると言ったわね。……発症した人間が別の人間に嚙みついたら、嚙みつかれた方も感染するってこと？」

「その通りだ」

感心したような色がグスタフの顔に浮かんだ。

「唾液に含まれるウイルスが、末梢《まつしょう》神経へ到達できる程度に強く嚙まれたら、という但し書きだが。

天然痘や風邪と違い、狂犬病ウイルスはよほどのことがない限り他者に伝染しない。裏返せば、狂犬病ウイルスに感染したということは、『よほどの事態』が感染者に生じたということでもある。

　二十年前の被害者たちがデレクに殺害された、と断定された理由のひとつが、彼らの遺体から狂犬病ウイルスが検出されたことだ。喉を抉られた被害者たちが全員、デレクとの接触とは全く無関係に狂犬病に罹患していたなど到底考えられんからな」

　短い沈黙が流れた。

「もっとも、当時は遺伝子解析技術が充分に発達していなかった。被害者たちから検出されたウイルスが、デレクからもたらされたＤウイルスか、それとも通常の狂犬病ウイルスだったのかは――そもそもＤウイルスが変異株であることさえ――充分に調査されないままだった。

　確実に言えるのは、二十年という時を経た今なお、デレクの体内にＤウイルスが存在し続けているという事実だけだ」

「見解をお聞かせください。Ｄウイルスによる症状は、従来の『狂犬病』と同じものだと言えるのでしょうか」

「解らん」

　グスタフが首を振った。「もはや別の病と呼ぶべきかもしれない」

　詮無いことを尋ねてしまった。漣は残りの疑問を発した。

「デレク・ライリーがそれほどまでに重大な存在だったのなら、彼への監視も警備も、相応に厳重なものだったはずです。……厳しい言葉になりますが、今になって、むざむざ脱走を許してしまったのはなぜですか」

「油断だ」

　グスタフの顔が苦渋に満ちた。「二十年が過ぎたから、としか言いようがない。収容されて以来、デレクは騒ぎらしい騒ぎも起こさず、模範囚のように静かだった。それが我々の油断を生んだ。

　定期健診のために病棟から移動する際の隙を突かれた。……他の職員たちが異変に気付いたとき、随伴の警備員と職員はＩＤカードを奪われ、階段の死角で昏倒させられていた。警備員は制服も剝ぎ取られ、さらに警棒も持ち去られていた。

　デレクは奪った制服で変装し、ＩＤカードで敷地外へ逃走した――というのが、現段階での推測だ」

「その時点で警察には通報したのですか」

「州警察本部にだけは事情を伝えた。彼らを通して追跡捜査を行ってはいるが、やはり限界がある。犯罪の多い州都の警察署は充分に人手を割けず、中小の警察署には情報が行き渡らないとなれば、デレクの足取りを追うのもままならなかっただろう」

だからさっさと公表すべきだったのよ、と、マリアが視線で語る。グスタフが机に両肘を突き、両手を額に当てた。

「今回の件は、完全に我々の初動の失敗だ。何を語っても言い訳にしかならん」

「デレク・ライリーの確保に注力しましょう。嘆くのはその後です。

最後に一点だけ。彼の逃走経路の特定に必要な質問です。――デレク・ライリーが収容されていたのは、国立衛生研究所のどの施設ですか」

グスタフが顔を上げ、当惑した様子で目をしばたいた。

「衛生研究所の本部だ。アレルギー・感染症研究所の一角にある病棟だが……それがどうかしたのか？」

※

グスタフを交《まじ》えた三十分弱の捜査会議――と呼べるものだったのかどうかはさておき――の後、漣はマリアとともに会議室を出た。腕時計の針は十五時二十分。フェニックス市に着いてから三時間も経っていない。

「レン、最後の質問は何だったの」

階段を下りながらマリアが問う。漣は逆に問いを返した。

「現金輸送車襲撃事件の発生日を覚えていますか」

「そっちの話？　……一昨日でしょ、二月八日。忘れるほど耄碌《もうろく》しちゃいないわよ」

「デレク・ライリーが脱走したのはその前日、二月七日です。

バロウズ刑事も貴女も、ただの偶然だと思っていらっしゃるかもしれませんが――果たしてそうでしょうか」

マリアが唇を開きかけ、険しい視線を向けた。

「違うって言いたいの？　根拠は？」

「場所ですよ。

国立衛生研究所の本部が置かれているのはＭＤ州です。

私の記憶が正しければ、襲撃事件の現場から、クルマで一時間も離れていなかったはずです」


マリアが目を見開いた。

「待ちなさいよ。まさか――襲撃犯が『ヴァンプドッグ』をフェニックスまでクルマで連れて来たって言うの⁉」

「真偽の程は解りません。ですが、頭から否定するにはあまりに偶然が揃いすぎています。

Ｕ国全土から見れば、国立衛生研究所本部と現金輸送車襲撃事件の現場は目と鼻の先です。発生日時のずれも一日。さらに、襲撃犯がＡ州フェニックス市へ到達したと思われるのが昨夜二十三時頃。第一の被害者が殺害されたのはその直後、二十三時から深夜一時の間です。

さらに、『ヴァンプドッグ』の故郷は、フラッグスタッフ市からフェニックス市を経た先、国境間近のコセチ郡です。……すべてを偶然で片付けられるものでしょうか？」

マリアが顎に指先を当てた。

「一理ある、どころの話じゃないわね。

変だとは思ってたのよ。『ヴァンプドッグ』――デレク・ライリーが病棟から脱走した後、どうやってフェニックスまで辿り着いたのか。

徒歩で移動できる距離なんて、三日費やしたってたかが知れてる。遠くへ逃げるにはクルマを使うしかないわ。

だけど、『ヴァンプドッグ』が逮捕されたのは十六歳のとき。ハイスクールに進学して十年生になったばかりの頃なのよ。ぎりぎり運転免許が取れるかどうかだわ。……おまけに二十年も病棟に押し込まれたら、運転のやり方なんて忘れてしまってもおかしくないのに」

が、誰かに運んでもらったのなら話は別だ。

国境を目指す襲撃犯と、故郷へ向かうつもりだった『ヴァンプドッグ』との利害が一致したとすれば。

穴だらけの暴論だということは漣自身も理解していた。本来なら、思いつきを言うだけ言うマリアが口にし、漣が否定する部類だ。『ヴァンプドッグ』と襲撃犯との間にどうやって繋がりが生じるというのか。

しかし、ただの偶然で片付けていいのか、という疑念を、漣は完全に振り払うことが出来なかった。

と――

「あら、ふたりとも」

一階に下りたところで声をかけられた。セリーヌが地下階から階段を上がって来るところだった。遺体安置所から戻ってきたらしい。「どうしたのかしら。これからパトロール？」

「そっちの様子を見に来たのよ。サンプルの採取は終わった？」

昨日から今日にかけて発生した二件の殺人が、『ヴァンプドッグ』の仕業か否か。捜査方針を大きく左右する重要な分析だ。

「今しがた。助手の女の子と軍人さんが、それぞれ持っていったばかり。

後は解剖ね。……もう少し何か解ればよいのだけど」

セリーヌはセリーヌで引っかかりを覚える事柄があるようだ。今回の事件は、やはり一筋縄では行きそうにない。

「そうだわ、セリーヌ」

マリアが思い出したように口を開いた。「『ヴァンプドッグ』は、逃げるときに警備員から警棒を奪っていたらしいのよ。

最初と二番目の被害者は頭を殴られていたのよね。その凶器が警棒だったってことはない？」

「……そうね」

セリーヌが視線を落とし、首を振った。「傷を見た限り、凶器はそれなりに重量があって角ばっているものだわ。警棒だと重さが足りないし、形状も違うはず」

鈍器を手に入れながら、使っていない……？

どこかに捨ててしまったのだろうか。足がつくのを今さら恐れたのか。殺傷力を優先して別の凶器に変えたのか。しかし今の『ヴァンプドッグ』にとって警棒は貴重な武器だ。逃走中の身では他の鈍器を調達するのもままならないはずだが――

「まったく、解らないことだらけね」

一息入れましょ、とマリアが促し、セリーヌも頷く。三人でロビーの自動販売機へ向かった――そのときだった。

表玄関の自動ドアが開き、スーツ姿の男女ふたりが、署内へ入ってきた。

マリアとセリーヌが同時に動きを止めた。

赤毛の上司が息を呑み――数瞬後、表情が激変した。

憤怒《ふんぬ》と呼ぶのも生温い、殺意に似た冷たい眼光を、スーツの男女――正確には、数歩先を歩く男へ向けている。上司と部下の間柄になって一年半経つが、ここまで他者へ敵意を剝き出しにしたマリアを、漣は見た記憶がなかった。

視線をマリアの隣へ戻す。セリーヌの顔つきも変わっていた。

人形じみた表情の乏しさはそのままだ。が――マリアと同様、男へ向けられる視線は、およそ友好的とは程遠いものだった。

男は、マリアやセリーヌと同年代らしき長身の青年だった。

雑誌のモデルのように整った容姿。やや長めの金髪、青い瞳。高級品のスーツを隙なく自然に着こなしている。

地位の高い家柄の御曹司《おんぞうし》、だろうか。身に纏う雰囲気が、警察署員の疲弊した様子とは明らかに違っていた。

一方、連れらしき女性は対照的に、控えめな外見だった。角型の眼鏡、後頭部でひとつにまとめた髪。色調を抑えたルージュ。地味というより、敢えて一歩引き、影のように付き従っている印象だ。男の付き人か秘書、といったところか。

何者だ、あの男は。マリアたちの知人か。それとも。

と、男がこちらに気付いた。大仰に目を見開き、芝居がかった仕草で両腕を広げた。

「やあ、久しぶり。まさかこんなところで君に会うとはね。何年振りかな」

「まったくだわ」

社交辞令の挨拶もない。漣が初めて耳にする、マリアの冷たい声だった。

「今の今までどこを逃げ回っていたの。ようやくブタ箱へ入る気になったのかしら、ヴィンセント」

「――心外だね。父の会社の海外支店を飛び回っていただけだよ。君と違って」

ヴィンセントと呼ばれた男は、マリアの毒のこもった言葉を――少なくとも表面上は――軽く受け流した。

「今日は大した用じゃない。ここの署長に挨拶に来ただけさ。そう言う君は仕事かな。地べたを這いずり回って地味な証拠捜しかい。ご苦労なことだね。マリア・ソールズベリー」

「ええ。忙しいのよ、あんたと違って」

「そうかい」

冷ややかな態度のマリアへ、男はつまらなそうに鼻を鳴らし、セリーヌへ目を移した。「おや、君も戻っていたのか。セリーヌ・トスチヴァン」

「久しぶり。ミスター・ナイセル」

セリーヌは一言だけ返し、沈黙した。感情のない視線だった。

ヴィンセント・ナイセルは、セリーヌにそれ以上何も言わず、今度は漣へ視線を向けた。

「君は？」

余所者《よそもの》へ投げるようなそっけない問いだった。漣も同様に「ソールズベリー警部の部下です」と端的に返した。

「ヴィンセント様、お時間ですが」

女が声をかけた。高くも低くもなく特徴に欠けた、記憶に残りづらい声だった。

「ああ、そうか。――では失礼するよ。せいぜい公僕の責務を果たしてくれたまえ。君がいつまでその立場にいられるかは知らないけれどね」

どこまでも見下した物言いとともに、ヴィンセント・ナイセルは、スーツの女性を伴い、最上階行きのエレベータへと消えていった。

知らず知らずのうちに身構えていたらしい。彼らが見えなくなると同時に、強張っていた肩の力が抜けた。

……何者だ、あの男は。

挨拶に来たと言っていたが、何のためにフェニックス署を訪れたのか。

「こりゃ驚いたぜ」

背後から声が響いた。いつの間に下りていたのか、ドミニクが階段の途中で手すりを握って立っていた。

「赤毛。お前、ナイセルの御曹司とも知り合いだったのかよ」

「——ええ」

短く返し、マリアはドミニクの脇を抜けて階段を上っていった。漣が呼び止める間もなかった。

「バロウズ刑事。彼をご存じなのですか」

「まあな。……っても、俺も又聞きでしか知らん。本人を拝むのも初めてだ。

サンドフォード家みたいな成り上がりほどじゃないが、U国でナイセル家といえば、主に電気製品関係の分野でそれなりに有名な一族らしい。

元々はG州を拠点にしてたんだが、近々フェニックスにも店舗進出するって話だ。今日はうちの署長やら市長やら、地元のお偉方への挨拶回りといったところだろうよ。本当のところは知らねえが」

そのような風習はJ国だけかと思っていたが、案外そうでもないらしい。企業が地元の有力者とコネクションを作るのは万国共通だ、と言われればそれまでだが——警察署にまで出向くとは随分な念の入れようだ。

あるいは、何か別の思惑があるのか。……

「それより黒髪、セリーヌ、会議室へ戻れ。そろそろ空軍との定時連絡会だ」

そう言い残し、ドミニクが階段を上っていった。

漣もセリーヌとともに後に続く。——が、脳裏を占めるのは、今しがたのマリアと男とのやりとりだった。単なる知人の再会とはかけ離れた、因縁《いんねん》を思わせる対話。

「セリーヌ、差し支えなければ教えてください。あの人物とマリアは、どのような関係なのですか」

セリーヌが足を止めた。瞑目《めいもく》し、やがて静かな声を紡いだ。

「彼——ヴィンセント・ナイセルが、ミス・ソールズベリーの親友を死に追いやったの。

詳しいことは彼女に訊いて。私の口からは、これ以上言えないわ」

※

捜査陣の奮闘を嘲笑《あざわら》うかのように、定時連絡会の直前、第三の被害者発見の通報が入った。

通報者は電話口で、「喉を切り裂かれている」と怯えた様子で伝えたという。

現場はイースト・ガーフィールド・ストリート沿い、空港のほぼ真北の一軒家だった。

※

『外出禁止令の発令を提案する』

――十五時三十分過ぎ。

会議室の机に置かれた無線機から、ジョンの押し殺した声が響いた。『空軍としてではない、一個人としての見解だ。文民統制《シビリアン・コントロール》の観点上、軍の意思で市民の自由を制限するわけにはいかない。最終的な判断はそちらに一任する』

どこまでも生真面目な言葉だ。ドミニクが「押し付けるんじゃねえよ」と愚痴《ぐち》をこぼした。

「しかし――赤毛の台詞じゃねえが、四の五の言ってられなくなっちまった。

署長には俺から提案する。が、どう転ぶかは正直解らねえ。やるだけやってみるが、過度な期待はしないでくれ」

『了解した。

――前後するが、こちらの監視では現在のところ、不審な通行者は確認されていない。引き続き巡行を継続するが、陽が落ちれば見落としの危険も増す。その点は――』

ジョンの声は、耳障りな警報に遮られた。

『全捜査員へ連絡。ウエスト・アール・ドライブ※※番のアパートにて、首を傷つけられた遺体を発見。繰り返します。ウエスト・アール・ドライブ※※番のアパートにて、首を傷つけられた遺体を――』

畳みかけるような、第四の被害者発見の報だった。

インタールード（Ⅲ）

今思えば、デレクはO州へ引っ越す前からおかしくなっていたのかもな。

もっとも、あいつが捕まっちまった後だから言える話だ。最初の女の子――メヘタベル、だったか――が死んだ当時は、まさかデレクの仕業だなんて誰も思わなかったさ。

デレクがどんな奴だったか？

他のクラスメイトからも散々聞いたんじゃないか。「いい子だった」「真面目で大人しい子だった」「あんなひどいことをする子には見えなかった」――同じさ。善人顔コンテストがあったら一位を獲れそうなくらい、犯罪とは縁遠そうな奴だったよ。

エレメンタリースクールの頃には、虐められてる女の子を助けたこともあったって噂だ。まあ、凶悪犯の意外な一面なんて話は、後からいくらでも尾ひれがつくもんだが。

ただ――本当にいい奴だったんだ。

ジュニアハイスクールに上がってしばらくした頃かな。ランチタイムにいなくなることが増えた。どこに行ったかは解らなかったが、後から思えばメヘタベルと一緒にいたんだな。あいつのことだ、まともにランチも食べられずにいる娘《こ》を放っておけなかったんだろう。

だからよ、刑事さん。

オレは思うんだ。オレの知ってるデレクと、新聞やテレビで言われてる『ヴァンプドッグ』とはあまりにかけ離れてる。

デレクが、六人もの人間を殺した無差別殺人鬼になっちまったのは、あいつ自身のせいじゃない、得体の知れない何かに狂わされたんじゃないか。

どんな事情があったのかは知らない。あいつは、あいつ自身の意志とは関係なしに怪物にされたんじゃないか。

理由なんてないさ。ただ、あいつを知る元クラスメイトとして、そう思わずにいられないんだ。

……最初の話に戻るけどよ。

メヘタベルが死んだときのあいつの落ち込み方は、確かに普通じゃなかった。

周囲に気付かれないよう取り繕っていたみたいだが、思い返せば、メヘタベルの死から引っ越すときまで、あいつが心から笑うことは一度もなかった気がするんだ。

引っ越した先でも、きっとそうだったんじゃないか？

※

私たちが何の良心の呵責《かしやく》も感じていないと思うのかね。

殺人鬼デレク・ライリーの妹というだけで、あの娘《こ》がどれだけ苦しんでいたか、どれだけ辛い目に遭わされてきたか、私たちは実のところ何ひとつ理解していなかった。何とかしてやりたくてあの娘の里親にはなったが、結局は、可哀想な捨て犬を拾って居場所を与えたつもりになっていただけのことだった。

当時のあの娘は、それはひどい有様だった。身だしなみの話じゃない。心が死にかけていた。あの世に迷い込んだような目をして、私たちとの会話はほとんど「はい」か「いいえ」しか口にしなかった。寝静まった頃に部屋を覗くと、あの娘はベッドに潜りながら「お兄ちゃん」と泣いていた。

私たちとて手をこまねいていたわけではない。

ジュニアハイスクールでの様子を尋ねもした。困ったことがあれば相談するように、とも毎日伝えた。私たちは私たちなりに、あの娘のためにできることをしようと思った。

……欺瞞《ぎまん》だな。

本気であの娘を救いたいのなら、私たち自身が常に盾となって、あの娘に降りかかる悪意の数々を防がねばならなかった。この身から血を流してでも、私たちはお前を守るとあの娘に示さねばならなかった。「困ったら相談しなさい」など、「相談されないうちは助けない」と暗に告げているようなものではないか。私たちは体《てい》のいい言葉で取り繕って、その実、あの娘から距離を置いていた。

私たちの欺瞞と怠慢《たいまん》を、あの娘は敏感に感じ取っただろう。「お兄ちゃんに会いたい」「パパとママのところへ行きたい」といったことを度々呟くようになった。私たちは「これからは自分たちがお前の親なのだから」と、歯の浮くような慰《なぐさ》めをかけた。

慰めただけだ。具体的なことは何もしなかった。

彼女がガールスカウトに入ることになったとき、私たちは心から喜んだ。外の世界と向き合おうとしてくれている、自分なりに立ち直ろうとしてくれている、と無邪気に思い込んでいた。

あの娘が、本当は死に場所を探していたのだと、私たちは最後まで気付くことができなかった。


ああ、確かに、事故の可能性は捨てきれんさ。

単にひとりきりになりたくなって、私たちに対しては「スカウトグループの活動に行く」との口実で外へ出て、不幸にも山で迷って足を滑らせた、と。

だがな。

あの娘の言葉を鵜呑《うの》みにして、笑顔で送り出してしまったのを、私たちは今でも後悔しているんだ。クラブの事務所へ電話してスケジュールを確認することもしなかった。追い詰められたあの娘の目には、私たちが「厄介払いできて嬉しい」と笑っているようにしか見えなかったろうさ。

本当はスカウトの活動予定など存在せず、嘘をついてひとりで山へ入ったのだと後で知らされて、私たちは血の気が引いた。

あの娘が行方不明になった事実に、だけではない。仲の良かった兄が殺人鬼となり、両親を喪い、ジュニアハイスクールや施設では虐められ、里親の家やスカウトグループでも居場所を見出せなかったあの娘の孤独と絶望を、欠片も理解できていなかった自分たちの愚かしさに、だ。

私たちがあの娘を地獄へ突き落としたも同然だ。愚かな里親とは思わんかね。


あの娘は、行方不明になってから一年後に、谷底の川の下流で見つかった。

人がめったに通らない、険しい場所の近くだ。発見まで時間がかかるのは仕方なかったのだろうが、あまりに長すぎた。私たちにとっても、何より、あの娘自身にとっても。

骨とぼろぼろの服だけになったあの娘を墓地へ葬

るのが、親としての私たちの、最初で最後の仕事になった。

話はこれでお終いだ。

もう帰ってくれんかね。ようやくあの娘のことで騒がれなくなったんだ、あの娘の死を掘り起こして世間の好奇に晒す真似はしないでくれんかね。

私たちはあの娘を守れなかった。せめて死後の安らぎを守るのが、私たちの贖罪だ。

※

親と子供は別人、と言いますがね。

彼が殺人鬼になってしまったのは、父親の影響も少なくないのではと思うのですよ——いや、彼を受け持ったジュニアハイスクールの教師としてではなく、あくまで私個人の見解ですが。

この仕事を続けていますとね、様々な家族を目にします。そりゃあ色々です。平凡な両親の揃ったいわゆる普通の親子、離婚や死別で片親だけになった子。裕福な家庭、生活の苦しい家庭、仲の良い家族やそうでない家族。……そうした環境が、子供の振舞いや成績に与える影響は決して見過ごせません。

おまけに多感な時期です。『環境』という枠組みばかりでなく、日常の中で親が発した一言や、親との些細な出来事さえもが、子供の進む道を変えてしまうこともあるのですよ。これは教師としての実感です。個人の見解と言っておきながら、教師の経験を引き合いに出すのも何ですが。

彼——デレク・ライリーの、父親の話でしたね。

端的に言えば『気難しく融通の利かないところがある、一家の主』でした。

ええ、至ってありふれた父親です。ひとりの人間としても、特に珍しい性格ではありません。……解っていますよ。その普通の父親が、息子をどのようにして殺人鬼に変えてしまったのか、でしょう?

家庭訪問で奥様から伺ったエピソードがあります。デレクが犬を拾ってきたものの、父親が「捨ててこい」と命じた、というものです。

出自の解らない犬を飼わせないように、と諭すこと自体は、子供の身を案じる親として至極当然だと思いますよ。狂犬病にかかっていたら大変ですからね。

問題は諭し方です。奥様の口ぶりからすると、父親はデレクに理由も言わず、「子どもが親の言うことを聞くのは当然だ、黙って従え」と命令したようなんですね。

あなたがデレクなら、「解りました、ぼくが間違っていました、父さんの言うことに従います」と心の底から思えますか？

……ええそうでしょう。そんなわけはありません。一方的な命令に反感を覚えるか悲しむか。どちらにしても負の感情が心に刻まれ、徐々に子供の心を蝕《むしば》んでいきます。

日常の中で親が発した一言や、親との些細な出来事が、子供の進む道を変えてしまうこともある、と先程申し上げましたね。

これは完全な臆測ですが、恐らく犬のエピソードだけでなく、例えば怪我や病気をしても病院へ行かせようとしないとか、特定の階層の家庭との交流を禁じるといったような出来事が度々、ライリー家の中で起きていたのではないでしょうか。そうした抑圧を経てデレクの心は壊れ、悲劇的な事件に繋がったとしたら。

もちろん、抑圧的な目に遭った子が全員、殺人者予備軍になると言うつもりはありませんよ。彼はたまたま、生来の性格か何かのトラウマか、些細な出来事で心に罅《ひび》が入りやすくなっていて、父親の圧政による不幸な偶然の積み重ねが、デレクを猟奇的な殺人に駆り立ててしまった――そんな解釈もできないことはない、という話です。

最初に言いましたが、あくまで私個人としての見解です。デレクだけにすべてを押し付けるのは危険かもしれない、ということでもあります。

それに今となっては、ライリー家で何が起こっていたかを確認する術《すべ》がありませんからね。

奥様が自殺し、父親当人も息子の所業で職を失い、アルコールに溺れた末に自動車のスピード超過で事故死。痛ましい亡くなり方でした。

……え？

「ジュニアハイスクールでのクラスメイトからの虐めは、彼の殺人に影響を与えなかったのか」？

何を仰りたいのですか。我々が適切な対応を取っていなかったとでも?

時間です。そろそろお引き取りください。さもないとしかるべきところへ訴えますよ。

※

ええ、奥さんとは親しくさせていただきました。

本当に可哀相。息子のデレク君――今もこう呼んでしまいますね――が大変なことをしてしまって、彼女も、あんなことになって。

彼女たちをよく知らない人たちは、「親の育て方が悪かったのだ」だの「陰で虐待していたに違いない」だのと好き勝手に噂していますが、とんでもない。彼女の子育てに問題があったというのなら、この国の子供はみんな殺人鬼候補です。彼女の家族は、本当に、U国のどこにでもあるような普通の家庭でしたよ。穏やかな息子さんに可愛らしい娘さん、気難しいけれど礼儀正しいご主人。絵に描いたような普通の家族でなくて何ですか。少なくとも、私にはそう見えました。

変わったことはなかったか……ですか?

ないとは言い切れません。どんな家にでもトラブルのひとつやふたつはあるでしょう。近所で噂になったとしても、しばらくしたら忘れ去られて終わりです。

でも、そうですね。

奥さんからは、息子がジュニアハイスクールに馴染めていないようだといった話を直に聞きました。笑顔は見せるけど無理をしている気がする、と。

それはそうだろう、と思いましたよ。

子供の世界は残酷ですからね。気に食わないとか感じが悪いとか、理由にもならない理由で虐めに遭うものです。遠方から引っ越してきた子ならなおさらですよ。

私たちでさえ、最初は奥さんたちを『余所者』の色眼鏡で見ていましたからね。もっとも、奥さん自身は人当たりの良い人で、すぐ親しくなれましたが……彼女の朗らかさは、デレク君には受け継がれなかったんでしょう。穏やかで真面目な子でしたけど、どこか周りから一歩引いている雰囲気がありました。

悩んでいる彼女に私はアドバイスしました。

「スポーツクラブに入れて運動させたら、気晴らしになるんじゃない？」

　学校に居場所がないなら他の場所に作ればいい。

そんな軽い気持ちでした。

　……想像もできませんでした。デレク君が、試合で対戦した相手チームのトレーナーを殺してしまうなんて。

　そもそもクラブにも居場所を見つけられず、『吸血鬼の森』で恐ろしい罪を重ねていたなんて。

　今も後悔しています。私の軽はずみな言葉が、奥さんやデレク君を追い詰める一因になってしまったんじゃないかと。


『吸血鬼の森』の最後の事件で、女の子の遺体が見つかったときの奥さんの嘆きぶりは、本当に見ていられませんでした。

　当然です。亡くなっていたのはデレク君のガールフレンドだったんですから。家に招いたこともあったとか。

　結局、そのときのフードコートでの会話が、奥さんと言葉を交わす最後の機会になってしまいました。

　デレク君が逮捕されてから数日して、彼女はご自宅で首を吊りました。

　今も夢に見るんです。

　あの日、奥さんが心配になってご自宅へ電話をかけたら、旦那さんが出て『妻は死んだ』と聞かされたときのことを。

　葬儀の際、棺に入れられて眠る彼女の姿を。

　旦那さんの声に続けて、彼女が告げるんです――

『あなたがクラブなんか勧めたから』と。

　棺の中で、彼女が目を開けて囁くんです――『これで満足？』と。


　本当は、私は彼女と親しくなんかなかったのかもしれません。

　もっと心から寄り添って、もっと親身になるべきだったんじゃないか。そんな気がしてならないんです。

　私は罪を犯したんでしょうか。

　デレク君が罪人だというのなら、彼を――そして奥さんを間接的に追い詰めてしまった私は、もっとひどい極悪人ではないのでしょうか？

第5章
ヴァンプドッグ――インサイド（Ⅲ）
――一九八四年二月十日　一六：〇五～――

喉を引き裂かれ、物言わぬ骸《むくろ》と化したキムを、エルマーは呆然と見つめた。

嘘だ……嘘だ。

――危険が解れば身構えもできる。

――怪しい気配を感じたらすぐに助けを呼ぶんだ。

あれほど皆へ忠告していたキムが、こんなにあっけなく死んでしまうなんて。

凶器は見当たらなかった。ベッドにも床にも、それらしき刃物はどこにもない。自殺の可能性はありえない。

喉から血がしたたっている。セオドリックより明らかに深い傷。壁や天井に血は撥《は》ねていないが――悲鳴を聞いたのはつい今しがただ。殺されたばかりとしか思えなかった。

「誰よ」

スザンナの声は悲鳴に近くなっていた。「誰よ……こんなことしたの。イニゴ、エルマー、アンタたちなの？　アンタたちのどっちがキムを殺したの⁉」

「ち……違う。俺じゃない。俺は――」

「寝言を言うな」

イニゴが目を剝いた。「スザンナ、お前も悲鳴を聞いただろう。オレたちは全員リビングにいたんだぜ。どうやってキムを殺せたって言うんだ。カセットテープにあらかじめ悲鳴を録音していたとでも？」

「それは――」

スザンナが言い淀む。イニゴが追い打ちをかけた。

「百歩譲って悲鳴が偽物だったとしてだ。野太い声なら女にだって出せるぜ。お前の仕業じゃないって証拠がどこに」

「待ってくれよ！」

エルマーは声を張り上げた。「言い争ってる場合じゃないだろ。悲鳴やカセットテープがどうとか……馬鹿げてる。本当に、別の誰かがこの家に入り込んで……俺たちを、皆殺しにしようとしてるかもしれないんだ。

仲間割れなんかしたら、それこそ思う壺だ」

返答はない。……承服の沈黙ではなかった。イニゴとスザンナが、疑念の視線を向けた。

「なあエルマー、教えてくれよ。その『別の誰か』とやらはどこにいる」

「え」

言葉に詰まった。

今まさに、この部屋のどこかに潜んでいる――わけがなかった。

エルマーたち三人以外の気配を感じない。ベッドの下――キムの背後にも誰もいない。

ベッド側の壁の真向かい、バスルームとクローゼットの扉は開け放たれていた。キムが用心のために開けていたのだろうか。しかしどちらも人影ひとつない。

「あれほど家捜しして、何もなかったんだぜ？　窓も玄関もガレージも全部施錠されていた。外からは誰だって入れない。あれほど偉そうなことを言っていたキムが、突然現れた赤の他人をあっさり部屋に招いたのか？」

「……それは……」

「招き入れるとしたら、彼がよく知っていて、人畜無害に見える奴だけよね」

いつもおどおどして、計画本番でももたついてばかり。セオドリックの後ろを犬みたいについていくだけの情けない奴。……そういう相手なら、キムも油断するんじゃない？」

血の気が引いた。

アンタが殺したんでしょう――スザンナの視線が露骨に語っていた。

おろおろとイニゴへ目を向ける。同じだった。お前だな、と冷ややかな視線が告げていた。

キムの死を悼《いた》むどころではなかった。エルマーはたった数分のうちに、仲間だったはずの二人から殺人者の烙印を押されつつあった。

「違う、俺じゃない。そんなことでどうして」

首を振りながら後ずさる。視界の端に、遮光カーテンの引かれた窓が映った。エルマーは藁《わら》にもすがる思いで窓を指差した。

「開いてるかもしれない。鍵が外れてるなら、誰かがそこから」

「見苦しいな」

イニゴが舌打ちし、窓辺へ歩み寄った。遮光カーテンの端をつまみ、隙間を細く開け――硬直した。

「どうしたの。本当に開いてた？」

「それどころじゃないぜ」

小さな、しかし切羽詰《せっぱつ》まった声だった。イニゴの手がカーテンを隙間なく元に戻す。わずかな乱れも許さないほどの慎重さだった。

「パトカーだ――こっちに向かってる」

声にならない呻きがエルマーの喉から漏れた。

パトカー――警察に、嗅ぎ付けられた⁉

「何ですって！」

「でかい声を出すな」

一触即発の空気が思わぬ形で消し飛び、より最悪な緊迫感がせり上がった。

「向かって来るだけだ」

イニゴのこめかみを汗が伝っている。「オレたちがここにいるなんて、昨日の今日で気付かれるはずがない。……大丈夫だ、大丈夫に決まってる――」

エンジン音が近付いてきた。……頼む、通り過ぎてくれ。そのままどこかへ行ってくれ。


が、エルマーの祈りはあっけなく振り払われた。果てしなく長い十数秒の間の後、エンジン音が途切れた。

邸宅のすぐ近くでエンジン音が途切れた。果てしなく長い十数秒の間の後、死刑宣告のように呼び鈴《よりん》が響き渡った。

来た。来てしまった。

どうする……どうする。居留守を決め込むか。いや、さらに怪しまれたら。知らぬふりをして応対に出るか。馬鹿な。顔を見られてしまったら――

エルマーとイニゴが凍り付く中、動いたのはスザンナだった。

「はあい、今行くわ」

高い声を飛ばし、手早く身なりを整え、廊下へ出ていく。

「なっ――」

何をするんだ、と追いすがりかけ、背後から口を覆われた。そのまま強い力で引き戻される。

「静かにしろ。顔も出すな。もうあいつに任せるしかない」

小声を掠れさせながら、イニゴが制した。

やがて、門の外れる音に続いて、スザンナと来訪者の会話が始まった。ドアを開けているためか、相手の声も聞き取れた。

「……あら、お巡りさん？」「フェニックス署の者です。……お伺いしたいのですが、この辺りで不審な人物を……」「と言われても解らないわ。顔とか背格好は？」「……三十代前後の男で……」「ええと……ごめんなさい。うちの周りでは見てないわね。――そういえば、ニュースで襲撃犯がどうとか言ってたけれど、もしかしてそれ？　あちこち検問してるし、ジェリーフィッシュも飛び回ってるし」

「……捜査中です。凶器を所持しているとのことですので、万一……くれぐれも戸締りを怠らず、充分にお気をつけて……何かありましたら通報を……」「ありがとう。お仕事頑張ってくださいね」

「……では、失礼……」

　現実には三分足らずに過ぎなかっただろう、しかし果てしなく長く思われた会話の後、玄関の鍵を閉ざす音が聞こえた。ややあって、再びエンジン音が響き、遠ざかっていった。

　――助かった。

　全身の力が抜ける。床にへたり込んだ拍子に、キムの遺体が目に飛び込み、エルマーは慌てて顔を逸らした。

　程なくしてスザンナが戻ってきた。イニゴが「お見事だったぜ、主演女優様」と肩を叩く。

　当の彼女は笑顔ひとつなかった。精神力を削り取られたような声で「何を甘いこと言ってるの」と小さく返す。

「とりあえず追い払っただけよ。あいつら、当たり障りのないことを言ってたけど目が笑っていなかったわ。……怪しい家を虱《しらみ》潰しに回ってるのかも」

「なっ」

　安堵が一瞬で雲散霧消《うんさんむしょう》した。「何でだよ。どうして――そんなことなら居留守を使ってれば」

「できるわけないでしょ。アタシたちがこの隠れ家に入ったことを、どこの誰にも見られなかったなんて断言できるの？　昨夜の窓明かりやクルマの音を、近所の誰にも知られずに済んだ保証は？

　下手に隠れるより、顔を見せた方が怪しまれずに済むと思ったからそうしただけ。文句があるなら、エルマー、アンタがもっと上手いやり方でやってみなさいよ」

　反論できなかった。……居留守を決め込んでもっと怪しまれたら、と、エルマー自身も恐れたばかりではないか。

怪しい家を警察が調べ回っている、というスザンナの臆測が当たっていたとしたら、この邸宅に別の家主がいることも、遅かれ早かれ露見する。

追い詰められている。

もはや長居できる状況ではなくなった。一週間や二週間も悠長に滞在できないことは漠然と理解していたが……下手をしたら、検問が解ける前にこの隠れ家から逃げ出さねばならないかもしれない。

そうなったら――終わりだ。カーチェイスになったらまず逃げられない、と言ったのは誰だったか。

かといって、永遠に隠れ続けることもできない。

駄目だ……絶望的だ。昨日まではまだ、甘い夢を見ていられたのに。

なら、いっそ――

「なあエルマー。まさかお前、『自首しよう』なんて考えてないか？」

心臓が跳ねた。「……そんなこと」と絞り出した声はみじめに震えていた。

「言っとくけど、捕まったらほぼ間違いなく終身刑よ。すでに二人――いえ、四人も殺したことになるんだから」

スザンナがキムの遺体へ目を落とす。据わった視線に恐怖はもはや宿っていなかった。麻痺してしまったのかもしれない。

「だなあ。もし誰かひとりが裏切って全員捕まったら、セオドリックやキムは裏切り者ひとりに殺されたことになっちゃうかもな」

自首したらすべての罪を押し付ける。あからさまな脅迫に、エルマーは「するわけ、ないだろ」と屈するしかなかった。

……しかし。

誰がなぜ、どうやってキムを殺したのか。警察の来訪でうやむやになりかけたが、目の前の遺体は紛れもない現実だ。身の安全という観点では、こちらの危機の方が警察の捜査網より遙かに深刻だった。

「窓の鍵は、どうだったのさ」

エルマーの問いにイニゴは答えず、遮光カーテンへ顎をしゃくった。自分で確認しろ、と言いたいらしい。

窓へ近付き、恐る恐る遮光カーテンを開く。幸いと言うべきか、パトカーの姿は見えない。

　クレセント錠へ目をやり、エルマーは息を呑んだ。

　緩んでいない。セオドリックの部屋の窓と同じだ。掛金に浅く嵌まってはいるが、完全に閉まり切ってもいない。『糸か何かを使って外から施錠した』と、これ見よがしに主張しているようだった。

　スザンナが横から窓を覗き、顔をしかめる。「どういうこと」幾度目になるかも解らない疑問が、濃いルージュを引いた唇から滑り落ちた。

「さあな。ラジカセを使わなくても偽の悲鳴を聞かせられる可能性がひとつ増えたのは確かだ。

　いや——あれがキムの本物の悲鳴だった可能性も、か」

　犯人がキムを手にかけた後、窓の外から室内へ向かって偽の悲鳴を上げ、素早く鍵をかける。あるいは、襲撃され悲鳴を上げるキムの喉を抉り、皆が来る前に窓から逃げる。

　だが、仮に前者だとして、わざわざエルマーたちに悲鳴を聞かせた目的は何なのか。後者にしても——

「時間的に無理があるでしょ。アタシたちが悲鳴を聞いてからここに駆けつけるまで、どんなに長くても一分もかからなかったはずよ」

「なら、今からラジカセを捜すか」

　イニゴに揶揄され、スザンナの顔に血が上る。明確な敵意を帯びた目つきだった。

　警察という脅威を前に一時は消えた相互不信が、またも三人を蝕みつつあった。

「ま、悲鳴が本物かどうかはともかくとしてだ」

　イニゴがキムの遺体へちらりと目を向けた。「ひどい有様だな。あの殺人鬼——『ヴァンプドッグ』の仕業だと言われたら信じそうだ」

『ヴァンプドッグ』⁉

「昔、あれだけ騒ぎになったんだぜ。まさか忘れたとか言わないよな？」

　忘れるどころではなかった。殺人鬼『ヴァンプドッグ』の名と、吸血鬼を想像させる犯行手口は、エルマーたちの世代——いや、当の自分たちにとって、ある種の恐怖の刻印となっている。

　が、二十年も前の話だ。被害者たちの名前などの詳細はさすがに思い出せない。事件の概要も朧げだ。ニュースや噂話から又聞きした程度なので無理もないが……なけなしの記憶をエルマーは絞り出した。

「犯人――あいつが、狂犬病で……被害者たちの血を飲んでいたんだっけ」

「いい加減ね。アタシが覚えてる話だと、噛みついた際の歯形を隠すために、被害者の喉を」

スザンナが目を剝いた。キムの遺体に目を落とし、顔面を蒼白にする。「ちょっと……セオドリックもキムも『ヴァンプドッグ』にやられたって言うの⁉　馬鹿言わないで。あいつが逮捕されたのは二十年前よ。とっくに死刑になってるか死んでるはずでしょ」

「知らないさ。手口がそれらしいってだけの話だ。もっとも、噂で聞いたことがある。『ヴァンプドッグ』は狂犬病の治療のために、刑務所じゃなくどこかの病院へ送られたらしい。奴が治療のおかげで生き延びて、こんなタイミングで脱走してくれた、なんてこともありえない話じゃない」

「妄想にも程があるわ」

スザンナが一笑に付す。しかしエルマーは笑えなかった。悪寒が走った。

――関係者によれば……喉に刺し傷のような痕――

ラジオのニュースで何と言っていた。昨夜に殺人事件が発生し、被害者が喉に傷を負っていたと伝えていなかったか。

――顔とか背格好は？

――三十代前後の男で――

玄関でのスザンナと警察官とのやりとりで漏れ聞こえた声。『ヴァンプドッグ』が逮捕されたとき、奴はハイスクールの生徒だった。自分たちと同い年なのだから、年齢的にも三十代で合致する。

何より。

午前中にエルマーがガレージへ行ったとき、自動車の右前輪に刃物で刺したような裂け目が見つかった。ジャッキのハンドルが消え、トランクは開いていた。

あの中に……誰が入っていた？　そもそも、あの自動車はどこで調達したものなのか。

解らない。セオドリックは、裏の伝手《つて》で手配したと語っていたが、自動車がいつから乗り替え地点で待機していたかも、自分たちは把握していなかったのだ。

……その伝手へ連絡を取る手段も解らない。

セオドリックは――自分たちは、この隠れ家に何を連れてきてしまったのか？　獲物の血を吸い、刃物を振るって喉を裂く怪物を？

いや、待った――刃物？

「キムの持っていたナイフは？」

エルマーの問いに、イニゴがはっとした顔を見せた。キムの喉から目を逸らしつつ、彼の衣類やベッドの周囲を探り、舌打ちを放った。

「ない。やられたぜ」

震えが走る。セオドリックの喉を裂いたナイフが、再び犯人の手に渡ってしまった――？

「もう一度……家の中を見て回らないか」

エルマーは勇気を振り絞り、手を挙げた「誰かが窓から逃げたかもしれないってことはさ、同じように、窓から入って来たそいつが、俺たちの裏をかいて、どこかの部屋にまだ隠れてる可能性もある、ってことだろ。……もしかしたら、ラジカセだって本当に見つかるかもしれないし」

「そんな余裕あるの？　また家捜しなんて」

スザンナの声は棘《とげ》だらけだ。一方のイニゴは「可能性を潰しておくに越したことはないか」と賛意を示し――小声で呟いた。

「……キムの奴……どこに弾倉を――」

結局スザンナが折れ、三人での捜索が始まった。

一度目とはまるで比べ物にならない、重い緊張を孕んだ家捜しだった。『ヴァンプドッグ』が本当に隠れ家の中に潜んでいるのか。残りの二人がセオドリックとキムを殺したのか。あるいは、すべてが明らかになる前に警察に踏み込まれるか――

片っ端から部屋を見て回る。どの窓もクレセント錠が深く嵌まっていた。ガレージのシャッターも内側からロックされていた。

何も、誰も見つからなかった。

アリバイ工作用のラジカセも、未知なる殺人者も、影ひとつなかった。最後に残るのは一室だけだった。

セオドリックの部屋をもう一度覗くのには勇気が要った。

遺体の傷の無残さは、キムの方がひどかったが――リーダーのセオドリックの喪失を改めて見せつけられるのは辛かった。

　エルマーにきつい態度を取るイニゴとスザンナも、内心は同じだったらしい。二人とも青い顔で、ベッドの上のセオドリックから極力目を背け、クローゼットやバスルーム、机や窓を確認して回った。

　凶器の転がっていた場所に、ナイフはない。キムが回収したものの、恐らく犯人に持ち去られてしまった。

　安全な場所に隠せばよかったのだろうか。今さら悔やんでも始まらないが——かと言って、どこに保管するのかと問われたら返答に詰まる。エルマーたちは邸宅内の部屋の鍵を持っていない。空き部屋にナイフをしまったところで、部屋を施錠できないのでは結果は同じだっただろう。

　問題は、ナイフが行方不明のままだということだ。……この中の誰かが隠し持っているのか、あるいは、別の何者かが奪ったのか。

「クルマの鍵、アタシたちが持っていた方がいいわよね」

　スザンナが引き出しを開け、鍵束を掲げる。「だな」とイニゴが首肯した。

　犯人に持ち去られなかったのは幸いだった。引き出しの中までは確認しなかったらしい。

「いつでも出られるようにしとくか。幸い、部屋に隠れている奴がいないのは確認できたしな。

　警察の巡回の隙を突いて市外へ出るしかないが——検問さえ抜ければ、後は国境辺りまで走って、M国行きの裏ルートを見つけるだけだ」

　あまりにも粗い計画だが、綿密かつ完璧な脱出プランを練る時間が無くなりつつあるのも事実だった。

「逃げる前に、スザンナはまずリビングとキッチンの片付けを頼む。エルマーはブツをクルマに運んでくれ」

「……イニゴは？」

「部屋中の指紋を消せるだけ消す。オレたちの痕跡を残すのは後々まずい。

　解ってるだろう？　セオドリックとキムは連れて行けないんだぜ。血まみれの二人をクルマに乗せるわけにはいかないし、庭に埋める時間も道具もないんだ。

　オレたちが上手く逃げられても、ここが怪しまれているなら、遅かれ早かれ警察の捜査が入る。焼け石に水かもしれないが、後で身元がバレないよう痕跡はなるべく消しとくべきだぜ。

　お前たちも、仕事が片付いたら自分の部屋の後始末をしとけ。悠長に構えるなよ」

　それこそ悠長じゃないか、と文句が口から出かけたが、自分たちの痕跡を極力残さないようにすべきなのは確かだった。スザンナも渋々といった体で頷き、撤収の準備が始まった。

　このタイミングで三人がばらけるのは危険だ、と頭をよぎったが、自分が再捜索を提案し、結果として脱出の時間を食い潰してしまったのだから文句も言えない。それに、いつ警察が再訪するかもしれない状況では、手分けして作業した方が早い。

　ガレージとリビングを往復して、紙幣入りのトラベリングバッグを自動車に積み込み、二階の自分の部屋へ戻る。

『Kまで殺された。また喉を抉られていた。誰の仕業なんだ。もう嫌だ』

　そんなことをしている場合ではないと解っていたが、メモ帳に書き殴らずにいられなかった。

　メモ帳をしまい、襲撃に使った手袋を嵌め、タオルでドアノブや壁を拭いていた――その最中だった。

　悲鳴が聞こえた。

　キムのときとは違う、鋭く耳を刺すような――男の叫び。


――イニゴ⁉

　部屋を飛び出す。階段へ続く踊り場の手すりから、リビングを見下ろす。

　イニゴがへたり込んでいた。腰を抜かした格好でのろのろと後ずさりしている。

　彼の視線の先、リビングの中央付近からやや廊下寄りに転がるそれを目の当たりにして、――今度はエルマーの喉から、長い叫びがほとばしった。

　スザンナが仰向けに倒れていた。

　両手足を床に投げ出し、喉から血を溢れさせながら。

　三人目の仲間だったものは、眼球を虚ろに天井へ向けていた。

第6章
ヴァンプドッグ――アウトサイド（Ⅲ）
――一九八四年二月十日　一五：三三～――


　第四の被害者発見の報を、マリアは唖然として聞いた。

　喉を裂かれた遺体⁉　早すぎる。ついさっき三人目の通報があったばかりなのに。

「冗談じゃねえぞ」

　ドミニクが掠れた声を漏らす。フェニックス署の他の捜査員たちも、狼狽《ろうばい》を隠しきれない様子だ。落ち着いている――ように見える――のは、漣とセリーヌだけだった。

「現場へ向かいましょう。こうなってしまった以上、一刻も早く『ヴァンプドッグ』を確保する、もしくはその手がかりを摑むしかありません」

　J国人の部下が冷静に捜査陣へ告げる。……そうだ、うろたえている場合ではない。

「ドミニク、パトロールを強化して。この調子じゃ、外出禁止令が出る前に被害者が続出しかねないわ」

「単身世帯の家は特に危険かもしれません。聞き込みとともに注意喚起を。不審者の潜伏地点候補も徹底的に洗い出す必要があります」

「言われるまでもねえよ」

　だが、さすがに人手が足りねえぞ。増援はかけるが、どれだけ集まるか」

『軍《こちら》からも人員を出そう』

　会議室に設置された無線機越しに、ジョンが即断した。『捜査権はないがパトロール要員としては充分だ。犯人への牽制にもなる。早急に手配しよう』

「ありがてえ。頼むぜ灰目。

　俺たちもぐずぐずしちゃいられねえ。早く――っておい赤毛、何してやがる」

「増援が要るんでしょ？　すぐ手配を済ませるわ。レン、あんたも先に駐車場へ行ってて」

　皆に告げ、マリアは会議室の隅の電話機へ向き直った。

※

第三の被害者は、自宅のバスタブの中、生まれたままの姿を流水に洗われていた。

「喉の傷は、先の被害者二名に類似」

セリーヌが淡々と検分を進めた。「腹部に殴打痕、それから刺傷あり。深いわね……直接の死因はこちらかしら」

女性の遺体は、バスタブの底に寝転がるような格好で、ややうつ伏せに倒れていた。

皮膚や髪に水滴がまとわりついている。駆けつけた警察官の報告によれば、遺体発見当時シャワーは流しっぱなしで、ちょうどバスタブの縁の上に当たっていたという。シャワーは今は止められているが、バスタブの外の床にも流れ落ち、水溜まりとなってドアの下まで広がっていた。

一糸纏わぬふくよかな身体――その両足首に、女性もの細いベルトが固く巻き付いている。一方、両腕の拘束は外れ、手首には擦れた痕が残っていた。やはり女性もののベルトが一本、バスタブの隅に落ちている。被害者が暴れて手首のベルトだけ解けた、といったところだろうか。

血痕はほぼ洗い流されていた。喉や腹部の傷口から血がわずかに滲み出し、栓の外れた排水口へ向かって、バスタブの底面を伝っていた。

「死斑は遺体の正面側に集中。指圧で退色。……体表温は完全に冷却、水温とほぼ同程度。……眼球に乾きなし。これもシャワーの影響かしら」

「目玉が気になるの？」

「人が亡くなって瞬《まばた》きが止まると、眼球が渇いて白《はく》濁《だく》化していくの。今回は現場の状況が状況だけど」

セリーヌが説明を加え、やがて立ち上がった。

「断定はできないけれど……亡くなったのは今日の十時から十四時辺りね。

ただ、あくまで解剖前の見立てよ。何時間もずれてはいないとは思うけれど」

彼女の判断が正しければ、死亡推定時刻は正午プラスマイナス二時間。陽が高く昇っている時間帯だ。

「時刻に幅があるのはシャワーのせい？」

「遺体が冷やされてしまうと、初検ではどうしても読みづらくなるから。正式には解剖待ちになるわね。
ここまで水を浴びてしまっては、恒常性《ホメオスタシス》も何もないでしょうし」

「ホメオ……？」

「恒温動物の体温維持機能ですよ、今回の場合は」

漣が注釈を挟んだ。「暑い日は汗を蒸発させて気化熱を奪い、寒い日は体内の脂肪の分解や、筋収縮によるATPの消費などの発熱反応を起こして体温を一定に保つ機構です」

「次から次へと火星語を繰り出さないで。『ATP』って何」

「貴女はハイスクールの生物の授業を火星で受けていたのですね。

『アデノシン三リン酸《Adenosine Tri-Phosphate》』。糖分や脂肪、および酸素を基にして体内で合成される化学物質ですよ。筋肉を動かす際のエネルギー源で、体内におけるエネルギーの通貨とも呼ばれています」

こんなところで生物の補修を受ける羽目になった。

が――遺体にシャワーを浴びせたということは、死亡推定時刻を曖昧にしようとした可能性もあるということだ。無差別殺人鬼の行動にしてはやけに作為じみている。手足を拘束する時点で作為の塊《かたまり》だと言われればそれまでだが。

「死因は何でしょう」

「恐らく失血死。……お腹を殴って被害者を気絶させ、衣類を剝いでベルトで拘束。バスタブに入れてお腹を刺して、絶命する頃合いを見て喉を抉った――といった流れではないかしら。シャワーを流したのは、たぶんその後ね。自分がずぶ濡れになるのは犯人も避けたかったでしょうから。

いずれにしろ、自殺とは考えづらいわ。自分で刺したのなら、傷の入り方がもう少し下向きになるはず」

「とすると、服を脱がせた理由が判然としませんね」

被害者が身に着けていたと思われる衣類は、バスルームの外にある洗濯籠に放り込まれていた。破れた箇所はなく、血も付着していなかった。

犯行の流れがセリーヌの推測通りだったとして、手間をかけて被害者の服を剝ぐ必要がどこにあったのか。

「シャワーを直接肌にかけて、遺体を早く冷やしたかったのかしら」

「服を着せたままでも、布地に水が染み渡れば冷却速度は大差ないと思われますが」

それもそうだ。マリアは別の問いに移った。

「凶器は、あっちに落ちていた包丁？」

「矛盾はないわ。刃の幅とお腹の傷の幅が同じくらいだったから。解剖で傷の深さを調べる必要はあるけれど」

凶器と思しき包丁は、バスルームのドアを開けて左へ五メートルほど先、リビングに繋がる廊下に転がっていた。

血はこびりついていなかった。犯人がシャワーで洗い流したのかどうかは解らない。指紋も空振りだった、と鑑識から一報があった。

それにしても、今度は水びたしの遺体か。

「ドミニク。二十年前の事件で、池に放り込まれた被害者がいたんだったわよね。度胸試しで『吸血鬼の森』に入った男の子が」

「ああ。喉の傷や狂犬病ウイルスが決め手になって、デレク・ライリーの犯行と断定された。捜査資料にもあったはずだ」

過去の事件をなぞったと言えなくもない。まったくもって悪趣味な真似をしてくれる。――いや。

「いつシャワーが流れ始めたのか、水道の使用量から割り出せない？」

「あいにくだが」

ドミニクがマリアの発案を打ち砕いた。「メーターのチェックが入るのは月に一度、それも立方メートル単位だ。しかも今月はまだチェックされてねえ。被害者が今日どれだけ水道を使ったか、時刻単位で割り出すのは無理だぜ」

駄目か。とはいえ、銀髪の刑事も似た発想に至っていたらしい。口調に苦々しさが滲んでいた。

「ただ、少々引っかかりますね」

漣が呟いた。「今回の一連の殺人が、『ヴァンプドッグ』のホームグラウンドであるO州の『吸血鬼の森』でも、彼の罪の原点とも呼べる国境沿いのコセチ郡でもなく、さほど縁があるとは思えないフェニックス市で行われたのはなぜでしょう。見知らぬ場所ではなかった――これも臆測ですが――というだけでは、いささか理由に乏しいように思われますが」

「だから俺に訊かれても答えられねえよ。『ヴァンプドッグ』は街中でも犯行をやってのけた実績がある。奴の気まぐれだと言われたらそれまでだ。

まあ確かに、フェニックス市は森林のイメージから程遠い砂漠のど真ん中だけどな。だからこそ脱走後の狩り場として、これまでとは全く違う場所を選んだ、と言えなくもないだろう」

当時を知る捜査関係者の裏をかいたのかもしれない――というドミニクの仮説に対し、漣がそれ以上問いを重ねることはなかった。

「レン。被害者の身元は？」

「キャサリン・ウェイド、一九四八年生まれ。免許証の住所はこの自宅と同一です」

今年で三十六歳か。年齢で言えば、今回の第一と第二の被害者のほぼ中間の世代だ。

「寝室の机に、被害者と思しき女性の写真がありました。免許証は一年前に更新されていますが、顔写真と先の写真とで齟齬《そご》はありません。第一発見者も『当人に間違いない』と証言しています。――指紋を照合するなどの最終確認は必要ですが、別人の可能性は低いでしょう」

「その第一発見者は誰。家族？」

「職場の同僚です。被害者とともにショッピングモールで働いていたのですが、今日は午後のシフトになっても被害者が現れず、連絡も取れないことから様子を見に来たのだとか。

被害者自身はひとり暮らしだったようですね。離婚の手続き書類が書棚から見つかっています。日付は一昨年。元夫は娘を連れてW州へ転居した模様です」

自宅で独り身。死亡推定時刻は昼前後。第二の被害者とほぼ同じだ。

……偶然なのだろうか？　そういう獲物を捜して襲ったのだ、と言われればそれまでだが。

あるいは別の、隠れた共通項《ミッシング・リンク》が、被害者たちの間に存在するのだろうか？

引っかかることはまだある。二十年前の事件では、六人を殺害するのに三年かけていた。対して今回は一日足らずで三人、いや四人だ。ペースが早すぎる。

「犯人側の狙いは措くとして、物理的に不可能とは断言できません」

マリアの疑問を読んだのか、漣が続けた。「第二の被害者――ノーマン・ルーサーの自宅からここまで自動車で十五分圏内です。実際にどちらが先に殺害されたのか、現時点では明確な判断材料がありませんが、各々の現場で殺害その他に三十分を費やしたとしても、死亡推定時刻の範囲内には収まります」

「それにしたって手際が良すぎでしょ。第四の被害者もいるのよ？　なのに、パトロールの網に全然引っかからないなんて」

自動車で片道十五分以内ということは、裏返せば自動車を使わなければまるで余裕がないということだ。犯行の間、その自動車をどこに停めていたのか。

路上駐車をすれば近隣の住人やパトロールの目に触れかねない。かといって被害者宅の庭に停めれば、不審者の来訪を被害者に知らせるようなものだ。近場のショッピングモールなどにこっそり駐車するにしても、被害者宅までは自力で歩くしかなかったはずだ――クルマ社会の大都市を。

高層ビルの立ち並ぶマンハッタン区と比べて、フェニックス市は平たく広い。高層建築物はあまり目に付かず、代わりに平屋の住宅や、せいぜい二、三階建てのショッピングモールが、広大な土地を悠々と覆っている。それらを結ぶのは、東西南北へ整然と延びる一般道と、地区間をまたがるハイウェイ。自動車での移動が前提になっている。人々が徒歩で出歩くのは、一部の繁華街やオフィス街、他はショッピングモールの中だけと言っていい。

平日の白昼、住宅街を延々と徒歩で移動したら、間違いなく人目に付いたはずだ。別の手段、例えばバイクや自転車を使った可能性もあるが、典型的なクルマ社会のフェニックス市では徒歩に劣らず目立つ。ましてやジェリーフィッシュなど論外だ。

「面目ない、としか言いようがねえ」

ドミニクが歯ぎしりした。「厳戒態勢を敷きながら犠牲者を出しちまったのは、俺たちフェニックス署の失態だ。

だが――気に食わねえ。真っ昼間だぞ？　いくら俺たちの目が底の抜けたバケツだとしても、被害者たちが全員そうだとは限らんだろうが。検問やパトロールを行っていることは公になっている。そんな中、見知らぬ他人が自宅にやって来て、全員が何の警戒もしなかったってのか？」

「目撃証言が必要ね」

セリーヌが静かに声を発した。「幸い、ミスター・ニッセンが増援を申し出てくれた。……パトロールに回していた人員も、少しはご近所への聞き込みに当てられるのではないかしら」

「基本に帰れ、ってか」

ドミニクが息を吐き、マリアと漣へ向き直った。

「赤毛に黒髪、すまねえ。もうしばらく力を貸してくれ。思った以上に厄介な事態になってきやがった」


第一発見者は、被害者と同世代と思しき細身の女性だった。

ショッピングモールの食料品店でパート勤務をしており、被害者のキャサリン・ウェイドとは、同じシフトで知り合った友人だったという。

「私も旦那に逃げられてさ……似た者同士で気が合ったのかな。

ただ、キャシーの方が、子供のいない私よりずっと辛かったと思うよ。夫に浮気された上に、可愛がってた娘さんまで奪われてさ。先に裏切ったのはどっちだって話よ。

挙句……あんな目に……キャシーが、何をしたって」

言葉が途切れた。女性が青い顔で俯きながら唇を噛む。黒髪の部下が、社交辞令に聞こえない声色で「お察しします」と返した。こういうデリケートな場面での漣は、見事なまでにそつがない。

その漣によれば、J国には『慰謝料』――夫婦仲を破綻させた側に対する罰金のような制度があるらしい。あいにくU国にそんなものはない。離婚のきっかけや理由がどんなものであろうと、当事者の『責任』なるものが問われることはない。子供の親権も、基本的には離婚の原因を問わず父母平等だ。離婚裁判の行方によっては、今回の被害者のように、相手に裏切られた挙句子供を奪われる例さえある。

「そのクソ元夫の話を、キャサリンから聞いたことはある？　たまに会ったりはしていたのかしら」

「会ってないと思うよ。娘さんを連れてW州へ行ってしまった、って聞いたきりだしね。気軽に会える距離じゃないし、私なら、娘には会いたくてもそんな男とは顔も合わせたくない。

――ああそうだ。先週だったかな、その娘さんから手紙が来た、って話してたよ。すごく嬉しそうだった。……なのに、何で」

再び声を詰まらせる。娘の手紙に喜んでいたということは、少なくとも最近は直接会う機会がなかった可能性が高い。元夫の具体的な話が出てこない点も踏まえれば、復縁云々といったいざこざの線は消して良さそうだ。

漣が話題を変えた。

「キャサリンさんを発見されるまでの経緯をお聞かせ願えますか」

「今日は、私もキャシーも午後からのシフトでさ。けど、一時を過ぎても彼女が来ない。電話しても全然出なかった。

うちの職場は無断欠勤したら一発でクビなんだ。急用で休むなら、真面目なキャシーなら必ず職場へ連絡を入れるはず。昨日までは特に具合が悪いようにも見えなかったしね。……道が混んでるにしたって、二時間経っても店に着かないなんておかしいだろ。

だから、心配になって仕事を抜けてきたんだよ。キャシーの家に着いたのは午後三時半頃だった」

「よく早引けできたわね。たかが無断欠勤一発くらいでクビの職場なんて、あたしなら恐ろしくて働けないわ」

まったくです、とでも言いたげな視線を漣が向けてきた。癪に障る。

「もちろん上司に断りは入れたさ」

苦い笑みが女性の口元に浮かんだ。「けど正直、今日は店の混み具合が半端じゃなくてね。忙しすぎてズル休みしたい気持ちが五割くらいあったのは否定しないよ。

まさか……友達があんな目に遭ってるなんて、普通は思わないだろ」

しばしの沈黙の後、漣が問いを続けた。

「キャサリンさんのご自宅に到着して、どうされましたか」

「呼び鈴を鳴らしたよ。でも出なかった。ガレージが閉まってたからクルマがあるのかどうかは解らなかったけど、仕事があるのによそへ出かけるのも変だろ。本当にいないのかと思って玄関のドアノブを回してみたら――そのまま、すっと開いたんだ」

そのときの恐怖を思い出したのか、女性が再び青ざめる。……いや待て。

「玄関に鍵はかかってなかったの？」

無言の頷きが返ってきた。

漣と顔を見合わせる。第二の被害者のときは玄関が施錠されていた。この違いは何なのか。

「どうしたのかと思って、リビングに入ってキャシーを呼んで探した。

そしたら……バスルームの方から、シャワーの音が聞こえて……廊下に包丁が落ちてて……ドアの下の隙間から、水が漏れていて――開けたら――キャシーが、いた」

女性が両手で顔を覆う。漣が「解りました。ありがとうございます」と事情聴取を一旦休止した。

証言に一応の筋は通っている。後で裏を取る必要はあるが、現時点で判明している事実との不整合は見当たらなかった。

「彼女――キャサリンは、午前十時頃には殺されていたかもしれないの」

第一発見者が落ち着いたのを見計らい、マリアはカードを切った。「今日、あなたが仕事に出るまでの間、彼女と電話で話はした？」

「そうできれば、よかったんだけどね」

女性の吐息が後悔の響きを帯びた。「昨日は、夜の七時過ぎまで一緒に仕事でさ。モールのフードコートでテイクアウトの食事を一緒に買って、駐車場で彼女と別れた。家に帰った後はひとりで呑んでたけど、やっぱり話し相手が欲しくてね。八時半くらいに電話したんだ。

ただ、そのときは話し中だった。手紙の礼を兼ねて娘さんと喋《しゃべ》ってたのかもね。こっちも大した用じゃなかったから、そのままひとりで夜中まで飲んで、目が覚めたのは昼の十二時過ぎ。毎日そんな感じだよ。

……今日も、同じような一日になるのかと、思ってた」

まなじりから流れる涙を、女性はもはや拭おうともしなかった。

寝室のクローゼットは開け放たれていた。――被害者を拘束していたベルトは、ここから調達したらしい。

第一発見者の語っていた『キャサリン・ウェイドが娘からもらった手紙』も、同じ寝室の机の引き出しから見つかった。

『ママ、元気ですか？　わたしは元気です。

うそ。本当は寂しいです。パパは毎日遅くまで帰ってきません。……

十歳の誕生日プレゼントありがとう！　大切にするね。今年こそママに会えるかな。会えると嬉しいな。……』

机の上に写真が飾られていた。照れくさそうに微笑む男女に挟まれて、幼い少女が満面に笑みを浮かべている。右下に記された日付は『1977/06/12』。七年ほど前だ。

向かって右側の女性は、被害者のキャサリン・ウェイドだ。免許証の顔写真と、見た目がほとんど変わらない。左側の男が元夫、真ん中が娘だろう。夫婦が仲睦《なかむつ》まじかった頃の家族写真らしい。

少女の無邪気な笑顔が、胸に刺さった。

※

「ちょっと訊きたいんだけど」

第四の遺体発見現場へ向かう車中、マリアは漣に切り出した。「一連の事件、本当に『ヴァンプドッグ』の仕業だと思う？」

「模倣犯の可能性、ですか」

運転席の漣が、前方へ視線を向けたまま応じる。

「否定するにも賛同するにも、現時点では情報が不足しています。第一、第二の被害者から採取したサンプルの分析結果次第でしょう。

我々としては、これ以上の犯行を阻止することと、発生してしまった各事件に関する証拠や証言の収集に注力すべきと考えますが」

判断保留か。

「色々と不可解な点はあるかもしれねえ」

後部座席からドミニクが返す。「けどな、『ヴァンプドッグ』だろうと模倣犯だろうと、どっちの説でも疑問は残るってのがとりあえずの結論だったろう。なぜ蒸し返す？　黒髪の言う通り、衛生研究所の眼鏡嬢ちゃんの鑑定が終わってからでも遅くねえだろう」

「早すぎるのよ。二番目からの犯人の動きが。

昨晩遅くに一番目。で、第二と第三の犯行は、夜が明けて検問が始まって、最初の被害者のニュースが報じられた後の昼間。しかも、パトロールの目を掻い潜りながらよ。……おかしいと思わない？」

「最初の被害者と、以降の被害者とでは実行犯が違う――そう言いたいの、ミス・ソールズベリー？」

セリーヌがドミニクの隣から問う。「最初の犯行は『ヴァンプドッグ』本人。二番目以降は、彼に感化された模倣犯の仕業だと？」

「模倣犯がひとりだけとは限らないわ。極端な話、一件目から四件目まで、全部犯人が違ってもおかしくないでしょ」

各々の被害者に何らかの殺意を持つ者たちが、『ヴァンプドッグ』の皮を纏い、各々が犯行に及んだのなら。

パトロールの目をすり抜けるのもずっと簡単になる。それぞれが担当する現場にだけ注意を払えばいいのだ。ひとつの犯行現場から次の犯行現場への移動を考慮する必要もない。

「『おかしくない』じゃねえよ。そんな偶然があってたまるか」

ドミニクが声を荒らげた。「『ヴァンプドッグ』の脱走は伏せられたままなんだぞ。第一の被害者の件も、ニュースで報じられたのは今朝だ。喉の傷の件はマスコミに漏れちまったが、午前中までは一応伏せられていたんだ。『ヴァンプドッグ』かもしれない犯人の存在を知ってから、たかが数時間で、今がチャンスだと犯行を思い立った模倣犯が、二人も三人もわらわら現れたってのか⁉」

「ずっと前から計画されていたとしたら？『ヴァンプドッグ』の脱走も、模倣犯の蜂起《ほうき》も、誰かがあらかじめ入念に計画したもので――最初の殺人が、以後の無差別殺人の合図になったとしたら」

「マリア」

漣の冷静な声が飛んだ。「貴女の突飛な発想にはいつもながら驚かされますが、その臆測には重大な欠陥があります。

『ヴァンプドッグ』とどのように接触して計画に加担させたのか、主犯が模倣犯たちをどのように選定し彼らへ計画を伝えたのか、という根本的な疑問は脇に置きましょう。『入念に計画』されたのなら、模倣犯たちはなぜ、同時期に犯行を進める必要があったのですか。

わずか数時間内で連鎖的に犯行が生じるということは、一歩間違えれば、ある模倣犯が他の模倣犯の罪を背負う危険が生じるということです。

よほど巧妙なアリバイ工作を用意していたのなら話は別ですが——第三の事件の状況をお忘れですか。犯人は遺体にシャワーを浴びせ、死亡推定時刻を逆に広げています。アリバイを確保するのなら、水で冷やす工作は逆効果だと思わなかったのでしょうか。

しかも、犯行の時間帯は昼間です。なぜそのような、誰かに目撃される危険の高い時間帯に？

私なら、こんな慌ただしいスケジュールなど立てません。どんなに早くても一日に一件、余裕を持たせるなら、犯行や逃走の準備を考慮して三日は空けます。犯行時刻も、目撃者の少ない深夜近くに設定するでしょう。むしろその方が、『脱走した無差別殺人鬼の再来』としては自然ではありませんか？」

「……そんな悠長なことやってたら、後の犯行になればなるほど不利でしょ。警察だって警戒を強めるし、下手をしたら第二以降の殺人の罪を全部ひっかぶることになるのよ」

「他の模倣犯の実行日が事前に解っていれば、別の州へ遠出するなりして、アリバイを手に入れることができるのではないかしら。そう思わない？　ミス・ソールズベリー」

「ああもう！　解ったわよ！」

漣から遠慮の欠片もない反論を浴びせられた挙句、セリーヌにとどめを刺され、マリアは髪を掻き毟った。……この二人、今日が初対面のはずなのにやけに息が合っていないか。

お前も大変だな、と言いたげなドミニクの視線を丁重に無視し、マリアは窓へ目を向けた。

現時刻は十七時前、日没が近付きつつある。検問やパトロールは続いているが、殺人鬼デレク・ライリーに繋がる有力な手がかりを得たという連絡は未だ入っていない。現金輸送車襲撃犯の所在も不明のままだ。

ざらつくような不快感を胸に覚える。臆測を完膚なきまでに叩きのめされるのは毎度のことだが、今日はいつにも増して空回りしているような感覚だ。

……解っている。理由は明白だった。

——せいぜい公僕の責務を果たしてくれたまえ。

ヴィンセント・ナイセル——

まさか今日、あの男と再会するとは予想もしなかった。十数年前の忌まわしき事件の後——正確にはハイスクール卒業後、ヴィンセントは留学という形でU国を出奔《しゅっぽん》し、所在を摑めなくなっていた。

いつか罪を償わせる。彼女にそう誓いつつも、果たせぬ日々が続いていた。

よりによって、この大事件の捜査のさなかに遭遇しようとは。偶然なのか、それとも。

……首を振る。

考えすぎだ。気を取られるな。昔のように奴の鼻っ柱に拳《こぶし》を叩きつけられないのは業腹だが、今は目の前の事件に意識を向けるべきだ。

けれど、いつか必ず摑む——ヴィンセントを、裁きの場に引きずり出す機会を。

※

——キャサリン・ウェイドの自宅を出て約二十分後。

第四の遺体発見現場——繁華街から数キロ離れたアパートの一室では、すでに他の捜査員たちによる検証が進められていた。

被害者の遺体も、別の検死官によって一通りの検死が終わったらしく、ブルーシートの上に寝かされている。

若い男だった。二十歳前後——いや、ティーンエイジャーだろうか。スキーウェアに全身を包み、厚手の手袋を嵌めている。

北半球の二月らしい格好と言えなくもなかったが、ここは砂漠地帯の只中、『太陽の谷』とも呼ばれるA州フェニックス市だ。防寒着と手袋が必要なほど冷え込むことはまずない。寒冷地への旅行を計画し、スキーウェアのサイズをチェックしている最中に襲われたのか、犯人が何らかの目的で着せたのか。

スキーウェアのファスナーが、鎖骨の辺りまで開かれ、喉が覗いている。

先の被害者たち同様、刃物のようなものでめった刺しにされていた。スキーウェアの裏側が血にまみれていた。

抉られた箇所と顎の間に、細い索条痕《さくじょうこん》が見えた。

直接の死因はこれだろうか。

しかし、喉の傷や索状痕に劣らず特徴的なのは、被害者の体勢だった。

うずくまるように両脚を折り曲げ、腿《もも》を胸元に寄せている。諸手上げ《ホールドアップ》を中途半端に止めた格好で肘を曲げ、手のひらを肩の上辺りで外へ向けていた。

「スーツケースに閉じ込められて、無理やり出ようとした途中で力尽きたみたいな格好ね」

「まさにそれに近い状況だったようです。――首を絞められ喉を刺された被害者に、どれだけの力が残っていたかは解りませんが」

漣が壁際の一角へ顔を向けた。

大きなスーツケースがひとつ、横倒しに開かれている。成人男性でも身体を折り曲げれば入りそうなサイズだ。スーツケースと床との間にはバスタオルが敷かれ、さらにスーツケースの中にも、何枚かのタオルが広げられて収められていた。タオルの一部に赤黒い血がこびりついていた。

「――死後硬直が始まっているわね」

セリーヌがブルーシートの遺体の傍らに屈み込んだ。「死斑も右側面に集中。指圧で退色、移動……」

「死後四時間から六時間。死亡推定時刻は十一時から十三時の間だ」

壮年の男が口を挟んだ。セリーヌと同じ検死官らしい。「首を絞めるのに使われたロープも、喉を裂いた刃物も発見されていない。犯人が持ち去った可能性大だ。

そろそろ解剖に持っていく。あまり勝手にいじり回すなよ」

「解りました。ありがとうございます」

セリーヌは小さく口元を緩めた。被害者の両眼を静かに覗くと、なぜか首をかしげる。壮年の検死官が、おかしな奴だと言いたげに苦笑し、場を離れた。

程なくして捜査員たちが現れ、遺体を運び出していった。セリーヌの顔に、名残《なごり》惜しげな表情が浮かんだ。

「後は解剖待ちね。……死亡推定時刻も概ね異議なし、かしら」

正午プラスマイナス一時間。第二、第三の被害者の死亡推定時刻に近い。自動車なら移動に一時間もかからないが――立て続けの犯行にも程がある。

「被害者はバート・アンダーヒル、二十二歳。G大学の学生です」

漣がメモを読み上げた。「第一発見者は、真下の部屋に住む看護師。夜勤残業を終えて正午過ぎに帰宅した際、天井から物音が聞こえた気がした――と証言しています。

　このときは疲れもあってベッドに潜ったものの、三時間後には起床。就寝前の物音に胸騒ぎを覚え、上の階の様子を窺いに行ったとのことです。当人曰く、昨夜の殺人事件の噂を職場で聞いていたため、余計に不安に駆られたのかもしれない、と」

「それでわざわざ上の階へ向かったの？　殺人犯がうろついてるかもしれないのに豪胆ね」

「貴女に言われる筋合いはないと思われますが」

「そうね。でもミス・ソールズベリーならむしろ、夜までぐっすり寝入ってしまうのではないかしら」

「だからどういう意味よ！」

　この二人の息の合いようは本当に何なのか。……いや、待った。

「たかが『物音が聞こえた』程度で、何で不安に駆られるんだ」

ドミニクが眉をひそめた。「アパート暮らしなら上の階の物音など日常茶飯事だろう。なのに今日に限ってなぜ様子を見に行った？　そんなに激しい音だったのか？　なら、聞こえた時点で管理人に文句を言うか、通報すべきじゃねえのか」

「レン。スーツケースの下にバスタオル敷かれてるわよね。元からああだったの？」

「そのようですね。初動捜査に当たった捜査員のメモに記されています。第一発見者は『よく覚えていない』と証言したようですが」

　だったらなおさら物音は聞こえにくくなるはずだ。犯人がバスタオルを敷いたのは、スーツケースに遺体を詰め込む際の擦れる音を消すためだろう。

「部屋のドアの鍵は？」

「開いていた、と証言にあります。

　呼び鈴を押しても被害者が出て来ず、部屋を覗いたところ、床の上にタオルが敷かれ、その上にスーツケースがひとつ。さらにケースの鍵穴に鍵が差さったまま。妙に気になって開けてしまい、中に詰め込まれた遺体を発見した――という経緯ですね。スーツケースの施錠自体はされていたとのことです」

「……被害者と第一発見者の関係は？」

「同じアパートの真上と真下に住む他人同士――とも言い難いようですね。他の捜査員が調査を進めています。

事情聴取に当たった捜査員のメモによれば、発見者は『ショックの度合いがひどく大きい』様子だった、と」

秘密の恋人同士といったところか。

あるいは――その第一発見者こそ模倣犯かつ実行犯なのだろうか。

上の階へ行き、被害者を殺害。遺体をスーツケースに詰め、時間を置いて何食わぬ顔で発見者を装う。

……いや、自ら発見者になる必要がない。それに『上から物音が聞こえたが寝入ってしまった』など、自分を怪しんでくれと宣言しているようなものだ。

「いいわ。第一発見者を調べるのはフェニックス署に任せましょ」

マリアは言い置いて、漣とともに隣室へ足を向けた。

――スキー愛好家の居城といった部屋だった。

壁際のラックには、スキー板とポールがそれぞれ二組。ブーツやゴーグル、手袋も所狭しと数多く並んでいる。

壁にはさらに、スキー中の被害者の写真が何枚も貼られていた。雪山を背景に、友人らしき同世代の男女数名とスキーウェア姿で並んだ写真。誰かに撮ってもらったのだろう、白銀の斜面を颯爽《さっそう》と滑り降りる最中のスナップショット。被害者のバート・アンダーヒルは結構なスキー愛好家だったらしい。

壁の写真だけでなく、机にもアルバムが置かれていた。ページをめくると、ミドルスクールの正門と思しき場所で、左脚にギブスをはめながら苦笑いする少年の写真があった。進学記念に撮影したようだ。写真の中の少年の顔立ちには、被害者の面影が色濃く残っていた。

写真をよく見ると、正門の校銘板に『Phoenix――』と記されている。雪とは縁遠いフェニックス市に、スキー好きがなぜ住んでいたのかと思わないでもなかったが、子供の頃から住んでいたのなら納得が行く。

それに、マリアたちの住むフラッグスタッフ市の郊外や、ジョンの所属する空軍基地の北西部など、探せばＡ州にもスキー場が存在する――と、スキー好きの同僚から聞いた覚えがある。自動車で一、二時間走ってスキーができるのなら、フェニックス市は意外と好立地なのかもしれない。

もっとも、被害者が趣味を楽しむ機会は、二度と訪れなくなってしまったが。

被害者が詰め込まれていたスーツケースも、被害者の所有物だろうか。明らかにA州にはない山系をバックにした写真も、壁に飾られている。休暇の際に州外へ、あるいは海外へ足を運んでいたとすれば、旅行用のスーツケースを持っていても不思議ではない。羨《うらや》ましいほど優雅な学生生活だが――

待て。根本的な疑問を忘れていた。

「レン。犯人はどうして、被害者の遺体をスーツケースに詰めたのかしら。

ドミニクの言っていた二十年前の老婆みたいに、スキー板の両端にでも手首を縛りつけて磔《はりつけ》にしてもよさそうなものだけど」

「よさそうかどうかはさておき、現時点では何とも言えません。それこそバロウズ刑事が語ったように、『ヴァンプドッグ』自身にしか解らないルールに従ったのだとしたら、我々が目的を探るのは無意味です――少なくとも今は。

しかし、何か明確な意図があったと仮定するなら、この第四の事件には、それ以外の事件にはない特徴があります。

遺体をスーツケースごと持ち運べることです。犯行現場が被害者の部屋だとは限りません」

別の場所で被害者を殺害し、その場所でのアリバイを作る。遺体をスーツケースに詰め、被害者の住むアパートへ運んで第三者に発見させる。……

セリーヌが先程、死斑が身体の側面に集中していた、と呟いていた。彼女が検分した時間は短く、遺体はすでに解剖へ回されてしまったが――死後に動かされた痕跡がなかったかどうか、後で確認しなければ。

「ともあれ、近隣への聞き込みが必須ですね。

仮説の真偽はさておき、目撃情報を集めないことには始まりません。……マリア、何をぼんやりしているのですか。ただでさえ人手が足りないのですよ。ここで働かずにいつ働くというのです？」

「考えごとをしてただけでしょ。あたしはいつだって仕事熱心よ！」

三十分ほど費やしたものの、芳《かんば》しい成果は得られなかった。

　ドミニクの指揮の下、マリアは漣とともに、フェニックス署の捜査員たちに交じって周辺の住人に聞き込みを行った。が、死亡推定時刻の十一時から十三時頃、もしくは十三時から遺体発見の十五時三十分までの間に、怪しい人物や不審な自動車を見かけた証言者は現れなかった。

「……どういうことよ」

　目撃者がいないからといって、犯人が現場にいなかったことの証明にはならない。近隣の住人にしたところで、遺体発見現場の一室を四六時中見張っていたわけでもない。大抵の社会人は住居を出ている時間帯だ。

　が、パトロールが行われているさなか、聞き込みの数を重ねてなお犯人の影さえ摑めないとなると話は別だった。『ヴァンプドッグ』の悪運がよほど強いのか、それとも。

「誰かに匿《かくま》われてるのかしら。

　レン。襲撃犯が『ヴァンプドッグ』をフェニックスへ連れて来たのかもしれない、って前に言ってたわよね。連中のアジトに、『ヴァンプドッグ』も潜んでいるとしたら？」

「両者の共犯説はあくまで臆測です」

　慎重な部下は留保をつけた。「が……ここまで姿が見えないとなると、襲撃犯とは言わずとも、誰かしらの協力者の存在を視野に入れるべきかもしれません。過去に『ヴァンプドッグ』と深い交流のあった人物か、彼の犯行に心酔した狂信者か、それとも裏社会のバックアップか——正体までは特定できませんが」

「その協力者が、『ヴァンプドッグ』をフェニックス市へ運んだのかしらね」

　マリアは顎に指を当てた。「となると、やっぱりかなり計画的だわ。デレクの脱走は公表されてないから、協力者は『ヴァンプドッグ』の脱走後じゃなく、脱走前から彼を匿う準備を整えてたと考える方が——」

　いや待て。この推測を進めるなら。

「『ヴァンプドッグ』の脱走はあらかじめ手引きされていた……部外者がデレクに接触するのも、そもそもデレクの居場所を知るのも難しい、となると

――衛生研究所がグルになって、彼を逃がしたってこと？」

「落ち着いてください。先走りすぎです」

漣が制した。「『貴重なサンプル』であるデレク・ライリーを、衛生研究所が檻から放つ理由がありません。それよりは――ニッセン少佐のような物言いになりますが――R国の工作員が彼を確保するために衛生研究所へ潜入した、と考える方がまだありえるでしょう」

それもそうだ。しかし。

「協力者が『ヴァンプドッグ』を好き勝手させているのはどうしてよ。

貴重なサンプルを確保したいだけなら、危険な真似なんてさせずにどこかへ閉じ込めるべきでしょ。『ヴァンプドッグ』の手綱を解いて凶行に走らせるなんて……デレク本人が逮捕されてしまうかもしれないのに」

「解りません。協力者が本当に存在するのか否かも、推測の域を出ないものです。――とはいえ」

漣の顔に、珍しく自嘲めいた色が浮かんだ。「仮に『ヴァンプドッグ』の単独犯だとすれば、一捜査員として教えを請いたくなるほどの潜伏術ですよ」

理知的な部下も、さすがに冷静ではいられないらしい。

あんただって解ってないじゃない、と責める気分にはなれなかった。漣やセリーヌに指摘された矛盾は未だ解消されていない。そもそも、すでに四名も犠牲者を出してしまった以上、マリアも漣も――フェニックス署を含めた警察や軍も――犯人に完敗を喫しているのだ。

「何をやってるのかしら。いくら人が足りないからって」

思わず愚痴がこぼれ――唇が強張った。勢いよく部下へ向き直る。「まさか……警察《あたしたち》の中に犯人がいたりしないでしょうね」

「殺人衝動を抱えた警官が、『ヴァンプドッグ』脱走の報に触れ、これ幸いにと模倣犯と化し、パトロールのふりをして犯行に及んだ――ですか」

安っぽい刑事ドラマの設定ですね、と皮肉が返ってきそうなものだったが、今回は違った。漣は一笑に付すことなく瞼を閉じた。しばしの沈思黙考の後、再び目を開く。

「フェニックス署の関係者なら、確かに、自分のターゲットとなる被害者たちの詳細な情報を事前に入手できたでしょう。

が――パトロールや聞き込みは、基本的に二人一組で行われていたはずです。被害者の手足を縛るという手間のかかる作業を、パートナーの目を盗んで完遂させるほどの時間的余裕があったとは思えません。

パートナーも共犯だったとすれば話は変わってきますが……パトロールに出ている車両の警らルートを洗い直せば、自《おの》ずと容疑者は絞られます。パトロールのローテーションも、時間帯や地域で割り振られているでしょうから」

いつまで経っても決定的な目撃証言が出てこないなら、ドミニクも身内に疑いを向けざるをえなくなるはずだ。犯人――犯人たちと呼ぶべきか――がどこまで慎重を期したのか。

「あるいは、警察官が犯行に直接関与していないのなら、残る選択肢はほぼひとつです。

――パトロール中の警察官が殺人鬼に殺害され、制服や車両を奪われた」

マリアもその可能性を考えてはいたが、いざ部下から口にされると、背筋を冷たい感覚が走った。

「とはいえ、可能性は低いでしょう。パトロールが始まったのは今朝。誰にも目撃されることなく、二人の警察官に緊急連絡させる隙も与えず、彼らを無力化させ、しかも現時刻に至るまで発見されないなど、いくら稀代の殺人鬼とはいえ至難の業です」

「MD州の現金輸送車襲撃犯は、明け方に警備員二人を殺したわよ。しかも管轄署の報告によれば、連中がとんずらするまで警備員たちの死に誰も気付かなかったそうじゃない。

さっきも言ったけど、そいつらがデレク・ライリーをフェニックスまで連れて来たかもしれない、と仮説を出したのはあんたでしょうが」

「遺体を放置するのとしないのとでは、その後の手間が大違いですよ」

それもそうだ。

大体、本当に襲われた警察官がいたのかどうかは、ここであれこれ仮説を練るまでもなく簡単に確かめられる。パトロール担当の警察官たち全員を呼び戻せばいいだけだ。

徒労感を覚えつつ覆面車に戻る。と、見計らったように無線機から呼び出しが入った。

『ドミニク・バロウズだ。赤毛に黒髪、聞こえるか』

「フラッグスタッフ署、マリア・ソールズベリーよ。どうしたの」

『直ちに署に戻ってくれ。衛生研究所の嬢ちゃんから連絡が入った。

犯人はデレク・ライリーで決まりだ。遺体のサンプルから証拠が出た』

※

「被害者の喉から採取したサンプルの、電子顕微鏡写真です。

こちらが、最初の被害者、クラーラ・グエンさんの分。隣が……第二の被害者、ノーマン・ルーサーさんの分になります」

――フェニックス署の会議室だった。

マリアと漣、ドミニクとセリーヌ、そしてグスタフが見つめる中、国立衛生研究所員、イヴェット・フロルキングが、モノクロの写真を二枚、机上《きじょう》におずおずと広げた。

両者とも、構図は違うがよく似ている。楕円《だえん》や曲線が描かれた抽象画を、ノイズ混じりのテレビに映したような写真だ。

「ハイスクールの生物のテキストみたいね。細胞の断面図だったかしら」

赤点追試の記憶が頭痛とともに蘇る。

「当たらずも遠からず、です」

マリアの感想にイヴェットが苦笑いを漏らし、慌てた様子で表情を引き締めた。「ウイルスは基本的に、細胞へ入り込むものですから。

これらの写真の注目点は、弾丸状のエンベロープ像です。……ここや、この辺りに固まっているものですが……解りますか」

イヴェットの指先が伸び、それぞれの写真の上で円を描く。彼女の言う通り、長方形の片端を丸くした形状の物体が、何箇所かに寄り集まっていた。

「これが、『Dウイルス』――正確には、狂犬病ウイルスの属するリッサウイルスに特徴的な構造だ」

　上司のグスタフが補足を入れた。「健常な人間の体組織から、このような像が観察されることはない。……狂犬病に罹患したか、狂犬病ウイルスの感染者の唾液が混入したのでない限りは」

　――デレク・ライリーに巣食っているのは、狂犬病ウイルスの変異株だ。

　――脳へ到達したウイルスは……唾液とともに体外へ排出されるようになる。

『殺人鬼デレク・ライリーが、ノーマン・ルーサーの喉を噛みちぎった』という、当たってほしくなかった仮説に、強固な証拠が加わってしまった。

「他の、狂犬病とは全然関係ないウイルスで、似た形のものは本当に存在しないの？」

「ないとは断言できないが、これらの写真を専門の研究者に見せれば、十人中十人が『狂犬病ウイルスに見える』と答えるだろうな」

　狂犬病――いや、Dウイルスでほぼ間違いなし、か。

「セリーヌ。二人の遺体に、犬に噛まれた傷痕は残ってなかった？」

　捜査の合間に漣から聞いた話だが、J国ではペットの定期的なワクチン接種や野犬狩りが行われたことで狂犬病が一掃され、新規の感染者は三十年近く確認されていないという。

　が、U国は事情が違う。発症件数こそ少ないが、狂犬病は今なお現実に潜む驚異のひとつだ。マリアも幼い頃は、「野犬に喧嘩を売って噛まれないように」と両親から散々忠告を受けた。

　グスタフによれば、Dウイルスと普通の狂犬病ウイルスに形状の違いはないらしい。二十年前の事件では被害者六名全員からウイルスが検出されたとのことだが、今回はまだ二人分の分析しかできていない。第二の被害者が『ヴァンプドッグ』とは関係なく、どこかで犬に噛まれて狂犬病にかかっていた可能性も捨てきれないが――

「見当たらなかったわ」

　セリーヌの返答が、マリアの臆測を否定した。

「目立った古傷と言えば、第二の被害者の右腹部にあった切開痕くらい。恐らく虫垂炎《ちゅうすいえん》の手術痕ね。……鈍器や切創を除いて、ここ一、二年内に生じたと思われる大きな傷は、どちらの被害者にもなし、よ」

「……そう」

模倣犯の線は消え去った。

例えば全く別の狂犬病患者が、たまたまデレク・ライリーの脱走と同じタイミングで、二十年前に似た凶行に走った、という偶然が起こったとも考えにくい。狂犬病は殺人症候群ではないのだ。感染者自身が死に至ることはあっても。

少なくとも、最初の二件の殺人において、犯人は『ヴァンプドッグ』本人だと考えるしかなくなった。

「それぞれのサンプルの別の箇所で、似た形状のウイルスは撮影できましたか」

漣の問いに、イヴェットは申し訳なさそうに首を振った。

「もっと時間をかければ、見つけられたかもしれませんが……電子顕微鏡でウイルスを捜すのは、真っ暗な森の中、肉眼で目当てのキノコを見つけるのに近いんです。

リッサウイルスは、全長が二百ナノメートル――五千分の一ミリしかありませんし……サンプルを採取する箇所によっては、元々唾液が混入していない場合もありますし」

独特な喩《たと》えが交じっていたが、『小さなものを』『狭い視野で』『広範囲にわたって』捜すのが相当な困難を伴うものだということは理解できた。二名の被害者のサンプルのどちらからもウイルスが見つかったのは、むしろ僥倖と呼ぶべきかもしれない。

「裏取りはあたしたちの伝手に任せましょ」

あの娘には相当に無理を言ってしまった。彼女には、結果がどうあれきちんと礼をしておかねば。

「それより問題は『ヴァンプドッグ』よ。

グスタフ。今のデレク・ライリーに、ヒトとしての思考能力はどのくらい残っているの。パトロールの目を掻い潜って被害者宅にまんまと侵入し、手足を縛って喉を噛んだ挙句切り刻むくらいだわ。常人並みの知性や判断力を持っていると考えていいのよね？」

「その認識で構わない」

重々しい声でグスタフが返した。「軽中度のせん妄は見られるものの、知的レベル自体は健常者と同程度、というのが精神科医の診断だ。

数少ない異常性として『血液への渇望』が挙げられるが――Dウイルスに感染した人間はデレクひとりだけだ。彼が元から持っていた嗜好か、それともDウイルスに喚起されたものなのかは区別できん」

「本当に吸血鬼みたいね」

ぼやきが漏れる。漣が手を挙げた。

「動物実験は行われましたか。得られた知見を教えていただきたいのですが」

「マウスによる実験がほとんどだが――結論を言えば、Dウイルスに感染させたマウスの多くは、数日内で軽度の認知障害に似た異常行動を起こしたものの、他の個体へ嚙みつくといった攻撃性行動はほとんど見られなかった。

……言いたいことは解る。『ではデレクの行為は何に起因するのか』だろう。しかしマウスと人間では、同じウイルスに感染しても同じ症状が出るとは限らん。

一方で、興味深い結果も得られた。通常の狂犬病ウイルスに感染したマウスと比較すると、Dウイルスの感染マウスは顕著に寿命が延びた。

何のウイルスにも感染させていない健常マウスより、統計上有意に長く生きた個体も少なからず存在した」

吸血嗜好を喚起させる可能性がある上に寿命まで延びる、か。ますます吸血鬼じみている。

「どこで感染したのかしら、そんなウイルスに」

「ライリー家で犬を飼っていたらしい。二十年前の最後の事件と前後して、保護センター送りになっちまったようだが――その犬がキャリアだった可能性はあるな」

「いいえ」

イヴェットが首を振った。「わたしたちの研究室が調査したところでは……ライリー家の犬は、正規のブリーダーから購入したものです。生まれたときからブリーダーの手でしつけや管理が施され、ワクチンも接種していたはずですから……Dウイルスの感染源になったとは考えづらいです。

証言記録によれば、最初の事件が起きる二十三年前、デレクはガールフレンドとよく山を散策していたそうです。例えばその際、野犬やコウモリに嚙まれるなりしたのではないでしょうか。狂犬病ウイルスの宿主は、犬や人間だけに限った話ではありませんから。

　ただ……犬の寿命はおよそ十年、コウモリは三年から五年です。教授が先程言われた延命効果を考慮しても、デレクをDウイルスに感染させた大元の個体は、もう生きていないでしょう。……その個体には攻撃性行動が表れませんので、他の個体に噛みついて蔓延《まんえん》させるといったこともないはずですし」

『ヴァンプドッグ』が世界で唯一のサンプルだった、ということか。その殺人鬼が逃走し、被害者を噛んでDウイルスを植え付け、自らの犯罪を証明した、というのは皮肉以外の何物でもない。

　と——会議室に設置した無線機から声が響いた。十八時。定時連絡の時間だった。

『第十二空軍、ジョン・ニッセン少佐だ。捜査員各位、聞こえるか』

「聞こえるぜ灰目。こっちは全員集合だ。状況は?」

『市外への逃走者は現時点で確認されていない』

　ジョンの返答は端的だった。『市内へも同様だ。荒野を渡ってこちらに侵入した者は、巡回開始から現在に至るまで存在しない』

「検問も同じだぜ。免許不携帯やらの別件でとっ捕まえた奴らはそれなりにいたが、『ヴァンプドッグ』や襲撃犯と思われる奴らは、今のところ網に引っかかってねえ。……市内の様子はどうだ。怪しいクルマや人間は見つかったか?」

『ジェリーフィッシュ四隻で市の外縁部の上空二百メートルを巡回した限りでは、顕著に異常な動きを見せた車両は報告に上がっていない。

　……そちらの状況は了解した。市街地の直上からも監視を実施するか? 見解を乞う』

「ぜひとも頼みたいところだな。航空法に違反しない範囲で」

　ドミニクが冗談交じりに応じた。「上に掛け合う。少し時間をくれ。

　それと外出禁止令だが、こっちは当面お預けだ。署長の野郎、説明責任を取りたくねえのか完全に腰が引けてやがった。発令するとしても相当先になりそうだぜ」

　署長が情けないのはどこの警察署も同じらしい。

　……そういえば、先程フェニックス署に戻ってきたときにはすでに、ヴィンセントの姿はなかった。

　挨拶回りとやらを終えてさっさと帰ってしまった

ようだ。積極的に顔を見たいとは微塵《みじん》も思わないが
――薄黒い靄《もや》のような懸念が、心に漂う。
　あの男がこのタイミングでフェニックス署に現れたのは、本当に、ただのお偉方への挨拶だけだったのか？
『了解した。
　先刻提案した、パトロール要員の空軍車両については、間もなくフェニックスに到着する予定だ。受け入れおよび隊員への指示を頼む』
「ありがてえ。検問の奴らにその辺は伝えてある。万事――」

　ドミニクの言葉は、しかし、最悪の形で遮られた。

『全捜査員へ連絡。パトロール中の捜査員より、ウエスト・ミッスリー・アベニュー※※番にて他殺体を発見したとの通報あり。
　繰り返します。ウエスト・ミッスリー・アベニュー※※番にて、パトロール中の捜査員が他殺体を発見。喉が損傷している模様。直ちに現場へ――』

第7章
ヴァンプドッグ――インサイド（Ⅳ）
――一九八四年二月十日　一八：四〇～――

スザンナ――⁉

手遅れなのは明らかだった。階下に倒れる彼女の細い首から血が溢れ出し、リビングに深紅の池を広げていくのが、二階の踊り場から見える。

……嘘だ。

嘘だ、嘘だ、嘘だ、こんな――

エルマーの悲鳴が耳に届いたのか、へたり込んでいたイニゴが顔を跳ね上げる。視線が合った。両眼に浮かぶ恐怖の色が、憤怒に塗り替わった。

「そうか……そういうことか」

イニゴがゆらりと立ち上がった。「セオドリックも、キムも、スザンナも、あっさり殺されたわけだ……オレも、『こいつにできるわけがない』と内心で侮《あなど》っていたかもな」

ジャンパーの内側に手を差し入れ――サイレンサー付きの拳銃をエルマーへ向けた。

「お前の仕業だったとはなあ、エルマー！」

イニゴが引鉄を引き絞った。

反射的に身体が動いた。

手すりを突き飛ばすように後方へ倒れ込む。小さな破裂音と、弾丸が壁を抉る音が同時に響いた。

「う――うあああっ」

恐怖が数秒遅れで一気に押し寄せた。「な……何で、どうして」

弾倉はキムに預けていたはずだ。どうして弾丸が――

いや違う。撤収の準備をしているときか、その前か、イニゴは密かに弾倉を回収していたのだ。

『『どうして』ねえ。この期に及んでまだすっとぼけるか」

吹き抜けのリビングから、悪意を剝き出しにしたイニゴの声が響く。

「ここには他に誰もいない。三人が殺されて、残りはオレとお前だけ。だったら犯人はお前しかいないじゃないか。仲間を殺しまくっておいて、今さら知らぬふりか？」

階段が軋《きし》んだ。

上って来る。銃を持ったイニゴが、二階へやって来る。

「そん……そん、な」

呂律《ろれつ》が回らなかった。銃弾を避けて力を使い果たしてしまったらしく、腕も足も思うように動かない。

「違う、俺じゃ――あいつの……奴の……『ヴァンプドッグ』の。

それに……俺には、キムは」

「言い訳はいいんだよ。お前が殺した。それが答えだ」

足音が近付き――イニゴが二階の踊り場に現れた。無様にへたり込むエルマーへ、憤怒と嘲《あざけ》りの眼光を突き刺す。

「だが、まあ――どうやったかはやっぱり気になるか。

教えてくれよ。どんな風にキムを殺した？　今訊いとかないと、永遠に知る機会がなくなるだろうしな」

駄目だ、もう説得なんて無理だ。

「だ……誰か！　助け――」

顎を蹴り上げられた。

意識が一瞬飛ぶ。後頭部が床に打ち付けられる。

「おいおいエルマーちゃん。この期に及んで情けない真似はなしだぜ？」

イニゴが哄笑《こうしょう》とともに、エルマーの脇腹を蹴る。

「早く答えろよ。でなけりゃさっさとナイフを出せ。そうすりゃ、すぐ楽にしてやる」

なぜ……なぜ、こんなことになってしまったのか。

つい昨日まで、計画は順風満帆《じゅんぷうまんぱん》だったはずなのに。フェニックスに滞在などせず、昨夜のうちに自動車で進めるところまで進んでいれば、仲間同士の殺し合いなどという、一線を越える事態に陥らずに済んだかもしれないのに。

……違う。

一線ならとっくに越えていた。現金輸送車襲撃に手を染めた時点で、自分たちは遠からず破滅を迎える運命だったのではないか。

襲撃なんて加担すべきではなかった。一攫千金《いっかくせんきん》の甘い幻想に惑わされなどせず、真っ当で堅実な人生を歩むべきだった。

いや……本当にそうか？

自分に——自分たちに、『真っ当な人生』を歩む選択肢などあったのだろうか？

※

正義感のある子供とはとても言えなかった。

ジュニアハイスクール時代は、いわゆる不良グループの末席に座り、リーダーが気まぐれで標的にした相手へ、他の仲間たちと一緒に石を投げ、蹴りを加えていた。

自分が標的にされたくなかったから。虐《しいた》げる側に回れば虐げられずに済むから。

もちろん『虐げる側』のグループでも、さらに『虐げる』『虐げられる』の序列は存在するが——たとえ末席でも上位のグループに居た方がましだった。

しかし、上位下位の序列は不変ではない。ちょっとしたきっかけでグループの力関係がひっくり返ることはあるし、そもそも『グループ』の中にいられなくなることもある。

エルマーの場合、契機は両親の離婚だった。

陳腐な転落のストーリーだ。ハイスクールに進学し、クラスメイトたちから様々な遊びを教わるようになった頃だった。

母がいなくなり、父は多忙で遅くまで帰ってこない。親の目が行き届かなくなったのをいいことに、夜遅くまで遊び歩くことが増えた。成績は目に見えて下がり、授業についていけなくなった。『上位グループの末席』の立場さえ怪しくなり、憂《う》さを晴らすように際どい遊びにのめり込み——麻薬に手を出した。

きっかけは思い出せない。アルコールを受け付けない体質のエルマーにとって、手っ取り早くいい気分になれそうだと思えた遊びのひとつが麻薬だった。

確かに、夢のようないい気分だった——クスリの効いている短い間だけは。

一度試せばもう一度味わわずにはいられなくなり、二度目が終われば三度目を欲し——父の金に手を付け、売人のところへ何度通ったか解らなくなった頃、クスリを受け取った直後に警察に取り押さえられた。

守ってくれる者はいなかった。

父は激怒し、犯罪者となった息子へ絶縁を言い渡した。母はすでに再婚していて、面会どころか手紙の一通もよこさなかった。ハイスクールは退学処分となり、ジュニアハイスクール時代から続いてきた仲間たちとの繋がりも途切れた。

初犯だったためか、少年刑務所に入っていた期間は短かったが、出所したところで行く当てはなかった。その日暮らしの職を転々とし、明るい兆しも見えない現実から目を背けるように、またクスリに手を伸ばし――

刑務所の中と外を行き来するうちに、気付けば十数年の歳月が流れていた。

自分はこのまま、何を成すこともなく、社会の底辺でのたれ死んでいくのだろうか。

クスリを買う金も底を突き、かといって代わりに酒に溺れることもできず、寒空の下、路地裏で身体を震わせていたときだった。

「エルマー・クィンランか？」

うっすらと聞き覚えのある声がした。

のろのろと顔を上げると、やはり見覚えのある顔の男が、静かにこちらを見下ろしていた。

遠い昔の記憶が、目の前の男に直結する。月日が流れても変わらない、冷徹な眼光――

「……セオドリック？」

「久しぶりだな。エルマー」

ジュニアハイスクール時代の仲間にしてグループのリーダー、セオドリック・ホールデンとの、十数年ぶりの再会だった。

セオドリックが最初に行ったのは、エルマーに薬物依存症の治療を受けさせることだった。

「クスリへの欲求を根本的に抜く必要があるな。どうせ、まともな治療も受けていなかったんだろう」

正解だった。金も意欲もないエルマーを、無償で献身的に治す医師などいなかった。

麻薬撲滅の非営利組織《NPO》の世話になったこともあったが、エルマーを担当したカウンセラーは、カウンセリングと称して綺麗事を並べ立てるだけのいけ好かない男だった。

「評判のいい診療所がある。治療費のことなら心配するな、俺が話を通す」

セオドリックに地図を渡され、エルマーは診療所に足を向けた。一見してとても繁盛しているとは思えない、路地外れの古びたビルだった。

不安に駆られつつドアをくぐったが――結論を言えば、セオドリックの見立ては当たりだった。

「アルコールを摂取して性格が変わる人間がいる。つまり、ヒトの欲求は化学物質でいくらでも変えられるということ。あなた自身、それを麻薬で身をもって体験したでしょう」

年齢不詳の女医はエルマーへ言い放ち、カウンセリングではなく投薬と血液検査主体の治療を進めた。

目から鱗《うろこ》が落ちた。これまでエルマーに接してきた医師やカウンセラーは、程度の差はあれ「治るかどうかはお前の意志次第」と、患者に責任を押し付けるのが常だった。

そんなことを一言も口にせず、ほぼ投薬量と検査結果だけで方針を決めていくやり方は、同じ『患者の意見を聞かない』治療でもずっと腑に落ちた。

病は気から、という格言に当てはまるのかどうかは解らないが、麻薬に対するエルマーの欲求は、これまでの十数年間が嘘のように、次第に消え失せていった。

診療所を紹介してくれたセオドリックに感謝しながら――一抹《いちまつ》の不安が鎌首をもたげた。

……以前の彼は、ここまで丁寧《ていねい》に仲間の面倒を見てくれる人間だったろうか？

疑問の答えは、完治の目処《めど》がついた数週間後に出た。

セオドリックはエルマーをフードコートへ呼び出し、診療所の請求書を机に並べた。

「さすがの俺でも結構な負担だったな。さて、ここから相談だが」

「……全部払えって？」

血の気が引いた。診察料と薬代の総計は、今のエルマーが一年働いても支払える額ではなかった。

「無理だよ……治療費は心配するなって最初に言ったじゃないか」

「言った。だからこうして相談している」

冷徹な眼光だった。相談とは名ばかりの詰問に等しかった――いつ支払える、何ドル出せる、と。

地の底に落ちていく感覚を味わった。これが彼の狙いだったのだ。エルマーを油断させて高額治療を受けさせ、代金の肩代わりという鎖で縛り付ける。

　セオドリックは、治療費を払えとは一言も命令していない。が、もはやエルマーに「対価を差し出さない」選択肢は存在しなかった。言外に威圧され、忠誠を強制させられている。ジュニアハイスクール時代と変わらない振舞いだった。

　エルマーが何も言えずにいると、セオドリックが不意に腰を上げた。

「場所を変えよう。お前に手伝ってもらいたいことがある」


　セオドリックのクルマに乗せられ、街外れの倉庫へ連れられたエルマーを、新たな再会が待っていた。

　イニゴ・アスケリノ、スザンナ・モリンズ、キム・ロウ——ジュニアハイスクールでともに過ごしたグループのメンバーが、それぞれに年齢を重ねた姿で集まっていた。

「エルマー!?　エルマーか、お前！」

　イニゴが陽気に肩を叩く。スザンナが「相変わらず辛気《しんき》臭《くさ》い顔ね」と皮肉を飛ばす。キムが無言で一瞥を投げる。

　昔の記憶そのままの振舞いに思わず唇が緩んだが、それも一時のことだった。三人の顔には濃淡の差こそあれ、暗い影が差しているように見えた。

　後で聞いた話だが、イニゴは女癖の悪さが災いして職場を解雇されたらしい。スザンナは結婚詐欺に遭い多額の借金を抱えている。文学者を目指していたキムも教授から嫌われ、いつまでも研究成果を認められず困窮生活を強いられているとのことだった。

　エルマーは薬物に手を出して転落したが、三人もそれぞれの理由から人生のレールを踏み外し、アルコールに溺れたり精神を痛めつけられたりしていた。

　そんな彼らの前に現れたのが、ジュニアハイスクール時代のリーダー格、セオドリックだった。

　苦境にあえぐ彼らへ、セオドリックは手を差し伸べ——エルマーに対して行ったのと同様に、決して逃れられない大きな貸しを作った。

　セオドリック自身がどのような十数年を過ごし、どんな職に就いたのか、エルマーは詳細を知らない。それとなく尋ねたことはあったが、「今の仕事の方が性に合っているらしい」と、突き放すように答えたきり、多くを語ろうとはしなかった。

「で、そろそろ話してくれてもいいんじゃないのか、セオドリック」

イニゴが切り出す。「どうしてオレたちを集めた。お前のことだ、みんなで楽しく同窓会、ってわけじゃないだろう？」

セオドリックは目を細め、逆に問い返した。

「単刀直入に訊こう。

――今までの人生を捨てて、新しく生き直したいと思うか？」

※

セオドリックの誘いの手を振り払い、真面目に働いて少しずつでも金を返していく。そういう道もあったただろう。

が、エルマーは選べなかった。

いや、選ばなかった。選ぼうとさえ思わなかった。

薬物依存症が治ったところで、帰る場所も金もない。どうせバラ色の人生など望めない。だったら、少しでも夢を見て何が悪かったというのか――

……何だ。

昔から同じじゃないか、自分は。

虐げられないために虐げる側に回る。親の離婚を言い訳に遊びに走る。そして今、凶悪犯罪に加担したことを「何が悪かったのか」と開き直る。何もかも他人のせいにして卑屈に逃げ回る、これこそが自分の本質だったんじゃないか。

結局のところ、自分は昔から道を踏み外していて、どこをどう進んでも『真っ当な人生』になど辿り着きようがなかったのではないか。……

「どうしたエルマー、三人もぶっ殺した手捌《てさば》きはどこへ行った⁉」

何十回目かの蹴りが腹へ飛ぶ。エルマーは現実に引き戻された。

激痛に息が乱れる。逃げなくては、と理性が警告を発していたが、身体が言うことを聞かなかった。

イニゴが舌打ちを放った。

「どこまで意地を張る気だよ。――もういい、解った。死ね」

イニゴの腕が動き、サイレンサー付きの銃口がエルマーの眉間へ向いた——そのときだった。

黒い影が、イニゴの背後にゆらりと現れた。

振り向こうとしたイニゴの首へ、影がナイフを突き立てた。

イニゴが目を見開く。拳銃が手から滑り落ち、エルマーの股《また》の間に転がる。

黒い影がイニゴの髪を摑む。後方へ引っ張りながら、ナイフで薙《な》ぎ払う。

鮮血が散る。イニゴの身体が手すりを越えて階下へ消える。激しい墜落音が響き渡る。

黒い影がこちらに向き直る。

エルマーは絶叫を放った。

セオドリックだった。

最初に殺されたはずのリーダー、セオドリックが、血まみれのナイフを握っていた。

第8章
ヴァンプドッグ――アウトサイド（Ⅳ）
――一九八四年二月十日　一八：一五～――

「ハリエット・エイマーズ、女性。一九二三年生まれ。今年で六十一歳ですね」

漣は遺留品の免許証を読み上げた。今日だけですでに四度目となる儀式だ。

――市街地から自動車で北西へ十五分ほど走った先、住宅地の一角にある一軒家のリビングだった。

現場の住所は、免許証に記されたものと一致。ただし、被害者の顔はまだ解らない。

漣の言葉を聞いているのかどうか、赤毛の上司は無言で遺体を睨みつけている。漣は先を続けた。

「第一発見者は、パトロール中の警察官二名。単身世帯を中心に聞き込みおよび注意喚起を行っていた最中、窓の外から被害者を発見したとのことです」

「具体的にはどの辺りを回ってたの、その二人は」

「十三時までは南東のチャンドラー市に隣接する地域。フェニックス署で一時間の休憩を挟み、十五時からは北部――この辺りを含む一帯ですね。第二から第四の遺体発見現場からは外れています。バロウズ刑事を通して通信記録を当たってもらっていますが、彼らを疑う根拠は現時点で見当たりません」

パトロールに当たっている警察官の中に、犯人が紛れているのではないか――些細な可能性ではあったが、漣とマリアは念のため、発見者の警察官たちに身分証の提示を求めた。

緊急事態ということもあってか、当人たちは疑問も不満も口にせず、漣たちの求めに応じた。怪しい点は何ひとつなかった。

そう、とマリアが返し、視線を遺体へ戻した。

これまでの被害者とは、明らかに様相が異なっていた。

頭部全体に黒いビニール袋を被せられている。袋の口の部分は、顎の辺りで固くガムテープ留めされていた。

ガムテープが巻かれた部分の直下、正面から見て喉の右側で、皮膚の下の赤い肉が剝き出しになっている。ただ、傷は深くない。ガムテープを避けるように、刃物の先でやや強めに引っ掻いた印象だ。

　さらに、遺体はアームチェアに乗せられていた。

　両手首がそれぞれ、細いロープで左右の肘掛けに結わえられている。両脚も同様に、ロープでアームチェアに固定されていた。第二の被害者を拘束したものと同じ、量販店で売られているようなありふれたロープだった。

　鑑識官が遺体撮影の手を止める。その隣にいたセリーヌが、手袋に包まれた指でガムテープを器用に剝がし、黒いビニール袋を頭部から静かに外した。

　被害者の顔が現れる。鼻と口がガムテープで塞がれていた。周囲の鑑識官たちの間にどよめきが走る。

「……ちょっと。随分念入りね。ビニールを被せた上にこれなんて」

「徹底的に窒息死させたかったみてえだな」

　マリアとドミニクが顔を歪める。

　そんな中、セリーヌはわずかに眉をひそめ、また元の人形めいた表情に戻った。淡々とした声で「写真を」と指示する。鑑識官のひとりが慌ててカメラを構えた。

　……数分後、口と鼻のガムテープがセリーヌの手で静かに剝がされ、被害者、ハリエット・エイマーズの容貌がようやくあらわになった。

　白髪がまばらに交じった、薄茶色のセミロングヘア。薄く開いた瞼から、濃褐色の虹彩が覗いている。肌は完全に血色が失せていたが、今年で六十一歳という実年齢に比して張りがあり、皺も少なかった。

「顔や手足にチアノーゼ。死斑は両腕の下と下半身に集中。退色しにくい。……硬直が進行。眼球は……」

　セリーヌが検死を進める。感情の乏しいその顔に、疲労は読み取れなかった。「――それなりに経過しているわ。粗く見積もって、死後五時間から九時間」

　現時刻は十八時二十分。死亡推定時刻は九時二十分から十三時二十分辺りか。

「近いわね。二人目からの被害者と」

　四十七歳の男性バリスタ、ノーマン・ルーサー。十時から十二時。

　三十六歳の女性パートタイマー、キャサリン・ウェイド。十時から十四時。

　二十二歳の男子学生、バート・アンダーヒル。十一時から十三時。

　そしてハリエット・エイマーズ、九時二十分から十三時二十分。

『ヴァンプドッグ』は、十一時から十二時の時間帯を中心に凶行を繰り返したことになる。

　最大限に幅を持たせても、九時二十分から十四時の間。机上の計算では四時間四十分の余裕があるが——裏返せばたったそれだけしかない。移動時間込みで一名当たり一時間十分の犯行だ。現実にはもっと短いだろう。

　物理的には不可能とは言えない。実地検証は必要だが、少なくとも漣の見た限り、一時間も二時間もかかるほどの細工は施されていなかった。

　問題は——

「被害者の動向も引っかかるわね。殺されるまでの間、どこで」

　マリアの言葉が途切れた。顎に指を当て、「……いえ、違う」と呟きを漏らす。

「三番目のキャサリンは午後シフトだった。四番目のバートは大学生だし、講義やアルバイトがなければ割と自由に時間を使えたはず。五番目の彼女の生活パターンはまだ解らないけど、六十歳を過ぎてるなら仕事は定年退職して、一日中家にいても不思議じゃないわ。

『ヴァンプドッグ』が襲えるタイミングは、充分あったのかも——」

　被害者の大半は、午前中に自宅にいた……確かに可能性はある。しかし。

「二番目のノーマン・ルーサーはどうなのですか。彼の勤めていた喫茶店の開店時刻は午前十時です。開店前の準備等を踏まえれば、遅くとも九時には出勤していなければならなかったはずですが」

「拘束された時刻と、実際に殺された時刻とが同じとは限らないでしょ。

　例えば——八時にでも自宅へ乗り込んで拘束して、騒がれないように猿轡《さるぐつわ》でも噛ませてから気絶させ、他の被害者の下へ向かってひと仕事済ませて、十一時前後に取って返して撲殺すればいいのよ。

　これなら矛盾は出ないわ。どうして初めから思いつかなかったのかしら」

　盲点を突く指摘だった。確かに、それぞれの被害者の拘束と殺害が同じタイミングで行われたと考えるべき理由はない。――が。

「別の矛盾が生じますよ。パトロールの行われているさなか、わざわざ二度に分けて被害者宅を訪れる必然性がどこにあるのですか。八時に拘束したのなら、そのまま八時に殺害してしまえばよいのでは？」

うっ、と赤毛の上司が呻き、「ああもうっ」と髪を振り乱した。

論理の穴を埋めようとすると、また別の箇所で隙間が生まれる。厄介なことこの上ない。

それに、疑問はまだある。

動機だ――『ヴァンプドッグ』はなぜ、これほどの短期間で犯行を進めなければならなかったのか。

フェニックス市全域に厳戒態勢が敷かれていることは、『ヴァンプドッグ』とて理解していたはずだ。検問が置かれ、パトカーが走り回り、市の外縁を空軍のジェリーフィッシュが巡回している中、なぜ、目撃される危険を冒してまで白昼堂々の連続凶行に走る必要があったのか。

犯行現場間の移動時間を考えると、自動車はほぼ必須だ。犯行に必要な足を、犯人はどのように確保したのか。……

答えは未だに出ない。思考を巡らせる漣の横で、マリアがセリーヌに問いかけた。

「死因は窒息死？」

「解剖待ちにはなるけれど、恐らくその通りね。広範囲にチアノーゼ――酸素欠乏の痕跡が見られたから。

致命傷と言えるほどの外傷はなし。他に挙げるとすれば、腹部の殴打痕と、膝の古傷くらい。喉の傷も、失血死に至るほどではなかったわ」

被害者の息の根を止めたと思われるガムテープは冷蔵庫の上に、ビニール袋はゴミ箱の脇に、それぞれ置かれていた。

また、キッチンのシンクに血の付いた包丁が放置されていた。第二の被害者と同じく、喉の傷はキッチンから包丁を拝借してつけたらしい。

一方、手足を縛るのに用いられたロープの束は、被害者宅のどこからも見つかっていない。第二の被害者の場合と同様、犯人が持ち込んだものと思われた。

「縛られていた部分――両手首の皮膚も、第二の被害者ほど激しく擦れてはいなかったわ。お腹を殴って抵抗力を奪い、鼻と口を塞いでから袋を被せたのではないかしら」

あるいは、窒息死を確認するまで犯人が被害者の身体を押さえ込んでいた可能性もある。三十代の男である『ヴァンプドッグ』と六十一歳の女性では、力の差は歴然だ。

「鼻と口を塞がれてから被害者が命を落とすまで、どれくらい時間がかかったか解る？」

「長くても十分程度ではないかしら。一般論になるけれど。

絞殺や首吊り自殺の場合、首を絞められてから呼吸中枢が停止するまで一、二分。脳細胞は、酸素供給を断たれると数分で壊死《えし》が始まってしまうから……窒息というのはそれだけ恐ろしいものなの。

今回の被害者も、理屈は大体同じ。あれだけ念入りに呼吸器官を塞がれたら数分ともたなかったはず」

素潜りの達人でさえ、十分単位で水中に居続けるのは神業に近いという。肺に空気を溜める間もなくいきなり口と鼻を塞がれたら、高齢の被害者は何分も耐えられなかっただろう。

漣は別の問いを投げた。

「『膝の古傷』とは何でしょう」

「スポーツでの故障ではないかしら。手術を受けたのかもしれないわね」

見れば、壁際の棚の上に、小さなトロフィーが飾られている。『1973 Phoenix Middle-Senior Tennis Cup』――地域のテニス大会のそれのようだ。一九七三年ということは、被害者は当時五十歳。ミドルシニア大会でトロフィーを獲得したのだから、結構な腕前の持ち主だったのだろう。

が、以降の年のトロフィーはない。ラケットやボールの類も、玄関やリビングには見当たらなかった。怪我でリタイアを余儀なくされたのかもしれない。

「セリーヌ、解剖の手配を急いでくれ」

ドミニクが告げた。「死亡推定時刻を可能な限り絞り込みたい。これ以上『ヴァンプドッグ』の好き勝手にさせてたまるかよ」

「ええ。執刀医さんが過労で倒れてしまう前に捕まえましょう」

冗談とも本気ともつかない返答の後、セリーヌは遺体を乗せた担架とともに去りかけて、不意に振り返った。

「ミスター・バロウズ、ミス・ソールズベリー、漣刑事。後はお願いね」

　言い置いて、搬送車に背面から乗り込む。程なくして搬送車は走り去っていった。

「――くそったれ！」

　ドミニクが右拳を左の手のひらへ打ち付けた。

「何が『好き勝手にさせてたまるか』だ。やられ放題じゃねえか」

　怒りを抑えきれなくなったらしい。「同じよ、あたしたちも」とマリアが応じた。

「助っ人として呼ばれたのにこの体たらくだわ……情けないったらありゃしない」

「我々は全能ではありません。後悔する暇があるなら少しは手足を動かしたらいかがですか、警部」

「解ってるわよ！」

「いや、よくやってくれているぜ、お前らは。

　被害者たちの死亡推定時刻は概ね正午前後だ。『ヴァンプドッグ』の野郎は、お前らがフェニックスへ来る前に、被害者たちの大半を殺しちまっていたらしい。俺がもっと早く連絡していたら犯行を防げたかもしれねえが」

「買いかぶりすぎです」

　パトロールの網の目を悠々とすり抜けられるほど、頭の回る殺人鬼が相手だとしたら、漣とマリアが午前中に訪れたとしても犯行を防げたかどうかは怪しい。マリアは「情けない」とこぼしたが、忸怩《じくじ》たる思いを抱えているのは漣も同じだった。

「ともあれ、今は目の前の仕事を片付けていくしかありません。――バロウズ刑事。そちらの捜査で、犯人の痕跡などは見つかりましたか」

「痕跡になるかどうかは解らねえが、ひとつある。

　キッチンの下側の扉裏に包丁差しが据え付けられているんだが――五本分のスロットが全部空だった」

「空？」

　マリアが眉をひそめた。「シンクに一本あったのよね、被害者の喉を刻んだのが。それ以外の包丁がどこにもなかったの？」

「ああ。冷蔵庫に果物が残っていたから、せめてもう一本、果物ナイフがあってもおかしくねえだろう。それすら見つからなかった、ってことはだ」

「『ヴァンプドッグ』が持ち去った可能性がありますね。

考えてみれば、第四の被害者、バート・アンダーヒルの喉を抉った凶器が未だに見つかっていません。仮にその凶器が、この家のキッチンから持ち去られた包丁だとしたら」

「ありえる話だな。被害者たちの死亡推定時刻は接近している。遺体が発見された順番と、実際に殺された順番が同じとは限らねえ」

犯人がまだ凶器を握っているかもしれない。ここまで犯行を許してしまった今となっては、その事実が重かった。

「被害者の家族には、連絡がついたのですか」

「W州在住の息子夫婦がこっちへ向かっているところだ。A州までは距離がある。着くのは明日になるかもな。

他に親族はいねえ。息子の父親――被害者の旦那は早くに死んじまったそうだ」

ドミニクが電話で息子から聞いた話によれば、被害者は女手ひとつで子供を育て、彼が結婚して独立したのを見届けた後は、フェニックスにひとり残って暮らしていたという。夫との思い出の場所から離れたくなかったそうだ。

練習中に脚を怪我してからは、趣味のテニス仲間とも没交渉になった。仕事を引退してここ一年は『毎日暇でしょうがない』と電話で愚痴をこぼしていた、とのことだった。

単身世帯を中心に、聞き込みを兼ねて注意喚起を行っていたところだった――と、発見者の警察官たちは語っていた。第五の被害者がひとり暮らしだったのは事実らしい。

「また、ってわけね」

マリアが歯噛みした。「どういうこと？『ヴァンプドッグ』は三日前にMD州を脱走したばかりなのに、どうしてここまでピンポイントで、フェニックス市のひとり暮らしの住人を狙い撃ちできるの。

さっきの包丁の件も同じよ。ここまでの手口からして、『ヴァンプドッグ』は極力、被害者の自宅にあるものを使って犯行に及んでる。その『ヴァンプドッグ』が、このハリエット・エイマーズの家から包丁を持ち去って、四番目の男子大学生を刺したってことは、男子大学生が包丁を持っていない、とあらかじめ予想を立てていたってことにならない？」

不気味な沈黙が訪れた。

一人や二人ならともかく、今日だけですでに四人だ。マリアの推測も考え合わせれば、もはや偶然では片付けられない。『ヴァンプドッグ』は標的を事前に把握している。どこでそんな情報を手に入れたのか。

何かしらの方法で被害者の個人情報や移動手段を入手できたとしても、現在のフェニックス市に土地勘がなければ、警察のパトロールをすり抜けて立て続けに犯行を繰り返すなど不可能に近いはずだ。

協力者から情報を得た、と考えられなくもないが――その協力者は何の目的があって、『ヴァンプドッグ』を解き放ち。殺戮《さつりく》に走らせているのか。そもそも、協力者はどうやって『ヴァンプドッグ』と接触したのか。

それに――

「ドミニク。ここって、発見されたときにはもう開いてたのかしら」

マリアがリビングの窓のひとつに歩み寄る。

人が楽に通れる程度の大きさだ。クレセント錠が外れ、レースのカーテンが微風になびいている。外は裏庭。柵の向こうに隣家の壁が見える。この窓から犯人が逃げたとすれば、恐らく人目につきにくいだろう。

「『窓そのものは閉まっていたが、クレセント錠が外れていた』らしいな」

ドミニクが手帳をめくった。「遺体を発見した二人によれば、家の中へ入れる場所を探している際に、そこの窓が解錠されているのに気付いたそうだ。玄関には鍵とチェーンがかかっていた。『ヴァンプドッグ』がどこから侵入したかは知らんが、出る際にそこを通ったのは間違いねえだろう」

他の窓は、見たところすべて施錠されていた。ドミニクの言う通り、逃走経路は一箇所に絞られそうだ。

問題は侵入手段の方だ――犯人はどのようにして、ひとり暮らしの老女に警戒されることなく、家へ入り込んだのか。

二番目以降の被害者たちにも共通する疑問だった。玄関が施錠され、その鍵が持ち去られたり、あるいは逆に玄関の鍵が開いていたりと、逃げた経路は露骨に示されている。しかし、それぞれの住居への侵入手段に関しては、未だ不明の部分が多い。

　自宅の外で襲撃し、遺体を室内へ入れたのか、被害者自身に招き入れさせたのか、といった議論を捜査当初に交わした。が、四件続けて、しかもパトロールの目を盗んでとなると、前者の説だけが正解とは言えなくなる。被害者たちが揃って、都合の良い時間に自宅の外へ出ていただろうか。

　後者も同じだ。検問が行われ、パトカーやジェリーフィッシュが飛び回る中、被害者に玄関のチェーンまで外させるには、例えば警察関係者のふりをして、相手の警戒心を解かねばならない。最低限、変装用の服装や身分証が必要になる。

『ヴァンプドッグ』は脱走の際、警備員と職員からＩＤカードを、さらに警備員からは制服も奪った——とグスタフは語っていた。それらを使えば、容易に被害者たちに玄関を開けさせることができたかもしれない。

　警備員の制服を着て、顔写真が見えないようにしながらＩＤカードをちらつかせ、「凶悪犯が潜んでいる可能性があります。近隣で不審な点に心当たりはありませんか」などと水を向ける。……被害者の気が緩むのを見計らい、「もう少し詳しくお話を聞かせてください」と頼んでチェーンを外させれば、押し入るのも不可能ではないだろう。

　しかし——

「『ヴァンプドッグ』の人相や服装について、現場のパトロール要員へはどの程度情報を伝えていましたか」

「最初に見せた顔写真と、警備員から奪ったという制服の写真は、全員に複写して渡したぜ」

　ドミニクの返答は的確だった。「国立衛生研究所の警備会社にも裏を取った。警察官の制服とはデザインが全く別物だ。あんなものを着て警察官のふりをしていたら、クルマの運転席に座ろうが外を歩こうが、本物の警察官の目に付いたはずだ。

が、今に至るまで目撃情報が全く出て来ねえ」

　何より犯人は、昨夜に第一の殺人を犯してしまっている。脱走した殺人鬼がここにいると宣言した状態で、警備員のふりをし続けることが自分にとってどれほど危険か、『ヴァンプドッグ』が理解できなかったとは思えない。ＩＤカードにしたところで、被害者全員が全員、顔写真を見せない相手を不審に思わないとは限らないのだ。

　玄関へ目を向ける。ドア周辺に争った痕跡は見当たらない。第二から第四の殺人も同様だった。確実に言えるのは――不意を突いたにしろ油断させたにしろ、犯人が被害者たちの住居へあっさりと侵入してしまったという事実だ。

　マリアが顎に指を当てた。

「ねえ。犯人がどうしてこんなハードスケジュールで被害者たちを手にかけたのか、ずっと気になってたんだけど――

　警察《あたしたち》やフェニックスの住人たちが警戒を強める前に、殺《や》れるだけ殺ってしまおう、と考えてたってことはない？　あたしたちが実際にどう動いたかは脇に置くわ、あくまで殺人鬼側の心理として。

　正体がバレることなく、じっくり三年かけて六人を殺した過去の事件と、二十年も閉じ込められた末に脱走した今とでは、犯人の置かれた状況が全然違うのよ。『ヴァンプドッグ』の最優先事項が、吸血衝動――殺人そのものにあるとしたら、二十年前と同じスローペースにこだわる理由なんてどこにもないでしょ？」

　ドミニクが顔色を変えた。

「六人目以降の被害者がもう出ちまってるって言うのか⁉　俺たちが見逃しているだけで」

「否定はできないわ。

　……ただの推測よ。五人目で打ち止めかもしれないし、今まさに次の殺人に手を染めようとしているかもしれない。

　どちらにしても、犯人はほとんどの犯行で単身世帯の住人を狙い撃ちし続けてきた。けど、最初の被害者は昨日の夜、帰宅中に襲われたのよね？……今日も夜が来るわ。犯人が『ひとり暮らしの住人』じゃなく、単に邪魔の入りにくい標的を選んでいるだけだとしたら――住宅地にパトロールの重点を置きすぎると、却って足元をすくわれるかもしれない」

「冗談じゃねえぞ……ただでさえ手一杯なのに、パトロールの範囲をさらに広げなきゃいけねえのかよ」

「今回ばかりは私もマリアに賛同します。バロウズ刑事」

　漣は手を挙げた。「我々はここまで犯人に完敗を喫しています。無理を承知で人海戦術に出るしかありません。

近隣への聞き込みが終わり次第、我々もパトロールに加わります。フラッグスタッフ署へも応援要請をかけましょう。進捗は随時無線で取り合うことでよろしいですか？」

※

二十分後、ドミニクから『進捗』の連絡が入った。パトロールの成果ではなく、第四の被害者に関する進展だった。

『第一発見者から証言が取れたぜ。案の定、バート・アンダーヒルの恋人だった。

同じアパートの上下階に住んでいる縁で知り合ったらしい。当人曰く、前日の二十一時頃に被害者の部屋を出たのが、生前の恋人を見た最後だそうだが――裏は取れてねえ。両隣の住人も空振りだ。どちらも前日に自室に戻ったのが二十三時過ぎ、今日は九時前に出勤していて、第一発見者も被害者も犯人も見てねえとのことだ』

「ハードワークも程々にしてもらいたいわね」

マリアの口調に皮肉が交じった。「そういえば、夜勤帰りに上の階で物音を聞いた、って第一発見者が証言してたようだけど、確認は取れた？」

『「聞こえた気がした」、と第一発見者が語ったのは事実だが、ただの空耳か、それとも本当に上の階で騒ぎが起きていたかはまだ解ってねえ。捜査の進展次第だが――』

語尾の曖昧さが、見通しの厳しさを物語っていた。

※

成果に乏しい聞き込みを終え、ファストフード店で一息ついた後、漣はマリアとともに、覆面車でフェニックス市内の巡回を開始した。

空は闇に覆われていた。十九時半。帰宅ラッシュを過ぎたのか、ヘッドライトの光はまばらだった。

「まったく……ドミニクの台詞じゃないけど、洒落になってないわ」

マリアが助手席でぐったりしていた。「いつもなら、今頃は家に帰ってのんびりする時間なのに」

「『繁華街へ繰り出して浴びるようにアルコールを

摂取する』の誤りでしょう、貴女の場合は。

そもそも、パトロールの拡充は貴女が自ら提案したことです。まさか、この期に及んで面倒事をフェニックス署に押し付けるつもりですか？　『因果応報』という言葉を包装紙に包んで進呈したい心持ちですね」

「いちいち嫌味が過ぎるのよあんたは！」

マリアの美麗な眉が吊り上がった。「……解ってるわよ。ここまで犯人にやりたい放題されて、呑気にくつろげるわけないでしょ。片が付くまでフェニックス署に付き合うわ。

いえ、片を付ける。絶対に」

普段の赤毛の上司には珍しい、殊勝な発言だ。先程食べたハンバーガーに変なものでも入っていましたか——との軽口を、しかし漣は頭の中で消した。フロントガラスに映るマリアの顔には、自責の念や連続殺人鬼への怒りが揺らめいているように見えた。

いや……それだけだろうか。

フェニックス署のロビーでの一幕以降、今日のマリアはいつにも増して、気負いが見え隠れしているように思える。

——せいぜい公僕の責務を果たしてくれたまえ。

ヴィンセント・ナイセル——

マリアとセリーヌの知人。およそ友好的とは言いがたいあの人物の皮肉が、赤毛の上司の怒りに火を点けたのだろうか。

——ミス・ソールズベリーの親友を死に追いやったのよ。

この場で詳細を訊ねることもできるだろう。が、少なくとも今は触れるべきではない、という直感があった。

沈黙の漂う車内でハンドルを握っていた、そのとき——対向車線の向こう側から、ヘッドライトの光が急速に近付いてきた。

制限速度を明らかに超えた走りだった。信号すら無視する勢いで、乗用車は漣たちの覆面車とすれ違い、遠ざかっていった。

「いい度胸してるわね。パトカーがうろうろしてるのに」

マリアが呆れ顔で呟き——突然背後を振り返った。緊迫した声が飛ぶ。

「レン。さっきのクルマ、車種は何だった？」

「エンブレムが見えました。車影からすると、恐らくT社のセダン――」

　記憶の棚に収めていた情報が引っ張り出される。

「もしや」

「現金輸送車襲撃犯のクルマだわ！」

　マリアが無線の通話機を凄まじい勢いで摑んだ。

「こちらマリア・ソールズベリー。ドミニク、聞こえる⁉」

『どうした赤毛。犯人が見つかったか』

「ええ、別件の凶悪犯連中が」

　一瞬の沈黙の後、ドミニクの大声が無線のスピーカーを揺らした。

『このタイミングでかよ……！　場所はどこだ』

「十六番通りを制限速度違反で北上中。T社のセダンよ。空軍のジェリーフィッシュから見えるかも。ジョンに確認を取って。クルマのナンバーは――」

「A州のTH＊＊＊」

　一瞬だけ見えたライセンス・プレートのナンバーを、漣は伝えた。「偽物かもしれませんが、運輸局に確認を」

『了解だ。お前らはどこにいる。追跡中か？』

「反対車線よ、今からじゃ追いつけない。あたしたちは奴らのアジトへ向かうから、フェニックス署の方で追跡をお願い」

『アジト――っておい、場所は解るのか』

「今から捜すわよ。走り方からして、向こうは相当慌ててる。なら、クルマがやって来た方角を辿っていけば、何かしら――」

「発見しました」

　漣はフロントガラスの先を見据えた。「コッパー・リーフ・マウンテン方面、やや北側と思われます。そちらへも通報が入っているかもしれません。我々は現場へ直行します」

　制限速度ぎりぎりまでアクセルを踏む。「……まったく、何て日よ」マリアのぼやきが助手席から聞こえた。

　漣の視界の先、夜空の真下の一角で――

　赤橙色の光が小さく揺らめき、黒い煙が立ち上っていた。

※

漣とマリアが覆面車を降りて駆けつけたとき、アジトと思われる一軒家には、火の手が本格的に回りつつあった。

広く豪奢《ごうしゃ》な二階建ての邸宅だ。庭も大きい。普段なら、こんな豪邸に現金輸送車の襲撃犯が隠れ潜んでいると言われてもとっさには信じがたいだろう。が――

ガレージが柵越しに見えた。開けっぱなしだ。自動車はない。邸宅内へ繋がっていると思われるドアから煙が流れ出している。

サイレンの音は聞こえるが、消防車の姿はまだ見えない。数名の制服警察官たちが、道端の野次馬を邸宅から遠ざけていた。

「警察の者です。状況は」

身分証を掲げて尋ねる。「解りません」若い警察官の返答には動揺と緊張が滲んでいた。

「我々も駆けつけたばかりで、中に人が取り残されているかどうかも――待った、そこの赤髪の人！入っちゃ駄目だ！」

「あたしも警察官よ！」

マリアが怒鳴り返した。「すぐ戻るわ、部外者を近付けさせないで！」

返事も聞かずに敷地内へ駆けていく。「だから入っちゃ――」と慌てる警察官を、漣は制した。

「私が連れ戻します。貴方《あなた》たちは引き続き、周辺の監視および交通整理を。消防車が来たら、我々の動向にかかわらず直ちに消火活動を始めさせてください。状況は一刻を争います」

「――了解」

警察官が硬い顔で頷く。漣は踵《きびす》を返して走り出した。背後から「無理はしないでください！」と祈るような声が飛んだ。

マリアには思いのほか早く追い付いた。

玄関のドアノブを何度も回し、「ああもう！」とパンプスで蹴りを入れている。

「マリア！」

「駄目。こっちは鍵がかかってる。ノブも熱くなってきたわ」

「ガレージへ回りましょう。扉や窓を破る暇はなさそうです」

漣はマリアとともにガレージへ駆けた。

ガレージはやはり空だ。自動車は影も形もない。短いドライバーが、壁際の棚に置かれているだけだ。開けっ放しのドアから、煙と熱が吐き出されている。マリアが口と鼻を左腕で覆い、頭を低くして飛び込んだ。漣も後を追った。

廊下の奥、半開きのドアの向こう側はリビングらしい。赤い光が見え隠れする。近付くごとに熱気が増す。

消防車は間に合うかどうか解らない。焼け落ちる前に、取り残された人間がいないか確かめなければ。

漣はマリアと並んでドアを抜け、リビングへ足を踏み入れた。

が――待ち受けていたのは、想像を絶する光景だった。

「なっ」

マリアが絶句する。漣の背筋を戦慄《せんりつ》が走った。


奥の壁の辺りから炎が立ち上っている。金属製の灯油缶が、テーブルの近くに転がっている。可燃物を撒いたのか。

炎を背景に、男らしき遺体が足を投げ出している。頭部の上半分が吹き飛んでいた。明らかに手遅れだ。脳漿《のうしょう》が床に飛び散り、一部が炎で焼けている。

サイレンサー付きの銃が遺体の近くに落ちていた。あれで頭を撃ち抜かれたのだろうか。

しかし、漣を――恐らくマリアをも――自失させたのは、ひとつの遺体の凄惨さではなく、それを囲む、生きている者たちの方だった。


三人の吸血鬼が、生贄《いけにえ》の血を啜っていた。

ひとりが――女だ――頭の吹き飛んだ遺体の上半身を起こし、その首の左側へ歯を突き立てている。残りの二人の男が、同じ遺体の首の右側へ代わる代わる口を押し当てる。液体を啜る音が漣の耳に届いた。
気流が煙を一瞬晴らす。三人とも、口の周りが血にまみれている。

口だけではなかった――全員が、喉を抉られていた。

　フェニックス市に着いてから幾度となく目の当たりにした、特徴的な傷。およそ生きて動けるはずのない、刃物のようなもので深く切り刻まれた痕跡。『ヴァンプドッグ』の刻印だった。

　――六人目以降の被害者がもう出ちまってるって言うのか⁉

　こんなところにいたのか。

　頭部を潰された遺体も、似たように喉の肉が剝き出しになっている。その遺体の血を摂取しながら、三人は自身の喉から血を溢れさせていた。胸元がべっとりと赤く染まっていた。

　彼らの服に火の粉が落ちる。炎も熱も、喉の傷も意に介さず、青白い顔で血を貪《むさぼ》り続けている。

　馬鹿な……まさか、これは。

　無意識に足が引く。床が鳴った。

　吸血鬼たちが顔を上げ、立ち上がった。頭の吹き飛んだ遺体が支えを失い、床に倒れた。

「レン！」

　マリアの叫びが漣を現実に引き戻した。

「回収するわ。手伝いなさい。動かないものを優先よ」

「――了解です」

　サイレンサー付きの銃、頭を吹き飛ばされた遺体。これらが最優先の証拠だ。他の三人は――

　吸血鬼たちが床を蹴った。女がマリアへ、男二人が漣へ襲いかかる。

　救いを求める動きではなかった。獲物を狩る怪物の襲撃だった。

　マリアがスーツの内側から銃を引き抜き、女の腿を撃ち抜いた。女が床に転がる。裂けた喉から空気漏れに似た音が響く。

　漣も男たちの襲撃を横跳びで避けながら、東洋系の吸血鬼へ足払いをかける。相手が仰向けに転がる。すかさず膝を踏んで関節を折る。

　床の軋みが聞こえた。振り返ると、三人目、浅黒い肌の吸血鬼が、歯を剝き出しにしながらマリアへ両腕を伸ばしていた。

　しまった――

「マリア！」

　赤毛の上司が振り返り、相手へ銃口を向ける。しかし吸血鬼が一瞬早く、勢いのままにマリアを床へ押し倒した。

「このっ」

マリアが呻きながら、拳銃を握っていない反対の手で吸血鬼の肩を押し返そうとする。吸血鬼の歯が彼女の喉元に迫る。

間に合わない——漣の心臓が凍った、その刹那《せつな》だった。

「離れろ！」

煙の中から人影が躍り出て、吸血鬼の脇腹へ蹴りを叩き込んだ。吸血鬼が床を転がり、壁に激突する。ジョン・ニッセン少佐が吸血鬼を一瞥し、マリアへ視線を移した。

「立てるか」

「ええ……助かったわ」

マリアが起き上がる。「どうして——ここが解ったの」

「『軍からもパトロール要員を回す』と言っただろう」

ジョンが手短に答え、表情を険しくした。「状況説明は後だ。何をすればいい」

「動いてる奴らを足止めして。無理しないでいい、こちらに近寄らせないで。こいつらは危険だわ。絶対に嚙まれては駄目よ！」

「解った。——マリア、九条刑事。君たちも急げ。時間がないぞ」

火の手はすでに、リビングのかなりの部分を焼き払いつつあった。

漣は銃へ駆け寄った。銃身が熱を持っていたが、グリップは握れないほどではない。暴発の危険はなさそうだ。

マリアが自分の銃をホルスターに収め、遺体の脇に屈みこんだ。漣も反対側へ回り、上司とタイミングを合わせ、遺体を抱え上げた。そのまま廊下へと運ぶ。

振り返る。ジョンが三人目の膝へ蹴りを放った。三人目が倒れ、なおも立ち上がろうともがいていた。

「痛覚がないのか。彼らは一体——」

「ジョン、撤収よ」

「解っている——いや、君たちも走れ、限界だ！」

ジョンが踵を返し、廊下へ走り出る。直後、何かが砕け散る激しい音と、地響きのような揺れが同時に生じた。

シャンデリアが落ちている。吸血鬼たちが下敷きになっていた。

火の海の中――彼らはまだ、もがいていた。

彼らを保護するだけの時間は、もう残されていなかった。

煙を吸い過ぎないよう頭を低くし、ガレージの外まで遺体を運び出した頃には、邸宅は炎に包まれていた。

※

遺体を搬送車へ――目を離さないよう警察官たちへ伝えつつ――引き渡したのは、邸宅を発見してからおよそ二十分後、二十時前だった。

消防車も、漣たちが邸宅を脱け出してからすぐ到着した。消火活動は今も続いている。完全に消し止めるには時間がかかりそうだ。

生存者の有無を消防隊員に問われ、赤毛の上司は顔を歪めた。

「中に三人いたけど、重傷を負ってて手遅れだった。……火の回りが早かったから、今から救出に向かっても間に合わないわ」

その三人が吸血鬼と化していたことを、マリアは伏せた。『ヴァンプドッグ』の脱走を公表するようグスタフに迫った彼女も、先刻目の当たりにした光景を外部に漏らすのはまずい、と判断せざるをえなかったらしい。

漣もジョンも口を挟まなかった。今は内密にするしかない。その思いは漣も同じだった。

「詳細は署に戻ってからだ。今は気を落ち着かせた方がいい」

「……そうね」

マリアの静かな返答に、青年軍人は労わるような笑みを向け、パトロールに戻っていった。

消防隊への情報提供の後、漣たちも覆面車へ戻った。

ドアを閉めるや否や、赤毛の上司は助手席のダッシュボードへ突っ伏した。

「何なの……何なのよ、アレは」

声が震えている。漣も戦慄がぶり返していた。動悸を鎮めるのに一分近く必要だった。

「解りません。現時点では何も。

かろうじて言えるのは、彼らの喉の傷が『ヴァンプドッグ』の被害者のそれに似ていた、という程度です。

マリア、むしろ貴女こそ、何か気付かれたのではないですか」

――こいつらは危険だわ。

――絶対に噛まれては駄目よ！

「……押し倒されたときに間近で見たわ。あの傷は、特殊メイクでも何でもなかった。本物の、紛れもない致命傷だった。どう考えたって生きていられる怪我じゃなかった。

なのにどうして身体を動かせたの。不死身の吸血鬼なんてファンタジーの存在でしょう。どういう理屈なのよ」

吸血鬼に噛まれた者は吸血鬼になる。有名な伝承がマリアの脳裏をよぎったのか。

沈黙が訪れた。

呼吸を整える。混乱しているのは自分も同じだ。

はなはだ自信がなかったが、漣は口を開いた。

「臆測に臆測を重ねることになりますが、よろしいですか。

彼らは血を吸っていました。デレク・ライリーが被害者たちの血を飲んでいた、という逸話と一致します。

彼らは我々に襲いかかりました。狂犬病を発症した動物は、他の動物や人間に噛みついて感染を広げます。

喉の傷の類似も考え併せれば、ある可能性が見えてきます。彼らも『ヴァンプドッグ』の被害者であり、Dウイルスに感染し――

そのDウイルスこそが、彼らを吸血鬼化させたのではないか、と」

マリアが顔を跳ね上げた。

「致命傷を負った人間の身体を。ウイルスが動かせるって言うの⁉　そんな馬鹿な話――」

「ありえない、とは断言できません。

私の母国や隣国に『冬虫夏草《とうちゅうかそう》』という生物が存在します。実際にはひとつの生き物ではなく、蛾《が》の幼虫などに菌類が寄生したものですが……冬の間は虫として過ごし、夏になると菌類が幼虫の身体を乗っ取り、発芽して全く別の生き物に変質してしまうのです。

　同様の、とまでは言いませんが、似通った現象がDウイルスの感染者に生じる、とは考えられませんか。

　人間の筋肉は、脳や脊髄《せきずい》から電気信号が送られることで動きます。無線操縦《ラジオコントロール》の玩具《おもちゃ》で喩えれば、筋肉が玩具本体、脳がコントローラー、電気信号が無線電波といった具合ですね。

　この喩えで重要なのは――『無線のコントローラーを操るのが人間である必要はない』という点です。『動かす』だけなら、操縦者は意思を持たないロボットでも構わないのですよ。玩具はただ、コントローラーから飛んできた電波の信号に従って動作するだけです」

　マリアが表情を硬くした。

「手足の筋肉に電気信号が届きさえすれば、身体が動くってこと?」

「切断されたカエルの脚に電気を流すと、脚が跳ね動く――という実験を、ハイスクール時代にされた経験はおありですか。

　脳から完全に切り離された脚であっても、筋肉の機能が直ちに失われることはありません。神経細胞に電気信号を送れば収縮するのです。

　この『脚』が仮に、『Dウイルスに冒された脳』に繋がっていたとしたら。

　人間の死の多くは、外傷や酸素不足によって呼吸中枢が機能を停止することで引き起こされます。一方、狂犬病ウイルスは神経細胞に感染します。その変異株であるDウイルスが、宿主の『死』を無視してなお、脳から筋肉へ信号を送り続ける。そんな機能を持っているとしたら」

　全く仮説とも呼べない代物だった。語った漣自身ですら巨大な矛盾を指摘できる。机上の空論《くうろん》以下だ。

　しばらくの間、返答はなかった。助手席から歯ぎしりの音が聞こえた。

「……やったことなんてあるわけないでしょ。カエルの脚をぶった切って電気を流す実験なんて。

　それよりグスタフよ。フェニックス署に帰ったら問い詰めてやるわ。Dウイルスの研究者が、あんな副作用を知らないなんてことあるはずが――」

　と、無線から切羽詰まった声が飛んだ。

『赤毛に黒髪、いい加減に応答しろ。今どこにいる！』

　ドミニクだ。マリアが通話機を掴んだ。

「マリア・ソールズベリーよ。どうしたの、こっちは襲撃犯のアジトが燃えて、色々信じられないことが起きて――」

『こっちだってそれどころじゃねえんだよ！

　セリーヌが第五の被害者にやられた。

　遺体が動きやがった。腕を噛まれて病院に担ぎ込まれた』

　凍えるような沈黙が車内に満ちた。

「――何ですって⁉」

『訳が解らねえ……何なんだ、俺たちはいつからホラー映画の世界に入り込んじまったんだ。

　お前らの目撃したクルマは部下に追わせてる。署に戻ってくれ。捜査の立て直しだ。「ヴァンプドッグ」は化け物だ、普通の捜査だけでどうにかなる相手じゃねえ。

　おい――赤毛、どうした。聞いているのか⁉』

第9章
ヴァンプドッグ――インサイド（V）
――一九八四年二月十日　一九：〇〇～――

そんな……そんな馬鹿な。

死んだはずのセオドリックが、どうして生き返っているのか。なぜ、イニゴの喉にナイフを突き立てたのか。

が、疑問を熟考する時間は与えられなかった。

セオドリックの姿をしたそれの冷たい眼光が、エルマーを捉える。足を踏み出す。右手には血に濡れたナイフ。

「うああああっ！」

腹部の痛みが吹き飛んだ。股の間に転がっていた銃を掴み、サイレンサーの付いた銃口を突きつけた。

「来るな！　来ないでくれ！」

セオドリックが躍りかかる。

自分の絶叫を遠くに聞きながら、エルマーは引鉄を引いた。

乾いた音が響き、セオドリックが動きを止めた。

サイレンサーから煙が立ち上り――彼の眉間に穴を開けていた。


セオドリックの顔が、呆然とした表情を形作る。

が、構う余裕などエルマーにはなかった。

「ああああ！」

無我夢中で立ち上がり、引鉄にかけた人差し指を何度も引き絞る。

煙が爆《は》ぜる。セオドリックの肉と血が弾け飛ぶ。

あっちへ行け。来ないでくれ。お願いだ、お願いだ、お願いだ――

引鉄が空しい金属音を立てた。弾切れだ。

セオドリックの身体がよろめき――さかさまに手すりの向こう側へ落ちた。激しい衝突音と振動が、エルマーの鼓膜を揺らした。

静寂が訪れた。聞こえるのはただ、自分の乱れた呼吸と耳鳴りだけだった。

足をふらつかせながら、手すりを握り、階下を覗く。

かつてセオドリックだったものが、イニゴの遺体の横で、リビングの床へだらりと手足を投げ出し、うつ伏せに横たわっていた。

銃弾を間近で浴び続けたせいか、墜落の衝撃のせいか、頭部の上半分がほぼ失われ、脳漿と血が飛び散っていた。

エルマーは手すりにもたれながら嘔吐《おうと》した。吐き出すものもろくに残っていなかった。口から胃液がしたたり、床に落ちた。

セオドリックはぴくりとも動かない。完全に息絶えていた。

傍らには、喉をぱっくりと裂かれたイニゴ。やや離れた位置には、同じく喉を赤く染めたスザンナの亡骸《なきがら》。

地獄絵図と化したリビングから目を逸らし、エルマーは壁に手を突いた。

……死んだ。

セオドリック、キム、スザンナ、イニゴ――昨夜までともに過ごしてきた仲間たちが、皆、いなくなってしまった。そのうちのひとりは、たった今、自分が殺した。……

いや、待て。

セオドリックはどうして生き返った？　喉を裂かれていたのに。脈も止まっていたのに。

いや、まさか――

初めから、セオドリックは死んでいなかったのではないか？

喉を傷付けられていたが、その形状は皮膚を粗く剝がされた程度だった。キムの方が明らかに傷は深かった。セオドリックも流血はしていたが――恐らく、致命傷ではなかったのだ。

エルマーが手首に触れたとき、脈は確かに止まっていたが……思い出した。奇術の本か何かで見た覚えがある。ボールを脇に挟めば、手首の脈を一時的に止めることができる。

自ら喉に浅く傷を付け、手品で死を装う。ベッドの周りへ血をばら撒く。エルマーを含む四人は遺体にろくに近寄れず、詳しく調べることもできなかった。

もしかしたら、ベッド周りの血は偽物で、自分の身体に触れられるのを――死んだふりが露見するのを回避するための、セオドリックの工作だったのかもしれない。

……仲間たちを喪ったショックのせいだろうか。普段なら考えもしない臆測が、枷《かせ》を外されたように次々と脳裏を巡る。

セオドリックは両目を閉じていた。脈や呼吸はごまかせても、目を見開いた状態では瞬きをこらえられないだろう。だから瞼を閉じていたのではないか。

セオドリックが生きていたのなら、キムの死の謎も解ける。皆が二階を捜索している間に、キムの部屋へ忍び込めばいい。

各部屋のドアは内側から施錠できるが、エルマーたちは鍵を渡されていない。部屋を出たらドアは開けっぱなしなのだ。その間に侵入し、ドアの陰やバスルームへ隠れ潜むなど造作もない。

キムが殺されたのは、リビングでの議論を経て一時散会した直後、自分の部屋へ足を踏み入れた瞬間ではないか。家捜しで誰も潜んでいないことを確認したばかりだったのだ。まさか、四人以外の誰かが――それもセオドリックが隠れているとは思わなかったに違いない。一瞬の隙を突かれ、キムはあっけなく命を落としてしまった。

窓のクレセント錠を緩めたのは、外部犯の可能性を残すためだろうか。事実、エルマーたちはまんまと迷走してしまった。

休憩後の悲鳴も、キム本人や録音などではなく、セオドリックが放ったのかもしれない。

あの悲鳴が本当にキムの部屋から響いたのかどうか、証明する手立てはない。せいぜい、キムの部屋の方から聞こえた、としか言えない。セオドリックが自分の部屋から叫んだとしても区別はつかない。

キムが実際に殺害されたタイミングをごまかすのが、恐らくあの悲鳴の意図だった。

振り返ってみれば、何もかもセオドリックの手のひらの上だった、としか思えない。

二度目の家捜しでセオドリックの部屋に入ったときも、彼の死を直視するのが恐ろしくて、エルマーはベッドの上のセオドリックから目を逸らし続けていた。

キムを殺害したナイフは、恐らくベッドの寝具の下か、自分の服の中に隠しておいたのだろう。見つからなかったはずだ。

　そうして、セオドリックはスザンナも、イニゴも手にかけた。エルマーが生き残ったのは、偶然が重なった結果としか言いようがない。

　だが、どうしてセオドリックはエルマーたちを殺そうとしたのか。

　初めから、奪った現金を独占するつもりだったのか、自分たちは最初から、捨て駒でしかなかったのか。……

　いや、もう答えは出ない。考える余裕もない。

　――警察に自首するか。

　無駄だ。事態はもはや取り返しがつかない。

　襲撃の件だけじゃない。隠れ家のこの有様を見て、唯一生き残ったエルマーが犯人でないと誰が信じるものか。現にエルマーは、セオドリックを撃った。正当防衛と主張したところで警察が耳を傾けるかどうか。下手をしたらすべての罪をエルマーが被る羽目になりかねない。

　今さら自首したところで、極刑は確実だ。

　できる限り早く逃げるしかない。この騒ぎも、誰かに聞きつけられているかもしれない。

　幸い、現金の入ったトラベリングバッグは、ガレージの自動車に積んである。すぐに出ていける。

　階段を下りようとして、エルマーは足を止めた。先程手を突いた壁に、手の跡が薄く赤くこびりついている。

　セオドリックの頭を撃ち抜いたときの返り血か。

　服も血まみれだが、逃げる前に着替えられる。しかし、邸宅内に残った指紋などの痕跡を、エルマーひとりで綺麗に後始末する余裕はなかった。

　……家ごと全部、燃やすしかない。

　自分たちがフェニックス市に潜んでいることは、すでに警察に把握されてしまっている。燃え広がる前にできる限り距離を取れば、すぐに捕まることはない……はずだ。

　ガレージに灯油缶が置いてあった。セオドリックがライターを持っていたはずだ。着替えの余りやベッドのシーツが火種になる。

　重い足取りで階段を下り、皆の亡骸――特にセオドリックの――を直視しないようにしながら、セオドリックの部屋へ向かう。

ライターはすぐに見つかった。数時間前に見た通り、机の引き出しの中にあった。

バスルームへ入る。鏡の中の自分は別人のように老け込んでいた。顔のあちこちに血飛沫が付いている。手と顔を洗い流すと、陰鬱《いんうつ》な気分も少しだけ晴れたような気がした。

ふと思い立ち、ベッドの周囲の赤黒い液溜まりへ指を伸ばす。すでに固まっている。……小道具の血糊《のり》とは思えなかった。恐らく本物だ。

動物の血《ち》だろうか。それとも……セオドリックが自らの血で工作したのか。喉の皮膚を裂いてまで、自らの死を欺《あざむ》いたのだろうか。

が――疑問に答えてくれる相手は、すでにこの世にいない。エルマー自身が葬ってしまった。

心を殺して部屋を出て、今度はガレージへ向かい、灯油缶を手に取る。

灯油缶をリビングのテーブルに置き、遺体を迂回《うかい》するようにキッチンへ向かう。血を浴びた服を脱ぎ、隅に置かれた段ボールから代わりの衣類を身に着ける。血の付いた服は火種にしてしまおう。

後は、灯油を撒いて火を点けるだけだ。


セオドリック、イニゴ、スザンナ――三人の遺体に灯油をかけるのは躊躇《ちゅうちょ》があった。リビングの奥、何もない壁際に撒いたところで、灯油缶の中身が尽きてしまった。

ライターを入れたポケットへ手を差し入れ――エルマーはとんでもない見落としに気付いた。

クルマの鍵がない。

――持っていた方がいいわよね。

スザンナだ。セオドリックの部屋を再度調べていたときに持ち出していた。危うく逃走手段を失うところだった。

喉を裂かれた彼女の無残な遺体に、恐る恐る近付き、ボトムスのポケットから鍵束を引っ張り出す。

これで本当に最後だ。立ち上がって踵を返した、そのときだった。


足首を摑まれた。

心臓が凍り付く。バランスを崩して転ぶ。
振り返ったエルマーの目に――ゆっくりと立ち上がるスザンナの姿が映った。

絶叫する。

馬鹿な。スザンナの喉の傷の深さは、セオドリックのものとは比較にならないくらいだった。死んだふりなどできるはずがない。

別の場所で、何かが動く気配がする。

エルマーの心臓はさらに跳ね上がった。

イニゴが、喉を血まみれにしながら起き上がろうとしていた。

ドアの開く音がする。

キムが、首を朱に染めたまま、ゆらりと姿を現した。

エルマーの理性が消し飛んだ。

「うあああああ！」

無我夢中でスザンナを蹴飛ばし、ライターを灯して床の灯油へ投げる。瞬く間に炎が上がる。

エルマーはリビングを飛び出し、ガレージへ駆けた。

震える手でシャッターを開け放ち、自動車の運転席へ飛び込み、鍵を差して回す。

エンジンがかからない。もう一度回す。急げ。早くしないと——

祈りが通じたのか、エンジンが始動した。柵に突っ込む勢いでバックし、ギアをフロントへ戻して敷地の外へ飛び出す。

一時停止する余裕などなかった。交差点をブレーキもかけずに曲がり、突っ切り、広い通りへ出る。ギアを上げ、ひたすらにアクセルを踏み続ける。

自分が何台の自動車を追い越し、対向車線越しにすれ違ったかも解らなくなっていた。ただ遠くへ、人間以外のものに成り果ててしまったあの三人から、可能な限り遠ざかることしか考えられなくなっていた。

何だ……何なんだ、あれは。

……『ヴァンプドッグ』？

吸血鬼に嚙まれた者は吸血鬼になる。フィクションの定番だ。が——馬鹿な。吸血鬼が、この世に本当に存在するのか。

けれど、そう考えなければ、あの三人の有様は説明できない。

一歩間違えれば、自分も彼らの仲間入りを果たしていたのかもしれない。……

土地勘の全くないフェニックス市の道路を、どれだけ走っただろうか。視界に一瞬、『Camelback Mountain』の標識が見えた。

『キャメルバック山』――

夜の闇の中、前方に、岩山のシルエットがうっすらと見える。

そうだ、逃げるだけでは駄目だ。身を隠さなければ。自分が人間からも追われる立場だということを、エルマーは今さらのように思い出した。

ホテルには泊まれない。空き家が都合よく見つかるはずもない。セオドリックの語っていた逃がし屋の連絡先も解らない。検問や空軍の監視のせいで市外には出られない。今はとにかく、人気のない場所へ潜むしかなかった。

闇の中の山影と、標識を頼りにハンドルを切り、アクセルを踏み――山道の口が見えたのはおよそ十分後だった。

舗装された坂道を上ると、程なくして駐車場らしき場所に出た。

さほど広くない。真ん中に植え込みのあるロータリー状の空間だ。自然公園のように管理された山らしい。閉園時刻を過ぎてしまったのだろう、他には一台の自動車もなかった。

白線の引かれた駐車スペースの一角に自動車を入れ、エンジンを切る。山の影が、先程より間近に見える。

飲料水の自動販売機が、駐車場からやや離れた場所で薄ぼんやりとした光を放っている。傍らには、入場受付兼管理小屋らしい建屋。窓に明かりはない。受付カウンターにシャッターが下り、『CLOSE』の札がかかっている。

他に見えるのは、駐車場から山の方向へ延びる未舗装の小道。受付と同じく『CLOSE』の看板が、入口に立っていた。

やはり、管理された公園のような雰囲気だ。休日ともなればハイキング客で賑わうのだろうか。人気のない場所を選んだつもりだったが、失敗だったかもしれない。

が、今さら別の行先も思い浮かばなかった。それに、引き返したところをパトカーと鉢合わせしてしまう恐れがある。

　いずれにしろ、早く身を隠さなければならない。エルマーは運転席を降り、後部のトランクを開けた。現金の詰まったトラベリングバッグが五つ。……全部は持てない。隠れられる場所を探し、何回かに分けて運ぶしかない。

　ひとまず一つを肩にかけ、トランクを閉めたとき——夜の風が、エルマーの首筋を撫でた。

猛烈な悪寒が走った。

身体が震える。歯の根が合わない。発熱か？　隠れ家での恐怖がぶり返したのか。

　再び風になぶられる。怖気が背筋を駆け上がり、エルマーは「ひっ」と悲鳴を上げた。

違う——風が怖い。

心臓が激しく脈打つ。何だこれは。

落ち着け……エルマーはバッグを担ぎながら、自動販売機へ向かう。たった数メートル歩くのにひどく体力を消耗した。

　金なら腐るほどある。バッグから紙幣を一枚抜き取り、サイダーを買う。缶を開けて食道へ流し込んだ瞬間——激痛が走った。

噎《む》せる。缶が手から落ち、地面に中身を撒き散らす。

　飲めない。明らかにおかしい。

嘘だ、気のせいだ。自分は正常だ。クスリを絶って、治療も受けて、普通の人間に戻ったはずだ。

——正常？

どこからか声が響く。

——普通の人間は、現金輸送車を襲撃などしない。

セオドリックだった。先刻エルマーが頭を撃ち抜いた、リーダーの冷徹な声。

「違う……違う」

うわ言がこぼれ出た。「あんたのせいじゃないか。俺を罠に嵌めて……逃げられないところまで追い詰めて」

——抜ける機会はいくらでもあったはずだ。

——なぜ警察へ密告しなかった。たった三桁をダイヤルするだけで、犯罪に手を染めずに済んだだろう。

——解っているはずだ。

——お前は俺たちと同じだ。とうの昔から、こちら側の存在だ。

「違う！」

耳を塞ぐ。「俺は違う……あんたらのような、化け物とは違う――」

反論はみじめに震えた。エルマーは『声』から逃げるように、よろよろと『CLOSE』の立て看板の脇を抜けた。

岩山への道は果てしなく長かった。

何十分――いや、何時間が過ぎただろうか。時間の感覚さえおぼつかなくなった頃、闇に慣れたエルマーの目が、岩盤の裂け目を捉えた。

風を避けなくては。裂け目へ身体を滑り込ませる。トラベリングバッグを肩から下ろす。持って来られたのはひとつだけだ。が、残りを取りに戻る気力も体力もなかった。

このまま夜を過ごし、朝を迎えた後も、自分は見つからずにいられるだろうか。人目をやり過ごせたとして、いつまでここに身を潜めればいいのか。

それ以前に――正気でいられるのか。

悪寒が治まらない。汗が止まらないのに、水を飲めない。

怖い。いっそ、すべてを投げ捨てて眠ってしまいたい。……

と――

風の音に紛れ、足音が聞こえた……気がした。

誰か来たのか……？　こんな時間、こんな場所に？

――お疲れ様。

声が聞こえた。

脳天を衝撃が走った。

視界が完全に黒く塗り潰され、エルマーの意識は掻き消えた。

第10章
ヴァンプドッグ——アウトサイド（Ⅴ）
——一九八四年二月十日　二〇：三〇～——

無線越しのドミニクの声が、マリアの脳を激しく揺さぶった。

第五の被害者が生き返った——セリーヌがやられた!?

『——赤毛、どうした。聞いているのか!?』

我に返る。マリアは通話機を握り直した。

「聞こえてるわよ。それよりセリーヌは？　どこの病院へ運ばれたの!?」

『全然聞いてねえだろうが！　あいつのことは医者に任せるしかねえ。お前らも一度署に戻ってだな』

「それこそ後回しでしょ。いいから教えなさい！」

と、マリアたちの押し問答が終わるのを待たず、漣が覆面車を発進させた。

「ちょっとレン、どこへ」

マリアの問いを遮るように、部下が声を上げた。

「バロウズ刑事、我々はセリーヌの元に向かいます。それから、彼女に狂犬病ワクチンを接種させてください。搬送先へ直ちにその旨連絡を。事は一刻を争います」

『……黒髪』

絶句に続いて、深い吐息が無線機から響いた。

『A州立病院だ。ワクチンの件はこっちから連絡する。詳しい話はその後だ。手短に済ませて戻って来い』

「感謝します」

おう、の一言とともに無線が切れた。沈黙が下りた。

「レン、あんた」

「急がば回れですよ」

J国人の部下は淡々と応じた。「たとえバロウズ刑事が説得しようと、貴女はフェニックス中の病院を駆け回るでしょう。そちらの方が却って時間の浪費になると判断しただけです」

「上司を暴れ馬扱いするんじゃないわよ」

いざとなったら片っ端から病院を回るつもりだっ

ただけに、それ以上言い返すことができなかった。

「……狂犬病ワクチンって言ったわよね。第五の被害者も、もしかして」

「Dウイルスに感染していたと思われます。噛まれたセリーヌも二次感染した、となると最悪の事態です。

先程のバロウズ刑事の発言を踏まえれば、その『最悪の事態』に陥っている可能性は極めて高いでしょう。搬送先の医師が迅速な対応を行ってくれればよいのですが」

殺人鬼デレク・ライリーが脱走したことも、彼の体内にいる狂犬病ウイルスが変異株だということも、公にされていないのだ。まして、Dウイルスが被害者たちを蝕み、不死の存在に変貌させたかもしれないなど、実際にあの惨状を目撃した者でもない限り妄言にしか聞こえないだろう。

今はただ、セリーヌの無事を祈るしかできないのが歯痒かった。

搬送先の病院へ到着したのは、ドミニクとの通話から十分足らずだった。途方もなく長く感じた。


覆面車を降り、玄関へ駆け、夜間受付用の内線電話を手に取る。マリアが名乗ると、すでに話が通っていたらしく、『ソールズベリー様と九条様ですね。しばらくお待ちください』とすぐに返答があった。

程なくして、白衣姿の若い看護師が玄関先に現れた。傍らには、眼鏡をかけたスーツ姿の若い女性。

「イヴェット！　どうしてここに」

通用口をくぐりながら問う。グスタフの助手は「緊急事態……でしたから」と、あまり要領を得ない返答をした。

「大丈夫です……教授《せんせい》と、怖そうな刑事さんには、許可をいただきました。ここへも……パトカーで送っていただきましたので」

欲しい返答ではなかったが、問い直す時間も惜しい。看護師に促され、マリアは漣とイヴェットとともに廊下を進んだ。

夜の病棟は暗く――異様な緊迫感が漂っていた。

「ねえ、セリーヌの容態は」

「担当医が診ています」

看護師の声に緊張が滲んでいた。不快な汗が背筋を伝う。……まさか。

案内された先は病棟三階の個室だった。明かりが点り、低く小さな話し声が聞こえる。男の声色だ——セリーヌの声は聞こえない。

病室を覗こうとして、マリアは二の足を踏んだ。

……もしもセリーヌが、あの吸血鬼たちのように、異形の者に変わってしまっていたとしたら。

「マリア」

漣が小声で呼びかける。意を決し、マリアはドアをノックして病室へ足を踏み入れた。

病衣姿の元ルームメイトが、左腕に包帯を巻き、目を閉じたままベッドに横たわっていた。

傍らには、聴診器を首に掛けた白衣の男と、中背でふくよかな白髪の男が座っている。

男たちが振り返る。ベッドの患者は目を覚まさない。

「セリーヌ！」

声が掠れた——と。

「……あら」。

セリーヌが瞼を開け、薄く微笑んだ。「来てくれたのね、ミス・ソールズベリー。それから漣刑事も」

膝の力が抜けそうになった。

マリアの良く知る彼女だった。人形のように物静かな顔立ちの元ルームメイト。

「無事ならそれらしく振舞いなさいよ。心臓が止まるかと思ったわ」

「ごめんなさい。色々慌ただしかったから疲れてしまって」

慌ただしいどころの騒ぎではなかったはずだが、いつもと変わらないセリーヌの様子に、マリアはひとまず胸を撫で下ろした。

「お身体の具合はいかがですか。体調や感覚に異変は」

「ありがとう漣刑事、大丈夫。そちらのミス・フロルキングが、ワクチンを用意していてくれたから、早めに接種できたわ。……命の恩人ね」

いえ、とイヴェットが縮こまる。

「元々は、わたしたちの失態ですから。……それと、日を空けてあと何回か、追加の接種が必要です。少しでも異状を感じたら、お医者様にすぐ知らせてください」

イヴェットがベッド脇の小テーブルへ視線を移す。赤い十字マーク入りの白地の箱が置いてある。

思い出した。彼女がキャリーカートを開けた際、覗けて見えた箱だ。ただの薬箱かと思ったが、狂犬病のワクチンが入っていたのか。

　用意周到と言えばその通りだが——変異ウイルスに感染している殺人鬼を捕えねばならないのだ。万一に備えてワクチンを用意するのは当然だった。

「担当医の者です」

　白衣の医師が立ち上がって会釈した。「トスチヴァンさんの同僚の方ですね。ご本人とフロルキングさんから事情は伺いました。……あれを直接見た病院関係者たちには緘口令《かんこうれい》を敷いています。とはいえ、もし情報が漏れたところで喰いつくのはオカルト雑誌の記者くらいでしょうが」

　医師の顔がわずかに青ざめていた。変貌した第五の被害者を、彼も目の当たりにしてしまったらしい。心底同情するが、それよりも今は確認しなければならないことがあった。

「セリーヌ、詳しい状況を教えて。いつどこで嚙まれたの」

「病院《ここ》の遺体安置所よ。時刻は……今から一時間ほど前かしら。被害者が続出している状況でしょう？　執刀医さんが手一杯な様子だったから、代理を当たっていて……こちらにいると聞いて搬送車を回して、解剖が始まるまでの間に、もう少し詳しく検死を進めていたら、急に、被害者——ミセス・エイマーズが大きく口を開けていて……とっさに喉をかばって、この有様よ」

　セリーヌが目を伏せ、かすかに自嘲めいた笑みを浮かべた。包帯が生々しい。

「その程度で済んだのは、むしろ幸いだったかもしれません」

　漣がマリアに続けて問いかけた。「襲われたのは貴女だけだったのですか」

「幸いにも、ね。

　被害者が目覚めたとき、たまたま近くにいたのが私だけだった。そのときはもうひとり、看護師がいたのだけど、彼女は遺体の足元側にいたから。

　ミス・ソールズベリー。先程のあなたの台詞ではないけれど、心臓が止まるかと思ったわ。暴れる被害者を、スタッフの人たちに押さえてもらって、どうにか腕を振り解いて……その後も、彼女はまだ動き続けていた」

『心臓が止まる』ほどのエピソードを、当のセリーヌは静かな口調で、新聞を読むように語った。状況を正確に伝えてくれるという点では実に有難かったが。

「私が見たのはここまでよ。その後はすぐ治療室へ運ばれたから。……相手が非力なお年寄りでなかったら、漣刑事、あなたの言う通り、この程度の傷では済まなかったかもしれない」

「まったく、信じられんぞ」

病室にいた白髪の男――マリアたちの同僚、ボブ・ジェラルド検死官がぼやいた。「殺人鬼だの吸血鬼だの、怪物どもが跋扈《ばっこ》する物騒な場所へ呼び出しおって。年寄りをこき使うにも程があろうに」

「文句言うんじゃないわよボブ。あたしだって、最初から全部解ってたらもっと早く呼び出してたわ」

「なおさら悪かろうが」

傍迷惑な口調とは裏腹に、ボブの表情には『吸血鬼』への興味が露骨に滲み出ていた。「というわけだ。F国の嬢ちゃん、後は任された。今はゆっくり休むといい」

「ええ……お願いしますね、ミスター・ジェラルド。先程お伝えした件も、念入りに」

マリアと漣が来る前に、何か頼みごとをしていたらしい。セリーヌがボブへ微笑を返し、続いてこちらへ向き直った。

「ミス・ソールズベリー、漣刑事。『ヴァンプドッグ』を捕まえて。……ミスター・バロウズを、助けてあげて」

声が次第に小さくなり、セリーヌが瞼を閉じる。間を置かずに静かな寝息が響く。……軽傷を装っていたが、襲撃されたダメージはやはり大きかったようだ。眠りに落ちる前のセリーヌの声には、明らかな憔悴《しょうすい》の響きがあった。

マリアたちは病室を出た。電灯が消される直前のセリーヌの寝顔は、ルームメイト時代には見たことがないほど儚《はかな》げだった。

「さてドクター。問題の遺体はどうなっとるかな」

ボブが早速問う。正気ですか、と言いたげな色が医師の顔に浮かんだ。

「遺体安置所にて監視しています。くれぐれもご用心ください。フロルキングさんの用意してくれたワクチンは数に限りがあります。二次被害は避けていただきますようお願いします」

死後六時間以上も経過したはずの遺体が蘇り、他人の腕に歯を突き立てる異常事態が発生したのだ。その『吸血鬼』への監視が、病院内で秘密裏に行われている。医師や看護師たちの恐怖や緊迫感は充分に察せられた。

「フェニックス署へ戻りましょう」

漣が告げた。「セリーヌの容態と証言は確認できました。他に我々が行えるのは、彼女が無事に回復するのを祈ることだけです」

「解ってるわよ」

第五の被害者が『ヴァンプドッグ』に殺害され、その後Dウイルスによって吸血鬼と化し、セリーヌを噛んで感染させた――というのは、現時点では単なる臆測でしかない。だが。

「イヴェット。あんたが持ってきてくれたワクチン、効き目はどれくらいあるの」

「あくまで普通の狂犬病ワクチンですが……マウス実験では、Dウイルスへの効果が実証されています。

ただ、人間へ……Dウイルスに感染した直後の人へ投与したことはありません。デレクの場合は、すでに発症まで進んでしまっていたので、狂犬病ワクチンでは手遅れでした。……実戦投入するのは、セリーヌさんが初めてです」

効かない可能性があるということか。仮にその場合、セリーヌはどうなってしまうのか。

いや。それ以前に、捜査員のひとりが――よりによってセリーヌが――死ぬかもしれない傷を負わされたのだ。絞め上げなければならない人物がひとりいる。

「発症後の治療方法の開発は、どこまで進んでいるのですか」

通用口へ向かう中、漣が問う。イヴェットが俯いた。

「わたしが手がけていたのは……『ウイルス干渉』による症状の緩和です」

「ウイルス干渉？」

「二種類以上のウイルスに同時に感染した場合、ある一種類のウイルスが、他のウイルスに干渉して増殖を抑え込む、という現象です。……通常の狂犬病ウイルスやDウイルスより干渉力が強く、かつ狂犬病の症状がないウイルスを探して、治療に結び付ける……これがわたしの研究テーマです。

ですが、成果は出ていません。……デレクの中のＤウイルスは、二十年間、オリジナルの姿を保ったままなんです。彼の脳内で変異株が現れても、元のＤウイルスが新しい株を駆逐してしまう。……Ｄウイルスの干渉力はそれほど強いんです。

Ｄウイルスそれ自体を、普通の狂犬病の症状緩和に用いる研究も、並行して行われていますが……狂犬病の症状がゼロにならない限り、医療現場には適用できません。

こんなことになってしまった以上……道は閉ざされた、と考えるしかないでしょう」

イヴェットが消沈した声で結んだ。

※

「知らん。知るはずがなかろう」

国立衛生研究所の教授、グスタフ・ヤルナッハは、額に汗を浮かべながら声を絞り出した。「Ｄウイルスが……死体を操る作用を持っていたなど。

Ｄウイルスの感染者は、世界にデレクひとりだけだ。その彼に致命傷を負わせる実験などできるはずがあるまい。他者を噛ませるなど論外だ」

「とぼけるんじゃないわよ！」

マリアはテーブルを叩いた。「人間は無理でも、マウスの実験は行ったことがあるんでしょ。感染したマウスの寿命が延びることまで調べておきながら、感染後に死んだらどうなるか知らない？　そんなことあるわけないでしょうが」

――二十一時過ぎ。フェニックス署の会議室へ帰着した後。

マリアはグスタフの首を絞める勢いで、Ｄウイルスの真実をなぜ隠していたのか詰問した。マリアたちが邸宅で目の当たりにした光景を伝えると、グスタフは「……馬鹿な」と呻いた。

「繰り返すが、マウスと人間は同じではない。身体の大きさも、免疫機構の細部もだ。

動物実験で現れなかった副作用が、人間の被験者による臨床試験で現れた例など、製薬の分野ではいくらでも存在する。感染症のワクチンをひとつ創るのに、世界中の研究者が無数の失敗を重ねて続けているのだ。

　そもそもの前提として――君たちの見たものは、本当にデレクに襲われた被害者だったのか」

「彼らは喉に致命傷を負っていた。この点は紛れもない事実だ」

　ジョンが、グスタフへ鋭い眼光を向ける。「私も間近で見た。明らかに彼の手口と似た傷だった。――本当に『ヴァンプドッグ』の手によるものか、現時点では確証がないが。

　ヤルナッハ教授。Dウイルスの実験に使われたマウスは、どのように処分していたのか」

　セリーヌの一件を受け、ジョンも軍の代表として会議に加わっている。グスタフがたじろぎつつも、慎重な口調で返した。

「生死にかかわらず、一匹の例外もなく焼却処分だ。万一にも逃げ出され、Dウイルスを外界へ広められたら一大事だからな」

「『Dウイルスに感染したマウスは寿命が延びる』。この実験についてはいかがですか」

　漣が手を挙げた。「たとえ老衰といえど『死』には変わりありません。老衰死を迎えたマウスが蘇った例はひとつもなかったのですか？」

「マウス実験における『死』とは、肉体が完全に動かなくなることだ。

　個々のマウスに逐一脈拍計を取り付けはしない。手足がわずかでも動いていれば、それは『生きている』と見なしていた。

　この判断基準に従えば、『マウスが死後も吸血鬼化している』例が見出されることは決してない。

　さらに、生きたマウスは焼却処分され、脳も身体も灰となる。……『感染マウスの死後の挙動』については、完全に盲点となっていた」

「次からは聴診器を当てることね。一匹一匹。

『Dウイルスに感染したマウスの寿命が延びた』という話だけど、本当は、衰弱死したマウスの身体をDウイルスが動かし続けていただけ、ってことなんじゃないの？」

　グスタフが声を詰まらせた。しばし瞑目し、やがて「……否定はできん」と認めた。

「もっとも、これは実験を行った者としての見解だが――実際に寿命が延びる効果が完全にゼロだったとも言い難い。マウスが通常の意味で『生きている』のかそうでないかは、マウスの行動を長年観察すれば、経験的におおよそ把握できるものだ。

全くの概算だが、Ｄウイルスによる見かけの長寿命化は、せいぜい半日程度のものだろう。肉体そのものが寿命を迎え、神経細胞が壊死すれば、いくら電気信号を与えたところで歩き回れるはずもない」

漣が先刻語った、カエルの脚の実験を思い出す。電気を流せば脚が動くとはいっても、電気の通り道である神経が腐ってしまえばうんともすんとも言わない、ということか。

が――問題は、神経細胞が駄目になる前だ。

「例えば、感染させたマウスを意図的に殺傷する実験は行われなかったのですか」

「我々の研究の主な目的は、デレクの――ひいては、狂犬病を発症した患者の治療だ。殺傷ではない。

狂犬病患者の症状の進行度合いは、唾液からウイルスが検出されるか否かでおよそ推定できる。Ｄウイルスを感染させたマウスを用いて、治療効果の期待される薬をスクリーニングし、デレクに投与し唾液のウイルス量の増減を測定する――これが、我々が主に行ってきたことだ。

我々の使命は、発症後致死率百パーセントの感染症を、発症後も治療可能なものとし、完治するための治療法を確立することだ。

寿命の実験はその一環に過ぎん。先に述べた通り死骸は即座に焼却処分していた。殺傷実験などわざわざ行う理由もなかったのだ。

感染マウスの死後の挙動について、詳細に目を向けられなかったのは、研究者として恥だが」

「だから恥云々の問題じゃ――」

「赤毛。そこまでにしとけ。

教授殿をそれ以上責めたところで、起きちまった事態は変えられねえ。だが、教授たちが研究を積み重ねたおかげでセリーヌは助かったんだ。『ヴァンプドッグ』が想像以上に危険な奴だと解っただけでも、今は良しとすべきだ。……もっとも、事態が想像外すぎて公表が絶望的になっちまったがな」

ドミニクが乱暴に頭を掻く。無線での慌てぶりからはだいぶ落ち着いたものの、『人を吸血鬼化するウイルス』については未だ信じがたい様子だった。

「ともかく、俺たちの目的は『ヴァンプドッグ』の確保だ。

並行して、赤毛たちの見つけた現金輸送車襲撃犯の捜索と身元確認。……こいつらも『ヴァンプドッグ』の手にかかっていたのなら、襲撃犯の身元から、吸血犬野郎の手がかりが摑めるかもしれん。

　赤毛たちが遺体と凶器を確保して、クルマで逃げた奴の行先もおよそ摑めた。連中の身元を特定するのは難しくねえ。……後は、吸血鬼を生け捕りにできりゃ言うことなかったんだが」

「無茶言わないで。あの状況で深追いしてたら無事じゃ済まなかったわ。

　大体、こっちは二ヶ月続けて火事場の真っただ中に放り込まれたのよ。どんな呪いよ」

「貴女の場合はむしろ、自分から火事場に突撃する呪いと表現した方が的確でしょう。一度厄《やく》払いされることをお勧めします。良い神社がJ国にありますがいかがですか」

「そんな理由でJ国に行きたくないわよ！」

　この黒髪の部下はどんなときでも皮肉を飛ばしてくる。「それでドミニク、あの家の火事はどうなったの。消し止められた？」

「鎮火中だ。少し前に連絡が入ったが、全焼を防げるかどうかといった状況らしい。フェニックス市は乾燥しているからな。お前らの見た吸血鬼連中も、今頃は恐らく黒焦げだろう」

「……そう」

　あのタイミングで撤退した判断が間違っていたとは思わない。吸血鬼に襲われた際にジョンの救援がなかったら、漣ともども命を落としていた可能性がある。

　が、どのような姿であれ生きて動いていた――ようにも見えた――彼らを見殺しにしたことに変わりはない。もっと上手いやり方があったのではないか、という後悔は拭えなかった。

「吸血鬼といえば」

　ジョンが思い出したように口を開く。「五番目の被害者が蘇ったということは、第一から第四の被害者も同様に復活する恐れがあるのではないか？　現に第一と第二の被害者の傷口からは、Dウイルスが検出されたのだろう」

「検死解剖先には連絡済みだぜ。安置所に戻って来た遺体も、監視を張り付かせている。

……幸か不幸か、蘇生の気配は今のところ皆無だ。

救急隊員からも執刀医からも、遺体が動いたなんて話は全く出てきてねえ」

　了解した、とジョンが呟き、「発症に差があるのか……？」と首をひねる。

　そうだ。今はまだ、襲撃犯と思われる自動車を目撃し、彼らの隠れ家らしき邸宅から遺体と拳銃を回収したに過ぎない。疑問は山積みだ。

　Dウイルスで吸血鬼化したと思しき行動を見せたのが、第五の被害者と、隠れ家にいた三人。その一方で、第一から四人目までの被害者たちは吸血鬼化の兆候が今のところない。

　四人対四人。発症率は単純計算で五割。だが、吸血鬼化の法則性は謎のままだ。

　発症したのは、六十代女性、および三、四十代らしき男女。

　発症しなかったのは、二十代女性、四十代男性、三十代女性、そして二十代男性。性別も年齢層もバラバラだ。

「高齢者に近いほど吸血鬼化しやすいのかしら。……でも、三、四十代じゃ特に高齢というわけでもないし」

「その年齢層が、緩やかな境界になっているかもしれん」

　ジョンが頷く。「年齢を重ねるほど風邪で命を落としやすくなるものだが、考えてみれば、他の感染症にしたところで、発症の有無に明確な法則が存在するわけでもあるまい」

「予断は禁物です」

　漣が釘を刺した。「感染候補者は八名もいますが、裏返せば、吸血鬼化の発症と思われる例は四名しか目撃されていないのですよ。決定的な判断を下すには数が足りません――これ以上発症者を増やすわけにもいきませんが。

　そもそも、『デレク・ライリーによってDウイルスに感染させられ吸血鬼化した』という仮説には、看過できない矛盾があります」

　矛盾？

「潜伏期間ですよ。

　前に触れましたが、狂犬病ウイルスに感染してから発症するまでには、通常、数日から年単位のタイムラグがあります。邸宅にいた三名はひとまず措くとして、第五の被害者は、殺害から一日と経っていません。

　そのような短い時間で、『ヴァンプドッグ』に噛まれた被害者が吸血鬼化するものでしょうか？」

　反論するまでに数瞬が必要だった。

「待ちなさいよレン。蛙の脚に電気を流すと動く、なんてしたり顔で語っていたのはあんたでしょうが。隠れ家の三人の吸血鬼化が、Ｄウイルスの仕業でないのなら何だって言うの。

　まさか、『ヴァンプドッグ』は二月七日よりずっと前に脱走していて、被害者たちも、今日じゃなくてもっと前から噛まれてた、とか言うんじゃないでしょうね」

「ありえないです」

　グスタフの助手のイヴェットが口を挟んだ。「彼が……デレクが研究所を脱け出したのは、間違いなく三日前の二月七日です。……ＭＤ州の州警察の方たちに、秘密裏に駆けつけていただいて……監視カメラの映像や、記録類も提出しました。研究所や警備会社の関係者も、全員、事情聴取を受けてます」

　彼女の証言は別途、漣に裏取りを任せるとして、脱走したのが二月七日より前という線はひとまず捨てるしかなさそうだ。となると。

「デレクがフェニックスに潜入した日がもっと早かったのかしら。昨日の九日の夜じゃなくて、脱走翌日の八日にはこっちに来てたとか。

　で、あらかじめ被害者たちに、例えば自分の唾液を飲ませてＤウイルスに感染させて、二日後の今日――」

「その方法で本当に二日以内に発症するのか、あるいは具体的にどのような口実で被害者たちへ接触したのか、といった疑問は脇に置きましょう。

『ヴァンプドッグ』に、そのような手間をかける理由がありますか。同じ相手と複数回にわたって接触するのは、目撃される危険をいたずらに増やすだけとしか思えませんが」

「赤毛。『唾液を飲ませる』と簡単に言うがな。初対面の相手をどうやってその状況へ誘導するんだ。仲良くティータイムに興じたのか？　それともまさか、酒場で酔っ払ったふりして絡みまくって酒を呑ませたとか言わねえよな？」

「そもそもＭＤ州からＡ州への移動手段は何だ？

　自動車では優に三十時間以上を要する。一日以内にフェニックス市へ入るには飛行機を使うしかない。が、航空券や空港までの移動費用を、脱走したばかりのデレク・ライリーが所持していたとも思えん。

協力者がいたのなら話は別だが――今回の件で、R国の工作員が動いたという情報は確認されていない。協力者が『ヴァンプドッグ』に殺戮を許した理由も不明確だ。

それとも、『ヴァンプドッグ』自身が通りすがりの他人から金銭を強奪したのか？　ならば、その事件の一報がMD州警察に入ってもおかしくないはずだが」

「ああもう！」

漣、ドミニク、そしてジョンに立て続けに袋叩きにされ、マリアは頭を振った。「本当にうるさいわねあんたたち。だったらあの吸血鬼連中は何なの。『ヴァンプドッグ』とは無関係な別の吸血鬼ウイルスに、第五の被害者と隠れ家の三人がたまたま感染していて、たまたま『ヴァンプドッグ』と同じ手口で殺されたってこと？　そっちの方がありえないでしょ」

「――ヒトの神経系におけるDウイルスの移動・増殖速度が、通常の狂犬病ウイルスより格段に速かったのかもしれん」

長いこと苦い顔で黙り込んでいたグスタフが、口を開いた。「マウスでのDウイルスの潜伏期間はおよそ二日だ。ヒトとマウスの体格の差を考えれば、潜伏期間はさらに延びるはずだが……これも先に述べた通り、他の動物での実験結果が、人間でも同様に現れるとは限らん。

脳に近い喉元を噛まれ感染したのならば――さらに、Dウイルスとヒトの神経細胞との相性が良いと仮定するならば、噛まれてから数時間で発症する可能性も決してゼロではない。自然界の驚異は人間の想像などたやすく超えてくるものだ」

当初は信じがたい様子だった教授も、『Dウイルスによる吸血鬼化仮説』を受け入れざるをえなくなったらしい。

と、会議室のドアがノックされ、若い捜査員が入ってきた。

室内に緊張が走る。――が、捜査員の持ってきた情報は、これまでの凶報とは別のものだった。

「現金輸送車襲撃犯のクルマが発見されました。キヤメルバック山の駐車場です。

それから、マリア・ソールズベリー警部。Ｃ大学より電話が入っておりますが」

※

『非常識の極み』

アイリーン・ティレットの声は、真冬の寒風のごとく冷ややかだった。

『事前連絡なしにいきなりサンプルの分析を頼まれても、できることには限度がある。ヒトの細胞が混《コン》入《タミ》した一本鎖ＲＮＡウイルスの遺伝子解析なんて、普通は小一時間かそこらではできない。装置や人員の手配も必要。大学の研究室は宅配ピザ屋とは違うし、警察の小間使いでもない』

「……ごめんなさい。無理を言って悪かったわ」

少女に電話口で叱られ、マリアはうなだれるしかなかった。『超特急で鑑定お願い。ブツは軍に運ばせるから』という頼み方は、いくら緊急事態とはいえさすがに無茶が過ぎた。

ジョンやドミニクが相手なら、「今度奢るから」「いいから何とかしなさい」といった調子で無理難題も押しつけられるのだが、この少女には対価やごり押しは効かない。捜査協力云々以前に、アイリーンという友人と仲違いはしたくなかった。

短い沈黙の後、受話器から吐息が聞こえた。

『次からはちゃんと余裕を持ったスケジュールで依頼して。仕事として請け負うからにはそれなりの準備や手間がかかるから』

「ええ。後でフェニックス署宛で請求書を送って頂戴」

『……了解』

機嫌を直してくれたらしい。アイリーンの声が柔らかくなった。『お説教はここまで。ここからは本題の分析結果の説明。

結論から述べると、両方のサンプルから、狂犬病ウイルスの変異株と思われるウイルスが検出された』

「本当⁉」

受話器を握る手に力がこもる。両方——第一と第二の被害者の喉から、それぞれ採取した試料だ。

『間違いなし』

アイリーンの返答には自信がこもっていた。『遠心分離機にかけて上澄みをすくって、電子顕微鏡撮影と電気泳動分析を行った。かなり時間がかかったけど、前者で弾丸状の像を確認できた』

ここまではイヴェットの観察結果と同じだ。が――

『問題は後者。電気泳動像のパターンは、二つのサンプルで互いに同じ。だけど、通常の狂犬病ウイルスと違う。他のリッサウイルスとも合わない。……明らかに変異してる』

Dウイルスだ。

遺伝子研究の最前線に立っているアイリーンが「変異している」と明言した以上、通常の狂犬病ウイルスの可能性は消え去った。

『弾丸形状が同じということは、変異してるのは殻《カプシド》の形成に寄与しない部分のタンパク質。外周の突起か、カプシドの内側に含まれる何かか――』

「ちょっと待って」

専門用語を並べ立てる少女を、マリアは慌てて引き留めた。「よく解らないんだけど、外周とか内側とか、変異している場所がそんなに重要なの？」

『当然』

生徒を前にした教師の口調そのものだった。『ウイルスの感染は、ウイルスの表面が宿主の細胞に接触することで始まる。その後の感染の仕方は、ウイルスの表面と細胞膜との相互作用――言い換えれば、ウイルスの表面にどんなタンパク質が露出しているかでほぼ決まると言っていい。

狂犬病ウイルスが神経細胞に侵入しやすいのは、ウイルスの表面が神経細胞と親和性が高いからと考えられてる。だから、カプシド外周の状態はそれだけ重要ということ。

私から質問。……このウイルスは何？　軍の人からは「狂犬病患者に由来する機密サンプル。取り扱い厳重注意」としか聞かされてない』

そういえば、サンプルについての説明も空軍に投げっぱなしだった。彼らは『ヴァンプドッグ』の脱走が公になっていないことを考慮して、サンプルの詳細を告げなかったらしい。

しかしここに至って、デレクとDウイルスの件をアイリーンに伏せるメリットは皆無に近かった。マリアが手短に事情を明かすと、『……そういうことは早く言って』と低い声が返った。

「ごめんなさい。公表すべきだとあたしも訴えたんだけど、衛生研究所や警察の関係者連中が二の足を踏んでて」

『こっそりでもいいから教えてほしい。私は秘密を漏らす真似はしない。緊急事態だと解ってたら、もう少し早く準備できた』

「……本当に悪かったわ。あんたを信用しなかったわけじゃないのよ」

かつてハイスクールで『赤毛の悪魔』と恐れられた自分も、飛び級で大学入りしたこの天才少女には頭が上がらなかった。漣にはとても見せられない。

『罰として、というわけじゃないけど、ひとつ要求。……他の被害者たち全員のサンプルを送って。可及的速やかに、分析依頼書付きで。被害者自身の唾液がベスト』

「いいの？」

似た内容の依頼を、ちょうど考えていたところだった。

『凶悪事件の捜査に協力するのは市民の責務。それと……無症状・長寿命化型の狂犬病変異ウイルスという対象は、とても興味を引かれる。……私のいる研究室なら、遺伝子配列を特定できるかもしれない。治療に繋がる知見を何か得られるかも』

青バラ《深海》の生みの親、フランキー・テニエル博士の愛弟子にふさわしい、研究者の熱意が滲み出た台詞だった。

「すぐ送るわ。今度は戦闘機じゃなく軍用車で」

『……特急の分析は料金割増で』

いつもは大人びた雰囲気のアイリーンが、珍しく茶目っ気のこもった声を返した。

※

邸宅の火災は、日付が変わる前に消し止められた。が、火の回りが早く、全焼をかろうじて食い止めるのが精一杯だったという。マリアたちが遭遇した三人の『吸血鬼』は、ドミニクの予想通り、リビングの焼け跡で黒焦げになって発見された。

さらに明け方――

マリアたちの目撃した乗用車を追っていた警察官たちが、襲撃犯と思われる男の遺体を発見した。隠れ家から十五キロほど北、キャメルバック山の山中だった。

※

「それで、男の身元は解ったの？」

マリアの問いに、ドミニクが「指紋からあっさり割れたぜ」と頷いた。

「エルマー・クィンラン、三十七歳。規制物質法違反で何度か刑務所にぶち込まれている。最後に出所したのが一年前。しばらくはMD州で大人しく日雇いの仕事に就いていたようだ」

――翌日、二月十一日午前九時。

フェニックス署の会議室で、マリアたちはドミニクから捜査の進捗報告を受けていた。

出席者の顔ぶれは昨日とほぼ同じ。マリアと漣、ドミニクおよびフェニックス署の捜査員数名、国立衛生研究所のグスタフとイヴェット、空軍からはジョン。各々の手元に資料が置かれている。犯行現場などの位置を記した略図も添付されていた。（【図4】）

さらに、入院中のセリーヌに代わって、ボブが眠たげな顔で椅子に腰を下ろしていた。

「エルマー・クィンランの遺体周辺に争った形跡はなし。代わりにと言っては何だが、札束の詰まったトラベリングバッグが遺体の近くに残されていた」

ドミニクが説明を続けた。「駐車場に放置されたクルマのトランクにも、同じ形のトラベリングバッグが四つ入っていた。こっちも札束入りだ。紙幣番号を問い合わせたところ、MD州で強奪されたものと一致した。

ついでに、駐車場近くの自動販売機に、クィンランの指紋の付いた紙幣が一枚入っていた。こっちの番号も、強奪された紙幣と同じだった。……岩山で死んでいたこの男が、襲撃犯のひとりだったと考えて間違いねえ。

赤毛に黒髪、お前たちが隠れ家で回収した拳銃からも裏が取れたぜ。射撃テストの結果、弾丸のライフルマークが、MD州で警備員を撃ち殺したものとぴったりだった」

襲撃犯たちがあの隠れ家に潜んでいたのはほぼ確定、か。

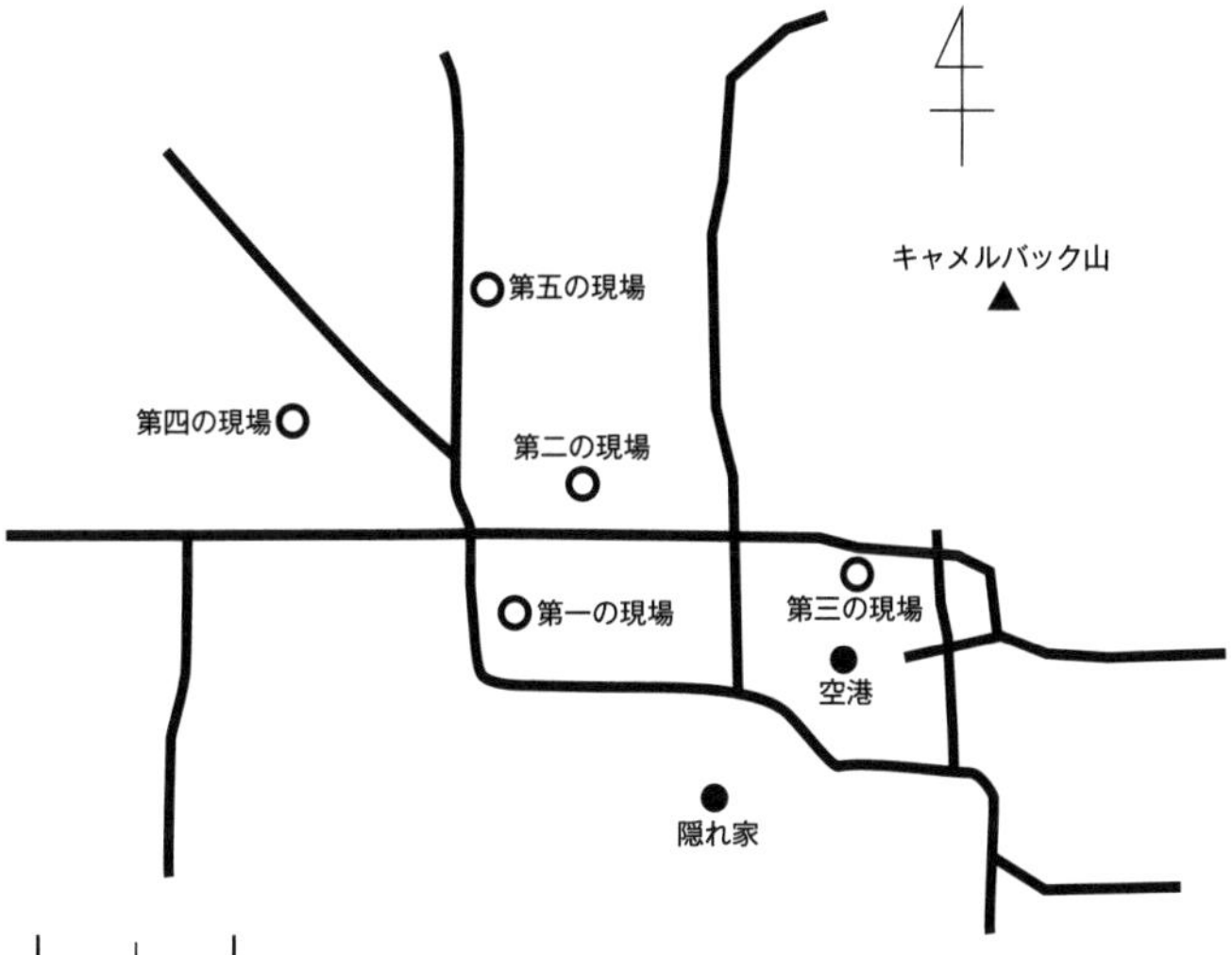

図4

「クルマは盗難車だ。半年前にC州で被害届が出ていた。

　それから、右前輪がスペアに交換されていた。交換前のタイヤがスペアの収納スペースに残っていたが……刃物の切れ込みが入っていた。スペアに交換する前の状況がどんなものだったのか、詳しくは解らねえ。が、遺留品のメモ帳の記述からするに、およそ穏やかとは言い難い雰囲気だったようだな」

「メモ帳？」

「ああ。エルマー・クィンランの穿いていたボトムスのポケットから、小型のメモ帳が発見された。

　記されていたのは、主に襲撃計画の概要と思しきメモだったが、『P市に到着』した後から一気に物騒な記述ばかりになった。詳しい内容は資料を見てくれ」

　手元の紙の束をめくる。手書きのメモの複写が添付されている。断片的な単語の羅列が、途中から手記じみた文章に変わっていた。

　――Tが殺された。喉をやられていた。

　――Kまで殺された。また喉を抉られていた。

……

『ヴァンプドッグ』と同じ手口だ。『T』『K』はエルマーの仲間のイニシャルだろうか。襲撃犯の間で殺し合いが起きていたのか。

　メモには他にも、不可解な記述が散見された。最後のページは殴り書きだった。

「隠れ家にいた四人――頭を吹き飛ばされた奴と、吸血鬼化した三人の身元は？

　状況からして、エルマー・クィンランが隠れ家に火を点けて逃げ出したのは間違いなさそうよね。同じ隠れ家にいたんだし、この四人がエルマー・クィンランの仲間だったと考えるべきでしょ」

「件《くだん》の三名については目下調査中ですが、我々が火災から回収した遺体は、身元が判明しました」

　漣が手帳を一瞥した。「セオドリック・ホールデン、三十七歳。直近の住居はMD州の郊外、家族なし。大学卒業後にG州の電子機器関連企業へ就職したものの、五年ほどで退職し独立。調査会社を立ち上げています。いわゆる探偵業ですね。

　……が、社員は計一名、登録上の住所は当人の住居。調査会社としての活動実績も不明です」

『Theodoric Holden』――『T』か。

「昨日の今日でよくそこまで調べられたわね。どんな黒魔術を使ったの」

「貴女が仮眠室でいびきをかきながら朝までぐっすり眠りこけている間に、ＭＤ州の管轄署へ問い合わせました」

　黒髪の部下は、マリアの台詞をあっさり流した。

「あちらも容疑者の絞り込みを進めていたようですね。歯形と指紋の形状をファクシミリで伝えたところ、セオドリック・ホールデンのものと一致したとの回答がありました。『事件当日以降、セオドリック・ホールデンは所在不明』とも」

　ビンゴか。ＭＤ州の警察も仕事が早い。

「そいつの住居から何か見つかった？　襲撃計画の手がかりとか」

「管轄署によれば、直接的な証拠は発見されなかったものの、海外ベンチャー企業に関する調査資料が残っていた、とのことです。

　Ｕ国外で新たな会社を設立するつもりだったようですね。ＭＤ州の現金輸送車襲撃も、新会社のための資金調達が目的だった可能性があります」

「新会社、ねえ」

　起業のことはよく解らないが、一山当てるにはそれなりの算段やアイデアが必要だろう。どこかで美《う》味《ま》いネタを拾ったのだろうか。

「それにしても、三十七歳？　デレク・ライリーも同い年だったわよね。偶然かしら」

「と考えるには、脱走と襲撃のタイミングなどの符合が多すぎますね。そちらも調査中ですので、今はひとまず、判明した事実の共有に注力しましょう。

――ボブ、お願いします」

「了解だ」

　ボブがあくびを噛み殺しつつ、椅子から腰を上げた。

「まずエルマー・クィンランだが、死亡推定時刻は昨日の二十時から二十四時の間だ。お前さんたちによれば、猛スピードで逃げるクルマを目撃したのが十九時半過ぎだったな。死亡推定時刻との矛盾はない。もっとも、ハンドルを握っていたのが本当にエルマー・クィンランだったとして、だが」

「そこは裏が取れたぜ」

　ドミニクが補足した。「クィンランの指紋がハンドルに残っていた。他の指紋に被さる格好でな」

そうか、とボブが頷き、報告を続けた。

「遺体に動かされた形跡はなし。発見現場イコール死んだ場所と見てよかろう。で、死因だが」

白髪の検死官が珍しく言い淀む。「……遺体の首回りに索条痕。胴体および頭部に打撲が認められた」

「誰かが岩山で待ち構えていて、そいつがエルマー・クィンランを殺したの？

それとも、他の仲間がクルマの助手席に座ってたのかしら」

乗用車を目撃したときは、さすがに何人乗っていたかまでは解らなかった。

「慌てるな。話は終わっとらん。

索状痕は残っていたが、顔面鬱血《うっけつ》はほぼ認められなかった。胴体の打撲も死に至るほどのものではない。頭部の傷は岩にぶつけたにしては深かったが

――恐らくどれも真の死因とは言えん」

え？

「待って。打撲は百歩譲って私刑《リンチ》の痕だと言えなくもないけど、絞殺じゃないなら何で首に痕が」

反論しかけ、エルマーのメモ帳の複写へ目を落とす。

――変な痕が喉に――

これか。『変な痕』とは索状痕のことだったのだ。

……しかし、なぜ痕が付いたのかまでは記されていない。文脈からすると、エルマーが痕に気付いたのは十日の朝だ。命を落としたのはその夜。かなり間が開いている。

「……何があったのかしら」

「知らん。こっちの仕事は遺体と向き合うことだ。真相を調べるのはお前さんたちの仕事だろう。

それでだ――バロウズ刑事殿、だったかな」

ボブが手元の資料をめくり、銀髪の刑事へ目を向けた。

「駐車場の自販機の近くに、中身の入ったサイダー缶が転がっていたそうだが、具体的な残量は解るかね」

「五百ミリリットル缶の三分の一、ってところだな。

もっとも、サイダーのこぼれた跡が、アスファルトに綺麗に大きく広がっていた。実際にはほとんど口を付けられていなかったかもしれねえ。

缶にはエルマー・クィンランの指紋がべったりついていた。奴が買ったんだろう。首の痕は脇に置く

として、胴体に打撲があったってことは、他の誰かに襲われて――

　いや、違うか。襲われたのならサイダーの跡ももっと乱れていたはずだ」

「襲撃されたのではあるまい。恐らく、飲みたくても飲めなかったのだろうよ」

「検死官、もしや」

　真っ先に反応したのはグスタフだった。ボブが頷く。

「専門家のお前さんの方が詳しかろう。狂犬病だ。――『水を飲むと喉に激痛が走る』症状に、奴《やっこ》さんは見舞われたのだろうな。

　駐車場へ逃げ込み、一息つこうとサイダーを飲んだ直後に痛みが走り、缶を落とした。後始末をする余裕もなく、ともかく身を隠そうと岩山へ逃げたものの、症状が悪化し心肺停止で倒れた。……遺体の周辺に争った跡はなかったのだったな。とすれば恐らくこれが、エルマー・クィンランの死の状況だ」

「ジェラルド検死官」

　ジョンが険しい顔で沈黙を破った。「貴官が言いたいのは――エルマー・クィンランもDウイルスに感染していた、ということか」

「臆測だがな。遺体を詳しく分析すれば当たりかどうか解るはずだ。

　お前さんたちの言うDウイルスに、普通の狂犬病の症状はないとのことだが、その前提からまず疑った方がいいかもしれんぞ。生存例はデレク・ライリーしかおらんのだろう。

　吸血鬼化に個人差があるのなら、狂犬病としての症状が現れるタイミングもまた、感染者次第という話になりはせんか。『Dウイルスは狂犬病を発症しない』のではない。単に『発症までの期間にとてつもないばらつきがある』だけだ、と」

「ヤルナッハ教授」

　漣が間髪を容れず問いかけた。「貴方がたの実験では、Dウイルス感染マウスに攻撃性行動はほとんど見られなかったとのことでしたが――逆に言えば、少数の例外は存在したのですか」

「……その通りだ」

　グスタフの声は掠れていた。「感染後、狭い空間に数日間放置した個体の中に、他の個体を噛むなどの攻撃性行動を見せたものがあった。割合としてはおよそ五千体に二十体、一パーセントを切る程度だが。

原因は不明だ。異常行動マウスの脳には、異常でないマウスと比較して広範囲に炎症が認められたが、この差異が何に起因するかは、今に至るまで判明していない。閉鎖空間に閉じ込めたことによる外因性ストレスとも考えられるが、仮説に留まっている」

ストレス、か。

仮説ではなく事実だったとして――マリアと漣が隠れ家で目の当たりにした三名の異常を、エルマーも目撃していたとしたら。

フェニックス市から脱出できず、精神的重圧を受け続けたところへ、仲間の吸血鬼化を見たことが、狂犬病の症状を誘発する最後の一押しになってしまったとしたら。

「次に、セオドリック・ホールデン」

ボブが検死の説明に戻った。「こっちの死因は明らかだな。至近距離からの頭部への狙撃だ。死亡推定時刻は十八時から二十時の間。ちょうどエルマー・クィンランがクルマで逃げ出した頃か」

「こいつも喉に傷があったわよね。そっちが死因ってことは？」

「ないな。見た目はひどい有様だが、傷の深さは皮膚を剝いだ程度だ。頸動脈《けいどうみゃく》も無事だった。大怪我ではあるが致命傷にはならん。

何より、吹き飛んだ頭部に生活反応が見られた。生きたまま頭を撃たれたのは確実だな。直接の死因としてはこちらの方が疑いようがない」

「セオドリック・ホールデンを射殺したのは、エルマー・クィンランか」

ジョンの問いに、ドミニクが「だろうな」と頷いた。

「奴の腕から硝煙反応が出た。銃のグリップから複数の指紋が検出されたが、こいつの指紋が一番上に残っていた。一方、セオドリック・ホールデンの腕からは硝煙反応が出ていない。状況証拠を並べれば、自殺じゃなく典型的な同士討ちだ」

エルマーがセオドリックを撃ち殺す。隠れ家に火を点けて逃げる。岩山で狂犬病を発症して息絶える。およその流れはこんなところか。

問題は、エルマーたちが隠れ家へ潜んでから仲間を射殺するまでの間に、そして射殺から逃走するまでの間に、何があったのかだ。

セオドリックを射殺して逃走する前後の、エルマーの行動はおよそ見えてきた。後は――

「残る三人、男二名に女一名だが、いずれも解剖上の死亡推定時刻は昨夜二十時以前、喉に深い切創が多数。こっちは紛れもない致命傷だ。

が、本当の死因は解らん。全身丸焼けで他の外傷が判別困難になった上に、胃の中身が中身だったからな」

「――『三名の胃から亜砒酸を検出』？」

ジョンが検死報告書を凝視する。「彼らは毒殺されたというのか」

「毒が検出されてしまった以上、可能性は否定できまい。誰が一服盛ったかまでは知らんがな。この三人の血液からは、微量のアルコールも検出されている。酒に亜砒酸《あひさん》を混ぜたのかもしれん。

ちなみにだが、セオドリック・ホールデンとエルマー・クィンランからは亜砒酸も他の毒も検出されておらん。特にエルマー・クィンランからはアルコールも一切出なかった。酒が苦手だったのだろう。

三名の身元は別途調べてもらうとして、奪った金を巡っての仲間割れという線は充分ありえるのではないか？」

セオドリック、エルマー、あるいは他の仲間の誰かが現金輸送車襲撃を計画。しかしその裏で、強奪した金を独り占めする殺人計画が進行していた――ありそうな話だ。

……が。

「『ヴァンプドッグ』はどこで絡むんだよ」

ドミニクが眉間に皺を寄せた。「襲撃犯連中が仲間内で殺し合っただけなら、『ヴァンプドッグ』が出る幕も、Dウイルスに感染する機会もありゃしねえだろうが。

赤毛、黒髪、灰目。もう一度訊くぞ――お前ら、本当に吸血鬼を見たんだな？」

「二日酔い後の夢だと思いたかったわよ、あたしだって」

「三名の遺体について、ボブの検死報告書に『肺から煤《すす》が検出された』とあります。

たとえ心臓が停止しても、横隔膜《おうかくまく》が動けば肺はポンプのように収縮と膨張を繰り返し、外気の吸引と排出を行います。――信じがたいことですが、三名の遺体は火災の起きた時点で筋肉が動く状態にあったことを示しています。喉をめった刺しにされていたにもかかわらず、ですよ」

「私も同じものを目撃した。U国空軍の名に誓ってもいい」

「解った解った。俺が悪かった」

　ドミニクの口から盛大な溜息が漏れた。「ったく、何なんだこの事件は。肝心の『ヴァンプドッグ』の尻尾の毛すら摑めやしねえ」

　第五の殺人、そして隠れ家での火災以降、『ヴァンプドッグ』の凶行はぴたりと止んだ。

　検問、ジェリーフィッシュの巡回、そして市内のパトロールは現在も続いているが、昨夜から現時刻に至るまで、喉を抉られた遺体が発見されたという報は一本も入っていない。

「灰目。道路を使わずにフェニックス市へ出入りした奴はいなかったんだな？」

「いない。検問の混雑を回避するために荒野へ出ようとした市民が三名いたが、いずれも身元を確認済みだ。一連の殺人や現金輸送車襲撃との繋がりは見いだせなかった。

　逆に尋ねるが、検問で漏れた可能性は？　『ヴァンプドッグ』がすでに市外へ逃走したということはないか」

「市外行きのクルマは、免許証とライセンス・プレートを片っ端からチェックしているぜ。

　デレク・ライリーは運転免許証を持ってねえ。仮に共犯者がいたとしても、検問では運転手だけでなく同乗者の顔も奴の写真と突き合わせている。少しでも怪しいクルマがあったら、車線の外へ引っ張って調べるよう厳命しているぜ。

　前に話した通り、『ヴァンプドッグ』と関係のない免許不携帯などはゴロゴロ見つかったが、肝心の奴は今のところ、全くの空振りだ。パトロールも含めてな」

　そうか、とジョンは険しい顔で腕を組んだ。

　警察と空軍が警戒態勢を敷いてなお、『ヴァンプドッグ』の影さえ摑めない。それどころか犯行が止み、追跡の足がかりが途絶えてしまった。新たな被害者が出ていないのは不幸中の幸いと言えたが――

　市内各所で発生した五つの殺人の、新たな手がかりも未だ見いだせない。犯人はどうやってパトロールの網をかいくぐったのか。五名のうち四名の死亡推定時刻が接近しているのはなぜか。そのようなハードスケジュールを組んだ理由は何か。

「せめて、被害者たちの死亡推定時刻をもっと絞り込めないかしら」

「そうしたいのは山々だがな」

　ボブが残念そうに返す。「第五の被害者がああなってしまった以上、今は慎重を期すしかあるまい」

　Dウイルスによる吸血鬼化が判明して以降、被害者たちの検死解剖は中断を余儀なくされている。

　完了したのは第一の被害者、クラーラ・グエンだけだ。二番目のノーマン・ルーサーと三番目のキャサリン・ウェイドは、胃の内容物が確認されたところまでだ。両者とも胃の中は空。襲撃犯たちのような毒物も検出されなかった——と、中間報告書に記されていた。

「胃の中身は大体二、三時間で消化される。絞り込むまでには至らんよ」

　ボブが補足する。

　ノーマンの死亡推定時刻は早くて十時、キャサリンも同様だ。どちらも七時から八時までには朝食を済ませていた計算になる。何の疑問もない。

　一方、四番目のバート・アンダーヒル、および五番目のハリエット・エイマーズの遺体は未だ手つかずだった。解剖が再開され、何かしらの手がかりが得られれば良いのだが、彼らの初検の死亡推定時刻も、早くて各々十一時と九時二十分。胃の中身から絞り込むのは恐らく難しい。

　今は、手元の情報だけで考えを巡らせるしかなかった。

「レン。襲撃犯たちがデレク・ライリーをフェニックスへ連れて行ったかもしれない、って前に話したわよね。

　本当にそうだったとしたら？　『ヴァンプドッグ』は襲撃犯と一緒に例の隠れ家に潜んでいて、被害者たちをハードスケジュールで立て続けに襲ったんだとしたら」

　反論は来なかった。有能な部下が問い返した。

「第二から第五の被害者の死亡推定時刻が、十二時前後に集中していたのは、門限があったから——犯人が昼までに隠れ家へ戻る必要があったからだ、と？」

「連中があの隠れ家でどう過ごしていたかは知らないわ。けど例えば、『正午に昼食、それまでは自由時間』程度の決まり事を設けていたとして、正午の集合時間に間に合うように犯行を重ねて――隠れ家に戻った後、今度は襲撃犯たちを手にかけていったとしたら」

火に焼かれた三人は、亜砒酸を盛られていた。どこで入手したかは措くとして、毒殺なら大勢をまとめて始末するのもたやすい。

漣は眼鏡越しに瞼を閉じ、「仮説にしても矛盾が多すぎますね」と端的に返した。

「『ヴァンプドッグ』が襲撃犯たちの自動車を使用して外へ出たとしたら、邸内の者たちはエンジン音をほぼ確実に聞いたはずです。検死結果を見る限り、毒はともかく睡眠薬が用いられた痕跡もありません。秘密裏に使用するのはまず無理でしょう。

あるいは、彼らの同意を得てクルマを使った可能性もありますが……潜伏中の彼らが外出を容認するでしょうか？

検問やパトロール、空軍のジェリーフィッシュによる監視態勢が敷かれていることは、追われる身である彼らなら知っていたはずです。目撃される危険を冒す真似を許したとは思えません。

次に犯行時刻ですが、第一の被害者は一昨日の夜に殺害されているのですよ。

二番目以降の殺人をまとめて行うなら、昨日の昼間ではなく、第一の被害者と同じタイミングで行った方が合理的ではありませんか。一昨日の夜の段階では、検問もパトロールも行われていなかったのですから」

天を仰ぐ。……第一の被害者の件はさすがに無視できないか。

フェニックス市の各所で発生した五つの事件。隠れ家での惨劇。『ヴァンプドッグ』を共通項に持つはずの両者が、『被害者の一部が吸血鬼化した』という強力な類似性があるにもかかわらず、思うように繋がらない。

何かを見落としているのか。それとも。

「襲撃犯たちの仲間割れが生じたにせよ、『ヴァンプドッグ』の介入を受けたにせよ、彼らが件の隠れ家に身を潜め、その際に何らかのアクシデントが生じたのは間違いないと思われるが――この辺りの裏付けは取れているのか」

ジョンの問いに、ドミニクが「大体はな」と頷いた。

「十日の午前十時頃、市内のオフィス街の公衆電話から、隠れ家へ通話があったことが解った。

ビルの中に設置されていたことと、テナントがほとんど入っていなかったこともあってか、目撃者は出てねえ。逃がし屋からの緊急連絡ではないか、というのが現時点での推測だ」

パトロールが厳しいので今はそちらに行けない――といった内容だろうか。連絡を受けた襲撃犯にどんな感情がよぎったかは知る由もない。

「電話機の中の硬貨から、指紋は取れた？」

「一応はな。……ただし一枚だけ、全く指紋の付いていない硬貨があった。隠れ家への電話に使われたのはこいつだろうな。

念のため、他の硬貨の指紋も調べちゃいるが……仮に、電話の主が素手で触ったとしても、身元を割り出せるとは思えねえぞ。逮捕歴のある奴か、他の事件の重要参考人でもない限り、警察のデータベースに指紋は載ってねえからな」

硬貨の指紋から辿るのは望み薄、か。

そうだ、電話と言えば。

「第三の被害者のキャサリン・ウェイドが、九日の夜に誰かと電話をしてたらしいって証言があったわよね。そっちはどう？」

娘と喋っていたのでは、と第一発見者は語っていたが――犯人が翌日の犯行を見越して、被害者が遠出していないかチェックを入れていた可能性もある。

「娘じゃなく、被害者の勤めていたショッピングモールの公衆電話からだったな。

ここの電話機も、同じように硬貨の指紋をチェックしたが、指紋のない硬貨は一枚もなかったぜ。職場の他の関係者が、被害者へ仕事の連絡を入れたか、あるいはただの間違い電話かもしれん。裏を取っているところだ。

次に、隠れ家に使われた邸宅そのものだが、半年前に、元々の持ち主である資産家が破産して手放したものだ。ここらは特に疑う点もねえ。

で、ちょいと豪華すぎることもあってか、しばらく不動産会社の肥やしになっていたんだが、一ヶ月前に『短期で借りたい』と問い合わせがあったそうだ。三ヶ月の賃貸契約でな」

「襲撃犯らしい人物がのこのこ現れて、契約書にサインしたの？」

「それならこっちも楽だったんだがな。どうやら代理人を挟んだらしい。

契約に現れたのは六十代くらいの女だったそうだが——料金前払いだったもんで、不動産会社も精査しなかったようだな。氏名も連絡先も全部でたらめだった。

おまけに、肌が弱いとかで手袋をつけていたらしくてな。指紋も空振りだ。対応した担当者に部下を向かわせて似顔絵を描かせたが、正直に言って当てになるとは思えねえ」

ドミニクが机上に一枚の紙を放る。どこにでもいるような、特徴らしい特徴のない老婦人の顔が描かれていた。素性が解らないのでは、契約書のサインを筆跡鑑定したところでほとんど意味がない。

「件の隠れ家の近隣もパトロールしていたのだろう。異状は確認できなかったのか」

「痛いところを突いてくれるな、灰目。……実は火災の数時間前、十六時十分頃にうちの警察官が聞き込みを行っている。

報告によれば、四十歳くらいの女が玄関先に出て応対した。他の連中の姿は見えず、話の内容も大した情報はなかったが——昼間にもかかわらず、窓という窓にきっちり遮光カーテンが引かれていたのが気になったとのことだ。

で、要確認のチェックを一応入れてはいたそうだが、人員の多くがパトロールに割かれ、要確認物件の調査が後回しになっていた。邸宅について調べ始めた直後に、火災が発生した。……言い訳にもならねえな」

自嘲するドミニクをジョンは責めることなく、「そうか」とだけ呟いた。

「缶詰などの食料品や衣類の燃え残りが、キッチンの焼け跡から発見されたとのことですが」

漣が資料に目を落とした。「これらは事前に運び込まれたのでしょうか」

「ああ。請け負った宅配業者が見つかった。

二月八日——襲撃事件当日までに運び込むよう依頼があったそうだ。依頼者の名義は邸宅の借り手と同じ。電話の声も、年の行った女だったらしい。

　遮光カーテンやリネンの設置、各部屋の掃除も、別の業者の手で行われている。こっちの依頼人も以下同文だ」

「念入りね。本気で一ヶ月以上も潜伏するつもりだったのかしら」

「どうでしょう。資料から読み取るに、発見された缶詰の数は、四、五名でせいぜい数日分です。電化製品の遺留品は小型のラジオのみ。洗濯機やテレビなどは見つかっていません。長く留まるつもりだったとしてもせいぜい一週間、と見ていたようですね」

　長時間の逃避行をともにした仲間たちを油断させ、裏で皆殺しを目論んだ可能性あり、か。ワゴン車を捨てて替わりに乗用車を用意したことといい、襲撃計画が相当に練られていたことが窺える。

「一度、時系列を整理しましょう」

　漣がホワイトボードに向かい、二月七日からの出来事を手際よく書き込んだ。（**【図5】**）「……時刻はA州の標準時に揃えています。ある程度推測を含んだ目安ですがご容赦ください」

　マリアはホワイトボードを睨んだ。フェニックス市内での無差別殺人の大半が、特定の時間帯に集中していることが改めて解る。……隠れ家での出来事の欄に、大きな空白が生じていることも。

「刑事さんは、否定されてましたけど」

　沈黙していたイヴェットが、おずおずと口を開いた。「これを見ると、デレクが早い段階で市内の犯行を終わらせて、隠れ家で襲撃犯を手にかけたというのも……その、必ずしも的外れとは言えないような……」

「十六時十分頃の時点で、少なくともスザンナ・モリンズ、セオドリック・ホールデン、およびエルマー・クィンランの三名は生きていた、か」

　ジョンが腕を組む。「残る二名の死亡時刻、彼らを含む三名の吸血鬼化の時刻。これらが判然としないのがもどかしいところだが――」

「他に当たっていそうなのは、エルマーの逃走時刻かしらね。あたしとレンが目撃したタイミングと隠れ家の位置を踏まえれば、そんなに外れてないと思うけど」

「あれこれ考えても仕方ねえ」

　ドミニクが苦々しげに顔を歪めた。「検問とパト

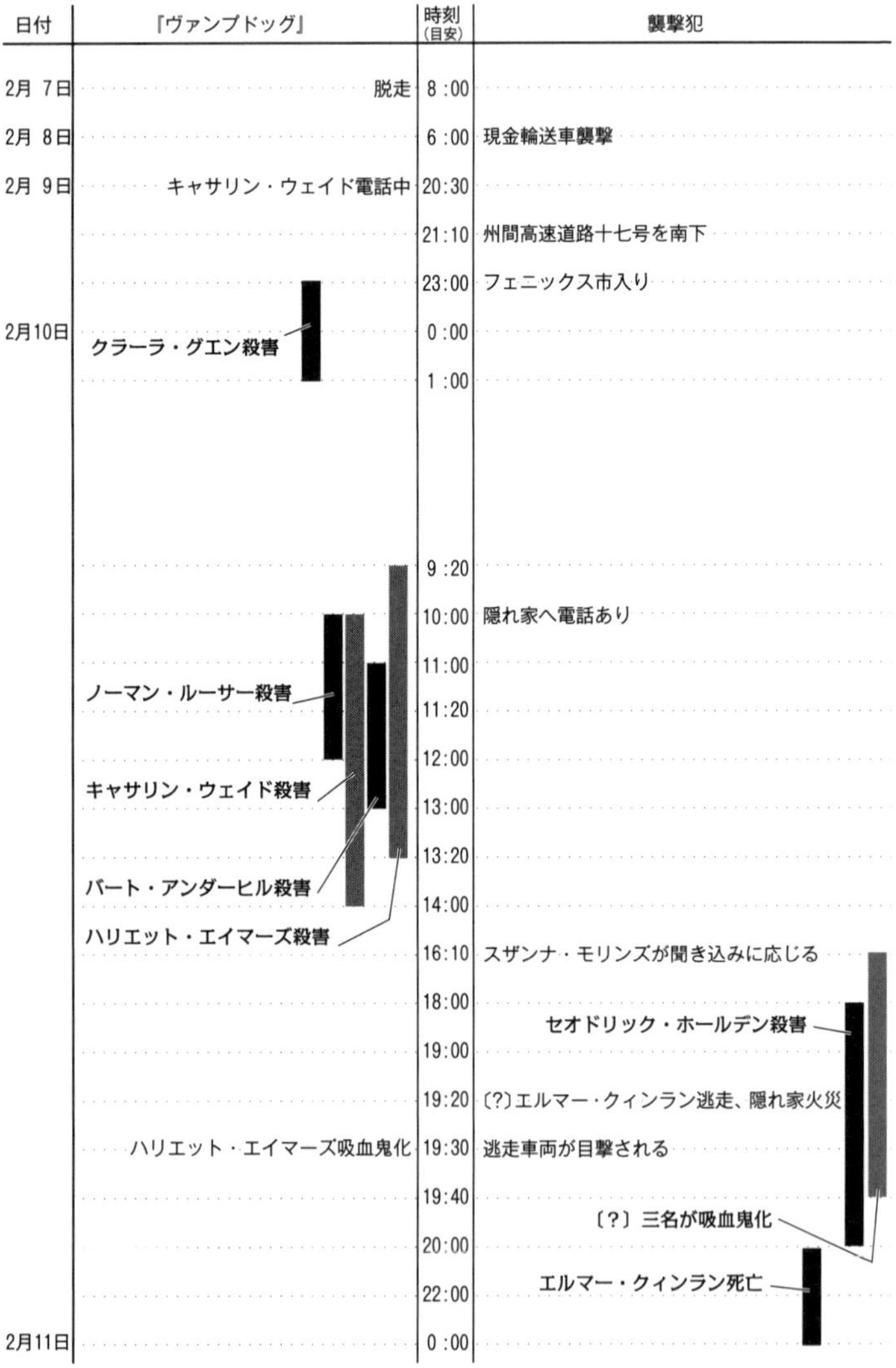
日付
『ヴァンプドッグ』
時刻
（目安）
襲撃犯
2月 7日
脱走
8 :00
2月 8日
6 :00
現金輸送車襲撃
2月 9日
キャサリン・ウェイド電話中
20:30
21:10
州間高速道路十七号を南下
23:00
フェニックス市入り
2月10日
クラーラ・グエン殺害
0 :00
1 :00
9 :20
10:00
隠れ家へ電話あり
11:00
ノーマン・ルーサー殺害
11:20
12:00
キャサリン・ウェイド殺害
13:00
13:20
バート・アンダーヒル殺害
14:00
ハリエット・エイマーズ殺害
16:10
スザンナ・モリンズが聞き込みに応じる
18:00
セオドリック・ホールデン殺害
19:00
19:20
〔?〕エルマー・クィンラン逃走、隠れ家火災
ハリエット・エイマーズ吸血鬼化
19:30
逃走車両が目撃される
19:40
〔?〕三名が吸血鬼化
20:00
エルマー・クィンラン死亡
22:00
2月11日
0 :00

図5

ロール、ジェリーフィッシュの巡回は継続だ。『ヴァンプドッグ』の確保、黒焦げの三人の身元の特定。当面はこの二点に注力する。検死官殿も手伝ってくれるか」

「身元の当たりがつかなければ、歯医者のカルテを取り寄せて歯形を比較することもできんぞ。お前さんらの奮闘次第だな」

言ってくれるぜ、とドミニクが苦笑した。

ジョンは空軍部隊の指揮へ、ボブは被害者たちの遺体の再検分へ、グスタフとイヴェットは衛生研究所への報告のため別室へ――と、各々がそれぞれの持ち場へ向かい、会議室はマリアと漣、ドミニクだけになった。午前十時半。捜査の終わりはまだ見えない。

「赤毛、黒髪。お前らはどう思う」

ドミニクが切り出した。「一連の事件は本当に、殺人鬼『ヴァンプドッグ』の仕業だと思うか」

昨日も幾度となく交わされた議論だった。マリアは顎に指を当てた。

「『犯人がＤウイルスを被害者たちに感染させた』。これは間違いないと思うわ。アイリーンの分析結果が決定打になってくれたし」

今朝早く、Ｃ大学から速達で電気泳動像の写真が送られた。イヴェットは写真を確認し、控えめに、しかし明確に言い切った。

（Ｄウイルスです……間違いありません）

さらにイヴェットは傍証として、論文の複写《コピー》をマリアへ手渡した。グスタフ・ヤルナッハの名が記された、一九七二年付けのその論文には、アイリーンから送られたものと瓜二つの電気泳動写真が掲載されていた。

アイリーンによる分析は今も続いている。彼女の希望通り、追加のサンプル――第三以降の被害者の喉から採取した分、および、襲撃犯たちを含む全員の、唾液または口内細胞サンプル――が採取され、Ｃ大学へ送られた。結果が出始めるのは早くて今夜以降になるとのことだった。

「ただし、感染させたのが必ずしも『ヴァンプドッグ』本人とは限らない。デレク・ライリーからＤウイルスを採取できる人間なら、同じことができたはずよ」

グスタフ・ヤルナッハ、あるいはイヴェット・フロルキング。

国立衛生研究所でDウイルスの研究に携わっていた彼らなら、被害者たちへDウイルスを注入することも簡単だ。

「バロウズ刑事、貴方の見解はいかがですか。貴方もマリア同様、彼らに疑念を抱いているものと推測しますが」

「疑わないわけがねえだろう」

吐き捨てるような口調だった。「殺人鬼が脱走したことを極秘扱いした奴らだぞ？　信用なんざできるかよ。

だが残念ながら、連中にはアリバイがある。

まず教授だが、MD州警察が第一の殺人の一報を入れたときは、向こうの自宅にいた。A州の時刻で言えば昨日の四時半だな。

で、MD州からA州まで空路で最低五時間、乗り継ぎが入れば六、七時間は平気でかかる。事件の一報以降、最も早い便でもフェニックス着は十一時半過ぎだ。正午過ぎにうちの署員が空港で出迎えるまで、三十分程度しかありゃしねえ。空き時間に四人を殺し回るのは到底無理だ。

その後は知っての通り、ほぼフェニックス署内に籠りきりだった。せいぜい休憩で何回か外へ出たくらいだな。

眼鏡の助手も似たようなもんだ。こっち《こっち》も常に捜査員が張り付いていた。A州立大学へサンプルの観察に行った際もな。街へ出て殺しに行ける時間などありゃしなかった」

「一筋縄じゃいかないわね」

マリアは再びホワイトボードを凝視した。ドミニクの言う通り、MD州から来た二人に、一連の殺人を行う時間的余裕は全く見当たらない。「レン。『ヴァンプドッグ』の脱走の方だけど、発生日時とか関係者の証言とかの裏は取れた？」

「手を回しています。早ければ今日中には結果を出せるかと」

しかし、優先的に裏付けを進めるべきは被害者たちの感染状況でしょう。彼らが――特に、第五の被害者と、我々が隠れ家で目撃した三人が、Dウイルスに感染していたのかどうか。

仮にこの四名が感染していなかったとすると、吸血鬼化仮説の前提が崩れかねません」

「アイリーンの分析に期待するしかないわね」

昨夜、電話口でこっぴどく叱られたことは伏せておくことにした。

※

デレク・ライリーの脱走は、正午過ぎに裏付けが取れた。

ＭＤ州警察から速達の封書が届いた。デレク・ライリーの身柄が国立衛生研究所に引き渡された際の守秘誓約書。二月七日朝までの食事の配膳記録。同日の防犯カメラ映像の複写。州警察への通報記録、デレクを逃がしてしまった職員および警備員の調書。

……

「我々が脱走事件に関して行えることがあるとすれば、後は実際に現場を確認するだけでしょう」

漣は書類に目を通し終えた後、そう結論づけた。

※

事態が動いたのは十五時頃だった。

「『ヴァンプドッグ』の指紋が、現金入りトラベリングバッグから出た⁉　本当なの」

「ああ」

ドミニクの眉間に深い皺が寄った。「駐車場のクルマに残されていた分のひとつからな。

黒焦げの三人の身元調査を兼ねて、判別できた指紋を片っ端から調べていたんだが――どでかい証拠が埋まっていやがった」

漣が問いを投げた。

「指紋はバッグのどの位置に、何箇所付着していましたか」

「上部のファスナーの脇にある、メーカーのロゴ入りプレートに、親指の指紋がひとつ乗っていた。

古いものじゃねえ。鑑識によれば、付着したのはせいぜい数日以内とのことだ」

『ヴァンプドッグ』が逃走し、八日に襲撃犯が現金輸送車を襲ったタイミングと重なる。『ヴァンプドッグ』と襲撃犯に何らかの接触があったと考えるしかない。が――

「彼らが繋がっていたの？　まさか、同い年だから学校の同級生だったなんて都合のいい話じゃないでしょうね」

「当たりだぜ、赤毛」

「……は⁉」

「黒焦げになった三人のうち二人の身元が、歯形から解った。

男のうちのひとりがイニゴ・アスケリノ、女がスザンナ・モリンズ。二人とも三十七歳。……エルマー・クインランとセオドリック・ホールデンの、ジュニアハイスクール時代の悪友だ。学校に問い合わせたところ、当時の教員から運良く証言が取れた。

で、二十三年前の最初の事件の後、こいつらのいるスクールへ転入したのが、デレク・ライリー——『ヴァンプドッグ』だ」

「連中のグループには他に、キム・ロウという東洋系の奴がいた」

ドミニクが続けた。「こいつを合わせた五人が、セオドリック・ホールデンをリーダー格としてつるんでいた。当時のスクール内では、有名な不良グループだったらしい」

「……じゃあ、身元がまだ解っていない最後のひとりは」

「キム・ロウだろうな。裏付けはまだだが」

ジュニアハイスクールの不良グループと転入生。

襲撃犯と『ヴァンプドッグ』にそんな接点があったとは。

「両者の関係はどのようなものだったのでしょう」

「解らん。二十年前の吸血鬼事件の記録に、エルマー・クインランたちの名前はなかった。当時の教員の目にも、五人が事件と関わりがあるようには見えなかったらしい。が——」

「監督者の目の届かない場所で、新参者が虐めを受けることはままある」

ジョンが呟いた。「デレク・ライリーも、あるいは彼らから同様の被害を受けていたのかもしれん」

苦い過去を思い出したような表情だった。精悍な空軍少佐も、似た経験を持っているのだろうか。

……待て。ジョンの推測が正しいとすれば。

「『ヴァンプドッグ』には襲撃犯たちを殺す動機がある、ってことにならない？　快楽でも吸血衝動でもなく、過去の虐めの復讐っていう動機が」

「マリア、逸《はや》るな。私が述べたのはあくまで可能性に過ぎない。仮に事実だったとしても、国立衛生研究所に二十年も監禁されていた『ヴァンプドッグ』が、襲撃犯たちの現状を知るのは不可能に近かったはずだ。

　それよりは、襲撃犯たちの側がデレク・ライリーに近付いた、と考えた方がまだ筋が通る。例えば――脱走したデレク・ライリーを、偶然にも襲撃犯たちが発見し、抱き込んだとすれば」

　国立衛生研究所と襲撃地点とはさほど離れていない。デレクが脱走したのは現金輸送車襲撃の前日だ。襲撃犯たちも警察の動きには敏感になっていただろう。ただならぬ事態を察し警戒していたところへ――デレクを目の当たりにしたのなら。

　おいおい、とドミニクが呆れ声を発した。

「稀代の無差別殺人鬼を呑気に仲間に引き入れたってのか？　特大の爆弾を抱え込むようなものじゃねえか。下手すれば自分たちが殺されるかもしれねえんだぞ。どういう神経だ、筋が通るも何もねえよ」

「現金輸送車の襲撃を企てる時点で、すでに常人の神経ではないだろう。

　とはいえバロウズ刑事、貴官の言う通りだ。襲撃犯と『ヴァンプドッグ』、どちらが先に他方へ接触したとしても、完全に納得の行く説明はつけがたい。……どうなっている」

「どうなっていようと、『ヴァンプドッグ』の指紋が襲撃犯のバッグに付くような何かが起きたのは事実だわ」

　マリアは机から身を乗り出した。「他の仮説を挙げるなら――『襲撃犯がデレク・ライリーを発見した』んじゃなくて、『デレクの方が襲撃犯を偶然見つけた』ってこともありえるでしょ。

　で、襲撃犯たちを密かに尾行して、例えば連中がワゴン車から乗用車へ乗り換える隙にトランクに隠れて、まんまとフェニックス市の隠れ家へ潜んだとしたら」

「そんな隙がどこにあったかは措きましょう。閉まったトランクを中から開けるのは至難の業です。無理やりこじ開けたとして、襲撃犯たちに気付かれなかったとは思えません。

　あらゆる可能性を探るのは結構ですが、下手な鉄砲を数撃ったところで当たるとは限らないのですよ。

誤射を正す身にもなっていただけませんか」

「悪かったわね、下手な鉄砲で！　撃たなきゃそれこそ当たらないでしょ」

　こんな非常時でさえ癪に障る部下だ。

「だが……そうだな」

　ジョンが腕組みをしたまま頷いた。「今の状況では、どれほど突飛な仮説だろうと、無下に否定するのは真相に到達する可能性を狭めてしまうだけかもしれん」

「そうよ。たまにはいいこと言うじゃない。ありがと、ジョン」

　マリアが笑顔を向けると、青年軍人は珍しく狼狽した様子で「……いや」と目を逸らした。

「ところで、ボブ」

　漣が話題を転じた。「第五の被害者ですが、その後、状態に変化はありましたか」

「ないな。ぴくりとも動かん。紛うことなき単なる遺体となっている。――歯にＦ国の嬢ちゃんの血が付着していなかったら、吸血鬼化したとはとても信じられなかったろうよ」

「他の四人の被害者もだぜ。一晩経っても吸血鬼化の気配はねえ。もう一日様子を見て動き出さなかったら、さっさと解剖を再開するべきかもな」

　とはいえ、絶対に吸血鬼化しない保証もないのが悩ましいところだ。遺族の下へ返して、埋葬する間際に遺体が棺桶から起き上がろうものなら、それこそホラー映画どころの騒ぎでは――


　脳裏を閃光が弾けた。

……動き出さない保証はない？


　冷たい汗が背筋を伝う。

「……ねえボブ、遺体と言えばだけど」

　思考を巡らせながら口を動かす。「隠れ家で吸血鬼化した三人の最後のひとり、身元を特定するまでどれくらいかかりそう？」

「虫歯一本もない綺麗な歯をしておったからな。歯医者に通院した記録が見つからなければ、後は手術や骨折の痕跡を探すか、でなければ体格から推定する他ないぞ。

　それとも、青バラ研究室の嬢ちゃんにＤＮＡ型鑑定を頼むか？」

「ＤＮＡの方は追加依頼するわ。遺体の体格は？」

「資料に記載があります」

漣が資料を読み上げた。「身長約一七五センチメートルの痩せ型。頭髪および肌の色は、火災により判別不能でしたが」

「デレク・ライリーも似た体格じゃなかった？」

会議室に沈黙が訪れた。

「……アジトで死んだのはキム・ロウじゃなく、デレク・ライリーだって言うのか⁉

ありえねえだろう。お前も黒髪も灰目も、吸血鬼化した三人の顔を見たんじゃなかったのか。『ヴァンプドッグ』が交じっていたのなら、お前らも気付いたはずだろうがよ」

「あたしたちが見たのはあくまで、黒焦げになる前の三人よ。それにあのときは、顔をじっくり観察する余裕はなかった。隠れ家を脱出してからは消防隊に任せきりだったし。野次馬を整理してた警察官たちも、火事場にはほとんど背を向けていたはず。

鎮火するまでの間に、隠れ家で何が起きたのか――隠れ家には他に誰もいなかったのか、あたしたちは確認できてないの」

「……どこかで入れ替わった、って言うのかよ。荒《こう》唐無《とうむ》稽《けい》にも程があるぞ。根拠は何だ」

「昨夜を最後に、『ヴァンプドッグ』の犯行がぴったり止んでるじゃない。

彼は身を潜めているんじゃなくて、この世から姿を消してしまったんだとしたら？」

ドミニクが絶句した。代わりにジョンが問いを投げかけた。

「マリア、ならばキム・ロウはどこへ消えた。喉の致命傷に加えてあの火災だ。逃げ切れるわけがない」

「解らないわ。傷を負いながらどうにか脱出したのかもしれないし、新たな第三者が運び出したのかもしれない。

……妄想に近いのは百も承知よ。だけど今は、突拍子もない仮説だろうと徹底的に潰していかないと。ところでグスタフ。デレク・ライリーに虫歯はあった？」

いきなり話を振られ、教授はびくりと身を震わせた。

「いや――ない。

病棟の食事は、一般家庭より栄養管理されている。

余計な疾患《しっかん》を招かないよう、口内の衛生管理も徹底的に行われていた」

入れ替わりの可能性は残っている。

「デレク・ライリーの皮膚や髪の毛のサンプルはあるかしら。

黒焦げの遺体のDNA型と比べれば、これが妄想かどうか解るはずよ」

※

妄想は現実になった。

マリアの提案を受け、グスタフが即座に電話へ向かった。「——冷凍庫に入っている。ラベル番号はLM83——」研究室のスタッフらしき相手への指示は逸り気味だった。

グスタフの手配したサンプルは、翌日、C大学のアイリーンの下へ届けられた。分析の結果、身元不明のままだった遺体とDNA型が一致した。

被害者たちのサンプルの分析結果も出揃った。

第二から第五の被害者、隠れ家で発見された四名、およびエルマー・クィンランの遺体から採取した、唾液または口内細胞サンプル——これらのすべてから、Dウイルスが検出された。

第三以降の被害者の喉から取得したサンプルも同様。空振りだったのは、第一の被害者の唾液サンプルだけだった。

※

『ヴァンプドッグ』の新たな被害者は、十日を最後に現れることはなかった。

第五の被害者と隠れ家の三名の他に、遺体の吸血鬼化は一度も観測されず——多くの謎を残しながらも、デレク・ライリーは隠れ家で死んだという結論を出し、事件の捜査は収束へ向かいつつあった。


『ってわけだ』

——エルマー・クィンランの遺体が発見されてから二日後、二月十三日の午後。

フラッグスタッフ署に帰着したマリアへ、ドミニクから電話が入った。

『検問は解いた。空軍の連中も引き上げさせた。一応パトロールは続けているが、三日前の大騒ぎに比べりゃ至って静かなもんだ。

……赤毛。これでいいんだな？』

「ええ。何としても吸血鬼を網にかけるわ。気を抜かないで」

『百も承知だ。キム・ロウの行方が摑めないままじゃ締まらねえからな』

　ドミニクが意を決した声で応じた。『それから、裏取りは空振りだ。頼まれていた指紋の調査も時間がかかる。もうしばらく待ってくれ』

「急いで。奢りの分をいくらか差っ引いてもいいから」

　発破をかける。はは、とドミニクが苦笑いを返し、『引き続き頼むぜ』と通話を切った。

　マリアは背後へ向き直った。

「レン、被害者たちの経歴やそれ以外の調査、どこまで進んでる？」

「すべて完了しました」

　黒髪の部下は端的に告げた。「大変遺憾ながら、ご想像の通りでした」


　やっぱりか。

「こっちも片付いたぞ」

　漣の傍らから、ボブが資料の束を突き出した。

「F国の嬢ちゃんから確認を頼まれた案件だが、全部嬢ちゃんの見立て通りだった。……大したもんだ、あの若さでここまで目が行き届くとは。お前さんの元ルームメイトとは思えんな」

「いちいちうるさいのよ」

　とはいえ、セリーヌにはハイスクール時代も助けられた。今回も彼女は、危険な目に遭いながらヒントを残してくれた。元ルームメイトに報いるためにも、何より被害者たちのためにも、簡単に犯人に幕引きを許すわけにはいかない。

　ボブの資料に目を通す。第四と第五の被害者の解剖は完了。第二と第三の被害者同様、胃の中は空、毒物の類も検出されず。……

　一通り読み終え、机の上から別の資料を手に取る。アイリーンからのレポートだ。難しい用語が並んでいるが、マリアの知りたかった情報は、簡潔に記されていた。

『……Dウイルスの変異はカプシドの内側、一本鎖

ＲＮＡに付随するタンパク質で生じていると考えられる。……』

　レポートには他にも、マリアからの問い合わせ事項に対する見解が記されていた。こちらの仮説を補強してくれる内容だった。

　マリアは顔を上げた。準備は整いつつあった。

「今度はあたしたちが反撃する番だってことを、たっぷり思い知らせてやるわ。

――見てなさいよ、吸血鬼」

第11章
ヴァンプドッグ——インサイド（Ⅵ）
——一九八四年二月十四日　一〇：〇〇～——

「私どもとの共同研究の件、前向きな返答に感謝する」

　グスタフ・ヤルナッハは、親子ほど年齢差があるだろう少女へ一礼した。アイリーン・ティレットは特に臆することもなく「……こちらこそ」と頷いた。

「契約書の草案です。……ご確認ください」

　眼鏡の助手、イヴェット・フロルキングが少女へ封書を手渡す。アイリーンが書面に素早く目を通し、顔を上げた。

「C大学《うち》の法務部門のチェックを通すのに少し時間がかかります。——それまでの間に、研究テーマの詳細と分担を詰めたいのですけど」

「そう言っていただけると、我々も助かる」

——C大学サンタバーバラ校、生物工学科棟。青バラ《深海》を生み出したフランキー・テニエル教授の研究室だった。

　A州フェニックス市で発生した大量殺人事件から四日後。警察から、事態が一応の収束へ向かったとの連絡を受け、グスタフはイヴェットとともにC大学を訪れていた。

　昨年の青バラ開発成功の報道をきっかけに、テニエル研究室——正式名称はすでに変わっているが、研究者の間では以前の名称で呼ばれることもまだ多い——へは共同研究の依頼が殺到したらしい。

　国立衛生研究所も例外ではなかった。昨年十一月にフランキー・テニエルが去った後、研究は弟子たちに引き継がれた、とは聞いていたが……よもや五十過ぎの自分が、十代の少女と共同研究の打ち合わせをすることになるとは思わなかった。

　もっとも、テニエル研究室の面々がグスタフをこけにしたのでないことは、アイリーンとの学術上の議論を経て理解できた。年齢は相当に若いが、遺伝子研究に関する彼女の知識と理解力は相当に高い。少女から狂犬病の発症メカニズムについて鋭い問いを投げられ、グスタフが返答に窮する場面さえあった。彼女がテニエル教授の第一の後継者だと、認識を新たにするのに時間はかからなかった。

　アイリーンが不意に口を開いた。

「フェニックス市での事件、話は聞いています。彼のことは、とても残念でした――と表現していいのか解らないけど」

　デレク・ライリーの件が十日の時点で少女に伝わっていることは、赤毛の警部から知らされた。勝手なことを、と最初は立腹したが、共同研究契約が成立すれば、Dウイルスやその感染事例の情報は早晩、研究を進める上で多少なりとも開示が必要になることではあった。

「デレクは死んだが、Dウイルスの株はMD州の研究所に残っている。彼の遺したデータを、狂犬病に冒された人々の救命に繫げていくことが、被害者たちへの贖罪になる――と、今は信じるしかあるまい」

「人を救うための力になれるなら、私たちも嬉しい」

　アイリーンが椅子から立ち上がった。「共同研究、楽しみにしています」

※

「共同研究締結の件、一時は本当にどうなるかと思いましたけど」

　MD州行きの旅客機の中、隣席のイヴェットが感慨深そうに息を吐いた。「……何とか、道が拓けそうですね」

「そうだな」

　テニエル研究室との共同研究は、国立衛生研究所にとっても格好の宣伝になる。デレク・ライリーという貴重なサンプルが失われた今、共同研究契約の成功はある意味、グスタフの研究室の至上命題でもあった。

　とはいえ、手放しで喜べる状況でもない。これまでにあまりに多くの命が失われた。

　デレクの逃走事件の責任は、最終的に衛生研究所全体で負うことになる。が、デレクやDウイルスを長年にわたって研究していたのは自分だ。何らかの処分は免れまい。

　減給や謹慎ならまだ耐えられる。だがトカゲの尻尾切りよろしく追放されるのは――上が負うべき責任を押し付けられるのは、何としても避ける必要があった。

　元の宿主がいなくなっても、Dウイルスは冷凍庫や実験動物の中で生きている。ライフワークとなった研究テーマを、易々と手放すわけにはいかなかった。

　大丈夫だ。自分なら上手く立ち回れる……はずだ。

イヴェットがシートの上でうつらうつらと頭を揺らし始めていた。グスタフも背もたれに身を預け、目を閉じた。

　空の長旅を経て、MD州の国立衛生研究所へ帰還したのは二十一時過ぎだった。

　ゲートの警備員に身分証を見せ、イヴェットの運転する自動車に揺られながら構内へ入る。木々や芝生に囲まれ、病棟や研究棟の立ち並ぶ敷地は広大だ。すべての施設を徒歩で回るのに一時間はかかるだろう。

　先程の警備員の顔には、若干の困惑めいた表情が浮かんでいた。通常の出退勤時刻から大きく外れた時間帯だが、装置のトラブルなどで夜に呼び出されることは度々ある。何を怪訝《けげん》に思ったのか。ともかく今は、自宅へ戻るより、何日も空けていた研究室の状況を確認したい。サンプルに異常はないか。装置は正常に動作しているか。それから――研究者としての業がすっかり染みついている。

　研究棟の駐車場には、数台の自動車が停まっていた。

　グスタフの研究室の窓明かりが消えているところを見ると、他の研究室の誰かが残っているらしい。研究テーマによっては実験が深夜に及ぶことも珍しくない。この時間帯で駐車場が空になる方がむしろ稀だ。空いているスペースへ、イヴェットが自動車を滑らせた。

　助手席のドアを開けて外へ出ると、二月の冷たい夜風が肌を震わせた。A州フェニックス市の乾いた暖かさとはまるで違う。

　研究棟の出入口へ回る。新顔の警備員が、緊張した面持ちで二人を迎えた。

　デレクの脱走事件を受け、研究棟の警備体制も刷新されたのか、警備員による身分証のチェックはいつになく入念だ。「ヤルナッハ教授、フロルキング助手ですね。どうぞ」入棟許可を出す声も硬かった。もっとも、警備側がどう変わろうが、自分たちは普段通り彼らに接するだけだ。グスタフはイヴェットを伴って廊下を進んだ。

四日ぶりの研究室は無人だった。

空港へ着いた際に電話で確認したが、研究員やスタッフは全員帰宅していた。普段ならこの時間でも一人や二人は居残っていることがあるが、脱走事件の影響で、実験や仕事は半ば自粛状態となっている。部屋の様子を見る限り、特に変わった様子がないのが幸いだったが。

実験室の電灯も消えていた。

壁のスイッチを探って明かりを点け、中へ入る。器具置き場、長ゴム手袋付きの局所排気装置《ドラフト》、試料保管棚、冷凍庫——こちらも見慣れた光景だ。

手筈通りだ。使い捨てのゴム手袋を嵌め、冷凍庫を開ける。

「教授《せんせい》……あの」

「こちらは私が確認する。君は保管棚のチェックを」

紙袋を鞄から取り出す。冷蔵庫には、ラベルの貼られた小瓶が並んでいる。サンプル番号と中身はすべて頭に入っている。処分が必要な小瓶を冷凍庫から紙袋へ移す。一通り終えたところで、冷凍庫の扉を閉め——

「何をしているのかしら、こんな時間に？」

聞き覚えのある声が鼓膜を揺らした。

出入口の前で、皺だらけのスーツを着た赤毛の女が、片手を腰に当てながら、不敵な笑みでグスタフを見据えていた。

心臓が凍り付いた。

三日前まで、フェニックス署で幾度となく詰問を受けた警察官だ。名前は確か、マリア・ソールズベリー。

馬鹿な——なぜ彼女がここに。

彼女だけではなかった。黒髪の青年——こちらはレン・クジョウだったか——が、赤毛の警察官の傍らで眼鏡越しに冷徹な視線を向けている。フェニックス署の銀髪の刑事、ドミニク・バロウズの姿もあった。彼も敵意に満ちた眼光を隠そうとしない。

　三人の間から、制服の警察官、さらに私服の捜査員と思しき者たちが十名近く、なだれ込むように実験室へ押し入ってくる。「あ……あの⁉」イヴェットが狼狽する。

「……君たちこそ何の用かね」

　平静を装った声は、しかし無様に掠れていた。

「とぼけたって無駄よ」

　赤毛の警察官が一蹴し、グスタフの手元の紙袋へ目を移した。「冷凍庫に大事にしまっていたサンプルを、そんな安っぽい紙袋に突っ込んでどこへ持っていくつもり？　ちょっと説明してもらおうかしら」

「元々、廃棄予定だったサンプルだ。……どう扱おうが、何の問題もあるまい」

「言ってることが以前と違うわね。Ｄウイルスの実験に使ったマウスは、万一にも逃げ出さないよう注意して焼却処分するんでしょ。だったら同じように、Ｄウイルスの眠ってるサンプルも慎重に扱うべきじゃないの？」

　言葉に詰まる。黒髪の刑事が追い打ちをかけるように続けた。

「『ＯＳ７４ＡＺ』『ＬＸ７４ＡＺ』『ＣＶ７４ＡＺ』『ＩＢ７４ＡＺ』、『ＢＲ８３ＭＤ』『ＵＩ８２ＭＤ』『ＴＮ８３ＭＤ』『ＪＢ８４ＭＤ』、それから『ＥＳ６４ＭＤ』――先程取り出した瓶の番号は、その辺りではありませんか」

　鈍器で殴られた衝撃に襲われる。

ひとつの誤りもない。……どうやって知ったのか。

「グスタフ・ヤルナッハ」

　赤毛の女が、紅玉色に光る瞳でグスタフを射抜いた。「フェニックス市で発生した連続殺人事件について、ちょっと訊きたいことがあるわ。署まで来てもらおうかしら」

※

　漣の目にも解るほど、壮年の教授は動揺していた。他の警察官たちが実験室の設備や棚を調べ回るのを、止めようともできずにいる。

「私が……何をしたというのかね。

　デレクの逃走を許した点は弁明の余地もないが――その後の殺人は、直接的には彼の手によるものだ。その罪まで負えと⁉」

「あんたが背負うのはデレク・ライリーの罪じゃない、あんた自身の罪よ」

赤毛の上司が切り返す。「クラーラ・グエン、ノーマン・ルーサー、キャサリン・ウェイド、バート・アンダーヒル、ハリエット・エイマーズ――それから現金輸送車襲撃犯の五人。

彼ら全員を死に追いやったのはあんただって言ってるの、グスタフ・ヤルナッハ」

グスタフがわななく。

「……何度言わせる気かね。

彼らから採取したサンプルには、ほとんどすべてにDウイルスが存在したのだろう。ゆえにデレクが犯人という証拠となった。違うか」

「いいえ。だからこそ、デレク・ライリーが犯人でない証拠になるのよ。この意味を、狂犬病ウイルスの専門家であるあんたが理解できないはずないでしょ」

「どういうことだ」

「アイリーンが解析してくれたわ。Dウイルスが変異したのは、カプシドと呼ばれる殻の中にあるタンパク質。殻やその外側は普通の狂犬病ウイルスと同じなの。

そして、ウイルスの感染の仕方は、その殻や外側にあるタンパク質の性質で大体決まる。

たとえ症状の出方が違っても、殻の表面が同じなら、感染の仕方までは――ウイルスが細胞に入り込むメカニズムまでは変わらないのよ。潜伏期間も含めて」

グスタフが蒼白になった。マリアが容赦なく続けた。

「あんた、フェニックス署で偉そうに語ったわよね。『Dウイルスの移動・増殖速度が、通常の狂犬病ウイルスより格段に速かった』って。

そんなことがあるわけないのよ。狂犬病の潜伏期間はどんなに短くても数日。『ヴァンプドッグ』に嚙まれて一日足らずで発症して吸血鬼化にまで至るなんて、絶対にありえない」

「おい待て赤毛」

ドミニクが割って入った。「なら、ハリエット・エイマーズ――第五の被害者の吸血鬼化はどう説明する。お前らが見た襲撃犯三人の変貌は。

『ヴァンプドッグ』が脱走したのは、フェニックスの事件のたった二、三日前じゃなかったのか。ＭＤ州からＡ州まで、クルマを飛ばしたって一日以上かかる。Ｄウイルスの潜伏期間が数日単位もあるなら、計算がまるで合わねえだろうが！」

「合わなくて当然よ。

被害者たちは、何年も前からＤウイルスに感染させられていたんだから」

沈黙が訪れた。

「何年も……前？」

「Ｄウイルスと普通の狂犬病ウイルスは形状が同じ。感染の仕方と潜伏期間も同じ。けれど症状の出方は全然違う。普通の狂犬病が、感染から長くても一、二年で死に至るのに対して、Ｄウイルスはもっと長期間、宿主を生かし続ける。デレク・ライリー自身がそうだったわよね。

被害者たちは全員、ずっと以前にグスタフの手で、Ｄウイルスの人体実験のサンプルにされていたのよ。

そして彼らは自覚症状のないまま、体内にＤウイルスを宿し続けていた。それこそ何年も――いえ、十年も」

「人体実験⁉」

信じがたいといった顔でドミニクが声を荒らげる。

「しかも十年前だと。そんな機会がいつあったんだ」

「サバティカル――教授が研究休暇を取っていた頃です」

漣は手帳を広げた。「国立衛生研究所のスタッフから確認が取れました。ヤルナッハ教授は十年前に研究休暇を取得し、フェニックス市の病院に身を置いてフィールドワークを行っていたそうです」

「マウスの動物実験では足りなくなったのね」

赤毛の上司が続ける。「デレクが国立衛生研究所に収容されて以来、グスタフはＤウイルスの研究に取り憑《つ》かれていた。倫理上の制約から、当初は動物実験だけでどうにか研究を進めていたけれど、データ不足を痛感してしまったんだわ。

同じウイルスに感染しても、動物と人間では症状の出方に差異がある。人間の治療に役立てるには、人間を使ったデータがどうしても欲しい――あんたは悪魔の誘惑に屈し、禁忌に手を染めてしまったのよ。違う？」

『人間を使ったデータの取得』が、全面的に禁止されているわけではない。例えば新薬の開発では、患者――人間を対象とした臨床試験は避けて通れない。

　しかしその場合でも、被験者の同意を得ること、情報公開を行うことなど、四十年前の世界大戦への反省からいくつもの規範が設けられている。

「けれど、あんたは規範を無視した。

　あんたが行いたかったのは『狂犬病の治療薬の臨床試験』じゃなく、その前段階、『人間を用いたDウイルス感染データの収集』だったんでしょ？

　サバティカルの機会を利用して、あんたはフェニックス市の病院で、患者として訪れた被害者たちへDウイルスを密かに打ち込んだ。

　吸血鬼化した第五の被害者、ハリエット・エイマーズは、膝の手術を受けていた。この手術の傷口か、あるいは点滴や注射の針痕から感染させられたのね。

　第二の被害者、ノーマン・ルーサーも同じ。腹部に虫垂炎の手術痕が残っていた。

　第四の被害者、バート・アンダーヒルは骨折ね。脚にギブスをはめた写真が、アルバムに残っていたわ。――ミドルスクールへ入学した頃だから、大学生になっていた今の年齢から逆算すると、十年くらい前になるかしら」

「他の被害者も同じだってのか⁉　なら一人目と三人目はどうなる。大怪我や手術の痕跡はねえぞ」

「まず、三人目のキャサリン・ウェイドは、ハリエット・エイマーズたちと同じよ。

　彼女には今年で十歳になる娘がいるの。娘からの手紙に『十歳の誕生日』と書かれていたわ」

「……出産に伴う入院か」

「でたらめだ」

　グスタフが悲鳴に似た声を張り上げる。「そんな――そんな偶然で、私を犯人扱いしようと」

「残念ですが、貴方を疑うに足る根拠はあります」

　漣はグスタフの反論を封じた。「被害者たちの通院履歴を調査しました。ノーマン・ルーサー、キャサリン・ウェイド、バート・アンダーヒル、ハリエット・エイマーズ――彼らは全員、先にマリアが挙げた理由で、貴方がフェニックス市の病院に身を置いていた時期に、手術や治療を受けていたのですよ。単なる偶然だと片付けることはできません。

当時の医師や看護師から話を聞くことができました。貴方は見学と称し、あらゆる科を熱心に見て回っていた、と」

グスタフが呻いた。

『何らかの理由で通院や入院の経験があった』。これが、Dウイルスに感染させられた被害者たちの隠《ミ》れた共通項《ッシング・リンク》だった。

「いや、まだ解らねえことがある」

ドミニクが問う。「被害者たちが病院で、このくそったれ教授の手で感染させられたとして——全員が十年後もフェニックス市に住んでいて、しかも全員がひとり暮らしだったなんて偶然があるのかよ」

「あのね、ドミニク」

押し殺した声でマリアが告げた。

「一度禁忌を犯した奴が、たった数人の人体実験だけで満足すると思う?」

「おい……まさか」

銀髪の刑事の口から喘《あえ》ぎが漏れる。地獄の底を覗くような眼差しを、グスタフへ向けた。

「こいつがDウイルスを感染させたのは、今回の被害者たちだけじゃねえ——もっと大勢いたのか。その大勢の中から、殺しやすい人間たちを選んだだけなのか!」

「レンの調べでは、グスタフがフェニックス市にいた頃の入院患者だけでも、百人を下らなかったそうよ。そのうちどれだけの人がDウイルスに感染させられたのか——もしかしたら、当時病院を訪れた患者全員がモルモットにされた可能性も否定できない。どうなの、グスタフ?」

教授は答えない。顔中に脂汗を滲ませている。助手のイヴェットが、上司に向かって目を見開き、手で口を覆っていた。

漣は努めて冷静な表情を保ちながら、それでも背筋に冷たいものが走った。

『Dウイルスが、十年前からフェニックス市内外に蔓延していたかもしれない』——マリアの仮説を初めて聞かされたときは、日頃から平常心を心がけている自分も戦慄を抑えることができなかった。

「犯人が、ひとり暮らしの被害者たちをピンポイントで狙うことができたのは……当時の患者だったからだったんだな。

病院のカルテを覗けば、Dウイルスを感染させた患者の個人情報を知るのは難しくねえ。住所や氏名を押さえれば、誰がフェニックス市に残っているか、どんな生活をしているかも後から追える。そこから被害者候補リストを作って、殺しやすい相手を順に回ればいい。

つまり、襲撃犯たちの現状も同じルートで追えたのか」

「犯行グループのひとり、エルマー・クィンランは、麻薬で何度も刑務所入りして、出所後に薬物依存症の治療を受けていたそうね。

その治療を担当した医師が、例えばグスタフの知人だったとしたら？　相手は前科者よ。罪のない患者をモルモットにするより、心理的なハードルはずっと低かったんじゃないかしら。

他の連中も、犯罪者まがいの似たり寄ったりの経歴持ちだったはずよ。……犯罪者だろうと誰だろうと、同意なしに人体実験に使うなんて、吐き気がすることに変わりはないけど」

「五人の襲撃犯たちも、デレク・ライリーと関わりのあった人間の中から選ばれたのか」

「実際の経緯は解らないけどね。犯罪者まがいの人間を相手に、Dウイルスの人体実験を続けようとしたら、たまたまデレク・ライリーの関係者に行き当たったのかもしれないし。

どちらにしても、過去にデレク・ライリーと繋がりがあった人間なら、その当時の段階でデレクからDウイルスを感染させられていたかもしれないと言い逃れできる。実験体としてはうってつけだわ」

「その連中が、現金輸送車襲撃なんて物騒な計画を練っていたことを、グスタフは知っていたのかよ。

同じタイミングで『ヴァンプドッグ』が脱走した件は？　どこまでがこいつの手の内で、どこからが計算外だったんだ」

「すべて偶然だった、とはとても言えないわね。

襲撃犯の誰かを通じて、グスタフに襲撃計画が漏れたんじゃないかしら。エルマー・クィンランが計画を手帳にメモしていたわよね。例えば――彼が薬物依存症の治療で服を着替える機会があって、その際に、実験動物の様子を見に来ていたグスタフが、ポケットの手帳を盗み読んだのかもしれない。

グスタフも慌てたはずよ。彼が実験動物に求めていたのは、観察やデータ収集を行える程度に普通の生活を続けてもらうことであって、凶悪犯罪に手を染めて逮捕されることじゃなかったはずだから。

　仮に襲撃が成功しても、どこかのタイミングで連中が逮捕されたら――あるいはカーチェイスや銃撃戦に発展して遺体を調べられたら、Dウイルスの感染が露見しかねない。いくら過去に『ヴァンプドッグ』との繋がりがあったとしても、同時に捕まった五人全員が揃って感染していたら、警察が徹底的に捜査して、病院に疑惑の目を向けられて、グスタフと連中との関係が――人体実験の事実が暴かれる危険があるわ。

　最悪なケースは、襲撃犯たちがまんまと警察を出し抜いて国外逃亡してしまうこと。サンプルが大量に、自分の目の届かない場所へ流出したら、他国の研究者にDウイルスの存在がバレて大騒ぎになるかもしれないでしょ。自分がフェニックス市で感染させた一般市民が、海外旅行へ出るのとは訳が違うのよ。

　けれど、馬鹿正直にすべてを打ち明けて『やめろ』と言ったところで、連中が聞く耳を持つわけがないし、むしろ口封じに殺される危険だってある。

　グスタフにとって、打てる手はひとつだけだった」

「『ヴァンプドッグ』を利用することか。

　デレク・ライリーを檻から放ち、昔と同じ手口で連中を殺させようとしたのか。そんなに上手くいくのかよ。二十年来の付き合いとはいえ、無差別殺人鬼がただの研究者の言うことを素直に聞くとも思えねえぞ」

「奇遇ね。あたしも同意見だわ」

「……は？」

「被害者たちからDウイルスが検出されたせいで、あたしたちは、すべての犯行が『ヴァンプドッグ』によるものだと思い込んでしまった。

　でも、被害者たちが十年前から感染していたのなら話が変わってくるわ。直接手を下したのがデレク・ライリーだという根拠は、どこにも無くなってしまうの」

「模倣犯、ですか」

　漣は問いかけた。「そんな都合の良い代役が、果たして見つかるものでしょうか。裏社会の暗殺者を雇ったとでも？」

「簡単よ。

襲撃犯のひとりを抱き込んで、共犯者兼模倣犯に仕立ててしまえばいい。『君たちの計画を知っている。警察に知られたくなければ協力してくれ』とでも言って、ね。

紙幣入りのトラベリングバッグに『ヴァンプドッグ』の指紋が付いていたのも、共犯者がいたと考えれば説明が付くわ。バッグをデレク・ライリーに触らせて、共犯者に渡すだけだもの」

「いや、赤毛」

ドミニクが呆れ声を発した。「共犯者を作っただと？　逆に口封じで殺される危険が増すだけだろうが。さっき偉そうに語ったのはお前じゃねえかよ」

「馬鹿正直に止めようとしたら、と前置きしたでしょ。

相手に狙われる前に自分が脅迫者になればいいのよ。『自分が死ねば直ちに警察に情報が回る』とでも付け加えれば、襲撃犯だって迂闊に手出しできないはずだわ。

誰を共犯者にしたかは解らないけど、スザンナ・モリンズはいい線かもしれないわね。脅迫じゃなく、男女の間柄になってたらし込んだのかもしれないし」

「妄想だ」

グスタフが顔を歪めた。「黙って聞いていれば……先程から、ありもしないことを」

「ありもしないかどうかは、最後まで黙って聞いてから語って頂戴」

マリアの鋭い声が教授の反論をねじ伏せた。

「——襲撃犯のひとりを共犯者として抱き込んだあんたが、逃走後の共犯者にまず行わせたのは、自分がフェニックス市を訪れるための口実をでっち上げることだった」

「第一の被害者——」

ドミニクが強張った顔で返した。「検問が始まる前、二月九日の深夜に殺された、クラーラ・グエンか」

「彼女だけは後の四人と事情が違うのよ。

クラーラはDウイルスの感染者じゃなかったの。

彼女の唾液サンプルからDウイルスが出なかったのが証拠だわ。少なくとも、前にグスタフが説明したような、ウイルスが脳に達して唾液に混じるほどの状態じゃなかったのよ」

「何を馬鹿な」

グスタフが唸る。「彼女からもウイルスが検出されたはずだ。電子顕微鏡観察で、弾丸形状のウイルス像が撮影されただろう！　C大学の分析でも同じ結果が出たのを忘れたか」

「そっちは喉から採取したサンプルの話でしょ。

犯人自身が感染者で、例えば、めった刺しにした被害者の姿にうっかり吐き気を覚えて、口を開けた拍子に唾液が被害者の喉の傷に落ちてしまったら、『ヴァンプドッグ』の噛み傷の出来上がりだわ」

教授から返答はない。マリアが続けた。

「それなら、クラーラが殺されたのはなぜ？

答えはひとつだわ――囮よ。

『ヴァンプドッグ』がフェニックス市に潜んでいる、と警察に思わせ、あんたを呼び寄せる。ただそれだけのために殺されたのよ。

襲撃犯たちがフェニックス市に潜入したと思われるのが、二月九日の二十三時頃。第一の被害者の死亡推定時刻はその直後、日付の変わる午前零時プラスマイナス一時間。タイミングはぴったりだわ」

「何てこった」

ドミニクが呻いた。「俺たちは、最初からこいつの手の上で踊らされていたってわけかよ。

だが赤毛。『ヴァンプドッグ』と同じ手口で殺害したら警察が厳戒態勢を敷く、と共犯者は思わなかったのか。逃走のさなかに足止めを食らいかねないんだぞ」

「その共犯者はデレク・ライリーの脱走を知らなかったのよ。騒がれるとしても一時のことだと思い込んでいて、まさか検問どころか空軍まで出張ってくるなんて想像もしなかったんじゃないかしら。

一人目の喉を裂いたことも、目印として行うようグスタフに命じられただけで、『ヴァンプドッグ』の手口だとは認識していなかったかもしれないわ。

あるいは、『万一のことがあれば、自分は君たちの逃走の手助けができる』――といった感じで油断させていた可能性もあるわね。

現実には、襲撃犯たちはまんまとグスタフに騙されてしまったのだけど」

「しかし、教授にとっても危ない橋だぞ。追い詰められた共犯者がヤケを起こし、警察に駆け込んで洗いざらい吐いちまわないとも限らねえだろうが」

「他の仲間が止めに入る、とグスタフは読んでいたんでしょうね。

それに、恐らくだけど、共犯者はグスタフにもうひとつの計画を吹き込まれていた」

「『もうひとつ』？」

「仲間を殺せば、奪った現金を独占できる。一連の殺人と無関係の、第一の被害者と同じ殺し方をすれば、仲間も外部犯を疑わざるをえない――とか。

検問やパトロールで追い詰められた共犯者は、現金を独占するため、仲間を手にかけて――最後には凄惨な仲間割れを引き起こしてしまった。

誰が誰をどう殺したのか、今となっては闇の中ね。解っているのは、エルマー・クィンランがセオドリック・ホールデンを撃ち殺し、他の三人がDウイルスで吸血鬼化したことだけよ」

ドミニクが絶句した。

「……赤毛。想像力が逞しいにも程があるぞ。

それにだな。他の被害者はどうなる。お前の仮説通りなら、隠れ家に潜伏していた共犯者が、第二から第五の被害者を殺す余裕があったとはとても思えねえんだが」

「そうだ」

グスタフが引き攣った笑みを浮かべた。「よもや、彼らは私が殺したとでも言うのではあるまいな。

不可能だ。あの日、私がフェニックス市の空港に着いたときには十一時を回っていた。正午過ぎにフェニックス署の捜査員たちの迎えを受けて署に入って以降も、私はそこに常駐していた。市内で殺人を犯す暇などない。

それとも、休憩に出ていたわずかな時間を突いて殺害に回った、とでも言うつもりか？」

「あんた自身が手を下す必要はないし、襲撃犯側の共犯者を使う必要もないわ。

死亡推定時刻にアリバイのない関係者なら他にもいるじゃない。少なくとも候補が四人」

「マリア」

漣は声を硬くした。「貴女が言いたいのは、つまり――四つの殺人は同一犯によるものではなく、模倣犯が四人存在し、それぞれの標的を同じタイミングで殺害したものだった、ということですか。

その説には矛盾がある、と以前も申し上げたはずです。同時に犯行を進める理由が模倣犯たちにはありません」

「違うわよ。デレク・ライリーと同じ状態に陥って、吸血衝動や殺戮衝動を抱えていたかもしれない人間がいる、ってこと」

数瞬の沈黙の後、真っ先に声を上げたのはドミニクだった。

「Dウイルスの感染者――第二から第五の被害者たち自身が、互いに殺し合ったと言うのか！」

「被害者たちの死の状況を見れば、最後に死んだ犯人は解るわ」

マリアが右手を掲げ、指を折り始めた。「まず第二の被害者、ノーマン・ルーサーは除外ね。後ろ手で硬く縛られていたもの。

四番目のバート・アンダーヒルも除外。スーツケースに自分から入ることはできても、鍵は外からでないとかけられない。

五番目のハリエット・エイマーズも同様。左右の肘掛けにそれぞれ左右の手首を結わえるなんて、手品師でもない限り不可能でしょ。

残るはひとりだけ――第三の被害者、キャサリン・ウェイド。

彼女だけは両手の拘束が解けていたのよ。いえ、解けたように見せかけられていた。

キャサリンは他の三人を殺し回って……最後に自ら喉を刺して、浴室で死を迎えたんだわ」

「その説は却下だ、赤毛。セリーヌの検死結果を否定する気か」

ドミニクが目を剝いた。「キャサリン・ウェイドは腹を刺されていたんだぞ。自分で刺したんじゃねえ、明らかに他人に……刺された、傷……」

声が途切れる。「思い出した？」とマリアが返した。

「Dウイルスの感染者は、致命傷を負っても動けるのよ。

他の三人の誰か――ノーマン・ルーサーかバート・アンダーヒルに反撃されたのね。どうにか返り討ちにはしたけれど、キャサリンの負った傷は深かった。自分がこれから死ぬことを悟った彼女は、自宅へ戻り、浴室で自ら喉を裂き、包丁を室外へ放り、バスタブの中で自分の足をベルトで縛った」

「シャワーを流したのは、血痕の不自然さを消し去るためだった、というわけですか。

完全な他殺と思わせるには、包丁を浴室の外に放り出せばいい。しかしその際、喉や腹部からしたたった血が、バスタブの外側に落ちてしまう。

その不自然な血痕を洗い流すために、バスタブの縁へシャワーを当てた、と」

「どうしてバスタブの中へきっちりシャワーヘッドを向けなかったのか、ずっと気になってたのよ。要はバスタブの内と外、両側に水が流れるようにしたのね。

後は、ベルトをもう一本バスタブに入れて、自らバスタブに横たわるだけ。

やがて、Dウイルスが狂犬病を誘発し、キャサリンはエルマー・クィンランと同じように、完全な死を迎えた。こんなところかしら」

「動機は」

グスタフが震え声を発した。「キャサリン・ウェイドに、三人を殺害する理由があるのか。そもそも面識があったという証拠は？」

「無差別殺人に動機が要るの？

逆に訊くけど、二十年前の『ヴァンプドッグ』はどうして六人を殺したの。そこに理由はあったの？

あたしたちに理解できるほどの理由が？」

返答はない。表情を凍らせるグスタフへ、マリアは冷たい視線を向けた。

「それに、面識云々を言うなら、キャサリンが三人を知る機会なんていくらでもあるわ。

あんたが事前に教えればいいのよ。Dウイルスの被験体リストから、殺しやすい相手をピックアップし、例えば匿名の手紙で殺人教唆《きょうさ》の言葉をキャサリンへ送りつける。『殺人事件が起こり、検問が行われる日が決行日だ。罪は二十年前の殺人鬼が負ってくれる。君も心置きなく血を吸える』――こんな文面だったのかは知らないし、キャサリンが鵜呑みにしたとも思えないけど、吸血衝動を覚えるようになっていた彼女にとって、手紙通りに事が進んでいくという事実は、理性を弾き飛ばすのに充分だった。

……

あたしを含めて、誰も彼もが『ヴァンプドッグ』

の影に踊らされていたのよ。被害者たちが十年前からDウイルスを仕込まれていたのなら、そもそもデレク・ライリーがフェニックス市に潜伏したという前提条件さえ怪しくなるわ」

「妄想だ」

グスタフが吼《ほ》える。「前提条件が誤っているのは君の方だ。燃えた邸宅の中から、デレク本人の遺体が発見されたことを忘れたのではあるまいな」

「ええ、誤っているわ。あんたが用意させたデレクのDNAサンプルは本物だ、という前提が」

グスタフの身体が硬直した。

「警察の捜査能力を見くびらないことね。MD州の管轄署が、キム・ロウの住居を特定したわ。

その室内から採取したサンプルのDNA型が、デレク・ライリーと判断されたはずの遺体と一致したのよ。

どういうことだと思う？　例の遺体がデレク・ライリーと結論付けられたのは、あんたの手配した『デレク・ライリー』のサンプルとDNA型が一致したためよ。その遺体のDNA型がどうして、キム・ロウのものともぴったり一致するの？」

返事はない。グスタフは青ざめたままだ。

――三日前に上がった仮説は、マリアの罠だった。

赤毛の上司は真相に気付き、『デレク・ライリーとキム・ロウの入れ替わり』という偽の仮説をグスタフの眼前にちらつかせることで、彼がキム・ロウのサンプルをデレク・ライリーのそれと偽って提出させるよう仕向けた。

漣とマリアとジョンは、吸血鬼化した三人を足止めしている。マリアが一人の足を銃で撃ち抜き、漣とジョンが残る二人の膝をそれぞれ攻撃した。仮にキム・ロウが隠れ家の外へ脱け出せたとしても、直ちにその場を離れるなどできるわけがない。ほぼ確実に消防隊員に発見される。ましてやデレク・ライリーとの入れ替わりなど荒唐無稽もはなはだしい。

が、隠れ家での漣たちの行動は、『三人の吸血鬼化』という異常事態に比べて些《さ》事《じ》でしかなかった。捜査関係者ではない人間――グスタフには、当時の詳細な行動は伝えていない。

DNA型鑑定による身元確認には、本人のものと解る別の比較サンプルが必要となる。かつてアイリーンが、マリアにそう語ったという。今回はこの『比較サンプル』が、グスタフによって意図的にすり替えられていたに過ぎなかった。

「襲撃犯を運よく始末できたあんたにとって、事件の捜査が長引くのはデメリットしかなかった。あたしたちにDウイルスの吸血鬼化作用も暴かれた上に、過去の人体実験の罪まで露見したら身の破滅だもの。

一刻も早く事件を収束させるために、あんたはあたしの『デレク・ライリーとキム・ロウの入れ替わり説』へ飛びついた。

――その後始末として、あんたはこの実験室に来た。フェニックス市の事件で命を落とした被害者たちのサンプルを処分するために。デレク・ライリーのものとして警察へ渡した、キム・ロウのサンプルが欠けていることをごまかすために。違う？

違うなら紙袋の中身を出しなさい。出せないのなら――来なさい。あんたには黙秘する権利、弁護士を呼ぶ権利があるわ」

返事はない。

と――グスタフが突然、息を荒くした。

背を丸め、小刻みに身体を震わせる。脂汗が顔を伝う。口の端から涎《よだれ》が落ちる。

これは――この症状は。

「狂犬病です！」

漣は周囲の捜査員たちへ声を放った。「救急車を呼んでください。ヤルナッハ教授の保護を――」

「いいえ、取り押さえて！」

マリアの叫び声と同時に、グスタフが顔を跳ね上げた。イヴェットへ目を向け、大きく口を開ける。

考えるより先に身体が動いた。

グスタフが床を蹴る瞬間、漣は足払いを放った。教授が躓《つまず》き、イヴェットの手前で倒れ伏す。警察官たちが急いで駆け寄り、グスタフの手足と胴体を押さえつけ、両手首を背中へ回して手錠をかけた。

「Dウイルスだわ」

マリアが首を振った。癖だらけの長い赤毛が揺れた。「当人も感染していたのね。……いえ、自分自身をも被験体にしていたんだわ。なんてこと」

叫び暴れるグスタフを、警察官たちが慎重に押さえながら、実験室の外へ連れ出していく。

「教授……そんな、嘘……ですよね」

イヴェットが声を震わせる。上司の犯罪や変貌を受け止められない様子だった。

が、捜査に同情は禁物だ。漣は事務的に告げた。

「フロルキング研究員。貴女にも事情を伺う必要がありますね。よろしいですね」

※

その夜は深夜近くまで、翌日も長い時間をかけて、イヴェットへの事情聴取が行われた。

目新しい証言は得られなかった。

グスタフが度々、出張と称して研究室を留守にしていたこと。冷凍庫の中のサンプルの多くは、グスタフ以外の誰も詳細を知らず、彼の厳命により誰も触れられない状態となっていたこと。近年は狂犬病治療薬の研究が行き詰っていたこと。……いずれも、グスタフの犯行を否定する材料にはならなかった。

「わたしは一年前に、教授の研究室に入ったばかりで……デレクの顔を見たことはありましたけど、過去に教授が――どんな研究をされていたのか、詳しくは知りませんでした。

いいえ……何も知らない、では済まされないですよね。

クジョウさん、わたしも、罪に問われるんでしょうか。十日の事件の捜査でも、わたしは教授の下で働いて……」

「被害者たちをDウイルスに感染させ、サンプルを採取する――グスタフ・ヤルナッハ教授が十年前にこの犯罪を行ったのはほぼ事実です」

押収された瓶のラベル番号の筆跡は、グスタフのものと一致した。

番号の振り方も、例えば『OS74AZ』のように、二文字・二桁数字・二文字で統一されていた。『OS』は、第二の被害者『Norman Reuther』の頭文字『NR』を、アルファベット順にひとつずつスライドさせたもの。『74』はサンプルの採取年、一九七四年。『AZ』は採取場所、A州の略号だろう、と今では判明している。

グスタフたちがMD州へ戻ってくる前に、漣とマリアは国立衛生研究所へ向かい、管轄署の協力を得て事前に冷凍庫の中身を検めていた。フェニックス市の事件を経験した漣たちにとって、番号の意味はあまりに明白だった。

「が、貴女がヤルナッハ教授の下に就いたのは、彼の『人体実験』のずっと後です。教授の罪に気付きながら黙認していたのであれば罪に問われますが、お話を伺う限り、その可能性はないと思われます」

グスタフの実験ノートや手帳を押収し、中身を確認したが、イヴェットとの共犯関係を明示する記述はない。彼女に関しては、何も知らずに研究の助手をしていただけ、という見解が、管轄署の公式見解としてまとまりつつあった。

イヴェットは俯き、「そうですか」と力なく呟いた。

「教授は……どうなっていますか」

「現時点では何とも申し上げられません。お辛いでしょうが、最悪の事態もありえるとご覚悟ください」

慰めの言葉をかけたが、グスタフの快復は絶望的だ。彼を発症させたのがDウイルスであり、DウイルスがボブのDの見立て通り『潜伏期間の長い狂犬病』なのだとしたら、症状が顕在化《けんざいか》してしまった今、助かる見込みはない。

イヴェットは唇を嚙み締めていた。

※

イヴェット・フロルキングが、長い事情聴取から解放されて警察署の外へ出たとき、空には夜の帳《とばり》が降りていた。

凍てつく風が頰を殴る。春のような暖かさだったフェニックス市や、穏やかな陽気だったC大学とは大違いだ。今が北半球の二月だと考えれば、この寒さが普通なのだろうが――あまりに様々な出来事が起こりすぎて、季節の感覚が麻痺しそうだった。

様々な出来事という点では、昨夜も、フェニックス市で連続殺人が起きた十日に劣らなかった。C州でアイリーンと共同研究の打ち合わせを行い、空路でMD州へ降り立った時点では、実験室であのような惨事が待ち構えているなど想像しなかった。

……教授は、どうなったのだろう。

彼が連行されて以降、一度も顔を見ていない。現在の容態も、どこの病院に収容されたかも、警察は教えてくれなかった。

ただ――黒髪の刑事は明言を避けたが、あの口ぶりは「遠からず死ぬ」と告げているに等しかった。

「大丈夫、きっと助かる」と安易な慰めを口にしなかっただけ、誠実ではあったけれど。

　世話になった上司が死の縁に立たされて、悲しまなければならないはずなのに、涙の一滴も出てこない。むしろ今は、デレクの死が覆ったという事実に、意識の天秤が傾いていた。

　デレクと思われた遺体が、キム・ロウのものだった――とすれば、デレク本人はどこへ消えたのか。

その答えを、警察は最後まで示さなかった。今もって所在を掴めていないのかもしれない。

　どうすればいいのか。……彼は今、何をしているのか。胸の内がざわつく。

　愛車に乗り込み、衛生研究所へ向かう。疲れが溜まっていて、早く家に帰りたかったけれど、仕事場の様子が気になった。

　――研究室は、窃盗団に押し入られたような有様だった。

　現場監視の警察官はいなかった。扉付きの書棚が軒並み、開けっぱなしで放置されている。グスタフの教授室も、机の上から引き出しに至るまで、書類がごっそり持ち出されていた。

　実験室も似たようなものだった。器具類はさすがに残されていたが、サンプル棚や冷凍庫が空になっている。こちらの棚も開け放たれたままだ。警察というものは、扉を開けたら閉めるという基本的な礼儀も知らないらしい。

　研究室のメンバーの姿はなかった。ゲートの警備員に聞いたところでは、捜査員に事情聴取で何度も呼び出され、仕事どころではなくなってしまったという。

　今さら気付いたが、昨夜、研究棟へ入る際に警備員が緊張していたのは、警察が待ち伏せしていたからだろう。

　イヴェットは後片付けをする気にもなれず、実験室を後にした。


　衛生研究所からの帰路、ハンドルを握りながらバックミラーを一瞥する。

　警察の車両が尾行している気配はなかった。……あの黒髪の刑事は、ＭＤ州に残ってまだ捜査を続けるつもりなのだろうか。銀髪の刑事と赤毛の警部は、一足早くA州へ戻ったのか、それともグスタフの入院先に向かったのか解らないが、昨夜、グスタフが連行された直後に姿が見えなくなっていた。

　自分はどこまで疑われているだろう。警察にとって、グスタフの助手だった自分は重要参考人に等しいはずだ。これからも事情聴取を受けるかもしれない。上司も職も失い、挙句の果てに延々と警察につきまとわれる未来など、想像したくもなかった。

　……やめよう。嫌なことを考えるのは。

　今は一刻も早く、家へ帰ることだけを考えよう。思えばデレクの脱走以降、心身を充分に休められた記憶がない。

　イヴェットは吐息を漏らし、カーラジオの電源を入れ——

　スピーカーから流れる曲に合わせて、鼻歌を歌い始めた。


　自宅へ帰り着いたのは数十分後、十九時だった。

庭付きの一軒家だ。ひとりでは持て余すほど広いが、衛生研究所からの通勤圏内では理想的な物件だ。玄関のドアを後ろ手に閉め、鍵とチェーンを下ろす。

　リビングに入ると、白毛の愛犬がいつものように、カーペットの上で丸くなっていた。

　飼い始めた頃は、両手で簡単に抱き上げられるくらい小さかったのに、今では寝転んだときにクッション代わりに頭を預けられるほど大きくなった。

　A州へ向かう前に馴染みのペットショップへ預け、ようやく引き取れたのが今日の事情聴取の直前。何日も置き去りにしたせいで機嫌を損ねていないか心配だったが、いい子にしてくれていたようだ。

「ただいま」

　イヴェットの声に愛犬が頭を上げ、甘えたような鳴き声を漏らす。よしよし、と首や頭をひとしきり撫でてから、ドッグフードをプラスチックの皿に盛り付ける。愛犬が待ちかねたように、皿の中へ口を入れた。

「慌てないでね。たくさんあるから」

　水を別の皿に注ぎ、ドッグフードの隣に置く。愛犬が舌を伸ばし、皿から水を行儀よく掬《すく》い取った。

　愛犬の一挙一動に心を和ませた後、イヴェットはリビングを出た。彼は元気にしているだろうか。

廊下を曲がり、地下への階段を下りる。外へ面した壁に窓はない。覗かれる心配はなかった。

階段を下りた先の突き当たりに、閂と錠付きの扉が見えた。

上着の内ポケットから鍵を取り出し、錠を外す。慎重に閂を上げて扉を開け、イヴェットは中へ入った。

広い地下室だった。

四方を囲むコンクリートに、煉瓦《れんが》模様の壁紙が貼られている。床にはカーペット。扉から向かって奥側にはソファーとテーブル、さらにベッド。手前側の壁際には、冷蔵庫とオープンキッチンが備え付けられている。

ソファーに、彼が座っていた。

無垢《むく》な瞳でこちらを見つめている。イヴェットは足早に駆け寄り、彼の身体に両腕を回した。

「ごめんね、遅くなっちゃった」

彼が、平気だよ、と耳元で囁く。イヴェットの心臓が跳ねる。抱きしめる腕に力がこもる。

「すぐ夕食にするから。少し待ってて」

腕を離すのが名残惜しかった。視線を合わせながら告げた。「大丈夫、もう離れ離れになんてならない。……ずっと一緒だよ」

彼が口元を緩める。言葉なんて要らなかった。優しい笑みだけで充分伝わる。

オープンキッチンへ向かい、傍らの冷蔵庫を開ける。カット済みの肉や野菜入りのプラスチック容器が収まっている。危ないのでここのキッチンには包丁を置いていない。

今夜はチキンスープにしよう。容器に手を伸ばしかけたそのとき――呼び鈴が聞こえた。

よりによってこんなときに。イヴェットは冷蔵庫を閉め、「ごめんね。ちょっと待ってて」と言い置いて扉を出た。閂と錠をかけ、一階へ戻り、玄関の覗き穴へ目を当てる。

見知った顔がドアの外にあった――赤毛の美女、マリア・ソールズベリー警部。

「イヴェット？　いるかしら」

呼び鈴を鳴らしながら、マリアが声を上げる。くたびれたスーツの上に擢《す》り切《き》れたコートを着込み、情けない顔で寒風に肩をすくませている。……まだMD州にいたのか。イヴェットが一時間前まで警察署で事情聴取を受けていたのを知っているだろうに、何の用だろうか。

　とはいえ、リビングの明かりが窓から漏れている。居留守を使うわけにもいかない。イヴェットはチェーンをかけたまま、玄関のドアを小さく開けた。

「マリアさん……こんばんは。あの」

「悪いわね、こんな時間に。

　グスタフが昏睡状態に陥ったわ。今日が峠かもしれない。今から病院へ来られる？」

「え」

　演技ではなく驚きの声が漏れた。「教授が……そんな」

「あたしたちはどうにかしてグスタフの証言を取りたい。もし彼の意識が一時的にでも戻ったら、あんたの前で何か喋ってくれるかもしれない。

　ひどいことを言ってるのは承知の上だわ。頼めるかしら」

　夕食を取るところだったので後にしてくださいと追い返せる雰囲気ではなかった。「……支度します」と一旦ドアを閉め、大急ぎで地下室の扉の前へ戻った。

「ごめん。今、警察の人が来て、ヤルナッハ教授が危ないって。……すぐ戻るから」

　扉越しに彼に呼びかける。気を付けて、とかすかな声が聞こえた気がした。

　イヴェットは後ろ髪を引かれる思いで階段を上り、身支度を整えた。リビングの愛犬へ「いい子にしててね」と声をかけ、チェーンを外した。

「お待たせしました。それで」

　どこの病院ですか、との問いかけは続かなかった。

　マリアは唇の端を吊り上げながら、狩人のような鋭い視線を向けている。紅玉色の瞳が光を帯びた。

「こんな風に、彼らを誘い出したのかしら？」

　マリアがドアを摑み、引き剝がすように開け放つ。大勢の警察官たちがなだれ込む。軍服姿の兵士も交じっていた。

　何名かが地下室への階段に向かう。「やめて！」止めに入ろうとしたところで、背後から肩を摑まれた。

「大人しくしなさい。今さら抵抗したって無駄よ。

——全部あんたの仕業だったのね。イヴェット・フロルキング」

※

この期に及んでも、イヴェットは引き攣った笑みを浮かべていた。

「何の、話ですか……いきなり、こんな——」

「とぼけないで」

マリアはイヴェットを鋭く見据えた。「こっちはもう、大体のことは解ってるんだから。あんたの犯行も——あんたがここに隠している存在も」

彼女の顔が強張る。見計らったように、マリアのコートのポケットから、トランシーバーが雑音混じりの声を響かせた。

『地下室の錠を切断。彼を確保した。抵抗の様子なし』

「オーケイ、ジョン。こっちへ連れてきて。暴れないとは思うけど一応気を付けて」

『了解』

通信が切れる。ややあって、黒い部屋着に身を包んだ青年が、軍服の兵士と警察官に挟まれながら階段を上がってきた。

髪も服も身綺麗に整っている。外見はかなり若い。平凡ながら穏やかな顔立ちは、先日見せられた顔写真とはまるで印象が違っていた。

「こんなところにいたのね。フェニックス中を捜しても見つからないわけだわ」

「その人に触らないで！」

イヴェットの笑みの仮面に罅が入った。「何の……何の権限があって、あなたたちは」

「こっちの台詞よ。彼は誰？　あんたが地下に大事に閉じ込めていた、こちらの男性は」

返事はない。青年の背後から、軍服姿のジョンが困惑の表情で現れた。

「マリア。彼が本当にそうなのか。よく見れば確かに、写真の姿と似てはいるが——」

「よく見ようと見なかろうと、指紋を取れば一発よ。

初めましてと言うべきなのかしらね、『ヴァンプドッグ』——いえ、デレク・ライリー。

念のため、改めてあんたの口から自己紹介してもらえる？」

「喋っちゃ駄目！」

イヴェットの制止が届いたのか、青年はマリアへ目を向けたものの、口を開くことはなかった。

「帰ってください。彼はわたしの……大事な家族です。勝手に押し入って、部屋から連れ出して――変な名前で呼んで。横暴です……訴えますよ」

「いくらでも訴えればいいわ。こっちだって何の根拠もなしに踏み込んだわけじゃないんだから」

「……教授が危篤《きとく》だなんて騙しておいて、よくも、そんなこと」

「グスタフが昏睡中なのは本当よ。意識が戻ったときのために、あんたを病院へ連れていくつもりだったのも本当。

ただし、あんたに手錠をかけた後の話だけど」

イヴェットをいかに油断させ、玄関のチェーンを自ら外させるか。それが今回の強制捜査の難関のひとつだった。

あれだけのことをやってのけた犯罪者だ。疑いをかけすぎても、逆に何の疑念も抱かないふりをしても警戒される。程々に事情聴取を行いつつ、踏み込む準備やタイミングを整えるのは一苦労だった。

「法令上の手続きは済んでいます」

マリアの背後から漣が進み出て、律義に令状を掲げた。「行方不明となったデレク・ライリーの保護。現金輸送車襲撃事件、およびフェニックス市で先日発生した連続殺人事件の関連を示す証拠の捜索。……一通り読み上げてもよろしいですが」

「わたしが……何をしたというんです」

「全部よ。

デレク・ライリーの仕業と思われていた犯行のすべては、あんたが直接手を下し、あるいは裏で糸を引いていたのよ。衛生研究所からのデレクの脱走劇も、現金輸送車襲撃犯たちを死に追いやったのも。

違う？」

「何を……馬鹿げたことを」

呆れた、と言わんばかりの表情をイヴェットは浮かべた。「デレクは今年で三十七歳ですよ。そこにいる彼が、三十代に見える、と？」

ジョンたちが地下室から保護した青年は、外見上せいぜい二十歳くらいだ。若作りにしても度が過ぎている。顔写真とは違って、髪は短く整えられ、髭もない。

が――確かな知性とかすかな悲哀を帯びた瞳は、顔写真と同じだった。

「Dウイルスに感染したマウスは、通常のマウスより寿命が長い。ヤルナッハ教授が語っていたことです」

漣の言葉に、イヴェットが黙り込む。マリアは続けた。

「最初に聞いたときは、単に年を取って骨と皮みたいになっても生きていけるようになるのか、とも思ったけど、実際は少し違ったのね。感染者の老化を遅らせる。これがDウイルスの長寿命化の本質だったんだわ」

思い出してみれば、フェニックス市での被害者たちは、その多くが実年齢より若く見えた。

第二の被害者ノーマン・ルーサーは、四十七歳にしてはほうれい線が薄く、顔に染みもなかった。三番目のキャサリン・ウェイドも、机に飾られていた七年前の写真と、一年前に更新したばかりの免許証の写真とでほとんど顔が変わらなかった。六十代のハリエット・エイマーズも、実年齢に対して肌に艶があり、皺が少なかった。

例外は第四の被害者、バート・アンダーヒルだが、彼が感染させられたのは恐らく十二歳の頃だ。Dウイルスの効果は『老化の抑制』であって、子供の成長まで完全に止めてしまうものではないのだろう。

デレク・ライリーが実例だ。

デレクが髪を伸ばし髭を生やしていたのは恐らく、彼の若い容姿を部外者から隠すためのグスタフの意図だった。

「それにさっきも言ったでしょ。外見年齢云々を議論しなくたって、指紋を取ればデレク本人かどうかは一発で解るわ。あんたはどう言い訳するのかしら」

イヴェットは答えない。漣が後を継ぐ。

「国立衛生研究所に入所した貴女は、他の研究員たちの目を盗んでデレクに接触し、脱走を手引きした。警備員の制服が剝ぎ取られていたために、デレクは変装して外へ逃げたものと思われていましたが、実際には違ったのですね。

貴女のクルマのトランクに逃げ込んだのでしょう。

ライセンス・プレートのナンバーと、駐車している場所を事前に伝え、トランクの蓋の鍵を決行直前に開けておけば、デレクの姿を隠させるのは難しいことではありません。

デレクが衛生研究所に収容されているのは極秘事項です。警察の初動が遅れるだろうことも恐らく織り込み済みでした。貴女は何食わぬ顔で、デレクを衛生研究所の外へ連れ出し、この自宅へ隠した」

「……わたしがすべてを行った、と言いましたね」

イヴェットは、デレクを匿っていた事実は言い訳できないと悟ったのか、別の角度から反撃に出た。

「なら、フェニックス市での事件はどうなんですか。……被害者の皆さん全員を手にかけるなんて、わたしには無理です。だってあの日、わたしは……わたしと教授は、あなたたちやフェニックス署の捜査員の皆さんとずっと一緒にいたんですよ。

被害者同士で殺し合ったと——教授がそう仕向けたと語ったのは、マリアさん、あなたじゃないですか」

「その仮説なら、レンに完膚なきまでに叩き潰されたわよ」

イヴェットの油断を誘うためとはいえ——相当なでっち上げで無実のキャサリン・ウェイドに罪を負わせるのは胸が痛んだ。

しかし、マリアの精神をさらに痛めつけたのは、漣からの容赦ない駄目出しだった。

（腹部を刺されても動くことができた、とのことですが、致命傷と鑑定されるほどの切創なら、流血もおびただしいものになっていたはずでは？　刺された現場や移動に用いた自動車の内部から、彼女の血液が検出されてもおかしくないはずですが。……）

他にも指摘を受けた箇所は限りない。それでも、早期解決を図るために、無理を承知で押し通した。

「それに、あんたのアリバイはとっくに崩れたわ。セリーヌとボブのおかげで」

イヴェットの顔から血の気が引く。

「第五の被害者の件や、隠れ家の三人の吸血行為を目の当たりにしたおかげで、あたしは、Dウイルスの吸血鬼化が、『宿主が致命傷を負った後も』——『宿主の心臓が止まった後も』続くものと思い込んでいた。

だけどそうじゃなかった。隠れ家の襲撃犯たちは、吸血鬼化した後も喉から血を溢れさせていた。

つまり、彼らの心臓はまだ動き続けていたのよ。

心臓が動いているなら、血液も体内を駆け巡る。だから血液が流れている間は死斑も出ない。肺から酸素が取り込まれ、筋肉に送られてアデノシン三リン酸《ATP》が作られる。筋肉が動く際にＡＴＰが分解して、発熱――体温が発生する」

第二の被害者の検死の際、セリーヌが教えてくれた。死斑とは、血流が停止したことで生じる血液の沈殿だ。

吸血鬼化した被害者たちは、『死んだ後も筋肉に電気信号を送られていた』のではない。『致命傷を負っても生き続けていた』のだ。

マリアを含む誰もが見誤っていた。致命傷を負った肉体を動かすだけではなく、宿主の呼吸中枢を機能させ続けるのが、Ｄウイルスによる吸血鬼化の本質だった。

とはいえ、どれほど驚異的な機能でも、致命傷を受ければ限界は訪れる。

「セリーヌが初検で見積もった死亡推定時刻は、死斑と体温が基になっています」

漣が説明を加える。「しかしそれは、被害者が致命傷を負った時刻ではありません。厳密には、被害者の心臓が完全に停止した時刻だったのですね」

喉が裂かれ、大量の血が失われれば、たとえＤウイルスによって心臓が動き続けても、血流不足により酸素が行き渡らなくなり、ＡＴＰの生産が止まってしまう。やがて心臓そのものもＡＴＰ不足で活動を停止し――今度こそ完全な死を迎える。

第五の被害者、ハリエット・エイマーズだけは、喉の傷が浅く、代わりに口と鼻をガムテープで塞がれていたが、死に至った経緯は同じだ。酸素供給を断たれる中でも血液は循環し続けていたが、やがて、呼吸中枢と心臓を動かせる分の酸素が足りなくなり、ＡＴＰ不足に陥った。

が、ハリエットは他の被害者より出血量が少なかった。これが死後の挙動を分けた。

「ガムテープの封印が剥がされ、空気が気道から肺へ流入した際に、血液の中を酸素が拡散したのでしょう。コップ入りの水に塗料を垂らすと、かき混ぜなくても時間を経てコップ全体へ広がるのと同じです。

　そして上半身を中心にATPが合成され――わずかに壊死を免れた神経細胞を介して、Dウイルスによる電気信号が筋肉を動かし、セリーヌを襲った」

　もっとも、それは一時のことだった。ハリエットの肉体はすでに死を迎えている。間近にいたセリーヌをひと噛みし、程なくして限界に達した。

　他の被害者は違った。体内の血液そのものが減ったことで、神経細胞への酸素供給不足がハリエットより早く進行した。心臓が停止したときには、神経細胞が完全に壊死してしまっていた。……

「どっちにしろ、ここで重要なのは――Dウイルスの感染者が殺害されてから『完全な死』に至るまでの間に、相当なタイムラグが生じうるということよ。

　被害者たちの真の犯行時刻は、初検での死亡推定時刻よりずっと前。十日の昼間じゃなく、第一の被害者が殺害された辺りかその前、九日の夜だったんだわ。

　立て続けに遺体が発見された十日の時点で、五件の無差別殺人はとっくに終わってしまっていたのよ。

　だとすれば、十日のアリバイは何の意味も持たない。

　各々の犯行現場の近隣から、死亡推定時刻前後の目撃情報が出なかったのも当然ね。犯行はもっと前――人目につきにくい夜の時間帯に行われたんだから」

　第二の被害者が最後に目撃されたのは、九日の十九時。第三の被害者も同日の十九時過ぎ、第四の被害者は二十一時頃だ。第五の被害者はそもそも近隣の住人と没交渉で、九日も十日も動向がはっきりしていない。被害者たちが十日に生きていたという確たる証拠はない。

　セリーヌの見立てた死亡推定時刻は誤っていたが、無理もない。Dウイルスが宿主の肉体を生かし続けるとマリアが思いついたのは、五人目の検死が終わった後だ。

　いや、セリーヌは恐らく、何ひとつ間違っていなかった。

　遺体の検分の際に「正確には解剖の結果を待ってから」といった言葉を幾度となく口にしていた。死斑や体温と、それ以外の死体現象に食い違いがあったからだ、と今なら解る。

根拠のひとつが眼球だ。これもセリーヌに教えられたが、人間が死亡して瞬きがなくなれば、眼球は乾き、混濁していく。

――詳しいことは、眼科の通院履歴や解剖の結果を待ってから――

セリーヌが第五の被害者に襲われて入院した後、ボブへ託した宿題のひとつが、死斑と眼球の死亡現象のずれを見積もることだった。

ボブはセリーヌの期待に応えた。死斑を判断材料から外し、解剖の結果を併せて精査したところ、各々の被害者の最終的な死亡推定時刻は、当初の見立てから半日以上早まったと判明した。

「そうか」

ジョンが声を絞り出した。「被害者たちの大半が拘束されていたのは、二十年前の無差別殺人をなぞるためではなく、動きを封じてエネルギー切れを起こさせるためだったのだな。

Dウイルスの感染者は、ただ致命傷を負わせるだけでは殺害できない。身体活動を完全に止める手段のひとつが、喉の切傷による血抜きというわけか。

その間に被害者に動き回られては、例えば血溜まりを踏んで足跡が残るなど、あらぬ形で血痕が広がり、『被害者が死後も動いた』可能性を悟られかねない。だから被害者を拘束しなければならなかった――」

彼らは吸血鬼化しなかったのではない。すでに吸血鬼化し終えた後だった。

「第四の被害者も同じね。

手足は縛られなかったけど、スーツケースの中に押し込まれていた。スキーウェアを着せられたのも、スーツケースの下にバスタオルが敷かれていたのも、エネルギーが切れるまで被害者が暴れ回った際の物音を、可能な限り消すためだったんだわ」

天井から物音が聞こえた気がした――と、下の階の第一発見者が証言していた。時刻は十日の正午過ぎ、セリーヌの見立てた死亡推定時刻の範囲内だ。

「ただし例外もあった。第三の被害者、キャサリン・ウェイドがそうね。

彼女は、他の被害者より拘束が緩かった。被害者を全員、身動きも取れないほどがっちり縛ったら、拘束という行為に実際的な意味があることを、警察に気付かれる可能性が強まる——と犯人が警戒したんじゃないかしら。

代わりに用いられたのがシャワーだった。血溜まりを洗い流すことで、『死後も遺体が動き続けていた』事実を隠そうとしたんだわ。バスタブの外へも水が流れ出るよう仕掛けたのは、遺体や血がバスタブの外へ出てしまった際の用心でしょうね。

彼女の服が脱がされていたのも、たぶん同じ理由よ。布地への血の染み込み方や皺の付き方から、失血中に暴れ回った様子を読み取られてしまうかもしれない。犯人はそれを危惧《きぐ》して安全策を講じた、といったところかしら。

被害者たちの住居の玄関が、時に施錠されていたり解錠されていたりしたのは、恐らく遺体の発見のしやすさを調整するため。

第二の被害者のノーマン・ルーサーは、窓のカーテンの隙間からすぐ遺体を確認できたわ。五番目のハリエット・エイマーズも同じ。

けれど、三番目のキャサリン・ウェイドは、遺体がバスルームの中にあって、外からは直接見えない。四番目のバート・アンダーヒルは、自室がアパートの上の階にあるから、部外者が窓から覗くのは難しい。遺体を発見者に直接確認させるため、犯人は両者の住居の玄関を解錠したのよ」

「しかし、マリア」

ジョンが問いを挟んだ。「殺害後も心臓が脈動し続けるのであれば、喉を裂く際に多量の流血が生じないか。それこそ血溜まりでは済まない、血の噴出が」

「そうとも言い切れないのよ。二番目のノーマン・ルーサーの場合、確かに流血そのものは多かったけれど、天井や壁にまで血が飛び散ってはいなかったでしょ?

セリーヌの見立て通り、喉を裂かれた時点で、ノーマンの心臓は止まっていた。エネルギー切れになっていないDウイルスの感染者でも、心臓が動かなくなるタイミングはある、ということよ」

「そのタイミングが、『身体的に殺害された直後』だった、ということか」

「恐らくは」

漣が返す。「死後も心臓が動き続ける、とマリアは言いましたが、正確には『宿主の心臓が停止すると、Dウイルスが危機を察知して心臓を再稼働させる』のでしょう」

心臓を司る神経細胞の活動が止まる。神経細胞から伝達物質が分泌《ぶんぴつ》されなくなる。Dウイルス、あるいはDウイルスに感染した脳細胞がそれを感知し、心臓を動かす役目を、他の神経細胞に肩代わりさせる——とは、アイリーン・ティレットの仮説だ。

「Dウイルスの宿主の心肺停止から再稼働までは、ある程度のタイムラグがある。被害者たちは恐らく、その隙に喉を裂かれたのね。

タイムラグの存在については、他にも根拠があるわ。襲撃犯のひとり、エルマー・クィンランの遺体に、首を絞められた痕があったでしょ」

——今日は朝から変だった。変な痕が喉に——

「メモの文脈から考えて、『今日の朝』とは二月十日。襲撃犯がフェニックス市入りしたと思われる二月九日の、翌日の朝よ。つまりエルマーはそれ以前、隠れ家で寝入った夜に殺害されたんだわ。

殺人者が、エルマーの脈が止まっていることを確かめなかったとは思えない。絞殺は被害者に死んだふりをされる恐れがあるわ。

けど、エルマーが命を落としたのは何時間も後、十日の夜の岩山だった」

——脳細胞は、酸素供給を断たれると数分で壊死が始まってしまう——

セリーヌの説明を思い出す。逆に言えば、『殺された』後も数分内に心肺活動が再開すれば、被害者は動けるようになる。

「さてイヴェット、ちょっと訊いてもいいかしら。九日の夜、あんたはどこで何をしていたの？

研究室のメンバーから聞いた話だと、あんたはデレクの脱走以来、事情聴取やら何やらを名目に、グスタフと一緒にあちこち飛び回って、九日は午前中に研究室へ顔を出したきりだったそうだけど」

「……デレクに関する資料集めと、家を空けるための準備です。デレクがいつどこで、二十年前の悲劇を繰り返してしまうかも解らないんですよ？　万一に備えて、やらなければならないことはたくさんありました。

十日になって、フェニックス市の事件を知って慌てて——」

「嘘ね」

マリアは断じた。「あんたは九日のうちに、ＭＤ州からフェニックス市へ、グスタフより一足早く空路で飛んで――被害者を回って、凶行を繰り返していたのよ」

　ドミニクの言っていた『被害者候補リスト』を、あらかじめ用意していたのだろう。各人の生活パターンも把握済みだった。

　もちろん、標的の自宅に向かったら予定外の来客がいた、という可能性もゼロではない。が、例えば庭先に他の自動車が停まっていたり、玄関や窓から歓談の声が漏れ聞こえたりすれば、第三者がいることは察しがつく。その場合は、別の標的をリストから選び直せばいい。あるいは事前に電話をかけて来客の有無を確かめることもできる。

　――話し相手が欲しくてね。八時半くらいに電話したんだ。

　――ただ、そのときは話し中だった。

　第三の被害者、キャサリン・ウェイドの同僚の証言だ。娘と喋っていたのでは、と同僚は思っていたようだが、実際にはちょうどこのとき、イヴェットがキャサリンの自宅へ探りを入れていたのだろう。

　標的が首尾よく自宅にひとりでいると解ったら、国立衛生研究所の身分証があれば――十年前に被害者たちが入院していた事実を持ち出し、例えば「当時、院内感染が生じていた疑いがある。調査研究に協力してもらえないか」といった口実で訪問できる。玄関のチェーンさえ外させてしまえば、後はすぐさま襲いかかるだけだ。

　それに、大人しそうな若い女性というイヴェットの外見が、相手の油断を誘ったであろうことは想像に難くない。

　最後の仕上げに、イヴェットはグスタフへの囮として、最も殺しやすい第一の被害者を見繕い、殺害した。

「どうやって……わたしがフェニックス中を移動できたんですか」

　イヴェットが喘ぐように返した。「クルマがなければ、被害者宅間の移動はほとんど不可能です。レンタカーを借りた、とでも仰るつもりですか」

「偽名で借りたかもしれないわね」

　偽名、という単語に、イヴェットの肩がぴくりと動いた。

「それとも、襲撃犯たちと同じように、裏の伝手を使ってクルマを用意させたのかしら」

「どういう意味ですか。わたしが……彼らと繋がっていた、とでも？」

「そうよ。

襲撃犯連中はＤウイルスに感染していて、あんたはグスタフの助手だった。グスタフの所業を踏まえれば、あんたと彼らの関わりを疑わせるには充分だわ。

グスタフが処分しようとしたサンプルのラベル——『ＵＩ８２ＭＤ』とか『ＴＮ８３ＭＤ』とか——から推測すると、襲撃犯たちが感染させられたのはせいぜい一、二年前、ＭＤ州近隣ね。この時期と場所でＤウイルスを用意できた事件関係者は限られるわ。グスタフか、あんたか。

もっとも、彼らがずっと前、ジュニアハイスクール時代にデレクから感染した可能性もないとは言わないけど——デレクひとりが五人全員へ、Ｄウイルスを感染させるほどの手傷を負わせられたとも思えない。仮にそんな事件が起きていたのなら、『ヴァンプドッグ』の凶悪さを物語るエピソードとして、当時のマスコミが取り上げていたはずだわ。

あんたはグスタフの助手として、連中と接触する機会があった。もっと言うなら、あんたも彼らと同じく、アンダーグラウンドの伝手を利用できた可能性があるってことよ。

襲撃犯たちを感染させたのは、彼らを『ヴァンプドッグ』の仕業に見せかけて始末するつもりだったから、かしら？」

十日までの潜伏先も、変装し偽名で宿を取るなり、短期間契約のアパートメントを使うなりして、自動車と同様に確保した。

九日から十日にかけてのイヴェットの足取りは、ドミニクの指揮の下、フェニックス署の捜査員が市内を虱潰しに調べ回っている。遠からず結果が出るだろう。

「言いがかりです」

イヴェットが声を張り上げる。「何の証拠があって、そんな」

「あるわよ。あんたが九日にフェニックス市にいたという、れっきとした物的証拠が。

九日の二十時半、ショッピングモールの公衆電話から、第三の被害者、キャサリン・ウェイドの自宅へ電話があった。その公衆電話から、指紋付きの硬貨が見つかったのよ。

キャサリンの職場の関係者に裏取りを試みたけど、空振りだった。誰がかけたのかしらね？」

「わたしが電話をかけた、と仰りたいんですか。そんなはずありません。わたしの指紋なんて――」

「あんたの指紋じゃないわ。あんたがペットを預けた、MD州のペットショップの店員の指紋よ」

眼鏡の助手が凍り付いた。

――ドミニクの捜査の賜物《たまもの》だった。

イヴェットが得意先にしているペットショップを探し、店員の許可を得て指紋を入手し、公衆電話から回収した硬貨の指紋と照合した。店員からは併せて、イヴェットが二月九日――フェニックス市の事件の前日にペットを預けたこと、その際に手袋を嵌めていたことも聞き出した。

「それと、あんたと襲撃犯を繋ぐ証拠も見つけた。

十日の十時に、隠れ家と市内の公衆電話とで通話があったわ。公衆電話から一枚、指紋の一切付いていない硬貨が見つかった。

その硬貨をアイリーンに調べてもらったら、表面から皮膚の細胞が検出されたのよ――あんたと同じDNA型を持った細胞が」

イヴェットが喘ぐ。

「通話記録を探られるのを見越して手を打ったつもりだったんでしょうけど、しくじったわね。

汗を拭いたハンカチで、硬貨を拭ったんじゃない？　その際、ハンカチに付いた皮膚細胞が硬貨にこびりついたんだわ、きっと。

あんたはキャサリンの電話番号も、隠れ家の電話番号も知っていた。彼らの動向を探るために、人目に付かないよう公衆電話から電話をかけ――証拠の付いた硬貨を投げ入れるという、致命的なミスを犯してしまった」

キャサリンへ電話する際に硬貨の指紋を拭わなかったのは、できる限り事件性を薄めるためだろう。『何者かが九日の夜に、被害者宅へ電話した』となると、犯人が九日のうちにキャサリンの自宅へ向かった可能性を疑われかねない。……とはいえ、指紋を拭っても拭わなくても、結果は同じだったはずだ。

「いや、待ってくれ」

ジョンが問う。「彼女が襲撃犯と繋がっていたとして、双方に何のメリットがある。互いに犯行が露見するリスクを負うだけではないのか」

「セオドリック・ホールデンは、国外で事業を興す計画を練っていたようです」

黒髪の部下が返した。「その際にフロルキング研究員の知識が使えると考えたのではないでしょうか。彼女が自分の研究について正直に語ったかどうかは不明ですが——セオドリック・ホールデンは現金輸送車襲撃で得た資金を使い、彼女を引き込むつもりだったのかもしれません。

一方のフロルキング研究員も、自らの犯罪を完遂するために、彼女なりの思惑を持って襲撃犯に接触した」

「襲撃犯を利用したということか。彼らの乗用車やアジトを使い、被害者たちを殺害して回った、と？」

「その選択肢もゼロとは言えないけど。彼ら全員とは顔を合わせなかったんじゃないかしら。襲撃犯と接触した、とはいっても、恐らく一部の相手に限られたはずよ。全員と顔見知りになったって、万一の際に彼らとの繋がりが露見するリスクが増えるだけでしょうし。

イヴェットは、襲撃を利用したというより、彼らを隠れ家に釘付けにするつもりだったのよ。

自動車のタイヤがパンクさせられた、とエルマーのメモにあったわ。襲撃犯が自分たちの足を潰したとは思えない。隠れ家の電話番号を知っていたイヴェットが、彼らの動きを封じたと考えた方が筋が通るわ。恐らくは九日の夜、他の被害者たちを殺害したその足で」

イヴェットが裏の伝手を利用できたのなら、隠れ家の合鍵を入手できてもおかしくない。

隠れ家から二ブロック離れた先に公園がある。九日の夜の時点では、検問もパトロール強化も始まっていない。移動に使った自動車を公園に停めても、警察に見咎められるリスクは小さかった。隠れ家に侵入し、襲撃犯たちの自動車をパンクさせて戻るだけなら、長く見積もっても二十分程度で済む。

「右前輪がスペアタイヤに交換されていた、と報告にあったな。

しかし、タイヤに穴を開けた理由は何だ。逃走の足止めか？　ならば四本のタイヤをすべて潰せばいい。一本だけでは些細な時間稼ぎにしかならないだろうに」

「ええ、『些細な時間稼ぎ』だわ。けどイヴェットにとっては、打っておく必要のある布石だった。

ボブの検死報告を覚えてる？　隠れ家で黒焦げになった三人の胃から、亜砒酸が検出されたわよね」

「ああ。強奪した現金を巡って仲間割れしたのではないか、とジェラルド検死官は話していたが――」

ジョンの顔が強張った。「いや、『仲間割れ』説はありえない。現金輸送車襲撃は最初から、他の四人を捨て駒にする前提で計画されていたのか。

最後に死んだエルマー・クィンランも、首を絞められていた」

「誰が仕組んだのかは言うまでもないわね」

襲撃犯のリーダーで、唯一、亜砒酸を盛られず首も絞められなかった人物――セオドリック・ホールデン。

エルマーだけ首を絞められたのは、ボブの語った通り、亜砒酸が酒に盛られていたためだろう。エルマーの遺体からはアルコールも亜砒酸も検出されなかった。恐らく酒が飲めなかったおかげで毒殺を免れたのだ。セオドリックは仕方なく、エルマーを絞殺することにした。

「襲撃犯連中がフェニックスの隠れ家へ潜伏したのも、セオドリックの計画だった。他の四人を油断させて、一気に葬り去るつもりだったんだわ。最初から殺すつもりでなければ毒なんて用意しないでしょ。

問題はその後。仲間を殺害したセオドリックが、さっさと隠れ家を逃げ出して別の隠れ家に移ってしまう可能性は低くなかった。セオドリックの動きを一時的に制限するために、右前輪に穴を開けたのよ」

パンクしたタイヤが一本だけなら、時間はかかるがスペアに交換するという選択肢が残る。逆に全部潰してしまったら、脱出手段を完全に奪う格好になり、暴発する可能性が高まってしまう。

セオドリックの計画は、最初からイヴェットに筒抜けだったのだ。エルマーが迂闊にも、襲撃計画の概要をメモしていた。彼が診察で着替えた隙を突いたか、あるいは患者のふりをして近付いてポケットから抜き取ったかして、メモ帳を盗み読んだのかもしれない。

「十日の朝を迎えれば、検問やパトロール強化が始まり、身動きが取れなくなる。それまでの時間稼ぎができれば充分だったのだな」

ジョンが頷き、次いで眉間の皺を深くした。「だが、彼らはDウイルスに感染している。簡単に息の根を止められるものなのか」

「できるわけないでしょ。セオドリックは仲間を殺しそこなったのよ。

四人は復活して——もしかしたら、自分たちが一度死んだことにすら気付かなかった」

エルマーだけは、自分の首の索条痕を見たはずだ。メモ帳にも記述が残されていた。

——今日は朝から変だった。変な痕が喉に——

以降のメモには、『変な痕』を仲間に怪しまれた、といった言及はなかった。タートルネックのセーターで首の痕を隠していたのだろう。セオドリックが「他の奴らの悪戯だ」とでも言いくるめたのかもしれない。

が、そのセオドリックも内心では、恐らくエルマー以上に混乱していた。

「エルマーが十日の『朝』までに首を絞められていたのなら、他の三人も彼と同じか、もっと早いタイミングで毒を飲まされていたはずよ。セオドリックにしてみれば、エルマーひとりだけを始末するより、皆が油断している隙を一気に突いた方が楽でしょうしね。

けど実際は違った。エルマーのメモによれば、彼らが喉を裂かれて殺されたのは十日の朝より後。毒を飲まされたと思われる九日夜の時点では、誰も死んでなかったのよ。

殺したはずの仲間が何事もなかったように起き出し、おまけに——これもエルマーのメモにあったけど——自動車のタイヤはいつの間にかパンクしている。しかも警察と空軍が揃ってフェニックス市全域に厳戒態勢を敷いた。

追い詰められたセオドリックは、四人の殺害を諦めるのじゃなく、今度こそ確実に殺す決断を下した」

「その手段が、『喉を裂いて失血させ、エネルギー供給を止めること』だったのですね」

漣がマリアの後に続けた。「二月十日の十時の電話の中で、フロルキング研究員に誘導されたのでしょう。二十年前と似た事件が隠れ家の外側で発生した、という事実も、セオドリック・ホールデンの背中を押したはずです。同じ殺し方をすれば、外部犯を疑わせることができますし——何より、喉を裂かれ失血し、それでも死なない人間がいるとは想像もできなかったと思われます」

九日夜の段階で、初めから拳銃で四人の頭を撃ち抜いていれば——Dウイルスの巣食う脳を破壊していれば、事件は全く違った展開を見せていたかもしれない。

現実には、頭を撃ち抜かれたのはセオドリックだけだった。さらに、彼の腕から硝煙反応は出ていない。彼の手元に拳銃がなかった、と考えるしかない。状況は想像頼りになるが——自分は仲間を裏切る真似などしない、と思わせるため、他の誰かに預けていたのかもしれない。

もちろん、預けた相手が愚行に走らないよう、弾倉を外させるなどの予防策を取ってはいただろう。四人を殺した後、折を見て拳銃と弾倉を回収する算段だったはずだ。

が、Dウイルスによる吸血鬼化が計算を狂わせた。殺したはずの仲間が次々に生き返り、『折を見る』機会が消え失せた。セオドリックは銃器の回収を一旦諦めざるをえなくなった。人数比は一対四、相手は死んでも死なない者たちばかり。銃を強引に奪ったところで多勢に無勢だ——と思い込んでも無理はない。

吸血鬼化に関する正確な知識があれば、『心臓を直接破壊する』という解答に辿り着けただろうが、二十年前の被害者の中に、心臓を傷付けられた者はいなかった。喉を裂くという過去の成功例が、セオドリックにとって『確実に殺す』ための最良の手本となってしまった。

マリアたちが隠れ家へ駆けつけたとき、吸血鬼化した三人は拘束されていなかった。吸血鬼を退治するのに拘束が必要だということを、セオドリックは恐らく知らないままだったのだ。

邸宅内で具体的にどのような惨劇が繰り広げられたかは想像に任せるしかない。セオドリックは、自らの喉を傷付けて被害者のふりをして仲間たちを油断させ、キム、スザンナ、イニゴを手にかけ——しかし、本体か弾倉か、銃器を回収し損ね、エルマーの逆襲に遭い、頭部の上半分を吹き飛ばされた。

セオドリック自身もDウイルスに感染していたはずだが、脳を丸ごと壊されては吸血鬼化のしようがなかった。

「しかし解らない。イヴェット・フロルキングは、Dウイルスの吸血鬼化についてどこで知識や経験を得た？　ヤルナッハ教授とともに、Dウイルスの非道な人体実験を行っていたのか。

衛生研究所に入って一年程度の彼女が、そんな実験に加われるものなのか」

「経験なら充分に積んでいたのよ。

衛生研究所に入る前から――それこそ、二十年も前から」

長い沈黙が訪れた。

イヴェットは硬直している。「マリア、一体どういう……」ジョンの問いが途切れた。

「デレク・ライリーの犯行と思われていた二十年前の無差別殺人も、実際には彼女が行っていたというのか！」

「ええ」

マリアは彼女へ向き直った。「そうでしょう、イヴェット？　いえ、もう本名で呼ぶべきかしらね。ヘスター・ライリー」

「『ライリー』？」

ジョンが困惑の声を上げた。「――まさか」

「そのまさかよ、ジョン。

彼女はデレク・ライリーの、死んだと思われていた妹よ。デレクは誰も殺していない。彼の妹こそが本物の『ヴァンプドッグ』だったのよ」

※

「ヘスター、愛称ヘティ。呼び名が同じだったのね。デレクの妹と恋人は。

もしかしたら、彼が恋人に関心を抱いたきっかけのひとつが『妹と同じ愛称』だったかもしれないわ」

それまで静かに立っていたデレクの肩が、ぴくりと震えた。

「馬鹿な」

なおも信じがたいといった表情で、ジョンが反論した。「デレク・ライリーの家族は、二十年前の事件の後、全員が死亡したはずだ」

「両親については仰る通りです」

漣が返答した。「しかし、妹――ヘスター・ライリーに関しては、調べたところ疑念が残ることが解りました。

デレクの逮捕の後、彼女は施設や里親の下を転々とし、今から十八年前、登山中に谷へ転落、沢に流され死亡した――ことになっています。

ただし、遺体が発見されたのはその一年後。すでに白骨化しており、歯形も崩れていたため、正確な身元の鑑定はできませんでした。資料によれば、身元は結局、残された衣服と里親の証言から判断するしかなかったそうです」

「誰かを身代わりに仕立てて殺害した、ということか？

しかし、妹はデレク・ライリーと二歳違い、今は三十五歳のはずだ。フロルキング研究員がそのような年齢だとは」

声が途切れ、苦しげに続きが吐き出される。

「Ｄウイルスによる老化の抑制……」

二十歳ほどにしか見えない容姿に騙されていた。

長寿命化の真相に気付いたとき、マリアの脳内に疑念が浮かんだ――イヴェットは見かけ通りの年齢ではないのでは、と。

彼女に警戒されないよう、事情聴取で年齢を直接訊ねることはせず、密かに調査を進めた。

イヴェットの履歴書を国立衛生研究所から取り寄せたが、そもそもＵ国では履歴書に年齢を書かない。記載内容も自由だ。実年齢を絞り込む決定打にはならなかった。

結局、彼女とヘスター・ライリーがほぼ同年代だと確認できたのは、陸運局に保管されていた運転免許証の発行記録からだった。

「ずっと解らなかったのよ。デレクはどこでどうやってＤウイルスに感染したのか。

ライリー家が飼っていた犬は、正規のブリーダーから購入したもの。しつけやワクチン接種はきっちり行われていただろうから、Ｄウイルスに感染するきっかけなんてなかったはずなの。他の犬やコウモリに噛まれたんだろう――って、誰かに説明されたわ。

けどね。ジュニアハイスクールの教員が、ライリー家で起きた事件を覚えていたのよ——あるとき、デレクが野良犬を拾ったけれど、父親が捨てさせた、って。

その犬が、真のDウイルスの感染源だったとしたら？」

漣の聞き込みで明らかになったことだった。

ブリーダーから購入した犬を飼い始める前に、兄妹が密かに拾った野良犬が、Dウイルスを宿していて——デレクはその犬に噛まれて感染したのではないか、と。

「しかし、イヴェット・フロルキングがヘスター・ライリーと同一人物だという確証は」

「順を追って説明するわ。ちょっと長くなるから。

フェニックス市の事件が起きてから引っかかっていたの。今回の事件が二十年前の無差別殺人をなぞっているのなら、そもそも二十年前の被害者たちはどうして拘束されたのかって」

「Dウイルスの感染者は大量失血させなければ死なない。『ヴァンプドッグ』はこの事実に当時から気付いていた、と言いたいのか。被害者が吸血鬼化した事実を隠蔽するために、彼らの動きを封じる必要があることを、すでに認識していた、と」

「他に説明がつかなかったのよ。隠れ家で吸血鬼の三人を見てしまった後ではなおさら。——とはいえ、犯人が感染者を完全に殺害する方法に行き着くまでには、それなりの試行錯誤があったでしょうけど」

「二十年前の事件が、まさにその試行錯誤——一種の人体実験だったのだな」

さすがジョン、察しがいい。

「フェニックス市でのアリバイ工作は、それこそ実戦と経験を繰り返し、吸血鬼化の挙動や殺し方を熟知していない限り不可能に近いわ。二十年前の段階でそれができたのは『ヴァンプドッグ』当人だけよ。

けれどフェニックス市の事件では、デレク・ライリーが被害者たちを吸血鬼化にまで至らせることは絶対に無理だった。

いくら被害者たちのリストがあったところで、二十年間も外界から隔絶されていた彼に、現在のフェニックス市の土地勘があったとも、そもそもMD州からA州へ移動する手段があったとも考えづらいし

――何より、アイリーンの解析によって、脱走のタイミングと潜伏期間の齟齬は決定的になったわ。

でも、前提条件が間違っていたとしたら？

デレク・ライリーは二十年前に誰ひとり殺してなくて、別の人間が本物の『ヴァンプドッグ』だったとしたら。

デレクが逮捕された一因は、彼が複数の被害者の関係者だったから。そのデレクが『ヴァンプドッグ』でないとしたら、真の『ヴァンプドッグ』候補は、彼に近い人間よ。

当時のデレクが、あまり友人付き合いの多い方じゃなかったのを踏まえれば、候補は絞られるわね」

彼の家族――父母、そして妹。

しかし父母は、疑念の余地のない死因で他界している。残るのは、死に方がはっきりしない妹だけだ。

「真犯人は妹のヘスターかもしれない。そう考えたとき、最も疑わしい事件関係者は、Dウイルスに関する知識を持つ女性で、フェニックス市の事件も警察を通じて把握できるイヴェットしかいなかった。

だけどこれじゃ、単なる仮説でしかないわ。――イヴェットに本当に疑いを持ったのは、彼女の持っていたキャリーカートの中身を思い出したときだった」

「キャリーカート？」

「フェニックス市の第二の事件の後、彼女が遺体のサンプル採取に向かう際、キャリーカートを開けて用具一式を出したわよね。

そのとき、カーディガンが荷物の奥に畳まれているのを見たの。

おかしいのよ。冬の早朝のMD州を発って、『太陽の谷』ことフェニックス市へその日のうちに到着したとき、暑くてカーディガンを脱いだ。その後、キャリーカートの手前側に突っ込んだのならまだ解る。でも、書類やワクチンの箱といったかさばるものを全部出して、カーディガンを奥に入れ直す必要なんてないでしょ。なぜそんなことをしたの？」

イヴェットへ顔を向ける。答えはない。大人しい助手の仮面が剝がれ落ち、険しい目つきでマリアを見返すだけだった。

「言えるわけないわよね。

カーディガンは、九日の夜の仕事が一段落ついた後、宿でキャリーカートを再整理するときに奥にしまったんでしょう。犯行に使った小道具とか、処分しなきゃいけない証拠品もあったでしょうし」

「小道具――凶器か？　刃物を機内に持ち込めたとは思えんが」

「いいえ。フェニックス市での一連の殺人で、犯人が被害者宅に持参した凶器は多くないの。

　二番目のノーマン・ルーサーの喉を裂いたのは、彼の自宅のキッチンにあった包丁よ。以降の被害者も、住居の中から凶器が見つかったでしょ。

　三番目のキャサリン・ウェイドの足を縛ったのは、彼女のクローゼットに入っていたベルト。

　四番目のバート・アンダーヒルは、自分のスーツケースに閉じ込められていた。喉を裂いた凶器は発見されなかったけど、これは別の被害者宅から拝借すればいいし。

　五番目のハリエット・エイマーズは、自宅にあったビニール袋やガムテープで呼吸を塞がれていた。

　他に用意すべき道具は少ないのよ。被害者たちの手足を拘束し、首を絞めるのに使ったロープ。そして――ノーマン・ルーサーと、第一の被害者、クラーラ・グエンの頭部を叩き割った細長い鈍器があればいい。

　デレクが警備員から奪った警棒を使えば、脱走した『ヴァンプドッグ』の犯行と印象づけることもできたでしょうけど、そんなものをキャリーカートに忍ばせたところで、空港の手荷物検査に引っかかるでしょ。

　代わりに、ヘスターは別の鈍器を用意したんだと思うわ。例えばセリーヌが推測したように、バールとかね。購入履歴を追われないよう、現地で裏の伝手を使ったのかもしれない。

　犯行本番の際も、ロープはポケットやバッグに隠せるけど――問題は鈍器よ。

　被害者の隙を狙う以上、すぐ振るえるように隠し持つ必要があるけど、剝き出しで持ち歩いたら万一目撃された際に言い訳できないわ」

　鈍器でなく毒なら、簡単に持ち歩けただろうし、ノーマン・ルーサーのような成人男性を相手に腕力に訴える必要もなかっただろう。が、二十年前の『ヴァンプドッグ』は毒を使っていない。毒を飲ませられるような状況へ被害者を誘導するのも手間がかかるはずだ。

「ジョン。あんたが犯人なら、どうやってバールを隠し持つかしら」

「上着の内側に縫い付ける——いや、凶器が大きすぎるな。ベルトに挟んだとしても、膨らみはごまかせない」

　思案の表情の後、ジョンが顔を跳ね上げた。

「コートか！　鈍器を逆手に握り、その上からコートを被せる。そうすれば、暑さでコートを脱ぎ、腕に引っかけたと見せかけられる」

「正解ね。

　手に握っていたのなら、相手が背中を見せた瞬間に後頭部へ打ち下ろせる。

　でも、犯行現場は『太陽の谷』ことフェニックス市よ。冬場でもコートを着る者はまずいない。いるとすれば、気温の低い市外からの来訪者だけだわ。

　該当する事件関係者は、脱走したデレク・ライリー、現金輸送車の襲撃犯たち、国立衛生研究所の二名。

　けれど、デレクはさっきも触れた通り、脱走時に警棒を持ち去っていた。被害者を殴打するのにわざわざバールを新調する必然性がないわ。

　襲撃犯たちは、そもそも市内を歩き回る危険を冒せたとは思えない。

　そしてグスタフは、二月十日の早朝まで、州警察からの連絡を受けるためにMD州にいた。

　残る関係者はイヴェット、あんただけ。

　それに、彼女の撮影した電子顕微鏡写真も、よく考えると妙なのよ」

「弾丸形状のウイルス像だな。あの写真に妙な点があるのか？」

「大ありよ。

　イヴェット、あんたが言っていたわよね。『電子顕微鏡でウイルスを捜すのは、真っ暗な森の中、肉眼で目当てのキノコを見つけるのに近い』って。

　それなら、どのサンプルだろうとDウイルス像をすぐに撮影するのは難しいはずでしょ。C大学のテニエル研究室でさえ、分離して上澄みをすくって、数時間かけてようやく確認できたのよ。適当な箇所から採取しただけの二つのサンプルから、どうしてあっさりウイルス像が撮れたの？」

「ウイルス像がそんなに問題なんですか。確かに、撮影は難しいかもしれませんけど、現に撮れたんです。しかもあのときは、捜査員の方が立ち会っていました。どんな細工ができたっていうんですか」

「できたのよ。

あんた、サンプルの採取キットを持参していたわよね。そこにDウイルスがたっぷり付着していたとしたら？」

眼鏡の助手が息を詰まらせた。

「あんたが撮影したウイルスは、被害者から採取したサンプルじゃなく、採取するのに使った器具にこびり付いていたものだったのよ」

デレク・ライリーがフェニックス市に潜み、被害者たちを感染させたと捜査関係者に誤認させるには、被害者からDウイルスが検出される必要がある。

Dウイルスの電子顕微鏡像を確保するため、イヴェット――ヘスターは、Dウイルスに汚染した器具を用意した。

青バラ事件に関わったマリアたちがフェニックス署に招集され、C大学へ独自にDNA分析を依頼することになるとはさすがに想定外だっただろうが、結果としては、彼女の電子顕微鏡観察の信憑性《しんぴょうせい》を裏付けてくれた。

「言いがかりです。そんな」

「綿棒やピンセットは処分できただろうけど、器具を入れたケースの方はどうかしらね。

キャリーカートにしまったままなんじゃない？　それとも、ちゃんと洗ったから調べられても大丈夫だと思ってる？　本当に、Dウイルスを綺麗さっぱり洗い流せたって断言できる？」

返事はない。ジョンが口を開いた。

「第一の被害者――クラーラ・グエンのサンプルからDウイルスが検出されたのは、殺人者の唾液が彼女の傷口に落ちたからではなく、採取に用いた器具が汚染されていたためだったのか」

「唾液には、口内の細胞が混入する場合があります」

漣が補足する。「我々がすでにC大学と繋がっていたのは、犯人にとって想定外だったとしても――今回の事件は変異ウイルスに関する事件です。青バラ研究で名を馳せたテニエル博士の研究室へ、警察が遺体のサンプルを持ち込む危険は否めません。自分のDNAが遺体から検出されてしまうのは避けたかったでしょう」

「確かに。

だが、Dウイルス像を撮影するのであれば、第一の被害者もヤルナッハ教授の人体実験の被験者から選んだ方が、撮影に失敗するリスクを減らせたのではないか」

「できなかったのよ。

この事件でのクラーラ・グエンの役割は、捜査関係者やグスタフへの囮だった。そのためには、彼女の遺体を殺害後すぐに見つけてもらわなきゃいけない。手っ取り早いのは、遺体を人目に付きやすい屋外に放置することよ。

だけど、十年前にグスタフの実験体になってしまった元患者は無理だわ。吸血鬼化現象まで大勢に目撃されちゃうでしょ。だから『一人目』は、Dウイルスに感染していない人間じゃなきゃいけなかったのよ。

クラーラ・グエンが感染者じゃないことは、後の捜査で露見しても構わなかった。すべての罪をグスタフに負わせるつもりだったから」

そうか、とジョンが息を吐いた。

「彼女を疑ったきっかけは他にもあったわ。病院でセリーヌを見舞った際、普通の狂犬病ワクチンがDウイルスに効くかどうか説明したときよ」

ヘスターはワクチンの効果に留保をつけた。

――マウス実験では、Dウイルスへの効果が実証されています。

――ただ……実戦投入するのは、セリーヌさんが初めてです。

「マウスと人間は違う、効かない可能性もある、ってニュアンスだった。あんたの恩師も、同じようなことを散々言っていたわね。

でも、第四の被害者の検証の後、フェニックス署に戻ったときの説明はそうじゃなかった」

――生まれたときからブリーダーの手でしつけや管理が施され、ワクチンも接種していたはずですから……

――Dウイルスの感染源になったとは考えづらいです。

「普通のワクチンはDウイルスに効く、と決めつけるような言い方だった。

なぜ？　マウス実験でしか効果が確認されてないワクチンが、どうして犬にも効くと言えるの？

『マウスと人間は違う』なら、『マウスと犬だって違う』はずでしょ。Dウイルスに感染した犬に、普通の狂犬病ワクチンが必ずしも効くとは限らないんじゃないの？

　ライリー家で飼われていた犬はDウイルス保菌個体じゃないって、ことさら強調する必要がどこにあったの？」

「言葉の綾です……そんな、細かいことを言われても」

「いいえ。あんたたち研究者にとって、『デレクの宿したDウイルスが、元々どこから来たのか』は極めて重要な案件だったはずよ。

　素人のあたしでさえ疑問に思ったのに、専門家のあんたたちが興味を持たないはずがないでしょ。あらゆる可能性を頭に入れて、発生源を探し当てたくなるものなんじゃないの？」

　にもかかわらず、ヘスターは可能性のひとつ——飼い犬説を否定した。なぜか。

　デレクが飼い犬からDウイルスに感染したとすれば、デレクの家族もまた、飼い犬を通じて感染した可能性が生じる。

デレクの妹も感染していたかもしれない、と疑念を持たれたら、巡り巡ってイヴェット＝ヘスター説に辿り着かれかねない。疑問の芽を払拭するに越したことはなかった。

「最後に、あんたが衛生研究所に配属された頃のことを、グスタフの研究室のスタッフから聞いたんだけど——

　チュートリアルでデレクの録画映像を観ていたとき、彼が『ごめんよ、ヘティ』と呟いた場面であんたが驚いたらしいのね。

　せん妄症状だろう、とそのスタッフは気に留めなかったそうだけど、あんたはとても無視できなかった。兄が自分の名前を呼んだかもしれないと動揺したんだわ」

「十一歳の少女が、兄の恋人を——他にも五人を、殺していったのか」

　イヴェット——ヘスター・ライリーを見るジョンの目は、驚愕《きょうがく》の色を帯びていた。「しかし、根拠はあるのか。彼女が二十年前の殺人者でもあるという根拠は」

「当時の第一の被害者、メヘタベル・イングリスの喉を裂くのに使われた、凶器の錐よ。

　捜査資料を読んだんだけど、遺体発見現場の山小屋には、錐の他に鋸があったらしいのね。

　どうして鋸の方を使わなかったの？　歯形を消すのなら、先の細い錐より、幅広く切れる鋸の方が効率的でしょ。

　資料によると、鋸は棚の一番上に置かれていた。現場の写真もあったけど、当時のデレク――ジュニアハイスクールの七年生の男の子なら、ジャンプして届くくらいの高さだったみたいね。つまり、デレクが犯人なら鋸を使えたはずなのよ。

　でも実際はそうじゃなかった。使われたのは錐だった。

　答えはいくつもないわ。犯人の身長が足りなくて、鋸に手が届かなかったのよ。……棚の中段は釘が折れて外れかかっていて、よじ登るのは難しかった。向かいに材木があったようだけど、こっちは踏み台として動かすには重すぎたのね」

「犯人は、デレク・ライリーを尾行するなりして山小屋の場所を知ることができ、かつ、彼より背の低い人物……か」

「以後の事件が、デレクの転居先のO州近隣で発生したことを踏まえれば、容疑者として蓋然性《がいぜんせい》が高いのは、彼の家族またはそれに近い人物です。資料によれば、デレクの両親は背が高かったそうですから――残るは、当時エレメンタリースクールの五年生だった彼女だけです」

「しかし、動機は何だ」

「第一の被害者、メヘタベル・イングリスはデレクの恋人。

　第三の被害者、ポール・エドワーズは、モルヒネを横流ししているとの噂が立っていた、スポーツクラブの対戦相手のトレーナー。

　第六の被害者、ローラ・ディケンズはデレクの二番目のガールフレンド。

　……デレクじゃなく妹の視点に立ったとき、これらの被害者たちがどう見えるか、何となく想像できない？」

「兄に近付いた人物、あるいは害をなそうとした人物――ですか」

　漣の回答にマリアは頷いた。

「もっとも、他の被害者も含めて、本当の動機が何だったのかは当人に訊くしかないけれど——当たらずといえども遠からずじゃないかしら」

「では、今回のフェニックス市の事件の動機は」

「これも臆測頼りになるけれど——ひとつは、ジュニアハイスクール時代に兄を虐げていた者たちへの、二十年越しの復讐。

　もうひとつは、自分の代わりに罪を背負った兄を救い出すこと。

　そのためにイヴェットは——ヘスターは、国立衛生研究所に入り、Dウイルスを研究するグスタフの下に就いたのよ。

　——違う？　ヘスター・ライリー」

　返事はない。ジョンが問いを投げた。

「Dウイルスを元々保持していたのは、兄妹が最初に飼った野良犬だった、と言ったな。

　その犬はどうなった。犬の寿命は十年ほどだが、Dウイルスには長寿命化の作用がある。感染源が二十年前に野に放たれ、行方不明のままということになりはしないか」

「幼い兄妹が、愛犬を簡単に手放したとも思えません。密かに飼い続けていた可能性もあります」

漣が仮説を語った。「Dウイルスに感染した動物の寿命が延びるのは、図らずもライリー兄妹が証明しています。ニッセン少佐の仰る通り、兄妹の愛犬が、二十年後の今も変わらず生き続けている可能性はあります。

　——例えば、彼女のすぐそばに」

　黒髪の部下の視線が一点に向けられる。

　白毛の犬が、大勢の闖入者《ちんにゅうしゃ》たちを険しく睨んでいる——ように見えた。室内を調べていた捜査員や兵士たちの顔に、緊張が走った。

「観念しなさい、ヘスター・ライリー。あんたの里親に聞き込みをしたわ。彼らの自宅で指紋の採取も始まってる。自分の指紋がひとつも残っていないと断言できる？

　来なさい。あんたには黙秘する権利、弁護士を呼ぶ権利があるわ。

　あんたの歪んだ愛のために、罪もない人々が大勢殺された。その罪業は一生かけたって贖《あがな》いきれると思わないことね」

「歪んでなんかいない！」

　イヴェット——ヘスターが叫んだ。

罪悪感など微塵も感じ取れない、憎悪に満ちた顔つきだった。

「歪んでるのは、あなたたちの方よ。……お兄ちゃんはわたしを守ってくれた。だから、今度はわたしがお兄ちゃんを守るの。お前たち吸血鬼にお兄ちゃんは渡さない。そんなこと、絶対に」

「ヘティ」

デレクの声が響いた。

かつて殺人鬼と恐れられた男の顔は、自分が喉を抉られたような、深い苦痛に満ちていた。

「お兄ちゃん――」

「もういい。いいんだ。

ぼくのせいで彼女は命を落とした。他の人たちも、ぼくと関わりを持ったせいで死んでしまった――ずっとそう思っていた。

ぼくが殺させてしまったんだね、ヘティ――ごめんよ」

「え」

呆けた声を漏らす妹を、デレクはひどく悲しげに見つめ――不意に、ゆらりと前方へ倒れ込んだ。両脇の警察官たちが、慌てた様子で身体を支える。

「……お兄ちゃん？」

返答はない。デレクは警察官たちに腕を摑まれたまま膝を折り、うなだれるように力なく首を曲げている。ジョンが前方へ回り込み、慎重な動作でデレクを覗き込んだ。肩を揺すり、声をかけるが、反応は一切ない。

「ちょっと、どうしたの⁉」

マリアの問いに、ジョンが「解らん」と困惑の声を返した。

「意識を失っている。演技ではないようだが――」

「救急車を呼んでください」

漣の声が飛ぶ。グスタフのときの再演だった。

「狂犬病です――昏睡は狂犬病の症状のひとつです。急速に病症が進行した可能性が」

「お兄ちゃん！」

ヘスターが絶叫した。兄の元へ駆け寄ろうとしたところを、警察官や軍兵が取り囲み、拘束する。両腕を背中に回されながら、ヘスターはなおも声を絞り出した。

「嘘……嘘よ。返事して。こっちを見て。お兄ちゃん！」

返答はなかった。

『ヴァンプドッグ』の業を背負い続けた男は、沈黙の底から目を覚まさない。

真の『ヴァンプドッグ』——ヘスター・ライリーの叫びは、いつしか慟哭《どうこく》と嗚咽に変わった。

エピローグ

お兄ちゃんはわたしのヒーローだった。

いつだってわたしに優しくて、時に自分が傷付くのも構わずに、わたしを守ってくれた。

世界でただひとり、お兄ちゃんだけが、わたしの頼れる味方だった。


子供の頃から、勉強は嫌いではなかった。

エレメンタリースクールの一年生の頃から、どの科目もA評価。テストは大体満点で、同学年の子が知らない難しい語句もすぐ覚えられた。算数と理科は特に大好きだった。

けれど、勉強ができるからといって、必ずしも周囲の尊敬を受けるとは限らない。

褒《ほ》めてくれたのはお兄ちゃんだけだった。周りの大人たちは『女の子が理系科目を得意にしていても、却って恋愛や結婚に不利では』と、わたしの将来を不安視していた。

エレメンタリースクールでも、わたしは虐められてばかりだった。

「お利口ぶっているのが気に食わない」という、意味の解らない理由で嫌がらせを受けた。お兄ちゃんがいつも助けてくれなかったら、虐めはもっとエスカレートしていたかもしれない。

教師も教師で、周囲を諭すのではなく、わたしに対して「勉強だけじゃなくお友達作りも頑張りましょう」と言うばかりだった。

わたしだって頑張ってる。みんなと仲良くしようとしてる。一緒にランチを食べながらおしゃべりしたり、遊んだりしたいと思ってる。

でも、声をかけても無視された。露骨に避ける子さえいた。成績がいいというだけで、わたしが皆とは違う世界の生き物であるかのように拒絶された。

世界は、異質な存在には優しくしてくれなどしない、と、わたしは幼くして悟った。

そんな日々が変わったのは、誰もいない公園の藪の陰で、シャノンに出逢ってからだった。

親犬とはぐれたのか、どこかの殺処分場から逃げてきたのかは解らない。夕暮れの中、ひとりぼっちで震えている子犬はわたし自身のようだった。シャノンはすぐなついてくれた。

シャノンをこっそり飼うときも、お兄ちゃんが味方になってくれた。

でも結局見つかってしまい、わたしは泣きながら、シャノンを公園の藪の陰に置いていった。段ボールの中から響くか細い鳴き声が、いつまでも耳を離れなかった。

転機は二日後に訪れた。新しい雌の白犬がやって来た。

「ありがとう。うれしい」

わたしは笑顔を作ったけれど——やっぱり違う。この子はシャノンじゃない。わたしが欲しいのはシャノンだけだ。

でも、「要らない」と突き返すわけにもいかない。どうしよう——と思っていたら、お兄ちゃんが「散歩に行こう」とわたしを連れ出してくれた。

行先は、シャノンを置き去りにした公園だった。

「シャノン……？」

藪に向かって恐る恐る呼びかける。と、聞き覚えのある鳴き声とともに、シャノンが飛び出した。

ずっと待っていてくれたのだ。涙が溢れた。

さらにお兄ちゃんは、新しい犬から首輪とリードを外し、シャノンに付け替えた。大胆な入れ替え作戦だった。新しい犬の方は、お兄ちゃんが引き取り先を見つけてくれることになった。

後になって、お兄ちゃんが「犬を飼わせてほしい」と訴えてくれたことを知った。

少しだけ後ろめたかったけれど、こうしてシャノンと、大切な友達と、一緒に過ごせる喜びの方が大きかった。

全部、お兄ちゃんのおかげだ。

お兄ちゃんとも、シャノンとも、ずっと一緒にいたい。そう思った。


だけど、このときのわたしたちは知らなかった。

シャノンがDウイルスを持っていて——お兄ちゃんがシャノンに嚙まれたことで、Dウイルスのキャリアになっていたことを。

世界はいつだって、異質な存在には優しくない。

お兄ちゃんがジュニアハイスクールに進学してからは、エレメンタリースクールの同級生から投げつけられる逆恨みに近い悪意に、わたしひとりで立ち向かわなくてはならなかった。

学校が終わればお兄ちゃんとシャノンがいる。その思いがなかったら、わたしはどこかでくじけていたに違いない。

だけど、そのお兄ちゃんの様子がおかしくなった。

休日はいつも、わたしやシャノンと一緒に遊んでくれたのに、「ごめん、今日は友達と約束でさ」とひとりで出かけてしまうことが増えた。

ある日、わたしは意を決し、ひとりでこっそりお兄ちゃんの後を追い——

山小屋の中で、お兄ちゃんが、わたしの知らない女の子と、わたしの知らない笑顔を交わしているのを見た。

二人に気付かれないうちに家へ戻り、わたしはベッドへ倒れ込んだ。

……そんな。

お兄ちゃんに直接問い質すことはできなかった。覗き見していたのがばれてしまう。

何より——お兄ちゃんに拒絶されてしまうのが怖かった。小屋で女の子と戯《たわむ》れながら、別人のような笑顔を浮かべるお兄ちゃんが瞼の裏に浮かぶ。お兄ちゃんにとって、わたしやシャノンより彼女の方が大事なんだと思い知らされるのが恐ろしかった。

大丈夫……そんなことない。お兄ちゃんはわたしたちを、どうでもいいなんて思ったりしない。

ベッドの上で、わたしは何度も自分に言い聞かせた。


破滅が訪れた。

しばらく過ぎた秋の日、あの女の子は怪物に豹変し、お兄ちゃんに襲いかかった。

お兄ちゃんが顔を蒼白にして小屋から逃げ去っていくとき、わたしも小屋の外で震えていた。

……どれだけの時間が過ぎただろう。恐る恐る窓を覗いたけれど、彼女は倒れて動かないままだった。

どうしよう——どうしよう。

死んでしまったのだろうか。それともまだ息があるのか。

もし死んでいたら、お兄ちゃんは人殺しになってしまう。でも……生きていて、彼女がまた、お兄ちゃんを殺そうとしたら――


――やめろ……ひどいことをするな。


いつかのお兄ちゃんの声が――わたしを守ってくれたお兄ちゃんの声が、頭の中でこだました。

そうだ。お兄ちゃんはずっとわたしを守ってくれた。今度はわたしが、お兄ちゃんを守るんだ。

……守らなきゃ。

頭の中が冷えていく。

お兄ちゃんを人殺しになんかさせない。絶対に。

ハンカチ越しにドアノブを掴み、小屋の中に入る。

彼女は動かない。白い喉に、お兄ちゃんが戯れに噛んだ歯の痕が、かすかに残っている。

工具箱が小屋の棚に置いてあった。木槌、錐、バールはあらかた錆びている。

だけど、充分だった。わたしは彼女をうつ伏せにし、返り血が付かないよう自分の上着を脱ぐと、後頭部目がけてバールを振り下ろした。

後は、お兄ちゃんの歯形を消すだけだ。わたしは錐を手に取った。

彼女は吸血鬼になってしまった。お兄ちゃんの血を欲しがって、喉を食い破ろうとした。

そう――吸血鬼だ。彼女を殺したのも、吸血鬼のせいにすればいい。

『彼女の血を吸った後、歯形を消した吸血鬼』の仕業に。


彼女の遺体が見つかってから一ヶ月後、わたしたちは、父の仕事の都合で転居することになった。

お兄ちゃんやわたしは容疑をかけられずに済んだけれど、お兄ちゃんは彼女が死んで以来、すっかり変わってしまった。暗い顔をすることが多くなった。

大丈夫だよ、と、何度口に出しそうになっただろう。

わたしが守ったから。お兄ちゃんを襲った吸血鬼は、わたしがちゃんとやっつけたから。

お兄ちゃんは大丈夫。だから……もう、忘れてよ。

でも、言えなかった。彼女は怪物だったと伝えたら、お兄ちゃんはどうなってしまうか。想像するだけで怖かった。

そのお兄ちゃんが、転入先のジュニアハイスクールで虐められているらしいと、両親の会話から偶然知った。

お兄ちゃん自身は「心配ないよ」と返すばかりで、ジュニアハイスクールでのことは家で何も話してくれなかった。

両親はお兄ちゃんを地域のスポーツクラブに入れたけど、今のジュニアハイスクールに通い続ける限り、状況が良くなるはずもないのは明らかだった。

わたしにできるのは、手の届く範囲でお兄ちゃんを守ることだけだった。

幸いと言うべきか、わたしの転入先のエレメンタリースクールはみんな勉強熱心だったので、虐めに遭わずに済んだ。

けれど、引っ越してからしばらくして、お兄ちゃんはひとりでどこかへ出かけるようになった。ある夜、母が『吸血鬼の森』と老婆の話を語ったとき、お兄ちゃんの顔は青ざめていた。

……まさか。

数日後、わたしはシャノンの散歩を装って『吸血鬼の森』へ向かった。

ハイキングコースの入口の近くに、古い建屋があって——母が話していた通り、ひとりの老婆がドアの前に立っていた。

「どうしたんだい」

犬を連れた女の子がよほど珍しかったらしい。老婆の方から話しかけてきた。

「お散歩してたら、こっちまで来ちゃって……ハイキングコース、入れますか」

「やめな。この森は吸血鬼の住処《すみか》だ。迷い込んだら仲間にされちまうよ」

噂通りだ。お兄ちゃんが森の中で誰かと逢っているのかも、と思ったけれど、この老婆が見張っていては難しいかもしれない。他にもハイキングコースの入口はあるだろうけど、少なくともわたしたちの家からだと、すごく遠回りしなくちゃいけなさそうだ。

　わたしが悩んでいる間も、老婆は勝手に話し続けていた。

「ついこの前もお仲間が現れたしね。男の子の姿だったが、見た目通りの年齢……と、は……」

　語尾が途切れた。老婆は目を見開き、手を震わせながら、わたしを——正確には、わたしの足元のシャノンを指差した。

「何だ……何だいそいつは……！　この、怪物——」

　老婆が後ずさり、よろめいて尻もちを突く。

「だ、大丈夫ですか」

　放っておくこともできず、老婆へ駆け寄る。彼女の右手を見ると、小石で擦ってしまったのか、血が滲んでいた。

　シャノンが心配そうに覗き込み、老婆の手の傷を舐める。「何をするんだい！」と老婆がシャノンの顔を叩いた。シャノンが悲鳴を上げた。

「近寄るな、この怪物！」

　老婆がわめく。わたしは慌ててシャノンを抱きかかえ、元来た道を駆け出した。背後から老婆が「二度と来るな、吸血鬼ども……！」と呪詛を撒き散らし続けていた。

　老婆の声が聞こえなくなった辺りで、わたしは愛犬を腕から下ろし、顔を撫でた。

「ごめんね。痛かったでしょ？」

　シャノンがわたしの手のひらに顔を擦り付け、甘えた鳴き声を漏らした。

　何てひどいんだろう。心配して傷を治そうとしたシャノンを、怪物呼ばわりして叩くなんて。それに。

　——ついこの前もお仲間が現れたしね。男の子の姿だったが——

　お兄ちゃんだ。

　……万が一、老婆の口から、お兄ちゃんが吸血鬼だと噂が立ってしまったら。彼女の事件との繋がりを知られ、お兄ちゃんは疑われてしまう。

　母の話から、老婆の言葉はただの妄想だと近所から認識されているようだ。

　でも——老婆の妄言とお兄ちゃんが、いつまでも結び付けられないなんて保証はない。今は噂が広まらずに済んだとしても、同じことが繰り返されるか解らない。

　取るべき手段はひとつだけだった。

……ただし、慎重に。

幸い、噂は広まることなく半年が過ぎた。

あるとき、わたしはシャノンを家に置いて、老婆の住む建屋に向かった。

二度目の来訪だった。半年前に『怪物』を連れてきた子供のことを、老婆は「おや……どこかで会ったかねえ」とよく覚えていない様子だった。

「いえ、初めまして」

わたしは笑顔を作った。「あそこのハイキングコース、何分くらいで行って戻ってこられますか?」

「やめときな。あそこは『吸血鬼』が出る。近付かん方がいい」

「吸血鬼? 本当ですか?」

無邪気な子供を装う。老婆が「馬鹿かい」と声を高めた。

「『好奇心は猫を殺す』という言葉を知らんのか。吸血鬼というのは、あんたが考えてるよりずっと恐ろしい存在だ。甘く見ん方がいい」

「……ごめんなさい……」

うなだれるわたしを見て、老婆もさすがに気が咎めたのか、「入りな。詳しく教えてやる」とドアを指した。

チャンスだった。

「さて、何から話したもの――」

老婆とともに室内へ入る。床に落ちていたビニール紐を素早く拾い、背後から首にひと巻きさせた。

窓にはカーテンがかかっていた。老婆の脈は止まっている。誰にも見られてはいない。建屋を出ようとしたそのとき――床の軋む音がした。

老婆が立ち上がっていた。

心臓が凍り付いた。

そんな――どうして。脈は止まっていたはずなのに。

老婆が首にビニール紐を巻きつけたまま、叫び声とともに襲いかかった。

わたしは外へ飛び出し、ハイキングコースへ――森の中へ走った。背後を振り返る。相手は老婆と思えない速さで追って来る。

駄目だ、追いつかれる。

わたしは足を止め、石を拾い上げ、老婆の頭めがけて思いきり投げつけた。


倒れて動かなくなった老婆の首元から、わたしはビニール紐を抜き取った。

また動き出すか解らない。縛らなきゃ。

ビニール紐を半分に切り、両手首へ巻き付け、ハイキングコースの脇のロープに両腕を横に広げて硬く結わえ付ける。

老婆へ投げつけた石を木の陰に隠し、わたしは元来た道を引き返した。土が乾いていたおかげか、目立った足跡はついていなかった。

必要なものを建屋から持って戻ったとき、老婆は弱々しく呻き、のたうっていた。

人間じゃない。何が吸血鬼だ、自分だって怪物じゃないか。

また石を拾い、老婆の頭目がけて打ち下ろす。動かなくなった隙に、建屋から持ってきた包丁で、老婆の喉を突いた。

これで喋れない。たとえ老婆がまた蘇っても、お兄ちゃんやわたしのことが、彼女の口から漏れることはないはずだ。

実際、その通りになった。

老婆の遺体が発見されたのは二日後だった。

わたしは怪しまれずに済んだけれど——ある日の夕食後、お兄ちゃんから話しかけられた。

「『吸血鬼の森』で、お婆さんに会わなかったかい」

心臓が跳ねるのを感じながら、ううん、とわたしは首を振った。

「小さいおうちは見たことあったけど、誰もいないみたいだったよ」

「いなかった……？」

お兄ちゃんは黙り込んでしまった。

——老婆を殺した翌日、お兄ちゃんが森に入って、警察より早く遺体を見つけてしまっていたことを、わたしはずっと後になって、裁判の記録から知った。

わたしやお兄ちゃんが事情聴取を受けることはなかった。

制服の警察官が、簡単な聞き込みに訪れただけだった。その聞き込みも、母が玄関口で応対しただけで終わった。

今回の老婆の死と、遠く離れた州での少女の死は結びつけられなかった。


けれど、当時のわたしも、Dウイルスのすべてを理解できていなかった。

どうして彼女は、急にお兄ちゃんを襲ったんだろう。

どうして老婆は、首を絞めても、石で殴っても死ななかったんだろう。

シャノンと遊びながら考えていたとき、シャノンに頬を舐められて――不意に思い出した。

――何をするんだい！

傷――

老婆はシャノンに手の傷を舐められた。もし……もしあのとき、シャノンから老婆へ、菌のようなものが移って……そのせいで、老婆がああなってしまったとしたら。

思わずシャノンを見つめる。

そういえば、あの年上の少女の手にも傷痕がなかっただろうか。傷が癒える前に、どこかでシャノンに傷を舐められたんだろうか。

でも、彼女にシャノンを触らせた覚えはない。傷に触れる機会があったのは……お兄ちゃんだ。

お兄ちゃんはシャノンに噛まれたことがある。もう何年も前のことだけど、そのときにお兄ちゃんへ『菌のようなもの』が移って……その『菌』が、彼女へ移ったとしたら。

彼女と老婆を吸血鬼にしたのは、シャノンと、お兄ちゃんで……お兄ちゃんも、いつか彼女と同じように、吸血鬼に――

違う。だって、シャノンもお兄ちゃんも、何も変わっていないじゃないか。

ただ――シャノンやお兄ちゃんが誰かの傷に触れると、吸血鬼になってしまう。そういうことなんだろうか。

全部、想像だ。

シャノンが『菌』を持ったことが事件の原因だったとしても、確かめるには他の生き物で実験が要る。

そんな機会なんて来ない方がいい。お兄ちゃんやわたしやシャノンが平和に暮らしていけることの方が、ずっと大事なんだから。

「大丈夫……大丈夫だよ」

わたしはシャノンを抱きしめた。

けれど、実験の機会は訪れてしまった。

季節が過ぎ、お兄ちゃんの所属するスポーツクラブが、隣のK州のクラブと交流試合を行った日、相手チームのトレーナーがお兄ちゃんに声をかけてきた。

「その腕前でパスをもらえないなんてもったいないねえ……うちへ来たらどうだい」

冗談めかして笑いながら、「いつでも連絡を待ってるぞ」と名刺まで渡してきた。もちろんお世辞だったろうけど、まんざらでもなさそうなお兄ちゃんの表情と、トレーナーの熱のこもった目つきに、わたしは胸がざわついた。

トレーナーの後をこっそり追う。彼のボトムスのポケットからハンカチが落ちた。シャノンが咥《くわ》え上げる。ハンカチを手に取り、グラウンドを囲む木々の奥を覗き込み、声を上げそうになった。

トレーナーが、自分の腕に注射器を刺していた。

程なくしてトレーナーが木陰から出てきた。「あの……これ」今現れた風を装い、わたしが――シャノンの唾液を含んだ――ハンカチを差し出すと、トレーナーは「わざわざ捜してくれたのかい。ありがとう」と受け取り、腕の注射痕を拭った。

……薬だ。

トレーナーがお兄ちゃんを誘ったのは、スポーツが上手だからじゃない。お兄ちゃんを変な薬漬けにしようとしているんじゃないか。

そうでなかったとしても――お兄ちゃんがトレーナーの話を真に受け、家を離れることになってしまったら。

退治するのに二ヶ月半が必要だった。

あのトレーナーのいるチームとの、アウェイでの交流試合だ。前日にK州へ移動して一泊、翌日に試合本番というスケジュールだった。

決行場所は、前泊する町の空き店舗。事前に家族でキャンプに行き、買い出しの際に物件を見繕っていた。

お兄ちゃんは、移動日に微熱を出して欠席した。

一方のわたしは、臨時のマネージャーとして遠征に加わった。

　チェックイン後の自由時間の間に、わたしは公衆電話からトレーナーの自宅へ電話をかけた。極力声を低くし、「チームに馴染めずにいるので相談したい。誰にも知られたくない」と告げる。

　食いつくかどうかは五分五分だったけれど、トレーナーは誘いに応じた。

　前泊のホテルから、決行場所の空き店舗までは歩いて行ける距離だった。非常口の扉に厚紙を挟み、外へ出る。バッグには結束バンド、ペンチ、それからバール。A州の自宅の物置で埃を被り、新居の物置でも放置されていたものだ。誰がどこで買ったかなんて誰にも解らない。

　身を潜めつつ空き店舗へ忍び込む。服装はあらかじめ男の子っぽいもので固めていた。やがて待ち合わせの時刻になり、トレーナーが周囲へ視線を巡らせつつ入り込んだ。

『地下室にいます。誰にも見られないようにしてくれると助かります』

　出入口近くに貼っておいたメモ書きに、トレーナーも最初は眉をひそめていたが、子供相手に危険はないと油断したのか、地下室の階段へと歩を進めた。

　わたしは静かに、物陰からトレーナーの背後へ回り、バールを打ち下ろした。

　二時間ほどの実験を経て、わたしは非常口経由でホテルへ戻った。

　概ね順調に終わった――一つのアクシデントを除いては。

　部屋へ入ろうとしたところを、年少の男の子に見られてしまった。

　幸い、その夜のわたしの行動が漏れることはなかった。

　けれど、気が気ではなかった。男の子は寝ぼけていたらしく、わたしと出くわしたときに「どうしたの……？」と尋ねたきりだった――その場は「ちょっと散歩」とごまかした――けど、いつまでもわたしのことが警察に伝わらない保証はない。かといって、考えなしに彼をどうこうすれば、却って余計な疑惑を招きかねない。

明確な手を打てずにいた半年後、転機が訪れた。

同じエレメンタリースクールに通う少年たちが、愚かにも彼を強引に誘い、『吸血鬼の森』で度胸試しを行った。


見つけたのはシャノンだった。

その日、わたしは久しぶりに森までシャノンと一緒に散歩に出かけ——ハイキングコースの入口まで来たところで、急にリードを引っ張られた。

途中でコースを外れ、道なき道を進んだ先で、あの男の子が池の近くに倒れていた。

池のある窪地の周囲に、ちょっとした高さの崖があった。足を滑らせたらしく、彼は額から血を流していた。息はあるようだが目を覚まさない。

シャノンが心配そうに、男の子の傷口を舐めた。


絶好の機会だった。

男の子が意識を取り戻す気配はなかった。わたしはシャノンとともに一旦森を出て、自宅から道具を持って池へ戻った。彼の両手足を結束バンドで固定し、タオルで口を塞ぎ、周囲から死角になる場所まで男の子を引きずった。

観察は八日間続いた。

男の子は衰弱し、風が吹くたびに身体を震わせていた。そんな状態でも、わたしが近付くと唸り声を上げた。

この少年も吸血鬼だ。

長い枝にガラス片を結び付け、喉を浅く抉る。少年はか細い呻きを漏らすだけだった。

潮時だ。わたしは結束バンドをペンチで切り、猿轡を緩め、男の子を引きずって池に沈めた。


いくら吸血鬼を倒しても、本当の意味で平穏と呼べる日々は訪れなかった。

お兄ちゃんを虐めていたらしい五人について、わたしは学校での噂を基に知ったけれど、その連中も一年すればお兄ちゃんと一緒にハイスクールへ移ってしまう。どうにかしなくちゃと思っていた矢先、運命の悪意の矛先が、わたしとシャノンに向いた。

ジュニアハイスクール——七年生としての新生活が始まってしばらく経った休日、シャノンと朝の散歩をしていると、ロゴ入りのワゴン車が公園の前に停まっていた。

　隣町のペットショップだ。先週、同じロゴ入りのビラが郵便受けに入っていた。宣伝も大変だと思いながら通り過ぎようとしたところを、ワゴン車の中から声をかけられた。

「可愛いワンちゃんね。見せてもらっていい？」

　返事をする間もなく、女の人が運転席を降り、シャノンの前に屈んだ。

「綺麗な毛……とってもよく世話されて」

　女の人のうっとりした言葉が、不意に途切れた。シャノンをまじまじと見つめ、「あら？　この子――」と眉根をひそめる。

　瞬間、忌まわしい記憶が蘇った。

　――何だいそいつは……！　この、怪物――

　シャノンが吠えた。唾液の飛沫が目に入ったのか、女の人が顔をしかめる。わたしはその隙に「触らないでください！」とシャノンを抱きかかえ、家へと走った。

　女の人が追いかけてくる様子はなかったけれど、わたしの心臓は激しく脈打っていた。

まさか……気付かれた？　あのときのように。

どうしよう――どうすれば。


一ヶ月後、わたしは隣町のペットショップにいた。寂れた店だった。髪型と服装を変えたのが功を奏したのか、店主――先月に公園で会った女性は、わたしの正体に気付かなかった。

　ペットの往診を相談し、店のガレージへ入る。隙を見計らって、わたしは店主の背後に回り込み、彼女の首に紐を回した。

　社用車のトランクに遺体を押し込み、診断器具の中に入っていたメスで喉を刺し、手足を縛ってトランクの蓋を閉ざすまで十分もかからなかった。

　彼女が無免許で往診しようとしていたことを――そこまで店の経営が追い詰められていたことを、わたしは後で知った。


二日後、ペットショップの女性店主の死がニュースになった。

　一ヶ月前、シャノンの唾液が彼女の目に飛んでいった。もしかしたら、彼女も吸血鬼になったかも――

という予想が的中した。

実験を繰り返し、吸血鬼を刺してから死ぬまでの時間差はあらかじめ把握していた。定休日の前日に決行し、遺体発見がずれ込んだのも功を奏した。警察は見事に女性の死亡推定時刻を間違えた。

決行の日、わたしは家族に詳しい行先を告げていない。両親もお兄ちゃんも、隣町の殺人事件のニュースと、わたしの外出とを結び付けることはなかった。


甘かった。

過去の成功体験に引きずられ、吸血鬼を殺すには喉を抉らなくてはならないと思い込んでいた。同じ手口を繰り返すことへの危機感が足りていなかった。

警察の組織力と泥臭さを——彼らの呆れるほどの愚かさを——わたしは見くびっていた。

何より。

わたしはお兄ちゃんを守ろうとして、お兄ちゃんに背を向けてしまっていた。お兄ちゃん自身が何を思い、いつどこで何をしていたかに考えが及ばなかった。

老婆のことだけじゃない。

『三人目』のトレーナーを退治して家に戻るまでの間、お兄ちゃんのアリバイが丸々無くなってしまったことも。

『四人目』の少年を森の池に沈めた後、捜索に駆り出されたお兄ちゃんが、池で少年を見つけてしまったことも。

『五人目』の店主をやっつけたその翌日、お兄ちゃんが定休日のペットショップの近くへ——わたしが一ヶ月前、「シャノンがさらわれそうになった」と告げてしまったせいで——足を運んでいたことも。

わたしは、ほとんど知らないままだった。

新しい年を迎え、夏休みが明けてお兄ちゃんがハイスクールへ進学した秋、わたしの甘さを嘲笑うように、破局が訪れた。

お兄ちゃんが、新しいガールフレンドを家に連れてきた。

華やかな髪型も気の強い目つきも大人っぽい体型も、小屋でお兄ちゃんを襲った彼女とはまるで違っていた。

正直に言って苦手なタイプだったけれど、ローラという名前の新しいガールフレンドは、わたしを気に入ったようで、お兄ちゃんがトイレへ行っている間も、ジュースを飲みながら趣味やら何やらをあれこれ訊いてきた。

と、シャノンがリビングに現れた。ローラが「ひっ」と顔色を変える。犬が苦手らしい。彼女の手からコップが滑り落ち、床に当たって砕けた。

「ご、ごめん」

ローラがコップの破片へ右手を伸ばし、「痛っ」と顔を歪ませた。

指から血が滲んでいた。慌てて腰を浮かせたわたしを、ローラは「大丈夫」と制した。

「あたし、ぶきっちょだから。デレクにランチを作ってあげたときも、散々」

ちらりと舌を出し、左手を掲げる。切り傷の痕が見えた。「これくらい大丈夫。舐めてれば……そのうち」

新しい傷をしゃぶる。健気なところもあるんだな、とわたしは認識を改めかけ——背筋が凍った。

傷口を舐め回すローラの目に、舌の動きに、ぞっとするような恍惚《こうこつ》が宿っていた。

血に飢えている——吸血鬼になっている。

『ランチを作ってあげたとき』の傷に、お兄ちゃんが触れてしまったのか。

ローラがこちらを向いた。山小屋で見た彼女と瓜二つの、狂気を帯びた瞳がにじり寄り——

「どうしたんだい、何か落ちたみたいだけど」

お兄ちゃんがリビングに駆け込んだ。ローラがはっと動きを止め、自分の行為に困惑したようにソファーに座り直した。わたしはコップの後始末を口実に、お兄ちゃんの手を引いてリビングから避難した。

……駄目だ。あの人は、もう手遅れだ。

このままじゃ、お兄ちゃんがまた同じ目に遭う。今度こそ殺されてしまう。

一刻の猶予《ゆうよ》もなかった。ローラが帰る間際、わたしは「内緒の相談」と称して、密かに彼女と会う約束を取り付け——これまでのように『吸血鬼の森』で彼女を退治した。

ローラの怪我の一件は、思わぬ余波となってわたしとシャノンを襲った。

何をどう聞けばそういう解釈になるのか、父が「犬のせいで年頃の娘さんが傷を負った」と憤激した。わたしの抗議も撥ね除けられ、シャノンは処分されることになった。

土壇場で救いの手を差し伸べてくれたのは、やっぱりお兄ちゃんだった。

「大丈夫。引き取ってくれる人が見つかったよ」

シャノンを家に迎え入れるとき、身代わりの子犬を預かってくれた保健医だった。実際の引き渡しは母が行ってくれることになった。

あまりにも突然の別れだった。シャノンが殺されずに済んで良かった、と思うしかなかった。

これが、お兄ちゃんがわたしを助けてくれる最後の機会になった。

ローラの遺体が発見されてから三日後、お兄ちゃんは逮捕され、稀代の殺人鬼『ヴァンプドッグ』と呼ばれるようになった。

わたしは愚かだった。

ローラを退治するのに使って、『吸血鬼の森』に捨てたはずのナイフ——物置の荷物としてしまわれていたものだった——が、よりによってお兄ちゃんの手で拾われてしまっていたことを、わたしは後で知った。

母と父がそれぞれ自殺と事故で命を落とし、わたしはお兄ちゃんの裁判を見届けることもできないまま施設に引き取られ、程なくして里子に出された。

里親夫婦はわたしに優しくしてくれたけれど、それまで一緒に過ごしてきた家族が——お兄ちゃんやシャノンがそばにいない、という事実を埋め合わせてはくれなかった。

わたしはどこまでも孤独だった。名字が変わっても、『ヴァンプドッグ』の妹という烙印は影のようについて回った。

世間はお兄ちゃんを吸血鬼呼ばわりした。でも、周囲に虐げられながら本物の吸血鬼と戦ってきたわたしにはむしろ、世界の方が吸血鬼だらけだとしか思えなかった。

……どうして、こんなことになってしまったんだろう。

お兄ちゃんは何もしていないのに。わたしはただ、お兄ちゃんやシャノンを守りたかっただけなのに。

馬鹿な警察は、「お兄ちゃんは犯人じゃない」というわたしの訴えを、凶悪犯の家族の――幼い妹の、哀れな叫びとしか受け取らなかった。

このまま、わたしは死ぬまでひとりぼっちなんだろうか。吸血鬼ばかりの世界で、お兄ちゃんを守れず、いつしか自分自身も守れず死んでしまうんだろうか。

……嫌だ。そんなの駄目だ。

生き延びる。生き延びて、お兄ちゃんを必ず助ける。そして今度こそ、ふたりで平穏に暮らすんだ。

そのために、『ヘスター・ライリー』は死ななければならない。

――大丈夫……よく見なければ区別はつかないよ。

やり方は、お兄ちゃんが教えてくれた。


わたしはスカウトグループに入団した。U国では、青少年がアウトドアやサバイバルを学ぶ、いわゆるスカウト運動が盛んだ。登山などの技術を身に付けるとともに、外へ出る口実を作ることができた。

並行して、街の路地裏で身代わりを探した。――家族も友人もいない、わたしと似た背格好の同世代の女子。

都合のいい身代わりなど簡単に見つかるはずもなかった。施設を飛び出し、廃墟のようなアパートで暮らす少女――イヴェット・フロルキングに出会うまで、半年近くを要した。

準備が整ったところで、わたしはハイキングを口実に、ひとりで山へ向かった。出がけの短い挨拶が、里親との最後の会話になった。

山へ入り、ハイキングコースを外れ、めったに人の立ち寄らない谷へ進む。

深い谷の下には沢が流れていた。縁の一角で、足を滑らせた痕跡を作る。衣服を変え、ウィッグと眼鏡を身に着け、元のコースへ戻って山を下りる。

麓から少し上った辺りでイヴェットと待ち合わせ、沢の下流へ誘い込んだ。奥まった場所に産廃が不法投棄されている、金目のものがあるかもしれない――というわたしの言葉に、彼女は思いのほか興味を抱いた様子だった。

沢に着いたところで、わたしは彼女の頭を石で打ち据えた。

遺体にわたしの服を着せ、人目に付かない沢の岩陰に押し込み、迂回して下山道へ戻る頃には、空に夕闇が忍び寄っていた。

　里親にはさりげなく「もう嫌だ」「パパやママのところへ行きたい」「お兄ちゃんに会いたい」といった言葉を聞かせていた。スカウトグループでも周囲とは距離を置いていた。山へ行く際は、スカウトグループの活動とだけ告げ、詳しい予定は教えなかった。事故とも自殺ともつかない死を演出する下準備はできていた。

　問題は、里親や警察が、イヴェットの遺体を私と誤認してくれるかどうかだった。

　歯は砕いておいたけれど、できることなら白骨化するまで見つからずにいてくれた方が都合がいい。転落の工作を施した地点から、少女の眠る下流までは距離がある。人もめったに入らない。上手くいく算段はあった。

　入れ替わりを見破られたときは、殺人容疑で指名手配されるのも覚悟したけれど——一年後、目論見通り、沢の下流で『ヘスター・ライリー』の遺体が発見された。

　その間に、わたしはイヴェットのアパートから運良く出生証明書を見つけ出し、遠い地で『イヴェット・フロルキング』としての新たな人生を歩み始めた。

　ヘスター・ライリーの過去を捨てたわたしにとって、心残りはいくつもなかった。

　ひとつはもちろん、お兄ちゃんの行方だった。

　この頃にはわたしも、お兄ちゃんやシャノンから、あの女の子や老婆たちへ伝染したものの正体に、ほぼ見当をつけていた。

　——何らかの未知の病原体。恐らく狂犬病ウイルスの変異株。

　普通の狂犬病は、どんなに長くても感染から一、二年で発症する。シャノンとお兄ちゃんは、四年以上も何事もなく暮らしていた。そんなサンプルを、世界が放っておくだろうか？

　……捜さなきゃ。

　お兄ちゃんは生きている。正確な居場所は解らないけれど、隔離されているとしたら研究機関だ。それも、伝染病や感染症を研究しているところ。

『イヴェット・フロルキング』としてのわたしの航路は、自ずと決まった。


もうひとつの心残りは、シャノンだった。

『イヴェット』の身分を得てハイスクールを移った後、わたしはどうしても耐えられなくなり、危険を承知で、シャノンを引き取ってくれた人物――エレメンタリースクールの保健医を、『ヘスター・ライリーの友人』として訪ねた。彼女は愛犬をずっと気にかけていたので、墓前で何かしら伝えてあげたい――という名目で。

奇跡的なことに、年老いた保健医は、シャノンを今も世話し続けていた。

『ヴァンプドッグ』が狂犬病に感染していた、というのはすでに周知の事実となっていたけれど、保健医はシャノンのことを警察に知らせず匿ってくれていた。

「ワクチンは毎年打っていますし、それらしい症状も出ていません。性格もいい子です。下手に世間の好奇に晒すより、静かな暮らしをさせてあげた方が、この子の幸せになると思っただけですよ」

数年ぶりに再会したシャノンは、少し身体が大きくなっていたけれど、確かにシャノンだった。わたしの足元にすり寄り、甘えたような鳴き声を上げたときは、『ヘスターの友人』の立場を忘れて泣き崩れそうになった。

保健医は、暇《いとま》を告げるわたしを呼び止め、シャノンを託した。

「わたしの持病が悪化しましてね。……最初に預かった子は、天寿を全うするのを見届けてあげられましたが、この子は最後まで世話してあげられそうにないのです」

彼女が病で他界したのは、その半年後だった。

シャノンとの暮らしを再開しながら、わたしは必死に勉強し、著名な大学の生物学科へ進学した。図書館に通い詰め、文献を読み漁《あさ》り、やがて一本の論文に行き当たった。

――『ある無症状性狂犬病ウイルス変異株の特性《Characteristics of an Asymptomatic Rabies Virus》』。

著者は『Gustav Jarnach』、所属は『National Institutes of Health』――国立衛生研究所。

狂犬病の感染症状を示さない野生の変異株が見つかった、という内容だった。長寿命化を示唆する実験結果も載っていた。変異株の出処はぼかされていたが、文中では『Virus D』と呼称されていた。

お兄ちゃん、そしてシャノンの顔が頭をよぎった。シャノンと出逢ってから十年以上。犬の平均寿命を過ぎても、彼女は若々しくて元気だ。論文の言う『Dウイルス』の長寿命化作用だとしたら。

確かめたい。怖くはなかった。Dウイルスはお兄ちゃんの中にもいるはずだから。

包丁で手のひらを浅く切り、血を拭うと、わたしはシャノンへ手を差し伸べた。

「怪我しちゃった。……お願い、消毒してくれる?」

わたしは国立衛生研究所に電話をかけた。問い合わせの中で、著者のグスタフ・ヤルナッハが、A州フェニックス市の病院へ三ヶ月間のサバティカルに赴く予定だと知った。

大学を休学し、アルバイトの事務員として病院へ潜り込んだ。目的はひとつ、グスタフと接触し、『Dウイルス』の出処を確かめることだった。

グスタフは、一見して生真面目な、規律を重んじる固い雰囲気の壮年の男だった。研究上の機密を簡単に明かしてくれるようにも、搦《から》め手《て》が通じるようにも思えなかった。

どうすれば、と焦燥に駆られかけていた半月後のある夜、わたしはグスタフの狂気を——彼が点滴パックに何らかの液体を注入する光景を目撃した。

「見たのか」

明かりの消えた診察室へわたしを引きずり込み、グスタフは低い声を放った。「誤解するな。これは臨床試験だ。関係者の了解は取っている。下手に騒ぎ立てて重要な試験を邪魔するんじゃない。解ったか」

とっさの弁明にしては及第点と言えたかもしれない。が、グスタフも内心では相当に動揺していたのだろう。規律正しさの剝がれ落ちた醜《みにく》い形相が、言葉の内容を裏切っていた。

「——注射器の中身、Dウイルスですか?」

小声で爆弾を投げる。グスタフの顔が驚愕に強張った。

「お前……なぜ」

「先生の論文を拝読しました。わたしをどうにかしても構いませんよ。悲しむとしたらペット一匹だけです」

お兄ちゃんは悲しまないだろう。『ヘスター・ライリー』は数年前に死んだことになっている。

「安心してください、誰にも言いません。Dウイルスは感染しても症状が出ないんですよね。なら、ここで臨床試験をしても問題にはならないと思います」

わたしの態度がよほど奇異だったのだろうか。グスタフのこめかみを汗が伝った。

「お前、何者だ……目的は何だ」

「Dウイルスに興味がある一介の学生です。よろしければ、先生の研究に加えていただければと。――それから」

わたしは、手に持っていた書類を差し出した。

「サインをいただきに来ました。今夜中に済ませてしまいたいんです。お願いできますか」

事務仕事の居残り中にこんな事態になるとは思わなかった。グスタフが「……は？」と口を大きく開けた。


こうして、わたしとグスタフの奇妙な師弟関係が始まった。

グスタフも、当初はわたしを相当に警戒していた様子だったが、わたしが通報せず、逆に彼の人体実験に手を貸すようになると、徐々に態度を軟化させていった。

「私が言うのも何だが、君は倫理観に少々問題があるのではないかね」

「かもしれません。Dウイルスに興味があるのは本当ですが、別の目的もあります」

「なるほど……手を貸せ、ということか」

そうだ。いつか役に立ってもらう。お兄ちゃんとわたしのために。

やがてグスタフはサバティカルを終え、衛生研究所へ戻っていった。

握手を交わす間柄でもなかった。いつか正規の手段で再会する旨を告げ、わたしもフェニックス市を去った。

国立衛生研究所のポストを得るまで、それから九年を費やした。

曇りのない肩書きでグスタフの研究室に入り——わたしはついに、囚われの身となっていたお兄ちゃんと、アクリル越しの再会を果たした。

　歓喜を心の底に押し込め、わたしは次のステップへ向けて下調べを進めた。計画を練り始めた。『一年目の雑用係』として、グスタフの秘書に近い立ち位置を確保した。

　意外なことに、衛生研究所全体を見回しても、お兄ちゃんの正体を把握している者はごくわずかだった。グスタフの秘密主義は徹底していた。

　並行して、ジュニアハイスクールでお兄ちゃんを虐げていた連中——セオドリック・ホールデンたち五人への復讐の準備を進めることも忘れなかった。

　連中のリーダー格だったセオドリックは、順風満帆の人生からドロップアウトし、裏社会に足を踏み入れていた。

　わたしは感染症のフィールドワークを名目に調査を進め、セオドリックが懇意にしているアンダーグラウンドの医院を特定した。資金はグスタフが手を回してくれた。患者を装い、セオドリックに接触するのに時間はかからなかった。

目の前の女が『殺人鬼デレク・ライリー』の妹であることに、彼は全く気付かなかった。仕事について尋ねられ、わたしは答えた——ベンチャー企業でがん治療の研究をしていて、もう少しで画期的な成果が得られそうだが資金不足で足踏みしている、と。

　セオドリックの目の奥が光った。わたしへ資金を貸し付け、成果が出れば儲《もう》けの何割かを要求、出なくても借金漬けにして搾《しぼ》り取れる——とでも考えたのだろうか。頭の中で電卓を叩く音が聞こえるようだった。

　喰いついた。

　程なくしてセオドリックは、かつての仲間たちを呼び寄せ始めた。セオドリックの目論見はまだ解らなかったけれど、連中を利用するだけ利用して切り捨てるつもりなのは察せられた。

　わたしはグスタフへ、Ｄウイルスを試す格好の実験動物がいる、と伝えた。

　グスタフは研究資金の一部を使い、ＭＤ州の闇医者——セオドリックと繋がりのある女医——を抱き込んだ。

セオドリックの仲間たちは、程度の差はあれ心身に疾病《しっぺい》を抱えていた。闇医者を介して連中にDウイルスを植え付けるのはさほど困難ではなかった。

計画は着実に進んでいた――『殺人鬼ヴァンプドッグ』を逃がし、セオドリックたちに無残な死を味わわせる計画が。

エルマー・クィンランが愚かにもメモを書き留めていたおかげで、彼らの企みと、およその逃走ルートを知ることができた。

――A州フェニックス市。舞台はおのずと決まった。

五人には自滅してもらうことにした。セオドリックに他の全員を殺させ、その後で彼を殺すのが一番効率的だけど、武装しているだろう相手には分が悪い。何より、彼らを簡単に殺させるつもりも死なせるつもりもなかった。Dウイルスの無自覚な感染者同士が、どこにも逃げられない状況で殺し合えばどうなるか、目に浮かぶようだった。

わたしは監視の目を盗み、病室のアクリル越しに、お兄ちゃんへ脱走の段取りを手ほどきした。

グスタフには、お兄ちゃんの脱走計画も、セオドリックたちの襲撃計画も、一切気取らせないよう気を払った。国立衛生研究所の動揺と混乱に信憑性を持たせるためにも、後で罪を着せるためにも、彼には何も知らずにいてもらう必要がある。

お兄ちゃんを逃がせば、Dウイルスの件が捜査機関に明かされるのは避けられない。最大の懸念はむしろ、グスタフが追い詰められ、わたしとの関係を暴露してしまうことだったが――病院での人体実験から十年が過ぎている。ただのアルバイト事務員だったわたしの痕跡は残っていない。万一わたしまで本気で疑われそうになったときは、グスタフを退治し、お兄ちゃんとシャノンを連れて逃げるだけだ。

ふたりがそばにいてくれれば、他に何も要らないのだから。

そうして、すべての準備が整った。

国立衛生研究所の一員となって約一年後、一九八四年二月七日。わたしはお兄ちゃんを救い出した。

二十年――あまりに長い二十年だった。

けれど、感傷に浸り続けている暇はなかった。

自宅の地下室にお兄ちゃんを匿った後、わたしは密かに街外れの倉庫へ向かった。エルマーのメモ通り、いくつかのありふれたトラベリングバッグが隠されていた。そのうちのひとつを、わたしはお兄ちゃんの指紋付きのバッグと入れ替えた。――これで、お兄ちゃんは連中と一緒に逃げたことになる。

お兄ちゃんの脱走の二日後には、わたしがMD州を離れなければいけなかった。

「ごめんね。……もしかしたら、十日くらい戻れないかも」

構わないよ、とお兄ちゃんは笑った。二十年も病棟にいたんだ、食事も用意してもらっているし、ヘティに逢うためなら十日なんて待つうちにも入らない。

お兄ちゃんの言う『ヘティ』が、わたしでないことは察しがついた。胸の奥底がずきりと痛んだ。

九日、わたしは裏の伝手の手配したチケットでフェニックス市へ飛んだ。

夕刻に現地へ到着。偽名でレンタカーを借り、事前に選定したサンプルたちの住居を回った。

彼らの生活パターンは調査済みだった。順番は、殺しやすい、あるいは隙を突きやすいと思われる相手から優先的に並べた。

いずれもひとり暮らし、大半が一軒家だ。警察へ通報させることなく玄関の内側へ入り込めれば、後は多少騒がれたところでどうにかなる。

――ハリエット・エイマーズ。バート・アンダーヒル。キャサリン・ウェイド。ノーマン・ルーサー。リストの中から最終的に選ばれたのは、この四人だった。

彼らを手にかけたのは、警察を動かしてセオドリックたちを足止めさせるため、そして何より、お兄ちゃんがフェニックス市に逃げたと警察や関係者に信じさせるためだった。

Dウイルスに感染したサンプルたちに恨みはなかったけれど、二十年前の犯行を再現する上でも、アリバイを作る上でも、もしもの際にグスタフに罪を着せる上でも、彼らは『「ヴァンプドッグ」による無差別殺人の被害者』としてうってつけだった。

とはいえ、四人目まで終える頃にはさすがに、疲労が限界に達しかけていた。

が、これで終わりではない。わたしは気力を奮い、二十三時過ぎ、例の隠れ家へ向かった。

レンタカーを近くの公園へ停め、闇夜に紛れて路地を進むと、隠れ家から窓明かりが漏れていた。——セオドリックの計画通り、順調にフェニックス市へ辿り着いたらしい。

胸をなで下ろしつつ、事前に用意した合鍵で、通用口から中へ忍び込んだ。

幸い、リビングの扉は閉まっていた。呑気にリビングで宴《うたげ》に興じているらしく、奥から騒ぎ声が聞こえた。

誰にも気づかれることなく、自動車の右前輪に穴を開けた。パンタグラフジャッキのハンドルも回収する。万一、セオドリック辺りが今夜のうちに仲間を殺して逃げたら厄介だ。ひとりでは対処困難な足止めの策が必要だった。

スペアタイヤも潰そうとして思い留まる。あまり連中を追い詰めすぎるのもまずい。自暴自棄に陥って出頭しないとも限らない。

もっとも、仮にそうなったところで、セオドリックがわたしについて知っている事柄は、偽の名前と嘘の経歴だけだ。彼の供述から『国立衛生研究所のイヴェット・フロルキング』を辿られる危険は小さかった。

トランクは少し開けたままにして、わたしは隠れ家を去った。余計な物音は立てないに越したことはなかった。

最後にして『一人目』——囮となる獲物は、繁華街の駐車場で見繕った。

事前に用意した宿にレンタカーを置き、着替えて夜の街へ。おあつらえの標的は意外に早く見つかった。

足元をややふらつかせた、二十代半ばの女。周囲に人影はなかった。素早く歩み寄り、バールを振りかざした。『クラーラ・グエン』という名前は、夜明けのニュースで知った。

ここからはもう、凶器を手にする必要もなかった。グスタフへ電話をかけ、『第一の被害者』の情報が入ったことを確認し、宿を引き払う。

セオドリックのいる隠れ家へも、裏社会の人間のふりをして電話を入れた。らしくもなく焦燥に駆られた彼を適当にあしらい、A州で『ヴァンプドッグ』に似た凶行が行われていることを吹き込んだ。

空港でレンタカーを乗り捨て、トイレで着替えを済ませる。グスタフの搭乗した便の着陸に合わせてロビーへ出て、あたかも同じ便に乗って来た風を装って、彼と合流した。

計画は、概ね成功裏に終わった。

『ヴァンプドッグ』がM国へ逃げた——と、当初は裏の伝手を使って偽装するつもりだった。

けれど、警察の捜査方針やセオドリックたちの動向など、事件の行く末には不確定要素が絡む。どんな形で収束させるのが最も好都合かは、結局のところ臨機応変に見極めるしかなかった。キム・ロウをお兄ちゃんの身代わりにできたことは、このときのわたしにとって予想外の僥倖だった。

これで、お兄ちゃんは……わたしたちは、自由になれる。

いくつか不測の事態も生じたけれど、総じて満足の行く結果となった——はずだった。

なのに——どうして。

※

MD州での逮捕劇から数日後。

漣はマリアとともに、フェニックス署の取調室で『ヴァンプドッグ』と向き合っていた。

「……何の用ですか」

ヘスター・ライリーが、生気の抜け落ちた声を吐く。

丸眼鏡の奥の両眼は虚ろで、隈が色濃く浮かんでいる。頬も心なしかこけているようだ。Dウイルスの症状ではなく、純粋に心身の疲弊によるものだろう。フェニックス署に引き渡され、兄と愛犬から離されて以来——白犬は衛生研究所に預けられることになった——食事をまともに取っていないとも聞いた。拘束衣が痛々しささえ感じさせる。

「話すことはもうありません。これ以上、何を訊きたいんですか」

「そうね。意外だったわ、あんたが黙秘権も使わずにここまで喋ってくれるなんて」

　赤毛の上司が供述書の厚い束をめくる。皮肉抜きに感心した様子だ。ヘスターの唇がかすかに痙攣《けいれん》した。

　二十年前の無差別殺人から、今回のフェニックス市での惨劇に至るまでの一連の犯行を、ヘスターはすべて自白した。ドミニクによれば、供述中の彼女の語り口は、観念というより自暴自棄に近かったという。

（教授やデレク・ライリーの後を追われる前に供述を取れたのは、不幸中の幸いだったかもな。

　皮肉もいいところだぜ。最も重い罪を犯した奴が、最も強い耐性を持っているなんてよ）

　Dウイルスが宿主のストレスに応じて狂犬病を発症させる、というのは、あくまで仮説でしかない。が、ドミニクが愚痴をこぼしたくなる心情を漣は理解できた。

　多くの命が奪われた一方で、ヘスター・ライリーは変異ウイルスを宿しながら生き続けている。理不尽さを微塵も感じずにいられる方が難しいかもしれなかった。

「あたしが確認したいのは、あんた自身がいつどこでDウイルスに感染したか、よ」

　マリアが続けた。「供述によれば、二十年前の時点じゃなく『イヴェット・フロルキング』に成り代わって愛犬に再会してから、ということだけど、合ってる？」

「そんなことを聞いて、何になるんですか」

　ヘスターが俯く。「お兄ちゃんは助からない。狂犬病を一度発症してしまったら、治せる方法はない。血が繋がってなくたって――お兄ちゃんはずっと、わたしのお兄ちゃんだったのに」

※

　実の両親を幼くして喪い、祖父とふたり暮らしだったわたしにとって、隣のライリー家に住むお兄ちゃんは、本当のお兄ちゃんのような存在だった。

　お兄ちゃんもわたしを妹のように可愛がってくれた。毎日のように家に招いてくれた。一緒に食事のテーブルを囲んだこともたくさんあった。

それに、何度もわたしを助けてくれた。石を投げつけられたときも、祖父のアレルギーのために、自宅でシャノンを飼えなかったときも。

その祖父が亡くなって天涯孤独になったわたしを、ライリー家に迎え入れるよう義父母に懇願してくれたのもお兄ちゃんだった。

お兄ちゃんたちが引っ越すのと前後して、わたしはライリー家の養子になり――O州で、本当の家族として一緒に暮らした。

警察がお兄ちゃんに手錠をかけた、あの日まで。

※

「わたしだって、お兄ちゃんを救いたくて、ずっと研究を続けて、それでもうまく行かなくて――なのに、今さら」

大罪を犯しておいてその台詞ですか、という言葉を、漣は敢えて口にしなかった。

皮肉を返すのは簡単だ。不条理に殺された被害者たちを思えば、彼女に同情の余地は一切ない。が

――供述書を読み、ヘスター・ライリーという人物の一端を垣間見た今、漣はひとつの事実を認めざるをえなくなっていた。

デレクとともに生きること。それがヘスターの願いであり、行動原理だったのだ。

最愛の兄を喪おうとしている彼女へ、何を告げたところで届きはしない。

――恐らく、この言葉を除いては。


「助かる可能性なら、あります」

※

「え――?」

わたしは思わず顔を上げた。

この黒髪の刑事は……何を言おうとしているのか?

「貴女がたの研究室は、C大学と共同研究を結ぶ予定だったそうですね。

テニエル研究室のアイリーン・ティレット嬢が、貴女から採取したDウイルスの遺伝子を解析したと

ころ、デレクのDウイルスとは異なる変異が見つかったとのことです。

『D2ウイルス』とティレット嬢は呼んでいましたが——この情報を受けて、ヤルナッハ教授の研究スタッフがつい昨日、貴女のアイデアを基に成果を出しました。

　Dウイルス感染マウスをストレス環境下に置いて狂犬病を発症させ、続けてD2ウイルスを投与した結果、症状が緩和したそうですよ。

　ティレット嬢からの伝言です。『共同研究の第一歩としては上々』と」

　理解が追い付かなかった。

　わたしの中のウイルスが、Dウイルスを抑え込んだ？

「『ウイルス干渉』ね」

　赤毛の警部が続けた。「あんたが愛犬を介して感染したのは、Dウイルスじゃなく、さらに変異したD2ウイルスだった。愛犬の中のDウイルスが、歳月を経て進化を遂げたのよ。……あんたが狂犬病を発症しないのは、D2ウイルスが狂犬病の発症機能を失っているからかもしれない。

　衛生研究所が手を回して、入院中のグスタフにD2ウイルスを投与したわ。意識は戻らないけど、危篤状態を脱したそうよ。

　デレクにも同じ治療が行われる。意識が戻るかどうかは何とも言えないけれど、生き延びる可能性が生まれたわ。上手くいけば、グスタフやあんたがモルモットにした人々も、発症させずに済む。もちろん、普通の狂犬病にも効果大でしょうね」

　お兄ちゃんが——他の人々も——助かるかもしれない？

　拘束衣に包まれた身体へ、呆然と目を落とす。

　あれだけ探し求めて得られなかった答えが、こんなところに——わたしの中に眠っていたなんて。

「デレクは死なせない。グスタフも、モルモットにされた人たちも。

　あんたもよ。簡単に死刑になれるとは思わないことね。あんたはもうただの人間じゃない。今度はあんた自身が、デレクに代わって貴重なサンプルになる。

　あんたの生涯をかけて償ってもらうわ、『ヴァンプドッグ』。あんたが手にかけ、吸血鬼に変えてしまった人たちのために。たとえそれが、償い切れないほど大きすぎる罪だとしても」

――ぼくが殺させてしまったんだね、ヘティ。

――ごめんよ。

違う。お兄ちゃんのせいじゃない。

わたしだ。わたしがメヘタベルを――他の人たちを、誰でもない自分の意思で手にかけた。二十年前だけじゃない、フェニックス市の無差別殺人もだ。

殺さない選択肢はあった。感染してしまった人たちや周りの人たちへ、何もかも正直に告げることだってできた。グスタフの人体実験を阻止する道も、吸血鬼化の治療研究に全霊を捧げる道もあったはずだ。

そうしたら……もしかしたら、メヘタベルや他の人たちを、この手にかけずに済んだかもしれない。少なくとも、無差別殺人を実行する必要なんてどこにもなかった。

お兄ちゃんを喪いかけて、わたしが味わった絶望を――わたしは、わたしが殺した人々の周囲へ、ずっとばら撒き続けていたんだ。

お兄ちゃんは助かるかもしれない。けど、わたしが命を奪った人たちは、二度と戻ってこない。たとえ今、多くの人を助けられる道が拓けたとしても。

お兄ちゃんのために、吸血鬼を退治してきたつもりだった。違った。吸血鬼は――怪物は、わたしの方だった。

自分の顔が歪むのが解った。まなじりから、涙がとめどなくこぼれ落ちた。

「ごめんなさい……ごめんなさい……わたしは――わたしの方が――」

※

漣とマリアが取調室を出て、会議室に控えていたドミニクに一通りの報告を終えると、銀髪の刑事は盛大に息を吐いた。

「あの妹とやり合ったお前らに、最後の一押しを任せて正解だったか。

とはいえ、一件落着とはまだ言えねえな。感染者を追跡するだけでも大仕事だぞ。何週間――いや、何ヶ月かかるか解ったもんじゃねえ」

「年内に終えられれば御《おん》の字だろう」

ジョンが返す。事件が収束し、空軍はすでにフェニックス市から撤収していたが、軍の派遣に関する事後処理がいくつか残っているとのことだった。

「バロウズ刑事、我々に協力可能なことがあれば遠慮なく言ってくれ」

空軍少佐からの申し出に、バロウズは「気持ちだけ受け取っておくぜ」と苦笑を返した。

――十年前に、グスタフがDウイルスを感染させた患者の特定作業は、まだ始まったばかりだ。

グスタフの研究室から押収した書類の中に、被験体リストと思しき名簿が残っていた。今は当時のカルテと突き合わせながら、調査が進められている段階だ。

十年前に被験者にされた患者たちの全員が、現在もフェニックス市で生活しているわけではない。当時の患者たちを国内外から捜し出し、感染の有無を検査する――当人だけでなく近親者なども含めれば、最終的な調査対象者は、リストに記された人数の数十倍に膨れ上がる可能性さえある。フェニックス署だけでは対処できるはずもなく、目下、国立衛生研究所との連携態勢が敷かれていた。


漣が耳に挟んだところでは、Dウイルスの関与を疑わせる――当初はオカルトや怪談の類と思われていた――事故や事件が、少しずつ掘り起こされ始めているらしい。先月に元A州在住の女性が殺害され、遺棄地点から離れた沢で発見された、という事例も聞いた。吸血鬼化後に足を滑らせて溺れてしまったようだが……こうした例は恐らく氷山の一角だ。ドミニクが嘆いた通り、調査がいつ完了するかは現時点で見通しが立っていなかった。

「普通に暮らしている限り、ヒトからヒトへの感染はまず起こらない、という点がせめてもの救いでしょうか」

漣の呟きに、マリアが「救い……ね」と低い声を返し、脇腹に手を当てた。

「Dウイルスの感染者たちには、まだ助かる希望が残ってるかもしれない。けど――二十年前の事件を含めて大勢の人々が、何の罪もなく殺されたのよ。生涯をかけて償え、とヘスターには言ったけど……死んでしまった被害者たちや周囲の人たちに、今さらどんな救いがあるのかしら」

言葉に詰まる。理不尽な死や悲哀に直面するのは警察官の宿命だが、ここまで度を超えた事件は漣も記憶にない。沈痛な顔で脇腹に手を当て続けるマリアへ何と返すべきか、とっさに答えが出なかった。

事件の余波は現在進行形で続いている。遺体の引き渡しが先日からようやく始まり、第三の被害者ことキャサリン・ウェイドの元夫と娘が、手続きのためA州を訪れた。「ママ、ママ——」と泣き崩れる少女を、赤毛の上司は、拳を固く握りながら見つめていた。……

「幸福は取り戻せなくとも、不幸の連鎖は食い止められた。そうではないのか」

ジョンが沈黙を破った。「マリア。君がヘスター・ライリーの罪業を暴かなければ、彼女はデレクを取り戻した後も、兄の存在を隠し通すために——彼を守るために凶行を重ね続けた可能性がある。彼女を止めたことが、過去の被害者や遺族にとって一片の救いにもならなかったとは、私は思わない」

「ジョン——?」

「それに、『ヴァンプドッグ』は罪を悔いたのだろう。であれば、仮にそうでなかった場合よりよほど救いに繋がるはずだ。悔恨なくして贖罪も救済もありえないからな」

マリアが眉を上げ、やがて「……かしらね」と苦笑した。

……悔恨、か。

愛する者を奪われた側からすれば、ヘスターがどれほど罪を悔やんだところで、しょせんは身勝手な自己憐憫《じこれんびん》でしかないのかもしれない。が——

ヘスターの里親だった夫婦は、彼女の生存と大罪を知り、顔を歪ませながら頬を濡らした。

ライリー家の母親と親しかった女性は、兄妹と事件の顛末を聞き、両手で顔を覆った。

国立衛生研究所のスタッフたちは、テニエル研究室との共同研究を通じて、デレクやヘスターを助けようとしている。

彼らのような人々もいるのだと——世界は敵ばかりではなかったのだと、いつかヘスターも理解し、彼らから目を背け続けたことを悔いるのだろうか。

漣にはまだ解らなかった。

と、ドアがノックされ、若手の捜査員が若干気後れした様子で入ってきた。ドミニクへ茶封筒を渡し、逃げるように去っていく。

「発送元は――Ｃ大学？」

ドミニクが茶封筒から書面を引っ張り出し、目を剝いた。

「合計八万ドル⁉　おい赤毛、何だこの請求書は。ＤＮＡ型鑑定がこんなにバカ高いとは聞いてねえぞ！」

「知らないわよ。捜査の必要経費でしょ、あんたの借金ってわけじゃないでしょうに」

「いくらフェニックス署でも簡単に事後申請できる額じゃねえよ！　直接依頼したのはお前だろ、そっちも少しは負担しろ」

「できるわけないでしょ！　うちの経理はやたら厳しいのよ！」

言い争う二人の横で、ジョンが小声で漣へ尋ねた。

「九条刑事、今の金額は妥当なのか。何なら軍本部へも掛けあうが――」

「件数および分析上の工数を踏まえれば、むしろ格安のはずですよ。お心遣いだけ受け取っておきます」

収拾がつかなくなる頃合いだ。赤毛の上司と銀髪の刑事の口論に、漣は割って入った。

「お二人とも、そこまでにしてください。飲み屋の支払いの押し付け合いではないのですよ」

※

同日午後――

「よく来てくれたね、セリーヌ・トスチヴァン。――と、言いたいところだが」

約束の時間から三十分以上待たされた挙句、セリーヌが金髪の青年から投げられた第一声がこれだった。

「こちらも忙しいのでね。できる限り手短に頼むよ」

「……ご心配なく、ミスター・ナイセル。簡単に済むわ」

――ハイスクール時代の元同期、ヴィンセント・ナイセルの会社の応接室だった。

窓からはフェニックス市の街並みが一望できる。住宅地やダウンタウンだけ見れば、土色で平面的な印象の強いフェニックス市だが、オフィス街の一部には、ＮＹ州のマンハッタン地区のように、階数の多いビルが立ち並んでいる区画もあった。

さほど広い部屋ではない。が、置かれているテーブルや椅子は、セリーヌの観察眼が正しければ、どれもＩ国の高級ブランド品だ。経営者一族の力を暗に誇示するには充分な内装と言えた。

楕円形のテーブルを挟んで真向かいにヴィンセントが座る。彼の斜め後方に、秘書と思しきスーツ姿の女性が立っていた。

「気にしないでくれたまえ。彼女は口が堅い」

「では、お言葉に甘えて」

それだけ返し、セリーヌは本題を突き付けた。

「先日の無差別殺人事件、あなたはどこまで関わっていたのかしら」

沈黙が訪れた。

「と、言うと？」

「セオドリック・ホールデンがかつて勤めていた会社、あなたたちの関連企業の一社だそうね」

セオドリックのプロフィールを思い出す。『Ｇ州の電子機器関連企業』――ナイセル家もＧ州を拠点とし、主に電気製品関係の分野で業績を上げている。

返事はない。セリーヌは淡々と続けた。

「ミスター・ヤルナッハの研究室へも、ナイセル家から寄付があったと聞いているわ」

「――基礎研究には手広く出資するのがうちの主義だよ。彼の研究室はそのうちのひとつでしかないさ」

「逃走用の乗用車、そして潜伏用の邸宅の確保。この街へ潜伏するまでの、襲撃犯たち――いえ、ミスター・ホールデンの事前準備は鮮《あざ》やかだった。鮮やかすぎるほどに。

ミス・ライリーの犯行にしてもそう。フェニックス市での移動手段、九日から十日の宿……立場としてはあくまで一介の研究者でしかなかった彼女が、足のつかないようすべてを自力で揃えるのは難しいわ。

襲撃事件も含めて、裏社会かどこかからのバックアップがあったのではないかしら。それも、だいぶ組織的な」

「その組織とやらに、僕が関わっていると？　くだらない妄想だね」

ヴィンセントが一蹴する。「そんなことを訊くだけのために、わざわざ訪ねてきたのかい」

「いいえ」

表情を変えることなく、セリーヌは椅子から立ち上がった。

証拠はない。が、先刻のわずかな沈黙で、知りたいことはおよそ知れた。

フェニックス署に彼が現れた時点で妙だとは思っていた。捜査の状況を探るつもりだったのか、それともナイセル家の威光を使って横槍を入れに来たのか。どちらにせよ事件は起きてしまい──自分は傷を負い、ヴィンセントは無傷でこの場にいる。

傷と言えば、襲撃犯のひとり、エルマー・クィンランも頭部に打撲を負っていた。最終的な死因は狂犬病と結論付けられたが──検死に当たったボブは、報告書の中で『岩にぶつけただけにしては傷が深い』と訝しんでいた。

もし、彼の今わの際に、何者かが居合わせていたとしたら。……

ひとりで──マリアを伴わずに訪れたのは正解だったかもしれない。今のヴィンセントが持つ力は恐らく、ハイスクール時代とは比べ物にならないほど大きい。敵の本拠地で迂闊な真似をすれば、社会的に、あるいは物理的に抹殺される危険がある。

敵地に飛び込むのは自分だけで充分だ。それに。

「もうひとつだけ。

ミス・ソールズベリーはあなたを逃がさない。遠くない未来、あなたは彼女に敗北する。

……長くなってしまったかしら。あなたも忙しいようだし、今日はこれで失礼するわ」

儀礼的に「ごきげんよう」と一礼し、セリーヌは応接室の扉を出た。

※

人形のような女が応接室を去った後も、ヴィンセントはしばらくの間、椅子から動かなかった。

忌々《いまいま》しい奴らだ。今しがたのF国戻りの女も──あの『赤毛の悪魔』マリア・ソールズベリーも。

鼻背を指でなぞる。いいだろう、十数年前の屈辱を簡単に晴らすつもりはない。今回は期待外れの結果に終わったが、手段や時間ならいくらでもある。

仕事のついでにあの女をいたぶれるのだ、愉快ではないか。

「ヴィンセント様？」

秘書に問われ、彼は「解っている」と頷いた。腰を上げて執務室へ戻ると、電話機へ手を伸ばし、ダイヤルを回した。

「『シカーダ』、次の仕事だ」

【参考文献】
●『今だから知りたいワクチンの科学　効果とリスクを正しく判断するために』（中西貴之／技術評論社）
●『動物実験の闇　その裏側で起こっている不都合な真実』（マイケル・A・スラッシャー　井上太一訳／合同出版）
●伊藤直人、杉山誠「狂犬病ウイルスの病原性に関する研究の進展」ウイルス 57 (2), 191–198 (2007)
●西園晃、山田健太郎「ラブドウイルス」ウイルス 62 (2), 183–196 (2012)

ヴァンプドッグは叫ばない

2023年 8 月31日　　初版

著　者　市川憂人《いちかわゆうと》
発行者　渋谷健太郎
発行所　株式会社　東京創元社
〒162-0814　東京都新宿区新小川町1-5
電　話　03-3268-8231（営業）
03-3268-8204（編集）
U R L　http://www.tsogen.co.jp
装　画　影山 徹
装　幀　鈴木久美
印　刷　フォレスト
製　本　加藤製本

ISBN 978-4-488-02899-2　C0093